Wild Ride

WEITERE TITEL VON HEATHER VAN FLEET

HEATHER VAN FLEET

Übersetzt von Wiebke Pilz

bookouture

Die Originalausgabe erschien 2019 unter dem Titel
„Her Wild Ride"
bei Storyfire Ltd. trading as Bookouture.

Deutsche Erstausgabe herausgegeben von Bookouture, 2023
1. Auflage Juli 2023

Ein Imprint von Storyfire Ltd.
Carmelite House
50 Victoria Embankment
London EC4Y 0DZ

deutschland.bookouture.com

ISBN: 978-1-83790-720-5
eBook ISBN: 978-1-83790-719-9

Für Bella. Du hast das Foto heimlich aus dem Van gemacht, und zack, war diese Geschichte geboren. Danke, dass du die tollste Neunjährige bist, die eine Mama sich nur wünschen kann.

EINS

NIYOL

Das Clubleben ließ mir nicht viele Entscheidungs-
möglichkeiten. Und da ich in die Welt der Red Dragons hineingeboren worden war, hatte ich mir auch nie etwas anderes
gewünscht. Auf eine beschissene Weise war der Tag vor zwei
Jahren, an dem ich ins Gefängnis kam, wahrscheinlich die
gerechte Strafe dafür, dass ich ein Gesetzloser war. Eigentlich
hatte ich nichts getan, um hinter Gitter zu kommen, gleichzeitig
aber genug Gesetze des Clubs gebrochen – vielleicht hatte ich
die Strafe also doch verdient.

Den Zorn meiner Stiefmutter und Stiefschwester hinsicht-
lich meiner Einstellung zu Frauen hatte ich jedoch nicht
verdient. Genauer gesagt, der Frau, auf die wir um neun Uhr
abends in irgendeinem Diner warteten.

»Wir sagen ja nur, dass du manchmal ein bisschen überheblich bist. Sei nett, dann läuft es auch gut.« Lisa, meine Stiefmutter, tätschelte mir den Handrücken, dann führte sie ihre Tasse
zum Mund.

»Wenn du solche Angst hast, dass ich sie aufmische, hätte
ich auch anders hinkommen können.«

»Wie denn, per Anhalter?«, schnaubte Emily.

Ich zeigte ihr den Mittelfinger. »Sehr witzig, Klugscheißerin.«

»Ihr zwei …« Lisa seufzte und schüttelte den Kopf.

»Auch wenn ich mich wiederhole«, fuhr meine Stiefschwester fort. »Am schnellsten und sichersten wäre es, nach San Diego zu fliegen.«

»Das kostet aber Geld, und er hat keins, schon vergessen?«, erklärte Lisa und streute Salz in die offene Wunde. »Alles, was er an Geld auf der hohen Kante hat, ist dafür gedacht, dass er sich *weit weg* von hier ein neues Leben aufbaut.«

Ich rieb mir über die Stirn und wünschte, es wäre einfacher. Mit dem Motorrad zu fahren, wäre perfekt gewesen, aber meine alte Harley lief nicht mehr richtig, und die Ersatzteile für die Reparatur konnte ich mir nicht leisten. Lisa hatte angeboten, mir so gut es ging finanziell unter die Arme zu greifen, aber indem sie mich in ihrem Keller hatte übernachten lassen, hatte sie schon genug getan. Wenn sie das in Gefahr bringen konnte, durfte keine Spur des Geldes von ihr zu mir führen.

Pleite zu sein war die Hölle. Ich hatte zwei Jahre im Gefängnis gesessen, war erst seit einer Woche wieder draußen und hatte keinen Cent in der Tasche. Das war aber nur einer der Gründe, warum ich beschlossen hatte, nach San Diego zu ziehen. Eine zweite Chance, eine neue Stadt und Freiheit vor dem Club, der über zwanzig Jahre lang mein Leben versaut hatte.

Der andere Grund, warum ich abhaute? Die Red Dragons im Allgemeinen. Mein alter Herr – der President der Red Dragons und Lisas Ex-Mann – hatte mein Leben schon vor dem Gefängnis so gut wie zerstört. Weil ich ihn verpfiffen hatte, saß er jetzt für das ein, was er mir angehängt hatte, und zwar im Illinois State Pen, wo auch ich meine Strafe verbüßt hatte.

Ich hatte ihn verraten, um vorzeitig auf Bewährung entlassen zu werden, denn ich wollte nicht mehr als der Lügner leben, zu dem er mich gemacht hatte. Ich hatte mit der Drogenvollzugsbehörde zusammengearbeitet und ihnen den größten Dealer meines Vaters verraten, nicht unbedingt eine meiner Glanzleistungen. Aber ich würde es jederzeit wieder tun. Schließlich saß der Wichser jetzt hinter Gittern.

Drei Tage vor meiner Entlassung bekam ich jedoch einen Brief mit dem RD-Logo. Und die wenigen Worte darin hinterließen Eindruck. Wenn ich mich jemals wieder im Club blicken ließ, drohten die Red Dragons, die meinem alten Herrn noch die Treue hielten, mir Dinge anzutun, dass ich mir eher den Tod wünschen würde.

Ich versuchte nicht, herauszufinden, wer genau den Brief geschrieben hatte. Ich wusste, dass sie es ernst meinten, und war nicht so dumm, mich länger als nötig in der Stadt herumzutreiben. Falls es je herauskam, konnte meine Stiefmutter schon in Schwierigkeiten geraten, weil sie mir für eine Woche Unterschlupf gewährt hatte.

Deshalb musste ich morgen abhauen. Die Woche nach meiner Entlassung in Rockford war schon eine Woche zu viel. Scheiße, wenn ich gekonnt hätte, wäre ich sofort weg gewesen. Aber es war nicht so einfach, eine Mitfahrgelegenheit quer durchs Land zu finden.

Ich kniff mir in den Nasenrücken. »Deine Mom hat recht, Em. Es gibt keinen anderen Weg.«

Emily seufzte und lehnte sich kopfschüttelnd zurück. Wahrscheinlich befürchtete sie, ich würde ihre beste Freundin verderben. Sie hatte sich in letzter Minute bereit erklärt, mich zu fahren, damit meine Stiefschwester mit ihrem Verlobten auf eine Kreuzfahrt gehen konnte.

»Gut. Ich bin froh, dass das geklärt ist.« Lisa lächelte breit.

»Und ich bin nett zu deiner Freundin, versprochen.« Ich trank einen Schluck Kaffee, er war lauwarm und bitter. Ich stellte die Tasse auf den Tisch, schob sie von mir und fuhr fort. »Solange sie nicht zu viel quatscht.«

Emilys Lippen zuckten.

Lisa schaute aus dem Fenster.

Ich nahm meine Gabel und deutete zwischen ihnen hin und her, bevor ich in meine halbgegessene Waffel stach. »Ihr wirkt ja echt ermutigend.«

»Also, es ist so ...« Emily biss sich auf die Lippe und zerpflückte ihre Serviette. »Summer ist so ziemlich die gesprächigste Person, die du je kennenlernen wirst.«

Ich legte den Kopf in den Nacken und stöhnte. »Himmel. Was heißt denn ›so ziemlich‹? Entweder redet sie viel oder nicht.«

»Siehst du? Genau das meinte ich mit überheblich.«

»Tut mir leid.« Ich hob die Hände. »Nur ein kleiner Aussetzer.«

»Das machst du bei Summer *nicht*, okay?«, fragte Emily.

Ich nickte, ein braver Junge im Körper eines fiesen Mistkerls.

Früher hätte ich nicht so leicht nachgegeben. Aber ich war geläutert – zumindest gab ich mir Mühe – und wollte beweisen, dass ich nicht der Mistkerl war, für den mich Lisa oder irgendeine andere Frau da draußen wegen meiner Zeit bei den RDs hielten.

»Gut. Dann hätten wir das ja geklärt«, brummte Lisa.

Ich hatte Summer erst einmal gesehen, als Emily noch auf das College ging. Also ein halbes Jahr vor dem Knast und bevor alles in meinem Leben den Bach runterging.

Eines Abends hatte ich mich aus dem Club geschlichen, ein wenig verloren, weil ich mich mit meinem Vater gestritten hatte. Pops war wie immer sturzbesoffen gewesen und hatte geschimpft, ich würde weich werden. Nachdem einer unserer Clubbrüder bei einem Run verhaftet worden war, hatte ich ihn gefragt, ob wir uns vielleicht für eine Weile bedeckt halten und die Drogengeschäfte zurückfahren sollten, um die Behörden nicht auf uns aufmerksam zu machen. Ich hatte außerdem den Fehler gemacht, ihm zu sagen, dass wir andere Wege finden müssten, um an Geld zu kommen. Unsere Autowerkstätten ausbauen, vielleicht sogar eine weitere außerhalb des Geländes eröffnen. Natürlich war er sauer geworden, hatte gemeint, ich hätte das Tattoo auf meinem Rücken nicht verdient und solle ihm verdammt noch mal aus den Augen gehen. Und weil ich seinen Scheiß da schon satthatte, war ich seiner Aufforderung nur zu gern gefolgt.

Als ich an diesem Abend auf mein Bike gesprungen und losgefahren war, hatte ich keinen blassen Schimmer gehabt, wohin ich eigentlich wollte. Seit dem Tag, an dem Lisa und Pops sich begegnet waren, lagen sie und ich auf einer Wellenlänge. Wir hatten eine intuitive Verbindung – anders kann man es nicht bezeichnen. Abgesehen vom Club war ihr Haus der einzige Ort, an dem ich mich je zu Hause fühlte.

Damals war Emily in die Einfahrt eingebogen, als ich gerade wieder wegfuhr – sie war übers Wochenende vom College gekommen. An diesem Abend hatte ich nur meine Stiefschwester winken gesehen, ihre Freundin war ein Schatten auf dem Beifahrersitz gewesen.

Ansonsten wusste ich wenig über meine Chauffeurin – abgesehen davon, dass sie an derselben Schule unterrichtete wie Emily.

Emily und Lisa fingen wieder an zu streiten, als wäre ich gar nicht da. Weil meine Aufmerksamkeitsspanne ziemlich kurz war, blendete ich sie bald aus.

Sekunden später trat die perfekte Ablenkung in mein Blickfeld: eine sexy Kellnerin, die hinter dem Tresen mit der Kaffeekanne hantierte. Lächelnd und mit leuchtenden Augen ging sie von Tisch zu Tisch. Ihre Augenfarbe konnte ich nicht erkennen, aber die Freude in ihrem Gesicht, besonders an den Lachfältchen in ihren Augenwinkeln. Sie sprach mit den Gästen und bewegte sich mit einer natürlichen Leichtigkeit. Geschmeidig wie eine Tänzerin – vielleicht eine Ballerina. Sie war offensichtlich ein geselliger Mensch, das absolute Gegenteil von mir.

Instinktiv musterte ich sie von Kopf bis Fuß. Nicht nur weil sie gut aussah, sondern weil ich dazu neigte, alle, denen ich begegnete, in Schubladen zu stecken. Sie zu kategorisieren. Harmlos oder gefährlich. Gut oder böse. Das hatte ich mir in den Jahren als RD angewöhnt.

Sie trug weiße Leggins, ein kurzes blau-weiß kariertes Kleid mit einer Schürze und Converse mit zwei perfekten weißen Schleifen. Sie war überhaupt nicht mein Typ, zu adrett, und doch fühlte ich mich zu ihr hingezogen.

Ihr langer blonder Zopf reichte ihr fast bis zum Po. Das Schlimmste aber war, dass sie eine große weiße Schleife darumgebunden hatte. Sie erinnerte mich an eine Cheerleaderin.

Als spürte sie, dass ich sie beobachtete, schweifte ihr Blick in meine Richtung. Bei ihrem Anblick beschleunigte sich mein Herzschlag. Scheiße, sie war nicht einfach nur süß, sondern umwerfend.

Emily redete weiter, vielleicht nannte Lisa meinen Namen, aber ich war total abgelenkt und auf die Kellnerin fokussiert. Ich hatte schon lange nicht mehr mit einer Frau geschlafen – ihre weiche Haut gespürt, ihren Hals geküsst, sie gekostet ... Hätte ich beschlossen, hier zu bleiben und mir kein neues Leben aufzubauen, hätte Miss Heiße Kellnerin nach langer Zeit die erste sein können.

Je länger ich sie musterte, desto neugieriger blickte mich die Kellnerin an. Sie legte den Kopf schief und winkte mir zu, langsam, zögerlich, unsicher ...

»... und eine Unterhaltung ist ja auch nichts Schlechtes, Ny.«

Ich blinzelte und konzentrierte mich wieder auf Lisa. »Was?«

Sie folgte meinem Blick, aber die Kellnerin war verschwunden, als hätte ich sie mir nur eingebildet. In dem

Versuch, ihr Bild aus dem Kopf zu bekommen, rieb ich mir den Hinterkopf.

»Hörst du uns überhaupt zu?«, schnaubte Emily. »Ach, wem mache ich etwas vor? Du hörst nie zu.«

»Ich höre zu.« Mit verengten Augen sah ich erst sie, dann Lisa an. »Was habt ihr gesagt?«

Lisa lachte leise, aber Emily stöhnte, wahrscheinlich musste sie sich beherrschen, nicht auszuflippen. Ich hatte sie verärgert, aber das war mir ziemlich egal. Ich liebte sie, aber sie machte mich auch wahnsinnig.

»Ich habe gesagt, dass du ständig mit mir und meiner Mom redest. Was ist so schwer daran, sich mit jemand anderem zu unterhalten?«

Weil ich nicht anders konnte, zuckte ich mit den Schultern und suchte mit meinen Augen nach der Kellnerin. Sie kam aus der Küche zurück und ging mit wiegenden Hüften um die Theke herum, um einen Lkw-Fahrer in einer Nische zu bedienen.

Keine Einbildung. Definitiv real.

Die Kellnerin warf den Kopf zurück und lachte über etwas, das der Trucker gesagt hatte. Ich konnte ihr Lachen über die leise Elvis-Musik aus den Lautsprechern hinweg hören. Es war verdammt süß und in meiner Brust wurde es plötzlich warm wie Feuer. Ich legte mir eine Hand aufs Herz und versuchte, das Gefühl wegzureiben.

Sie zog mich in ihren Bann. Und ich hatte keine Ahnung, warum.

»... und Maya. Mit ihr hast du dich die ganze Zeit unterhalten.«

Bei der Erwähnung von Maya schaute ich Emily finster an. »Das ist was anderes.«

Maya Davenport war der Grund, warum ich nach San Diego abhauen wollte.

Mit neunzehn war sie meine beste Freundin gewesen. Und

auch die erste, mit der ich geschlafen hatte. Zudem war Maya eine der wenigen Frauen, auf die ich mich verlassen konnte – sie war der Grund, warum ich nicht alle Frauen abgeschrieben hatte.

Während meiner Haft hatte sie mich einmal im Monat angerufen und mit mir über meine Probleme gesprochen. Maya hatte mir einen Grund geliefert, das Gefängnis verlassen zu wollen, auch wenn ich mich an den meisten Tagen wie tot gefühlt hatte. Sie war mal mein Ein und Alles gewesen; meine Retterin vor meiner Vergangenheit und der Hauptgrund, warum ich mich schließlich aufgerafft und getan hatte, was ich hatte tun müssen, um aus dem Gefängnis zu kommen.

Jetzt hoffte ich, dass sie mich wieder in ihr Leben lassen würde, ohne meine Kutte. Einen einsamen Typen ohne Brüder, ohne Zukunft und ohne einen Cent in der Tasche. Wenn sie klug war, würde sie mir sagen, ich solle wegbleiben. Aber dann hätte ich nicht gewusst, was ich tun sollte. Deshalb hatte ich sie nicht angerufen und ihr von meinen Plänen erzählt.

»Wir lieben dich, Ny.« Emily rutschte aus der Nische und stand auf. »Aber du solltest deine Einstellung zur Kommunikation überdenken.«

Ich knurrte zur Antwort.

»Ich gehe zur Toilette. Versuch, nett zu sein, wenn sie ...«

»Ja, ja. Wenn sie kommt, bin ich nett zu ihr.«

Nachdem Emily gegangen war, schaute ich mich suchend im Diner um und fragte mich, warum diese *Summer* noch nicht aufgetaucht war. Bis auf zwei Kellnerinnen, den Trucker, einen Koch und uns dreien war das Restaurant leer. Das war auch gut so, denn ich war nicht scharf darauf, entdeckt zu werden. Trotzdem fühlte ich mich an Orten wie diesem wie in einem Horrorfilm.

»Wir wissen, dass es schwer für dich ist«, sagte Lisa und ihre Stimme war sanfter als die ihrer Tochter. »Aber es ist am besten, wenn du mit Summer fährst. Sie ist eine sehr nette junge Frau, versprochen.«

»In meiner Welt sagt *nett* nicht besonders viel aus.«

Nett war der Gefängniswärter, der mir Kippen reinschmuggelte, und mich am Tag darauf wegen illegalen Besitzes anschwärzte.

Nett war mein alter Zellengenosse – der unbedingt raus wollte, zu seiner Frau. Später fand ich heraus, dass er psychisch krank war und im Schlaf mit seiner toten Frau sprach.

Die er umgebracht hatte.

Und nett war mein Vater, wenn er wollte. Der Wichser Charles Lattimore. Der Typ, der mich überhaupt erst hinter Gitter gebracht hatte, weil ich seiner Vorstellung eines Sohnes nicht entsprach.

Leise seufzend, wahrscheinlich verärgert darüber, dass ich nicht optimistischer sein konnte, nahm Lisa ihre Handtasche, und gab vor, telefonieren zu müssen. Ich nickte und würdigte sie kaum eines Blickes. *Sie* hatte vorgeschlagen, dass ich mit Summer fahren sollte, Emily war dagegen gewesen. Während Em mir nicht vertraute, konnte Lisa mich offenbar nicht schnell genug loswerden. Aber das war mir egal, denn morgen war ich ohnehin weg.

»Du siehst aus, als könntest du ein Stück Kuchen vertragen«, ertönte eine sanfte Stimme zu meiner Linken.

Als ich mich umdrehte, um zu sehen, zu wem diese Stimme gehörte, lehnten zwei lange Beine in weißen Leggins an der Tischkante und ein blumiger Duft stieg mir in die Nase.

Die Kellnerin.

Ich blinzelte einmal, zweimal, öffnete den Mund und schloss ihn wieder. Himmel ... was für eine Frau. Sie war nicht nur schön, sie war *atemberaubend.*

Und aus der Nähe waren ihre Augen sogar noch faszinierender. Voller Emotionen, glitzernd wie der Ozean ... von einem hellen Blau. Außerdem war sie jung, dreiundzwanzig, vielleicht vierundzwanzig, nicht älter als Emily. Unschuldig. Unverdorben. Bereit, versaut zu werden.

Leider nicht von dir.

»Kuchen, was?« Ich grinste und ignorierte meine innere Stimme.

Sie stellte einen Teller vor mir ab. Ein Mundwinkel hob sich. »Nun, in den Worten von Ms Jane Austen: *Gute Apfelkuchen sind ein beachtlicher Teil unseres häuslichen Glücks.*«

»Ach ja?« *Jane wer?*

»Klar. Aber zum Kuchen sollte man eine gute Tasse Kaffee trinken.« Sie deutete mit gekräuselter Nase auf meine Tasse. »Und es sieht so aus, als wärst du in der Hinsicht unterversorgt.«

Ich schnappte mir die Tasse und blickte hinein. »Er ist ziemlich beschissen.«

»Ich bringe das in Ordnung.« Sie knackte mit dem Nacken, als würde sie sich auf einen Kampf vorbereiten, und scheiße, mein Schwanz reagierte instinktiv. Bei der Vorstellung, wie es wäre, sie zu haben, drückte er hart gegen meinen Reißverschluss ...

»Milch oder Zucker?«

Ich schüttelte den Kopf und beobachtete, wie der oberste Knopf ihres Kleides aufsprang. Ohne zu wissen, welchen Einblick sie mir erlaubte, beugte sie sich über den Tisch, um mir eine Tasse einzuschenken. Ich unterdrückte ein Stöhnen und wandte den Blick ab, daran durfte ich gar nicht erst denken.

Umwerfend oder nicht, ich musste meine Prioritäten richtig setzen. Und das hieß, die Stadt zu verlassen und als jemand anderes als der Sohn eines abscheulichen Verbrechers neu zu beginnen.

Die Kellnerin schenkte mir ein, band ihre Schürze ab und setzte sich mir gegenüber an den Tisch. Ich erstarrte, beobachtete sie mit verengten Augen und meine Gedanken rasten.

Wortlos und immer noch lächelnd griff sie nach der Tasse, die Emily nicht benutzt hatte, und schenkte sich ein.

»Das hier ist der gute Stoff.« Sie seufzte und hob den Becher, als wäre Alkohol darin. »Prost?«

Wie gebannt von jedem ihrer Worte und jeder ihrer Bewegungen hob ich meine Tasse. Direkt und beherzt ... eine Frau nach meinem Geschmack.

»Worauf stoßen wir an?« Ich zog eine Augenbraue hoch.

Sie zögerte kurz, dann stieß sie mit mir an. »Auf Roadtrips.«

Stirnrunzelnd sah ich sie über den Rand der Tasse hinweg an, durch den aufsteigenden Dampf, der ihre Nase und Augen verschleierte. Ich war unfähig, einen Schluck zu trinken, denn ich hätte schwören können, dass sie gerade »*Auf Roadtrips*« gesagt hatte.

Bevor ich sie fragen konnte, war Emily zurück. »Oh, gut. Deine Schicht ist zu Ende.«

Ich beobachtete, wie sich meine Stiefschwester neben die Kellnerin setzte und die beiden sich umarmten.

»Summer.« Emily deutete auf mich. »Das hier ist mein Stiefbruder Niyol.«

Verdammte Scheiße.

Die Kellnerin war meine Mitfahrgelegenheit nach Kalifornien?

»Hi.« Summer errötete leicht und winkte, wie sie es vorhin schon getan hatte.

Meine Antwort? »Ach du Scheiße.«

ZWEI

SUMMER

Vielleicht war mir ein zweiter Kopf gewachsen. Oder kleine grüne Aliens waren in meinen Verstand eingedrungen. Denn wenn ich mich je für verrückt hätte halten sollen, dann in dem Moment, als ich einem Roadtrip mit Niyol Lattimore zustimmte, dem *unglaublich* sexy Stiefbruder meiner besten Freundin.

»Ich kann meine Pläne noch ändern, weißt du. Ihn selbst fahren. Sam meinte, die Kreuzfahrt zu verschieben wäre keine große Sache.« Emily blickte auf die Kieseinfahrt hinab, ihre Füße baumelten über der Stoßstange meines Range Rovers.

»Keine Chance.« Auch ich ließ die Beine baumeln und stieß sie mit der Schulter an.

»Aber was ist mit dem Job im Diner? Ich möchte nicht, dass du ihn meinetwegen aufgibst.«

»Nicht schlimm.« Ein Sommer ohne perverse Trucker war alles andere als eine Enttäuschung. Außerdem brauchte ich das Geld nicht dringend. Klar, das Trinkgeld war nett für eine gelegentliche Maniküre oder Massage, aber das waren keine Notwendigkeiten. Abgesehen davon war es ein Freundschaftsdienst für meinen Cousin – den Manager des Diners. Seit ich sechzehn war hatte ich jeden Sommer dort gearbeitet. Jetzt, mit vierundzwanzig, war ich mehr als bereit, damit aufzuhören und die Sommerferien zu genießen, so wie die anderen Lehrer.

Emily würde in sechs Wochen auch wieder anfangen zu arbeiten – sie war Lehrerin für Naturwissenschaften an derselben Schule, an der ich Englisch unterrichtete. Wir waren seit dem College befreundet, hatten auf derselben Etage gewohnt und uns bei einer nächtlichen Lernsession in der Bibliothek sofort angefreundet.

»Das haben wir doch schon besprochen, Em. Du hast es verdient, Zeit mit Sam zu verbringen, genau wie ich ein bisschen Ruhe und Erholung bei einem Roadtrip verdiene.« Selbst wenn es sich um Ruhe und Erholung mit einem Halbfremden handelte, der mir genug Material für lebenslange feuchte Träume geschenkt hatte.

»Aber was, wenn ...«

»Kein Aber, kein Was-wäre-wenn oder irgendwelche anderen Ausreden. Du hast dich gerade erst verlobt. Das muss *gefeiert* werden.« Ich lächelte sie an. »Hab jede Menge hemmungslosen Sex und vergiss dabei deinen verrückten Stiefbruder.«

Meine beste Freundin war nicht zum Streiten aufgelegt, zumindest nicht mit mir, und ich wusste, dass sie nachgeben würde. Sie war nicht leicht rumzukriegen, sondern eher eine Frau, die die Ruhe dem Sturm vorzog. Das machte uns zu einem so irre genialen Paar. Wir waren uns zwar überhaupt nicht ähnlich, ergänzten uns aber perfekt. Als sie mir von ihrem Dilemma erzählt hatte – die Entscheidung, ob sie Niyol nach San Diego bringen oder mit Sam auf eine Überraschungskreuzfahrt gehen sollte – hatte ich sofort gewusst, was zu tun war.

Emily drehte ihren Verlobungsring am Finger. Er war groß und funkelte, genau das, was ich mir vor vier Wochen gewünscht hatte. Besser gesagt, genau das, was ich *gehabt hatte*.

Das Kleid war maßgeschneidert gewesen, der Empfang

gebucht, die Tischdekoration entworfen, die jetzt bei meinem Vater im Regal in der Garage verstaut war. Und die Hochzeitsreise auf die Bermudas ...? Tja, Landon, mein Arschloch-Ex-Verlobter war gerade mit seiner neuen Freundin dort.

Ich schluckte schwer und bei der Vorstellung verschleierten Tränen meinen Blick. Nein. Ich würde nicht weinen. Ich hatte eine ganze *Woche* lang durchgehalten. Warum ließ ich es jetzt an mich heran?

»Du weißt, dass du mir nichts schuldig bist, oder?« Emily unterbrach meine Gedanken und berührte mich am Unterarm.

Lässig wischte ich mir mit einer Hand unter der Sonnenbrille über die Wange und drehte das Gesicht in die andere Richtung. »Ich weiß. Aber dafür hat man doch beste Freundinnen.«

»Ich mache mir nur ...«

»Nur was?«

»Sorgen.«

»Um mich?« Ich legte mir die Hand auf die Brust und wandte mich ihr zu. »Mir geht es gut. *Ehrlich.*«

»Du bist verletzlich, und Niyol kann ein richtiger Blödmann sein. Er ist unglaublich überzeugend, wenn er etwas will. Wenn du den Trip machen willst, um über Landon hinwegzukommen, dann ist das vielleicht nicht der beste Weg.«

»Ich kann damit umgehen«, sagte ich nach einer langen Pause. »Ehrlich, Em. Ich bin keine Lady in Nöten, die von einem Helden daran erinnert werden muss, wie es ist, eine Frau zu sein.«

Nach Landon wollte ich erst mal nichts mit der männlichen Spezies zu tun haben. Ich hatte keine Lust mehr auf Romantik. Keine Lust auf ein Happy End. Und schon gar nicht auf One-Night-Stands oder Rebound-Sex.

Mein ganzes Leben hatte ich mir gewünscht, dass ein Mann mich beschützt, mich liebt, *mich wertschätzt.* Aber damit war ich fertig. Und zwar endgültig.

»Und selbst wenn, Ny ist kein sexy Superheld. Er ist ein Ex-Knacki ...«

»Ein ehemaliges Mitglied der Red Dragons, bla, bla, bla. Ich weiß.«

Sie sah mich durchdringend an.

Dankbar für die emotionale Verschnaufpause zwinkerte ich ihr zu.

Als Lehrerin schlug ich mich zehn Monate im Jahr mit hormongesteuerten Teenagern herum und wusste das ein oder andere über rätselhafte Menschen. Und genau das war Niyol. Allerdings nicht der zwölf- oder dreizehnjährige Typ, sondern der sechsundzwanzigjährige. Gestern Abend im Diner hatte ich ihn sofort durchschaut. Gequält und grüblerisch, tausend Geheimnisse im Kopf, wütend auf die Welt, aber trotzdem zu allem bereit.

Niyol und ich waren uns auf gewisse Weise sehr ähnlich. Ich wollte auch eine neue Chance. Eine, bei der ich einfach ich selbst sein konnte, meine Vergangenheit und meinen Liebeskummer hinter mir lassen und mich neu erfinden konnte. Vor allem, wer ich als Frau war. Ich wollte nie wieder an zweiter Stelle kommen. Nicht bei meinem Vater, der mir immer meine Brüder oder seinen Job vorzog, und schon gar nicht bei Typen wie Landon, die ihre sexuellen Bedürfnisse offenbar mit anderen Frauen auslebten.

Emily schaute zur Tür vom Haus ihrer Mom, in ihrem Kopf drehten sich die Rädchen. Ich berührte sie an der Schulter und als sie mich ansah, lächelte ich sie aufmunternd an.

»Mach dir deshalb bitte keine Sorgen. Oder um mich. Wäre ich mir nicht sicher, dass ich die Reise bewältigen kann, hätte ich nicht vorgeschlagen, ihn mitzunehmen.«

»Aber du rufst mich wenigstens an, ja? Wenn es zu schlimm wird?« Emily runzelte die Stirn.

»Klar.« Ich tätschelte ihr die Hand, da schlug die Fliegengittertür zu und lenkte unsere Aufmerksamkeit auf die Veranda.

Bei Niyols Anblick stockte mir unwillkürlich der Atem, genau wie am Abend zuvor, als ich ihn am anderen Ende des Diners entdeckt hatte. Mit seinen beeindruckenden ein Meter fünfundneunzig schlenderte er die Stufen der Veranda hinunter, die Reisetasche über der Schulter. Die Farbe der Tasche passte zu seinem tiefschwarzen Haar. Dicke, schwere Strähnen hingen ihm in die Stirn und berührten gerade noch seine gebräunten Wangen. Die untere Gesichtshälfte war von einem dunklen Dreitagebart bedeckt, während seine dunkelbraunen Augen die Welt und alles in ihr beherrschten. Wie Emily stammte er zu einem Viertel von Native Americans ab. Niyol Lattimore mochte in Schwierigkeiten stecken, aber er war ein verdammt schöner Anblick.

»Kurze Frage«, flüsterte ich Emily unauffällig ins Ohr. »Guckt er immer so mürrisch?«

Ich beobachtete ihn weiter, leckte mir über die Lippen und auch wenn ich Männern gerade erst abgeschworen hatte, ließ sein sexy Gang mein Herz schneller schlagen. Die Sohlen seiner schwarzen Stiefel könnten mit Leichtigkeit eine Hand oder einen Fuß zerquetschen. Die Hände in den Hosentaschen und das Kinn auf der Brust sah er aus wie ein Krieger auf dem Weg in den Kampf; seine Rüstung waren eine schwarze Jeans und ein schwarzes T-Shirt. Seine Bewegungen waren langsam, bedächtig, und bei jedem Schritt traten die massiven Muskeln an seinen Oberschenkeln hervor. Niyol war riesig. Ich war selbst fast ein Meter achtzig groß, doch er überragte mich um mindestens fünfzehn Zentimeter.

»Maya weiß nicht mal, dass er kommt«, flüsterte Emily zurück und ignorierte meine Frage. »Er begreift vielleicht gerade erst, was er vorhat, weißt du? Sie so zu überraschen.«

»Hör auf, über mich zu reden, als wäre ich nicht da.« Seine kehligen Worte knisterten in der Luft, als würde er eine ganze Packung am Tag rauchen. Vielleicht stimmte das auch.

»Ich mache mir nur Sorgen um dich, Ny.« Emily ließ die

Schultern hängen, die Sorge um ihn zeichnete sich auf ihrer Stirn ab.

»Du musst *aufhören,* dir Sorgen um mich zu machen.« Mit einem Knurren warf er die Reisetasche auf den Rücksitz, schlug die Tür zu und sah kein einziges Mal in meine Richtung, als er sich vor seine Stiefschwester stellte. Das war eine Veränderung im Vergleich zu gestern Abend. Und definitiv kein Ego-Booster.

»Ich werde mir immer Sorgen um dich machen.« Meine beste Freundin sprang von der Motorhaube und strich ihm über die Schulter.

»Mir geht's gut.« Er trat einen Schritt zurück und fuhr sich durch die Haare, als wäre ihre Berührung vergiftet. Ich konnte verstehen, dass ihn Emilys ständiger Pessimismus nervte, aber musste er gleich so abwehrend reagieren?

Im Versuch, die Anspannung zu lösen, klopfte ich einmal auf die Motorhaube des Range Rovers. »In Ordnung, machen wir uns auf den Weg.«

Mit großen Augen bedeutete Emily mir mit einem Finger zu warten. »Einen Moment, ich habe noch etwas vergessen.«

Nickend wischte ich mir die Hände an meiner Jeans ab und ging zur Fahrerseite. Über das Dach hinweg erklärte ich Niyol die erste Etappe unserer fünftägigen Reise.

»Ich möchte es vor Sonnenuntergang nach Des Moines schaffen. Meine Großeltern erwarten uns heute Abend. Ich muss dich vorwarnen, Grams redet für ihr Leben gern. Mein Grandpa hingegen ...«

»Ich schlafe im Wagen.«

Ich sah ihn über das Dach hinweg ungläubig an. »Wie bitte?«

»Ich sagte: Ich. Schlafe. Im. Auto.« Er legte den Kopf schief und musterte mich. *Herausfordernd.*

»Du schläfst im Auto«, schnaufte ich genervt.

»Das sagte ich gerade.« Er beugte sich über das Dach und

stützte die Ellbogen auf, die dunklen Brauen hoben sich bis zur Mitte der Stirn.

»Du kannst nicht im Auto übernachten. Nicht wenn meine *Großeltern* extra zwei Betten für uns vorbereitet haben.«

Seine Lippe hob sich an einer Seite zu einem Grinsen und betonte die Narbe unter seiner Nase. »Bevor wir losfahren, möchte ich etwas klarstellen, Prinzessin. Erstens ...«

»Hast du mich gerade ›Prinzessin‹ genannt?« Ich riss die Augen auf.

»Jeder mit einem Auto, das mehr kostet als ein Haus, ist eine Prinzessin.« Er sah mich durchdringend an.

»Also ...« Ich beschrieb mit meinem Zeigefinger einen Kreis, bereit, etwas zu erwidern, egal, was. »Du, ich ... das hier ...«

Sehr eloquent, Summer. Schon nach zwei Minuten in der Gegenwart dieses Mannes verhielt ich mich nicht mehr wie ich selbst.

Bevor ich ihm die Meinung sagen konnte, kam Emily aus der Haustür gehüpft. Als ich ihr einen Blick zuwarf, schlich sich Niyol auf den Rücksitz und murmelte etwas vor sich hin, das ich bestimmt nicht hören wollte.

Atemlos, als wäre sie gerannt, streckte mir Emily ihre Hand entgegen. Sie öffnete den Mund, um etwas zu sagen, zog aber misstrauisch die Augenbrauen hoch und schaute zwischen mir und dem Rückfenster hin und her.

Ich sprang vor sie und versperrte ihr die Sicht. »Was ist denn los?«

»Nimm das.«

Ich blickte auf den silbernen Behälter in ihrer Hand und zog die Nase kraus. »Pfefferspray?«

»Da draußen laufen ziemlich viele unheimliche Leute rum, weißt du?«

Ich fragte mich, ob sie insgeheim Niyol meinte.

Um sie zu besänftigen, schnappte ich es mir und stopfte es

in die Tasche meiner Shorts. »Du weißt schon, dass ich Ninja-Superkräfte habe, oder?«

»Äh, nein. Hast du nicht.« Sie trat zurück, als ich die Fahrertür öffnete.

»Danke für den Vertrauensbeweis.« Ich küsste sie auf die Stirn, dann setzte ich mich hinters Steuer. »Du wirst mir fehlen.«

»Pass auf dich auf!«, rief sie durch das geöffnete Fenster und winkte mir zu.

Ich warf einen Blick auf den Rücksitz, wo Mr Launisch mit zusammengekniffenen Augen auf seinem Smartphone scrollte.

Ich setzte mein strahlendstes Lächeln auf, wandte mich wieder Emily zu und sagte: »Mach dir keine Sorgen. Das wird fantastisch. Versprochen.«

Berühmte. Letzte. Worte.

DREI

NIYOL

Ich konnte ihre Musik nicht leiden. Immer wieder spielte sie diesen schrillen Scheiß und sang jedes Lied einer Playlist mit, die *Road-Trip-Beats* hieß, wie ich – unfreiwillig – erfahren hatte. Hätte ich gewusst, dass ich mit der Karaoke-Queen fahren würde, hätte ich mir Ohrstöpsel gekauft.

»Kannst du es ein bisschen leiser machen?«, stöhnte ich.

Sie schnalzte. »Würde ich, aber ich bin total müde und die laute Musik hilft mir, wach zu bleiben.« Sie hielt einen Moment inne. »Was hörst du denn so? Ich kann zumindest den Sender wechseln. Ein Kompromiss ist der beste und billigste Anwalt.«

Was auch immer das heißen sollte.

»Nein. Ich hab Kopfschmerzen. Brauche Ruhe.« Ich drehte mich auf die Seite, schnappte mir mein Handy vom Boden und warf einen Blick auf die Uhr. Viertel vor sechs.

»Aber ...«

»Wie wär's, wenn du mich fahren lässt?« Ich drückte mich zwischen den Vordersitzen nach vorn. Ein so schönes Auto hätte ich auch gern mal gefahren. Hauptsächlich, damit ich den Motor kaputtmachen konnte, indem ich zu schnell fuhr.

Sie sah mich stirnrunzelnd über den Rückspiegel an, konzentrierte sich dann wieder auf die Straße. »Du hast gerade gesagt, du hättest Kopfschmerzen.«

»Gut. Dann nimm die nächste Ausfahrt.« Ich fuhr mir mit der Hand über das Gesicht und setzte mich richtig auf. Wahrscheinlich hätte ich mir die Arschlochtour verkneifen sollen, aber sie war nicht die Einzige, die erschöpft war, ganz zu schweigen von der inneren Anspannung.

Ich war die ganze Nacht wach gewesen und hatte mir Sorgen darüber gemacht, dass ich drei Tage lang mit *ihr* im Auto sitzen würde. Sie hatte mich schon in diesem beschissenen Diner verzaubert, und ich wollte mich nicht von meinem Ziel ablenken lassen.

Ich hatte mich im Bett hin und her gewälzt und an Summers funkelnde Augen gedacht. Und ich war mir wie der letzte Arsch vorgekommen, denn um Mitternacht waren mein Cousin Slade und mein bester Freund Archer unangemeldet bei Lisa aufgetaucht und hatten mich zur Schnecke gemacht.

Seit ich aus dem Knast gekommen war, hatte ich keinen der beiden kontaktiert oder getroffen – und auch sonst niemanden aus dem Club. Mir war klar, dass ich mich kaum vor ihnen verstecken konnte. Im Gegensatz zu den anderen RDs, denen ich aus dem Weg gegangen war, wussten die beiden immer, wo ich war. Sie waren mir gegenüber stets loyal gewesen, hatten mir bei Runs den Rücken freigehalten und mich beruhigt, als Pops mich verarscht hatte – so waren Slade und Archer. Deshalb war ich ihnen eine Erklärung schuldig, warum ich einfach abhaute, anstatt im Club alles zu klären.

Ich wollte nicht zugeben, dass ich im Gefängnis bedroht worden war. Deshalb erzählte ich ihnen eine halbwahre Version. Dass ich neu anfangen wollte, und zwar in San Diego.

Sie hatten mich angefleht, nicht zu gehen, sogar gedroht, mir die Eier abzuschneiden, wenn ich es täte. Ich hatte unbemerkt die Stadt verlassen wollen, weil mir klar war, dass sie stinksauer sein würden. Vor dem Club zu fliehen, war die eine Sache. Die beiden zurückzulassen etwas völlig anderes.

Sie hatten keine Ahnung, wie es war, mit der Schuld zu leben, ein Verräter zu sein. Sie waren im Club verwurzelt, gute Brüder, die im Gegensatz zu mir nichts falsch machen konnten. Vielleicht würde ich eines Tages zurückkommen, akzeptieren, was für ein Schicksal auch immer mich bei den RDs erwartete. Aber dazu war ich noch nicht bereit.

Verdammt, vielleicht wäre ich es nie.

»Wir sind in weniger als einer Stunde da. Kannst du nicht noch ein bisschen warten?«, fragte Summer.

»Nein. Da vorn ist eine Ausfahrt, und du kannst dir einen Kaffee oder Energy Drink holen. Ich will eine rauchen.« Mein unterer Rücken knackte wie zum Beweis, dass ich eigentlich vorne bei ihr hätte sitzen sollen. Ich musste mich ein bisschen entspannen, mir die Beine vertreten. Sonst würde ich noch am Steuer einschlafen, wenn sie mich bat, zu fahren.

Zum Glück hörte Summer auf, zu streiten, und nahm die Ausfahrt, als wäre ihr der Teufel auf den Fuß getreten. Wahrscheinlich nervte ich sie. Dabei hatte ich Emily versprochen, genau das nicht zu tun. Morgen würde ich mich besser benehmen. Aber heute Abend war ich zu müde und es war mir scheißegal.

Auf dem weißen Schild rechts stand *Winterset: Welthauptstadt der überdachten Brücken.* Daneben stand noch ein Schild mit der Aufschrift:

Geburtsort von John Wayne

»Hier ist es echt malerisch.« Ihre Stimme klang glücklich, während wir weiter in die Stadt hineinfuhren. Richtig selbstbewusst – völlig anders als Emily. »Eigentlich bin ich ganz froh, dass wir angehalten haben.« Sie bog nach links ab, dann nach rechts, bis wir irgendeine Straße entlangfuhren.

Ich sah aus dem Fenster und beobachtete, wie die Straßenlaternen angingen. Ich war noch nie in einer Stadt wie dieser gewesen. *Malerisch* hätte ich sie nicht genannt. Eher alt und heruntergekommen, wie in einem Western aus den Dreißigerjahren.

Sie parkte vor einem Café und drehte erst dann die Musik leiser. Den ganzen Tag über war sie nicht so ruhig gewesen wie jetzt. Ich begegnete ihrem Blick im Rückspiegel. Bei diesem Anblick krampfte sich mir der Magen zusammen, und ich sah schnell wieder auf meinen Schoß hinab. Vielleicht hatte sie etwas gesagt, aber ich hatte es nicht gehört. Ein Summen erfüllte meine Ohren. Denn sie verschlang mich fast mit dem intensiven Blick aus ihren blauen Augen.

Reiß dich zusammen, Ny.

Schlüssel klimperten in ihrer Hand. »Ich gehe rein und hol mir einen Kaffee. Treffen wir uns in zehn Minuten?«

Ich sprang aus ihrem schicken Schlitten und murmelte: »Gut.«

Ich vermisste mein Bike. Die frische Luft, die Gerüche, die Geräusche ... wäre meine Harley in besserem Zustand gewesen, hätte ich mich allein auf die Reise gemacht. Und das wäre tausendmal besser gewesen, da war ich mir verdammt sicher.

Beim Betreten des 24-Stunden-Ladens bimmelte die Glocke über der Tür. Schweißgestank schlug mir entgegen. Ich ging zur Kasse, hinter der ein alter Mann stand.

»Eine Marlboro.« Ich zeigte auf das Regal hinter der Kasse und fischte in meiner Brieftasche nach einem Zehner.

Er drehte sich um, da bimmelte die Glocke erneut. Ich warf einen Blick über die Schulter und sah ein paar schnöselige Jungs, die wie Studenten aussahen. Sie schubsten einander und lachten. Ich vermutete, dass sie auf die Iowa State University gingen, einer trug ein Verbindungsshirt, der andere ein Polohemd.

»Brauchen Sie Hilfe?«, fragte ich den alten Mann. Er stand

jetzt auf einer Trittleiter, die Knie zitterten. »Nein, ich mach das schon, Junge. Mach dir keine Sorgen.« Und tatsächlich kletterte er bis ganz nach oben und hielt sich am Rand des obersten Regals fest. Er würde noch einen Herzinfarkt bekommen, wenn er nicht aufpasste.

Die Schnösel standen direkt hinter mir. »Sie wollte mich«, sagte der eine.

»Nein, du Idiot. Sie hat dich abblitzen lassen. Ich hab dir doch gesagt, dass die Blonden alle Schlampen sind«, erwiderte der andere.

»Genau das gefällt mir. Kann mir nicht helfen. Außerdem hatte sie einen ordentlichen Vorbau. Hast du das pinke Tanktop gesehen? Alter.« Er pfiff. »Nippel zum Niederknien.«

Ich verlagerte mein Gewicht von einem Fuß auf den anderen. Je näher sie kamen, desto mehr Schweiß sammelte sich an meinem Hals. Trotzdem hielt ich den Mund, um keinen Streit anzufangen. Der alte Niyol hätte ihnen ins Gesicht gesagt, sie sollten Abstand halten. Aber ich musste ein neues Kapitel aufschlagen.

»Wir haben nicht den ganzen Tag Zeit«, rief einer von ihnen.

Ich holte mein Handy aus der Tasche, um nach der Uhrzeit zu schauen. Der Typ hatte fünf Minuten gebraucht, um die Packung Zigaretten herunterzuholen. Keine Ahnung wie lange es dauern würde, mich abzurechnen.

Nach einer gefühlten Ewigkeit kletterte der Alte von der Leiter herunter und ging langsam zur Kasse zurück. »Das macht neun neunundvierzig, junger Mann«, sagte er.

Ich reichte ihm den Zehner.

Die Idioten lachten leise, dann sagte einer: »Können Sie sich verdammt noch mal beeilen?«

Ich erstarrte und mein Blut kochte über, als einer der beiden sich quasi von hinten an mich drängte.

»Tritt. Zurück. Verdammt«, knurrte ich.

»Pussy«, schnaubte einer von ihnen.

Ich schloss die Augen und Wut blitzte rot hinter meinen Lidern auf. Ich konzentrierte mich auf meinen Atem – *durch die Nase ein-, durch den Mund ausatmen.* Aber je lauter sie wurden, desto wütender wurde ich.

Doch ich konnte mich beherrschen, senkte den Kopf und ging zur Tür. Ich steckte die Zigaretten in die Vordertasche meines T-Shirts, da flüsterte einer: »Na los, heul dich bei Mama aus.«

Ich legte die Hände flach an die Tür und kniff die Augen zusammen. »Scheiß drauf.«

Ich wirbelte herum. Zwei Schritte und ich war Brust an Brust mit dem Wichser im Polohemd. »Wenn du mir etwas sagen willst, dann sag es mir ins Gesicht.« Ohne ihm die Chance auf eine Antwort zu lassen, gab ich ihm einen Kinnhaken. Er flog rückwärts und warf ein Regal zu Boden. Billige Souvenirs ergossen sich über die Fliesen, aber das war mir egal. Der Kampf trieb mich an, die Wut hatte das Steuer übernommen. Sein Kumpel aus der Studentenverbindung kam von hinten und legte mir den Arm um den Hals. Ich trat ihm rückwärts in die Eier, er ließ los und fiel stöhnend auf die Knie.

Der Typ mit dem Polohemd stand wieder auf und ihm lief Blut aus dem Mund. Wutentbrannt sah er mich an. »Du hast mich geschlagen.«

»Und das mache ich gern nochmal.« Ich ballte die Faust, die Knöchel taten kaum weh.

Die Ladentür flog auf und erregte meine Aufmerksamkeit. Eine Gestalt im Gegenlicht mit aufgerissenen Augen, eine Hand vor dem Mund. Summer.

»Niyol? Geht es dir gut?« Sie rannte zu mir und als ich erkannte, was sie anhatte, weiteten sich meine Augen. Enges pinkes Top, Spaghettiträger und kein BH. Das hatte sie vorhin nicht getragen.

Verdammte Scheiße. Die Wichser hatten über sie gesprochen.

Die Ablenkung dauerte nur kurz, denn Polohemd kam auf mich zu und versetzte mir einen Schlag in die Nieren.

Ich kippte um, und Summer schrie: »Hör auf!«

Ich rappelte mich auf und erstarrte, denn sie sprang auf Polohemds Rücken, nahm ihn in den Schwitzkasten und schlang die Beine um seinen Bauch.

»Fuck.« Ich blinzelte und beobachtete, wie sie ihm die Schläfen und die Stirn zerkratzte und als er schrie wie ein kleines Mädchen, hätte ich mich fast totgelacht.

Ein zweifaches Klicken lenkte meine Aufmerksamkeit wieder auf den alten Mann hinter dem Tresen. »Ach, Scheiße.« Er hatte eine Schrotflinte angelegt, den Lauf auf mich gerichtet.

Instinktiv hob ich die Hände. »Alles gut, Mann«, sagte ich. »Wir wollten gerade gehen.«

Langsam trat ich einen Schritt zurück und riss auf dem Weg Summer von dem Kerl weg. Sie quietschte, landete aber vor mir auf den Füßen, mein Arm lag um ihre Taille. Ihre Brust hob und senkte sich beim Atmen und sie bebte vor unkontrollierter Wut.

»Raus hier. Ich will nicht auf dich schießen. Die Jungs sind schuld.«

Ich nickte dem alten Mann zu, griff nach Summers Hand und zog sie durch die Tür. Kurz darauf bog ein Polizeiauto mit Blaulicht um die Ecke eines Gebäudes. Wir rannten über die Straße, unsere Füße klatschten auf die Gehwegplatten. Wir sprangen in den Rover, als der Polizeiwagen vor dem kleinen Laden parkte.

»Was ... war das denn?« Summer ließ den Motor an, blieb aber noch kurz stehen und sah mich schwer atmend vom Fahrersitz aus an. Nachdem der Polizist im Laden verschwunden war, trat sie aufs Gas und bog auf die Straße.

Adrenalin durchströmte mich und als ich den Kopf an die

Kopfstütze sinken ließ, konnte ich mir ein Grinsen nicht verkneifen. Mann, es fühlte sich gut an, die Hände zu benutzen.

»Im Ernst. Was sollte das? Du bist nicht mehr im Gefängnis, Niyol. Du kannst dich nicht mit irgendwelchen Leuten prügeln!«, schrie sie.

Ich holte die Zigaretten heraus und packte sie aus. »Das waren Idioten. Haben mich Pussy genannt.«

»Tja, im Café haben sie mich als Schlampe beschimpft, weil ich ihnen meine Nummer nicht geben wollte, aber war das ein Grund, eine Prügelei anzufangen? *Nein*. Absolut nicht. Das waren nur Worte, Niyol. Nichts weiter.«

Ich zog eine Zigarette aus dem Päckchen, steckte sie zwischen die Lippen und schluckte schwer bei ihrem Geständnis. Nach dem, was sie zu ihr gesagt hatten, hätte ich die Jungs härter rannehmen sollen.

»Hab nicht gesehen, dass du dich beherrscht hättest«, führte ich an.

Sie schnaubte und trat stärker aufs Gas, als wir wieder auf die Interstate fuhren. »Ich habe dich gerettet.«

»Moment mal. Du hast mich nicht gerettet. Ich hatte sie unter Kontrolle.« Ich zündete die Zigarette an und kurbelte das Fenster herunter.

Sie lachte so fies, dass ich ihr einen Blick zuwarf, um zu sehen, ob ihr Hörner gewachsen waren. »Hier drin wird nicht geraucht.«

Sie riss mir die Kippe aus dem Mund und warf sie aus dem Fenster.

»Hey. Die waren teuer.«

»Es ist mir egal, ob das die letzte Zigarette auf der Welt war oder du Millionen dafür bezahlt hast. Du rauchst. Nicht. In meinem Auto. Nie.«

»Menno, bei dir darf man aber auch nichts, was Spaß macht. Nicht prügeln. Nicht rauchen ...«

»Sieh es doch mal so.« Total arrogant reckte sie das Kinn. »Wenn man sich nicht prügelt, kriegt man keine Gehirnerschütterung oder Schlimmeres. Und nicht rauchen heißt keinen Krebs.«

»Du bist eine richtige Powerfrau, was?« Mein Lächeln wurde noch breiter.

Sie errötete, wahrscheinlich vor Wut. Mir war klar, dass sie nicht oft die Kontrolle verlor. »Nein. Nur eine Frau, die gern optimistisch bleibt.« Sie warf mir einen Blick aus dem Augenwinkel zu, konzentrierte sich dann wieder auf die Fahrbahn. »Aber gegen *den* Spitznamen würde ich mich nicht wehren, wenn du mich nicht Summer nennen willst.«

»Nö.« Ich schüttelte den Kopf und legte die Füße aufs Armaturenbrett. »Prinzessin passt.«

»Und wer sagt das?«, spottete sie.

»Ich.« Da das Adrenalin nachließ, wurde ich müde und schloss die Augen.

Ich musste vorgeben, zu schlafen. Das Gespräch beenden. Diese Frau war wie Feuer, bereit, alles in ihrem Weg niederzubrennen, und sie war ganz anders, als ich erwartet hatte. Mit ihr zu streiten war genauso gefährlich für mich wie sie anzusehen.

Danach wurde es still, abgesehen vom Motorengeräusch des Rovers. Zum ersten Mal seit unserer Abfahrt entspannte ich mich etwas.

Bis sie wieder anfing. Himmel. Sie redete wirklich gern.

»Erzähl mir etwas von dir. Damit das hier funktioniert, müssen wir uns kennenlernen. Freunde werden oder zumindest *Bekannte*.«

Lustig, Emily hatte genau das Gleiche gesagt.

»Em betet dich an, also musst du unter all den schwarzen Klamotten irgendetwas Gutes verbergen.«

Ich ignorierte den Kommentar über meine Kleidung und traf genau dort, wo es zählte. »Wir werden keine Freunde, Prinzessin. Das hat keinen Sinn. Du bist meine Fahrerin, sonst nichts.« Als sie nichts sagte, öffnete ich die Augen und sie umklammerte das Lenkrad so fest, dass ihre Knöchel weiß hervortraten.

Scheiße, ich benahm mich schon wieder wie ein Arsch.

»Dann klär mich bitte auf.«

Ich seufzte, schnappte mir noch eine Zigarette und ließ sie durch die Finger gleiten. »Du willst nicht mit mir befreundet sein. Ich bin kein netter Kerl.«

»Das würde ich gern selbst beurteilen, wenn es dir nichts ausmacht.« Ihre Stimme wurde sanfter, eine seltsam beruhigende Melodie für mein rasendes, verkorkstes Herz.

»Ich kenne dich schon«, sagte ich. »Und ich wette, du kennst mich auch. Also lassen wir die Höflichkeitsfloskeln.«

Sie war das brave Mädchen, das wahrscheinlich alles bekam, was sie wollte. Die besten Noten auf der Highschool und auf dem College, Tochter zweier perfekter Eltern, gut erzogen, reich und mädchenhaft. Anhand ihrer Kleidung und ihres Autos konnte ich erkennen, dass sie eine Vorzeigetochter war. Was musste ich sonst noch wissen?

»Du kennst mich nicht«, flüsterte sie, den Blick abgewandt, die Unterlippe zwischen den Zähnen.

Ich hätte gern jede Menge gesagt. *Ich darf dich nicht kennenlernen. Ich darf nicht anfangen, dich zu mögen. Ich darf nicht zulassen, dass mich irgendetwas davon abhält, aus Illinois zu verschwinden.* Aber ich blieb stumm. Stattdessen verbannte ich diese Stimme aus meinem Kopf und überließ dem alten Niyol »Hawk« Lattimore das Steuer.

»Vielleicht gibt es einen Grund dafür, dass Menschen wie wir sich nicht kennenlernen sollten. Hast du darüber schon mal nachgedacht?« Ich seufzte und legte den Kopf wieder an die Kopfstütze.

Diese Frau ... jeder brave, süße, unschuldige Zentimeter von ihr wollte nicht wissen, wer ich wirklich war. Und ich musste dafür sorgen, dass sie genauso dachte.

VIER

SUMMER

Als wir am Haus meiner Großeltern ankamen, war ich zum Umfallen müde. Ich machte mir nicht die Mühe, Niyol zu wecken, bevor ich aus dem Rover ausstieg, ließ aber den Motor laufen und stellte die Klimaanlage auf niedrig. Die Luft war schwül und die Blitze in der Ferne gaben ihr recht. Hier draußen auf der kargen Farm meiner Großeltern, weit weg von der Stadt, war es für neun Uhr an einem Juliabend mehr als ungemütlich. Falls er wirklich im Auto schlafen wollte, sollte er sich nicht totschwitzen. Er mochte ein Spinner sein, aber deshalb musste ich mich nicht genauso bescheuert verhalten.

Ich ging zur Haustür des alten weißen Farmhauses und tief in meinem Bauch brodelte die Aufregung. Der einladende Anblick von Grams und Grandpas zweistöckigem Haus war so, wie ich es in Erinnerung hatte. Dass sie mich erwarteten, war, wie unter eine warme Decke zu kriechen.

»Hallo?«, rief ich beim Öffnen der Tür, und hatte Mühe, das Gleichgewicht zu halten, weil mein Koffer so schwer war. Vielleicht hatte ich zu viel eingepackt, aber man wusste nie, wann man Absätze oder Stiefel, Shirts oder Shorts brauchte, vor allem bei einer Reise quer durchs Land.

»Summer!« Mein Großvater, das Ebenbild von Santa Claus, stürmte aus der Küche und begrüßte mich mit einer Umarmung. »Ich kann nicht glauben, dass du da bist.« Er trat zurück und hielt mich mit ausgestreckten Armen an den Schultern fest.

Der Vater meiner Mutter war der charmanteste Mann, den ich kannte. Und auch wenn ich seine Tochter, meine Mutter, nicht kennengelernt hatte, kam es mir vor, als wären er und Grams all das, was meine Mutter für mich hätte sein können.

»Ich habe euch so vermisst.« Ich drückte ihn noch einmal, so fest wie ich konnte.

»Wir haben dich auch vermisst.« Wir gingen zur Küche, und mir stieg der Duft von Schokoladenkuchen in die Nase. Als hätte er einen eigenen Willen, knurrte mein Magen zum Beweis, dass ich den ganzen Tag nichts gegessen hatte.

»Hungrig?« Grandpa lächelte und blickte auf meinen Bauch.

»Fast verhungert.« Ich legte ihm den Kopf auf die Schulter. »Wo ist Grams?«

»Im Garten. Ihre verrückte Katze hat heute Morgen ein Nest mit Kaninchenbabys entdeckt und alle getötet. Hat Grams fast das Herz gebrochen.« Er schüttelte den Kopf und bedeutete mir, mich an den Tisch zu setzen. »Ich hole dir etwas. Setz dich.«

Ich ließ meine Tasche auf den Boden fallen und sank auf einen Stuhl. Das alte Holz ächzte unter mir und bei dem Geräusch musste ich grinsen. Gott, es war so schön, hier zu sein.

Ich ließ den Blick durchs Zimmer schweifen, über die gelben Wände mit der Sonnenblumenbordüre, und blieb an dem Bild hängen, das ich ihnen als Zehnjährige gemalt hatte. Es hing am Kühlschrank, gehalten von einer magnetischen Farm aus Tieren. Ich lächelte. Hier hatte sich nichts verändert.

Dieselben Möbel. Dieselbe Einrichtung. Dieselbe Gemütlichkeit, der ich nie überdrüssig werden würde.

Bis zu meinem letzten Schuljahr war ich im Sommer immer ein paar Wochen bei meinen Großeltern geblieben, wenn mein Vater arbeitete, mit meinen Brüdern campen ging oder sie zu ihren Football-, Baseball-, Hockey- oder Fußball-Camps fuhr. In diesem Haus war meine Mutter aufgewachsen, und so seltsam es klang, hier fühlte ich mich ihr nah. Ich kannte sie nur von Fotos und aus Geschichten, aber sie hatte sich vermeintlich auf den ersten Blick in mich verliebt. Bis sie drei Stunden nach meiner Geburt an einer Lungenembolie starb.

Ich war zwei Jahre lang nicht mehr hier gewesen. Hauptsächlich, weil ich so wahnsinnig verliebt gewesen war ...

Nein. Ich hatte mir versprochen, Landon nicht mehr nachzutrauern. Schöner und besser – diese Richtung wollte ich jetzt einschlagen.

Das Licht auf der Veranda ging aus, und kurz darauf schwang die Hintertür auf. Ich warf einen Blick auf die erschöpft aussehende Frau mit grauen Haaren bis zum Ellbogen, und bei ihrem Anblick stiegen mir die Tränen in die Augen. Meine Grams. Mit einem fließenden grünen Rock und einem hauchdünnen weißen Oberteil sah sie mit sechsundsechzig genauso schön aus wie immer.

»Du meine Güte!«, rief sie und sah mir in die Augen.

»Hi, Grams.« Ich lächelte und wollte aufstehen.

»Bleib sitzen. Du siehst erschöpft aus.« Sie überwand die letzten Schritte bis zu mir, ich stand trotzdem auf und ihre Umarmung war genauso herzlich wie die meines Großvaters.

»Mein Gott, du bist genauso schön wie deine Mutter.« Sie wiegte uns von einer Seite zur anderen. Über ihre Schulter hinweg sah ich meinen Großvater lächeln, dann blinzelte er und wischte schnell eine Träne ab, bevor Grams sie sah. »Setz dich. Wir müssen dich aufpäppeln. Du isst ja offenbar nichts.«

»Ich esse genug, Grams. Ehrlich.«

Sie schnaubte und winkte ab. »Du bist zu dünn.«

Grandpa stellte einen Teller auf den Tisch. Lächelnd nahm ich davor Platz und sah zu, wie sie sich mir gegenübersetzten. Ich löste meinen Pferdeschwanz, flocht mir einen seitlichen Zopf und gab mir Mühe, den riesigen Elefanten im Raum zu ignorieren.

Sie wussten von meinem Besuch. Ich hatte sie letzte Woche angerufen, als sich das mit der Reise abzeichnete, und gefragt, ob ich bei ihnen übernachten könnte. Ich hatte ihnen nicht erklärt, wohin ich wollte, mit wem ich unterwegs war, oder warum ich diese Reise unternahm.

Selbst Dad kannte keine Einzelheiten, er dachte, ich würde mit Emily wegfahren – nicht mit ihrem Stiefbruder, dem Ex-Häftling. Hätte er davon gewusst, hätte es ohne Zweifel einen Riesenaufriss gegeben. Doch ich war vierundzwanzig, mietete mein eigenes Loft und hatte einen anständig bezahlten Job. Ich liebte meinen Vater, aber er musste nicht von *allen* meinen Geheimnissen wissen.

»Hackbraten und Kartoffelpüree. Du weißt noch, was ich am liebsten esse.« Ich schnappte mir eine Gabel und seufzte, als meine Geschmacksknospen vor Glück fast explodierten.

»Wie könnte ich das vergessen.« Grams stützte das Kinn in die Hand und einen Ellbogen auf den Tisch.

»Und, wer ist der junge Gentleman?« Schon nach drei Bissen stellte mein Grandpa die Frage, vor der ich mich am meisten gefürchtet hatte.

Ich wischte mir den Mund mit einer Serviette ab und lächelte unschuldig. »Welcher Gentleman?«

Grandpa verschränkte die Arme vor der Brust. »Der, der in deinem Auto auf dem Beifahrersitz schläft. Der unheimliche Kerl, der nicht Landon ist.«

Ich verschluckte mich, hustete Essensreste quer über den Tisch und griff nach dem Wasserglas.

Grams lachte und stand auf, um mir auf den Rücken zu

klopfen. »Wir finden bestimmt noch früh genug heraus, wer der Kerl ist. Lass sie in Ruhe, Liebling.«

Mein Gesicht lief rot an. Ich war mir jedoch nicht sicher, ob es am Husten oder der Direktheit meines Großvaters lag. Er war immer der Ruhigere der beiden gewesen. Vielleicht machte ihn das Alter energischer.

Nachdem ich meinen Teller geleert hatte, lehnte ich mich zurück und verschränkte die Arme vor dem Bauch. »Das war köstlich. Ich habe deine Kochkünste vermisst.« In der Hoffnung, sie würden das Thema wechseln, lächelte ich Grams an.

»Raus damit, Summer Marie.«

»Paul«, mahnte Grams. »Ich sagte, lass sie in Ruhe.«

Ich wand mich unter Grandpas durchdringendem Blick, bevor ich Grams ansah. »Schon gut. Landon und ich ...« Ich sah auf meinen Teller hinab und atmete durch die Nase ein, durch den Mund aus. »Wir haben uns getrennt.«

»Oh, gut. Ich habe den Jungen nie gemocht.« Grams fand als erste die Sprache wieder.

Bei ihrem Geständnis machte ich große Augen. »Du mochtest Landon nicht?«

Grandpa sagte: »Wir mochten ihn beide nicht. Er war nicht gut genug für dich.«

Ich blinzelte, erstaunt über ihr Geständnis. Sie hatten nie auch nur das Geringste angedeutet.

»Warum habt ihr mir das nicht gesagt? Wir hätten in zwei Monaten geheiratet.«

»Wir dachten, du liebst ihn, Schätzchen.« Grams zuckte mit den Schultern. »Und wir wollten nur, dass du glücklich bist.«

Ich nickte langsam und dachte nach. Von unserer Verlobung waren sie nicht wahnsinnig begeistert gewesen, so viel wusste ich. Doch ich hatte geglaubt, sie hielten uns einfach für zu jung, um zu heiraten. Aber herauszufinden, dass sie ihn nie gemocht hatten, löste etwas in meiner Brust, wie eine zu stark angezogene Schraube.

»Und wer ist dann der Kerl in deinem Auto?«, fragte Grams mit einem verschmitzten Grinsen.

Aus irgendeinem Grund wurde ich nervös, leckte mir über die Lippen und sah zwischen den beiden hin und her. »Er ist der Stiefbruder meiner Freundin. Ich fahre ihn nach Kalifornien.« Ich zuckte mit den Schultern. »So etwas wie ein Sommerurlaub.«

»Bist du mit ihm zusammen?« Grams lehnte sich zurück und verschränkte die Arme.

»Oh nein, nein, nein.« Bloß nicht. »Er ist nur ein Bekannter.« Wenn überhaupt.

»Holst du ihn rein, damit wir ihn kennenlernen können?« Sie zog die Augenbrauen hoch.

»Ja.« Vorsichtig blickte ich zu Grandpa.

Wie ich hatte er die Augen zusammengekniffen, schaute jedoch durch den Kücheneingang zur Haustür.

»Es wird spät. Ich schlage vor, wir bringen die Vorstellungsrunde hinter uns, solange wir noch wach sind.«

»Oh, wundervoll. Ich mache den Kuchen fertig.« Grams stand auf und brachte meinen Teller zum Spülbecken. »Für neue Gäste nehmen wir das gute Porzellan.« Aufgeregt klatschte sie in die Hände und flitzte zur Vitrine in der Küchenecke.

»Äh, nein. Lieber nicht Grams. Es ist spät und wenn er reinkommt, will er wahrscheinlich einfach nur ins Bett.« Falls ich ihn überhaupt *rein bekomme*.

Mit vier kleinen weißen Tellern in der Hand drehte sich Grams zu mir um. »Alle lieben meinen Schokokuchen, Summer. Und er ist noch warm. Dann schmeckt er am besten.«

Ich stand auf und ging zu ihr. »Ich weiß. Es ist nur so, dass es keinen ...« Das Klappen der Haustür unterbrach mich. Als ich mich umdrehte, war Grandpas Platz am Küchentisch leer. »Scheiße.«

»Nicht fluchen, Liebes.« Ich wandte mich wieder Grams

zu, deren Stirnrunzeln einem spitzbübischen Lächeln wich. Lachfältchen zeigten sich um ihre Augen und sie legte mir die freie Hand an die Wange. »Das gehört sich nicht für eine junge Dame auf der Suche nach einem neuen Verehrer.«

Lieber Gott. Worauf hatte ich mich da bloß eingelassen?

FÜNF

NIYOL

Das Hämmern wollte nicht aufhören.

Bumm, bumm, bumm.

Langsam öffnete ich die Augen und griff nach der Glock in meiner Tasche, die nicht da war. So viele Jahre später konnte ich mich immer noch auf meine Instinkte verlassen.

Bumm. Bumm. Bumm.

»Was zum ...?« Mit zusammengekniffenen Augen setzte ich mich langsam auf und blickte aus dem Fenster. Auf der anderen Seite der Scheibe stand ... »Der Weihnachtsmann?« Ich presste mir die Handballen auf die Augenlider. Anscheinend halluzinierte ich.

»Steh auf. Im Haus wartet Kuchen auf dich«, rief der alte Mann.

Ich streckte die Hand aus, um den Motor abzustellen, dann öffnete ich die Tür einen Spalt. »Wer sind Sie?«

»Der Hauseigentümer.« Mit verengten Augen hob er das Kinn. »Und Summers Grandpa.«

Auf der Veranda eines riesigen weißen Hauses erkannte ich zwei Schatten. Dort stand Summer neben einer alten Lady.

»Scheiße«, flüsterte ich, schob die Tür ganz auf und nickte dem alten Mann grüßend zu.

»Kannst du nicht sprechen, Junge?«

Ich zuckte mit den Schultern und folgte ihm die gewundene Auffahrt hinauf.

»Älteren nicht zu antworten ist unhöflich.«

»Doch, ich kann sprechen.« Ich schluckte.

»Gut. Denn wenn du meine Frau kennenlernst, erwarte ich, dass du dich höflicher mit ihr unterhältst als mit mir.«

Verdammt. Er brachte mich ins Rennen für das Arschloch des Jahres. Ich mochte ihn sofort.

Summer stolperte über eine Stufe auf der Veranda und ihre Augen huschten zwischen mir und ihrem Grandpa hin und her. Die Lady, die wohl ihre Grandma war, blieb vorsichtig in der Haustür stehen, und lächelte mich durch das Fliegengitter hindurch an.

»Es tut mir leid«, flüsterte Summer, als ich vorbeiging.

Ich folgte ihrem Grandpa und antwortete genauso leise: »Ich sagte doch, dass ich im Auto schlafe.«

»Ich hatte auch nicht vor, dich zu wecken.« Sie strich sich eine Strähne hinter das Ohr und warf einen Blick über die Schulter, bevor sie mich wieder ansah. »Aber sie haben dich hier draußen gesehen und wollten es nicht zulassen.« Sie biss sich auf die Unterlippe – etwas, das sie oft machte. Ich betrachtete die Rundung ihres Mundes, wie sich die Zähne in das Fleisch bohrten, und war völlig abgelenkt von der Vorstellung, es selbst zu tun.

Keine gute Idee, Arschloch.

Ich wandte den Blick ab, räusperte mich und sagte: »Ist okay.« In einem Haus wie diesem zu sein, verursachte mir eine Gänsehaut. Zu heimelig. Zu schön. Zu unbekannt.

Bevor ich hineingehen konnte, berührte Summer mich an der Schulter. »Sei bitte nett. Ich habe sie lange nicht gesehen und ...« Sie blinzelte mit den wasserblauen Augen und verschwand in einer Welt, die ich unbedingt kennenlernen wollte. Bei dem Gedanken, dass auch sie ihre Dämonen hatte, ließ ich die Schultern hängen. Der neue Niyol hatte einen seiner seltenen Auftritte und ich fuhr mir mit den Fingern durch die Haare. »Hey.«

Etwas in meinem Magen machte einen Hüpfer, als sie mich ansah – erwartungsvoll, skeptisch, neugierig.

»Ja?«

Ich atmete langsam aus. »Ich werde nett sein. Versprochen.«

Summer lächelte zögernd – ein Lächeln, das ich nicht verdient hatte. Sie war zu süß für Typen wie mich, und neue Lebensziele hin oder her, ich wollte sie nicht verderben.

Mit einem zittrigen Seufzer sagte sie kaum hörbar »Danke« und hüpfte voraus. Ich legte den Kopf in den Nacken, richtete den Blick gen Himmel und schlug die Tür zu meinen ungehörigen Gedanken wieder zu.

»Willkommen in unserem Haus, junger Mann. Mein Name ist Peaches.« Summers Großmutter – *Peaches?* – klopfte mir auf den Rücken und schloss die Tür hinter mir. »Ich glaube, Sie sind genau der Richtige für mein Mädchen.«

»Äh ...« Ich kratzte mir den Nacken, als sie mich durch das Wohnzimmer führte. »Ich werde die Nacht in Summers Range Rover verbringen.« Ich deutete mit dem Daumen zur Tür, hielt inne und vergrub die Hände in den Hosentaschen. »Damit fühle ich mich einfach wohler.«

Summer, die jetzt im Eingang zur Küche stand, erstarrte bei meinen Worten.

Doch ihre Grandma ... »Nein, werden Sie nicht. Wir haben ein Bett, dass Sie sich mit Summer teilen können. So altmodisch bin ich nicht.«

Summer wirbelte herum und ergriff die Hand ihrer Grandma. »Grams, nein. Ich sagte doch. Niyol und ich sind nicht ...«

»Weißt du was?« Ich trat zwischen Summer und ihre Grandma, die Red Dragons, die Manipulation liebten, kam mir in den Sinn. »Ich glaube, ich bleibe doch drinnen.« Ich zwinkerte Summer zu, die noch tiefer errötete. Und weil ich es nicht lassen konnte, trat ich hinter sie, legte ihr den Arm um die Taille und streifte mit den Fingern die warme Haut ihrer Hüfte unter dem Saum ihres T-Shirts.

Das war meine Rache dafür, dass sie so viel geredet hatte.

Ihre Grandma presste die Hände unter dem Kinn zusammen und ihr fielen fast die Augen aus dem Kopf. »Das ist ja *wunderbar*.«

Das war mir neu. Eine alte Dame, die mich für *wunderbar* hielt? Verdammt, ich fragte mich, was sie wohl sagen würde, wenn sie wüsste, dass ich zum Schutz in meiner schwarzen Reisetasche ein Messer herumtrug, das so lang war wie mein Unterarm. Und zwar nur, weil ich es vor der Abreise nicht mehr geschafft hatte, mir eine Schusswaffe zu besorgen.

»Der Kuchen ist serviert«, rief Grandpa aus der Küche.

Mit einem breiten Grinsen ging Peaches auf ihren Mann zu und streichelte Summer auf dem Weg die Wange. Als sie außer Hörweite waren, schob Summer mich weg.

»Bist du verrückt? Wenn wir morgen abreisen, hat Grams uns verheiratet und mit einem Schwangerschaftszauber belegt.« Sie sah mich an und ihre blauen Augen funkelten vor Wut. Durch ihre Reaktion musste ich nur noch breiter grinsen – und mein Schwanz regte sich ein wenig.

»Autsch, das tat weh, Prinzessin.« Ich legte mir eine Hand auf das Herz, grinste, und beschloss, ein Spiel zu spielen. Wenn ihre Großeltern mich für ihren zukünftigen Prince Charming hielten, würde ich den Part gern übernehmen.

Sie stach mir den Finger in den Oberarm. »Pass bloß auf, dass ich dir nicht richtig wehtue.« Als sie sich umdrehte und wegging, fiel mein Blick auf ihre winzigen Shorts, und ich konnte ihn einfach nicht abwenden.

SECHS

SUMMER

Gestern Abend war schrecklich. Zumindest nachdem Niyol reingekommen war. Grams machte sich lächerlich und fragte, wie lange wir schon zusammen seien. Niyol versuchte nicht einmal, sie zu korrigieren; er war so süchtig nach ihrem Schokokuchen, dass er alles andere ausblendete.

Dieser Verräter. Typisch Mann. Für ein bisschen gutes Essen macht er alles, was Frauen wollen, besonders die Sechsundsechzigjährigen.

Nach dem Essen ging ich nach oben, um zu duschen, und ignorierte Niyols dunkle Stimme und sein übertriebenes Lachen. Nach wenigen Minuten fraßen ihm meine Großeltern aus der Hand, das Seltsamste und Nervigste, was ich je erlebt hatte.

Erschöpft von der Fahrt, wollte ich nach der Dusche sofort ins Bett. Doch als ich in das Zimmer kam, in das Grandpa meine Sachen gebracht hatte, bemerkte ich eine weitere Tasche auf dem Boden ... und eine große Gestalt, die bereits in *meinem* Bett schlief. Grams hatte nicht gescherzt, als sie meinte, Niyol und ich sollten im selben Zimmer schlafen.

Ich schlief auf dem Boden ein, aber als ich am Morgen die

Augen aufschlug, fand ich mich stattdessen unter einer Decke im Bett.

Nervös drehte ich mich um und mein Herz schlug schneller. Doch als ich die Stelle hinter mir leer vorfand, blinzelte ich und atmete auf. War ich geschlafwandelt? Denn freiwillig hätte ich mich nicht zu Niyol ins Bett gelegt.

Ich schlüpfte unter der Decke hervor, das Verlangen nach Kaffee lockte mich in die Küche. Aber als ich die Tür öffnen wollte, ließ mich eine Stimme aus dem Flur innehalten. Vorsichtig drückte ich das Ohr ans Holz und lauschte.

»Ich weiß nicht, ob du diese Nachricht bekommst. Aber wir müssen reden, Maya.« Er machte eine Pause. »Ich bin aus dem Gefängnis entlassen worden und komme nach Kalifornien. Ich hoffe, dass ich bei dir unterkommen kann.« Er seufzte und für einen so toughen Mann klang er unglaublich niedergeschlagen. Mitgefühl machte sich in meiner Brust breit und die Verärgerung wegen gestern Abend verschwand. Ich hatte *gewusst,* dass er noch eine weichere Seite hatte. Deshalb wollte ich versuchen, ihn kennenzulernen.

Er war Emilys Stiefbruder, ein etwas kaputter Typ, der aber mit ein bisschen Klebeband wieder in Ordnung gebracht werden konnte. *Ein trauriger Mann war eigentlich gar kein Mann* – wie mein Vater immer zu sagen pflegte. Nicht, weil er ein schlechterer Mensch war, sondern weil er jemanden brauchte, der die Traurigkeit vertrieb. Dieser jemand konnte ich übergangsweise für Niyol sein. Vorausgesetzt er ließ mich.

Die Tür flog auf, bevor ich zurücktreten konnte. Ich fiel zu Boden und stützte mich mit den Händen ab. Ein stechender Schmerz schoss mir in das Steißbein und mit stiegen sofort die Tränen in die Augen. Schmerztoleranz war das einzige, das mir fehlte.

»Scheiße, Summer, was machst du ...« Niyol erstarrte, seine dunklen Augen wurden schmal, während er meinen Blick festhielt. Ich wischte mir schnell über die Augen, bevor er mir aufhalf. Dann ließ er meine Hand fallen und rieb sich die Handfläche an der Jeans ab.

»Ich ...« Mit brennendem Hinterteil klopfte ich mir die Rückseite meiner Schlafshorts ab und blinzelte etwas wackelig auf den Beinen zu ihm auf.

Seine Stirn war gerunzelt. »Hast du mich belauscht?«

Ich schluckte schwer, trat einen Schritt zurück und wurde von einer Wand aufgehalten. »*Eigentlich* nicht. Zumindest nicht absichtlich. Ich musste zur Toilette und habe zufällig dein Gespräch mit angehört.«

Aus der Nähe war die dunkle Narbe an seiner Lippe noch deutlicher zu sehen. Meine Finger zuckten, denn ich hatte den seltsamen Drang, sie zu berühren – ein Drang, den ich sofort unterdrücken musste. Seine Nasenflügel bebten, als würde er etwas wittern, sicherlich nicht mich. Ich schnupperte unwillkürlich und der Duft von Seife und Menthol erfüllte meine Sinne. Sauber, maskulin und einhundert Prozent Niyol.

Mein Blick fiel auf seine Haarspitzen, aus denen Wassertropfen auf seine breiten Schultern fielen. Breite Schultern, die auch heute in einem schwarzen T-Shirt steckten.

»Zum Bad geht es da lang.« Mit immer noch zusammengekniffenen Augen deutete er auf die Tür im Schlafzimmer zu seiner Linken.

»Mit wem hast du gesprochen?«, fragte ich, da ich offenbar eine masochistische Ader hatte.

»Kennst du nicht.« Seine Stimme war rau, wütend und abweisend, aber auch von einem Hauch von Bedauern und Traurigkeit erfüllt.

Ich erschauerte. »Bist du in Schwierigkeiten?«

Seine Augen verdunkelten sich bei meiner Frage.

Ich hielt eine Hand hoch. »Tut mir leid. Vergiss es einfach.« Ich schüttelte den Kopf und bewegte mich nach links. Er folgte mir, eine Hand landete neben meinem Kopf an der Wand. Er hielt mich nicht fest, aber offenbar war unser Gespräch noch nicht zu Ende.

»Du brauchst mir nicht nachzuspionieren«, sagte er. »Du kannst mich einfach fragen.« Das waren die höflichsten Worte, die er zu mir gesagt hatte, seitdem wir Lisas Haus verlassen hatten. Doch gleichzeitig konnte ich die Anspannung zwischen uns spüren, vor allem seine dunkle Wut. Ich war mir nicht sicher, ob er wütender auf mich oder auf die Welt war.

»Zum letzten Mal, ich habe dich nicht belauscht«, schnaubte ich und verschränkte die Arme. »Ich habe mich nur gefragt, warum du auf dem Flur telefonierst, wenn du auch hier drin telefonieren könntest. Oder draußen.«

Er leckte sich über die Lippen, seine Augen huschten schnell zu meinem Dekolleté und wieder zu meinem Gesicht. Mein Hals wurde warm, ebenso wie meine Wangen. Zum ersten Mal sah er mich nicht an, als wäre ich eine Nervensäge. Und das gefiel mir viel zu gut.

Keine Männer mehr, Summer. Merk dir das.

»Ich wollte dich nicht wecken. Deshalb habe ich nicht im Zimmer telefoniert.« Er hielt inne und rieb sich über den Mund, bevor er sich vorbeugte und die Hände links und rechts von meinem Kopf an die Wand drückte.

Ich blinzelte, als der Duft seines Aftershaves meine Nase kitzelte. Himmel, roch er gut.

»Und ich wollte nicht, dass deine Großeltern denken, dass ich wegrenne oder irgendwas verheimliche.«

Das war eigentlich ziemlich ... *umsichtig.* »Oh.«

Er zog eine Augenbraue hoch. »Warum ist es überhaupt wichtig, wo ich telefoniere?«

Ich ließ die Arme sinken und meine Brust streifte seine. Meine Schultern berührten die Wand hinter mir und die Hitze, die von ihm ausging, war fast erstickend. Er strahlte pure Männlichkeit aus. Ich erschauerte noch einmal und mir gefiel nicht, dass mein Inneres durch die bloße Berührung unserer T-Shirts derart vibrierte.

So fing es immer an, mein Körper übernahm das Ruder. Geblendet von einem umwerfenden Augenpaar und hübschen Männerlippen – heiße Typen brachten mir immer Ärger ein.

Zwei Jahre meines Lebens hatte ich an Landon verschwendet. Und dass er mich betrog, hatte ich nur herausgefunden, weil ich ihn in flagranti ertappt hatte – wortwörtlich auf dem Schreibtisch in seinem Büro. Wochenlang war er nach Hause gekommen und hatte nach billigem Parfum gerochen, doch ich war zu dumm, um die Zeichen zu erkennen. Zu geblendet von der Vorstellung einer glücklichen Ehe.

Hätte ich die Wahrheit nicht herausgefunden, wäre ich bald in dem Fünftausend-Dollar-Kleid zum Altar geschritten, das ich erst letzte Woche in meinem Kamin verbrannt hatte.

Noch nie war eine Therapie so teuer gewesen.

Ich schüttelte den Kopf, um die Erinnerung loszuwerden. »Nicht schlimm. Und noch einmal, tut mir leid, dass ich dich belauscht habe. Es kommt nicht wieder vor. Ich respektiere die Privatsphäre anderer. Ehrlich.«

Er nickte einmal, antwortete aber nicht und wirkte auch nicht überzeugt. Zum Glück hatte sich die Wut in seinen Augen ein wenig gelegt, aber was stattdessen darin brannte war nicht viel besser: sengend, dunkel, und nichts, was ich erwartet hatte. Mir stockte der Atem und meine Brustwarzen drückten sich gegen den Stoff meines Tops.

Grundgütiger, ich musste mal wieder mit jemandem schlafen. *Selbst auferlegtes Männerverbot, haha.* Vielleicht war dieses Verbot der falsche Ansatz. Vielleicht musste ich mir meinen Ex aus dem System vögeln. Ich hätte wetten können, dass Niyol das mit Bravour bewältigen würde. Er strahlte diese gewisse Dominanz aus, zusammen mit dem Bad-Boy-Sexappeal, und er würde mir bestimmt den Höhepunkt meines Lebens bescheren, wenn ich ihn bäte.

Andererseits war es wahrscheinlich keine gute Idee, sich vorzustellen, dass der Spender meiner zukünftigen Orgasmen der Mann war, mit dem ich die nächsten paar Tage eingepfercht in einem Auto verbringen würde. Außerdem war er ein Gesetzesbrecher und so, wie es sich angehört hatte, mit einer anderen zusammen ... auch wenn ein Mann, der in eine andere verliebt war, mich nicht so ansehen sollte, wie Niyol es jetzt tat. Als wollte er mich kosten, mich berühren, mich auf das Bett schmeißen, in dem ich gerade aufgewacht war ...

Seine Zunge schob sich aus dem Mund und mir fiel etwas Glänzendes ins Auge, das an seinen Zähnen klapperte. Abgelenkt und völlig überwältigt von dem jähen Ziehen zwischen meinen Schenkeln, flüsterte ich: »Du hast ein Zungenpiercing.«

Er nickte. »Hab ich.«

Je länger er meinen Blick erwiderte, desto dunkler wirkten seine Augen. Zwei schwarze Löcher, die gleichzeitig alles und nichts versprachen. Mein Herz klopfte unkontrolliert in meiner Brust und ein Schweißfilm bedeckte meinen Nacken. *Warum war es hier drin plötzlich so heiß?* Ich trat von einem Fuß auf den anderen. Er legte den Kopf schief und musterte mich, als wäre ich ein Rätsel. Eines, gegen dessen Lösung er ankämpfte. Bevor ich ihm die Entscheidung abnehmen konnte, bevor ich in seine Arme springen und ihm die Beine um die Hüfte schlingen konnte – löste er die Hände von der Wand und drückte sie gegen meine Hüfte.

»Wann hast du sie dir piercen lassen?« Meine Stimme war ein Flüstern, mein Atem streifte meine Lippen wie winzige Finger.

»Hab ich mir zu meinem einundzwanzigsten Geburtstag geschenkt.«

Ich räusperte mich. »Hat es wehgetan?«

»Nein.«

Unbewusst drückte ich die Hüften gegen seine, ein langsames Stoßen. Bei dieser Bewegung schien Niyol der Atem zu stocken und seine ohnehin schon dunkle Haut wurde noch dunkler.

Bei diesem Anblick durchflutete mich ein Gefühl der Macht und ich verspürte den unendlichen Drang, diesen abgebrühten Kerl in die Knie zu zwingen. Also wölbte ich mich ihm noch einmal entgegen, und genoss, wie er die Augen schloss und die Lippen öffnete. Ein Biest kurz vor der Explosion.

Dabei streifte mein Tanga meine Klit und köstliche Schockwellen ergriffen mich ... Das Gefühl ließ mich keuchen und er öffnete seine Augen. Sein Blick war nun anders und ich bekam eine Gänsehaut an den Armen.

Verlangen. Begehren. Lust.

Das trieb mich zu meiner nächsten Frage. »Bist du noch irgendwo gepierct?«

Ein breites Grinsen trat auf sein Gesicht, dunkel mit dem Versprechen von Schmerz – der guten Art. Das Grinsen in Kombination mit seinem sengenden Blick hätte mich fast dazu gebracht, meine plötzliche Enthaltsamkeit für einen einzigen Versuch bei ihm aufzugeben. Ein Orgasmus wäre alle Konsequenzen wert. Da war ich mir sicher.

»Willst du es herausfinden, Prinzessin?« Neckisch zog er eine Augenbraue hoch. Niyol wusste genau, was er tat, und er genoss es offensichtlich. Aber anstatt mein stilles Angebot auszunutzen, trat er plötzlich einen Schritt zurück, ließ die Hände sinken und die Hitze zwischen uns verflüchtigte sich.

Ich atmete aus und mir wurde bewusst, wie falsch das hier war. Ich war noch nicht über Landon hinweg. Das war alles. Sonst hätte ich mich nie zu einem Mann wie Niyol Lattimore hingezogen gefühlt, er sah bloß wahnsinnig gut aus. Er war ein Verbrecher und hatte schlimme Sachen angestellt mit seiner sehr unanständigen ... Zunge? Nein, nein. Nicht mit seiner Zunge. Sie war alles andere als schlimm. Seine Zunge war sogar mörderisch sexy und ...

Himmel, ich wollte ihn spüren. Ich wollte von diesen vollen

Lippen geküsst werden. Wollte diese großen Hände spüren. Auf meinen Brüsten, zwischen meinen Schenkeln ... Wem machte ich etwas vor? Ich wollte die böse Seite des Lebens in Form eines Mannes kennenlernen, der wahrscheinlich ihre tiefsten, dunkelsten Winkel kannte.

Aber vor allem wollte ich diese Zunge in meinem Mund.

»Zeigst du es mir, oder muss man sich das erst verdienen?«, fragte ich. Es war eine gefährliche Frage und ich hätte nicht gedacht, dass ich sie stellen würde. Aber Niyol gab mir das Gefühl, dass ich es in seiner Gegenwart mit der Welt aufnehmen könnte.

Niyols Kiefer spannte sich an, die Lider über seinen dunklen Augen schlossen sich halb. Er antwortete immer noch nicht. Musste er aber auch nicht. Sein Blick verriet, was er nicht aussprechen konnte – er wanderte zu meinen Brüsten und musterte ihre Rundung, dann wanderte er wieder hinauf zu meinen Lippen. Im Gegenzug biss ich mir auf die Unterlippe, während erneut Hitze in mir aufwallte, eine unausgesprochene Einladung an ihn, mich zu küssen.

Doch Sekunden vergingen, eine Minute, dann zwei. Meine Haut begann zu kribbeln, genervt. Und je länger Niyol mich musterte, ohne Anstalten zu machen, mich zu berühren, desto klarer wurde mir, dass ich die Situation völlig falsch eingeschätzt hatte.

Weder mit Worten noch mit seinen Händen bedeutete er mir näherzukommen. Stattdessen veränderte sich sein Gesichtsausdruck von entrückt zu ... leer. Gefühllos. Kalt.

Und als hätte er innerlich eine Entscheidung getroffen, schnappte er sich seine Reisetasche vom Boden, warf sie sich über die Schulter und sagte: »Wir treffen uns im Auto.«

Die Hände immer noch an den Hüften, die Kehle wie zugeschnürt, blinzelte ich gegen die Tränen der Scham an.

O Gott, was hatte ich mir bloß gedacht?

»Tut mir leid, Kleine. Der Wagen rührt sich nicht. Er springt nicht mehr an.« Mit ölverschmierten Händen und dreckigen Armen schlug Grandpa die Motorhaube meines Range Rovers zu.

Aus dem Augenwinkel warf ich einen Blick auf Niyol, ich spürte seine Anwesenheit jetzt schmerzlicher denn je. Dunkle Ölflecke sprenkelten seine kräftige Nase und die Wangenknochen; auch an der Schläfe hatte er etwas. Anbetungswürdig. Sexy. Und verdammt unheimlich. Ein Mann, dem ich mich quasi an den Hals geworfen hätte ... nur um abgewiesen zu werden. Daran hatte ich mich in letzter Zeit leider gewöhnen müssen, selbst bei den Männern, die mich angeblich liebten. Männer wie mein Vater. Meine Brüder, sogar mein Verlobter ...

Wenigstens auf meinen Großvater konnte ich mich verlassen.

»Hast du ihn ausgeschaltet, nachdem du gestern Abend ausgestiegen bist?«, fragte ich Niyol und bemühte mich um eine ausgeglichene Tonlage.

»Ja«, antwortete er emotionslos.

Meine Hände zappelten herum und ich blickte schließlich zu ihm auf. Er hatte die Augen halb zusammengekniffen und auf die Motorhaube gerichtet.

»Dann ist es also nicht die Batterie?«

Grandpa antwortete mir zuerst und wischte sich die Hände an einem alten Handtuch ab, das er über den Overall geworfen hatte. »Ny hat das überprüft. Sagte, sie wäre in Ordnung und geladen.«

Ny? Seit wann nannten sie sich beim Spitznamen? Ich rieb mir verärgert die Oberarme.

»Wir haben einen *Zeitplan*«, schnaufte ich und die Enttäuschung legte sich wie eine schwere Kette um meine Brust. Ich wollte vor Einbruch der Dunkelheit in Denver sein. Ein bisschen shoppen gehen. Ich hatte Pläne und ein kaputtes Auto passte einfach nicht hinein.

Wenn mein Zeitplan in Gefahr war, fiel es mir schwer, Kompromisse zu schließen. Ich brauchte Ordnung und Kontrolle, um zu funktionieren. Ich war ein Gewohnheitstier und konnte das Gefühl der Hilflosigkeit nur schwer ertragen.

»Seit wann?« Niyol verschränkte die Arme und richtete seinen prüfenden Blick auf mich.

Ich erschauerte angesichts der Intensität in seinen Augen. »Seit wann was?«

»Seit *wann* haben wir einen *Zeitplan?*«

»Den habe ich vor unserer Abfahrt erstellt.« Ich hatte nur noch keine Gelegenheit gehabt, es ihm zu sagen, das war alles. »Ich habe eine Reiseroute im Handschuhfach, falls du sie sehen willst. Das ist einer der Gründe, warum ich zugestimmt habe, dich zu fahren. Ich möchte mir die Staaten ansehen. Ein paar Tourisachen unternehmen.« Das Leben und die Freiheit der Reise genießen. Mich selbst finden, da ich mich gerade so unglaublich verloren fühlte.

Niyol sah mich mit gerunzelter Stirn an. Eine Sekunde verging, dann zwei. Ich zog meine Unterlippe zwischen die Zähne und wartete nervös auf seine Antwort.

Zum Glück meldete sich mein Großvater zu Wort, bevor ich etwas sagen konnte, das ich später bereute. »Ny meint, es könnte der Kühler sein. Wir werden in die Stadt fahren, ein paar Flüssigkeiten besorgen und das Öl wechseln.«

»Ich habe das Öl gerade erst wechseln lassen.«

»Keine Sorge, Prinzessin.« Niyol sah mich durchdringend an. »Das ist mein Job. Autos reparieren. Ich kriege das schon hin und bringe dich im Handumdrehen wieder auf die Straße. Wäre ja *schrecklich*, wenn du deinen *Zeitplan* über den Haufen werfen müsstest.«

Ich erwiderte seinen Blick und formte stumm *Arschloch* mit den Lippen.

Zur Antwort zwinkerte Niyol mir spöttisch zu.

Ein paar Minuten später stürmte ich ins Haus. Ich brauchte ein bisschen Trostessen, um meine innere Anspannung zu lindern.

»Ich habe schon gehört, Schätzchen ...« Grams stand am Spülbecken, die Mundwinkel voller Mitgefühl nach unten gezogen.

»Das nervt. Ich habe Hotels reserviert, Pläne, und Sachen, die ich auf dem Weg machen wollte.« Ich ließ mich auf einen Küchenstuhl plumpsen und wurde mit einem Teller mit Pfannkuchen und Speck begrüßt. Links von mir stand Orangensaft und ich schnappte ihn mir und stürzte die kühle Flüssigkeit hinunter, bevor ich fortfuhr. »Der Wagen war gerade erst zur Inspektion. Alles war in Ordnung. Ich verstehe nicht, was passiert ist. Das Öl wurde erst vor Kurzem gewechselt und die Batterie war in Ordnung. Der Auspuff ist auch in bester Verfassung. Ich bin einfach so ... so *sauer*.«

Sauer auf mich, dass ich Niyol oben an mich herangelassen hatte.

Sauer auf mich, vor allem, weil ich mich nicht darauf einstellen konnte, wenn etwas schieflief.

»Iss. Eine weitere Nacht hier kann nicht schaden. Heute Abend könnt ihr beide das Haus sogar eine Weile für euch allein haben, euch ein wenig ausruhen, bevor ihr weiterfahrt. Grandpa und ich gehen samstagabends immer zum Bingo und spielen danach mit einigen anderen Paaren Bridge.«

Ich stach mit einer Gabel in meine Eier. »Grams. Zum letzten Mal. Niyol und ich sind nicht ...«

Die Hintertür öffnete sich quietschen und Grandpa kam herein, lachend über etwas, das Niyol sagte. »Du wärst ein guter Angelkumpel, mein Junge.«

Von einem Ohr zum anderen grinsend setzte sich Niyol mir gegenüber, als wäre alles in bester Ordnung – vielleicht war es das für ihn. Ich verstärkte den Griff um die Gabel und plötzlich

waren die Pfannkuchen auf meinem Teller seine Augen, die ich
aufspießte.

»Angeln würde mir Spaß machen, Sir.«

Ich schnaubte und hustete dann, um es zu verbergen. *Sir?*
Ich schaute ihn ungläubig an. Hatte Niyol wirklich seine
Manieren ausgepackt, wo er mir seit Beginn der Reise kaum ein
Fünkchen Höflichkeit entgegengebracht hatte?

»Ich war seit meiner Kindheit nicht mehr angeln«, fuhr er
fort.

Niyol legte den Arm um Grams Stuhllehne. Sie beugte sich
zu ihm und tätschelte ihm die Wange. »Vielleicht kann Paul
dich heute Nachmittag mit zum Farmteich nehmen, er ist etwa
eine Meile die Straße hinauf. Ihr zwei geht ein bisschen angeln.
Fangt ein paar Crappies zum Abendessen.«

Niyols Lächeln wurde breiter, aufrichtiger, und in meinem
Bauch machten sich Wut und Traurigkeit breit. Schon wieder.
Wenn ich in meiner Kindheit meinen Großvater besucht hatte,
waren *wir* immer angeln gegangen. Hatten zusammen am
Teich gesessen. Bis zum Sonnenuntergang über meine Mutter
geredet, wie sie als Kind gewesen war. Und jetzt bekam *Niyol*
das, wonach ich mich sehnte? Nicht unbedingt das Angeln,
aber Zeit mit einem der wenigen Männer in meinem Leben, der
mich nicht im Stich gelassen hatte.

»Das würde mir gefallen.« Er nickte Grandpa zu, der
grinste, als hätte er im Lotto gewonnen.

Sicher hatte Niyol absolut keine Ahnung, wie man angelte.
Er tat nur so, um mich zu ärgern. Sich mit *meinen* Großeltern
gut zu stellen, um mir eins auszuwischen. Er war nicht nur ein
Arschloch, sondern ein Riesenarschloch.

»Oh, gut. Summer und ich besorgen die Beilagen, Maisbrot
und so weiter. Wir machen heute Abend ein großes Essen,
bevor wir zum Bingo gehen.«

Niyol nickte begeistert, und in diesem Augenblick erinnerte
mich nichts mehr an den Typen, der mich quasi als Platzver-

schwendung abgeschrieben hatte. Eine Mitfahrgelegenheit. Wie hatte er mich genannt? *Seine Chauffeurin?* Bei dem Gedanken biss ich die Zähne zusammen und verlor die Beherrschung und jegliches Gespür dafür, wer ich war – und vor allem verlor ich die Geduld.

»Mensch, *Ny*. Ich wusste gar nicht, dass Angeln bei Typen wie *dir* so ein beliebter Zeitvertreib ist.«

Er erstarrte bei meinen Worten und schaute mit verengten Augen auf seinen Teller hinab, nicht zu mir. Seine Reaktion ließ mich breiter lächeln und mit den Wimpern klimpern; gespielte Unschuld überdeckte meine Wut. Ich hatte ihn getroffen.

»Ich habe in meiner Kindheit geangelt«, brachte er heraus, während er mit der Gabel in der Butter auf seinem Pfannkuchen herumstocherte. »Vielleicht fange ich in Kalifornien wieder damit an. Wer weiß?« Schulterzuckend lehnte er sich zurück. Ein Bild völliger Teilnahmslosigkeit.

Puh. Wie knackte man diesen Mann bloß?

Ich schaufelte mir weiter Essen in den Mund und murmelte vor mich hin. »Klar. Rede dir das ruhig weiter ein, *Hawk*.«

Er zog scharf die Luft ein und wie ich packte er die Gabel fester. Abgesehen von dem, was Emily mir erzählt hatte, wusste ich wenig bis gar nichts über Niyols Leben im *Club*. Zum Beispiel hatte sie erwähnt, dass alle Mitglieder nach der Aufnahme Namen erhielten. Und Niyols Name? Den hatte ihm sein Vater gegeben. Ein Mann, der nichts taugte und fast Niyols Leben ruiniert hätte. Laut Emily weigerte sich Niyol, diesen Spitznamen weiter zu verwenden, besonders in Gegenwart von Normalbürgern. Dass ich ihn jetzt einfach so benutzt hatte, war, gelinde gesagt, nicht sehr nett.

Überraschenderweise verlor Niyol nicht die Fassung. Im Gegenteil, nach diesem kleinen Ausbruch wurde es ziemlich ruhig, wenn auch angespannt. Nur Grandpa und Grams unterhielten sich gelegentlich – offenbar hatten sie nichts von den emotionalen Prügeln mitbekommen, die ich Niyol gerade verabreicht hatte: und zwar in Form eines simplen *Namens*.

Je länger wir zusammensaßen, desto mehr plagten mich die Schuldgefühle. Ich war so dumm. Und außerdem eifersüchtig. Niyol weigerte sich, mich anzusehen, mit mir zu sprechen oder mich überhaupt wahrzunehmen. Stattdessen blickte er auf das Essen auf seinem Teller, als wäre es sein schlimmster Feind, und nickte nur gelegentlich zu einer Bemerkung meiner Großeltern.

Nach der Hälfte des Essens war ich zu aufgelöst, um weiterzuessen. Ich kein gemeiner Mensch. Wenn überhaupt war ich leicht zu beeinflussen. Ich war bloß wütend, dass ich Niyol oben an mich herangelassen hatte. Dass ich die Beherrschung verloren hatte. Das war keine gute Entschuldigung. Und ich war ganz bestimmt nicht stolz darauf, ihn so genannt zu haben. Allerdings konnte ich es nicht mehr ungeschehen machen. Aber ich konnte *versuchen,* es wieder in Ordnung zu bringen.

Irgendwo auf dem Weg hatten wir uns verlaufen. Jetzt war es an mir, zurückzufinden. Zum Ausgangspunkt zurückzukehren.

Entschieden setzte ich mich auf und räusperte mich. »Wäre es okay, wenn ich mitkäme zum Angeln ...«

Abrupt stand Niyol auf, schob seinen Stuhl zurück und unterbrach mich. Er nickte Grams zu, sagte: »Vielen Dank für das Frühstück«, und ignorierte mich völlig, bevor er nach draußen marschierte. Als er die Tür hinter sich zuschlug, zuckte ich zusammen.

Scheiße. Ich hatte es *richtig* vermasselt.

SIEBEN

NIYOL

Ich war *einmal* angeln gewesen, verdammt. An meinem zehnten Geburtstag mit Flick, dem Vice President der RDs. Zugegeben, wir waren nur an einem flachen Bach außerhalb des Geländes, und nur, weil Pops mal wieder zu beschäftigt mit Saufen und Groupies war, um überhaupt zu bemerken, welcher Tag es war.

Aber es war trotzdem Angeln gewesen.

»Niyol?« Summers Stimme drang von der Veranda aus zu mir herüber, wo ich am Auto stand. Ich erstarrte bei ihrem Klang und wünschte, sie würde mich einfach in Ruhe lassen. Jetzt, da ich sie an mich herangelassen hatte, war es noch wichtiger, sie zu ignorieren.

Hawk. Sie hatte mich Hawk genannt, verdammt. Woher kannte sie den Namen?

Nach nur einem Tag hatte sie ihre Klauen tief in mein Fleisch geschlagen. Schon als sie mir im Diner gegenübergesessen hatte, hatte ich gewusst, dass sie Ärger bedeutete. Ich war ein schlechter Mann, der gute Frauen verderben wollte, und konnte alte Gewohnheiten nur schwer ablegen. Und genau deshalb musste ich so schnell wie möglich von ihr wegkommen. Vor allem wollte ich zu Maya nach San Diego.

Maya war Flicks Nichte und darum nicht im herkömmlichen Sinne gut wie Summer. Vielmehr war sie genau wie ich. Sie hatte sich aus eigener Kraft vom Club gelöst, war jedoch in der MC-Welt aufgewachsen und hatte mehr Falsches als Richtiges gelernt. Abgesehen von Slade und Arch war sie die Einzige, die verstand, was ich durchgemacht hatte – oder besser gesagt noch *durchmachte.*

»Es tut mir so leid.« Summer lief über den Kies zu mir hinüber und ihr entschlüpfte ein leises »Autsch«. »Ich wollte nicht so gemein sein. Ich bin nur gestresst. Wegen dem Auto und der Verspätung und ... anderem persönlichen Kram. Ich wollte dich nicht bloßstellen.«

»Woher kennst du ihn?« Ich biss die Zähne zusammen. »Meinen Clubnamen.«

Eine Pause. »Emily hat ihn mir verraten.«

Wie sollte es anders sein? Meine Stiefschwester hatte eine große Klappe. Ich wirbelte herum, um Summer anzusehen, doch mein Blick landete auf ihren Füßen. Sie war barfuß über den Kies gelaufen, um sich bei mir zu entschuldigen?

»Wo zum Teufel sind deine Schuhe?«, fragte ich und wandte mich wieder der Motorhaube zu.

»Oh«, sie lachte leise. Nervös. Das konnte ich hören. »Ich habe nicht nachgedacht. Bin einfach rausgelaufen.«

»Du schneidest dir noch die Füße auf.« Warum machte ich mir darüber Gedanken?

»Ich gehe auf dem Rückweg über die Wiese.« Ihre Stimme klang sanfter. Vielleicht glaubte sie, ich wäre nett. Vielleicht war ich das sogar.

Die Sache war die: Ich war nicht sauer auf Summer. Ich war sauer, weil das, was sie drinnen gesagt hatte, stimmte. Über mein bisheriges Leben, die Abwesenheit einer Vaterfigur ... die

Sache mit dem Angeln. Ich hatte nur wenige Erfahrungen mit dem normalen Leben, denn als Kind hatte ich nur Gesetzesbrechen und Alkoholmissbrauch und das Clubleben kennengelernt.

Und jetzt rannte ich weg, weg von dem Ort, an den ich gehörte, da war ich mir zu neunzig Prozent sicher. Aber hatte ich eine Wahl? Ich galt als Verräter, weil ich meinen Vater verpfiffen hatte. Und durch meine Flucht galt ich noch mehr als Verräter, ich konnte also gar nicht zurückkehren. Deshalb musste ich weitermachen. Ich hatte meine Entscheidung getroffen und musste damit leben.

»Niyol?« Sie flüsterte meinen Namen, als hätte sie Angst, ich könnte gleich explodieren. »Brüll mich an oder mach irgendwas, wonach dir gerade ist. Aber schließ mich bitte nicht aus. Die Reise dauert noch ein paar Tage und wenn du mich anschweigst, wird das zwischen uns nur schlimmer.«

Ich knurrte, sah sie aber immer noch nicht an. Zwischen uns war nichts. Und da würde auch nie etwas sein. Deshalb war es sinnlos, sie zu ignorieren.

Auf gewisse Art verdiente ich ihre Haltung genauso wie sie meine. So erinnerten wir uns daran, dass Menschen wie Summer und ich keine Freunde sein konnten – nicht das empfinden sollten, was ich oben im Schlafzimmer empfunden hatte. Dieses Feuer, das zwischen uns loderte, bereit uns zu verschlingen, wenn man weiter Benzin hineingoss.

Fazit? Ich fuhr quer durchs Land, um eine Chance auf ein neues Leben zu bekommen. Und Summer war ein Umweg, den ich mir nicht leisten konnte.

Sie lehnte sich an die Stoßstange und verschränkte die Hände. »Hörst du mir zu?«

Ich sah auf ihre blassen Beine hinab und schluckte schwer. Sie waren endlos, durchtrainiert und wirkten in den enganliegenden Shorts noch länger. Verdammt sexy. Oben hatte ich mir gewünscht, sie würde sie um mich schlingen. Ich hatte mich zwischen ihnen *vergraben* wollen. Ich hatte sie ausziehen und vögeln wollen, bis sie erschöpft in meinen Armen lag. Das wollte ich immer noch. Aber wir passten nicht zusammen. Ich gehörte zu jemandem wie Maya, die verstand, woher ich kam, wer ich war. Selbst wenn ich nicht mehr *so* für sie empfand.

Ich wischte mir die Hände an meinem Hemd ab und knallte die Motorhaube zu. »Ja. Ich höre zu.«

»Okay, gut. Denn ich würde mich sehr freuen, wenn wir noch einmal von vorn anfangen und uns richtig kennenlernen könnten.«

Langsam und mit verschränkten Armen lehnte ich mich mit der Hüfte an die Stoßstange. »Gut. Wie du willst.« Obwohl es für niemanden einen richtigen Weg geben würde, mich kennenzulernen, schon gar nicht für sie.

Sie nestelte an dem Armband an ihrem Handgelenk, überkreuzte die Beine und löste sie wieder. »Dann bist du nicht mehr sauer auf mich?«

Ich streckte die Hand aus und zog, ohne nachzudenken, nur als Reaktion, an ihrem Zopf. »Nein. Du gehst mir einfach nur auf die Nerven.«

Sie schaute mit großen Augen zu mir auf, als hätte sie sich in meinem Netz verfangen, und ein süßes Lächeln umspielte ihre Lippen.

»Ich bin manchmal wirklich eine Nervensäge. Ich weiß. Ich sage immer, was mir durch den Kopf geht, ohne vorher darüber nachzudenken. Ehrlich gesagt, ist das wahrscheinlich meine schlechteste Eigenschaft. Aber ich werde mir Mühe geben, mich zu beherrschen, okay? Vielleicht nicht ganz so schonungslos sein.«

Wenn das ihre Version von schonungslos war, wusste sie sicher nicht, was das Wort in meiner Welt bedeutete. Trotzdem wurde mir bei ihrem Geständnis und der Art, wie sie mich ansah, ganz warm ums Herz. Langsam ließ ich die Hände sinken und mein Blick wanderte zu ihren Lippen und ihren rosigen Wangen. Scheiße, war sie hübsch. Zu hübsch für jemanden wie mich.

»Kein Ding. Es ist mir egal, so oder so. Du bist meine Mitfahrgelegenheit, schon vergessen? Das ist alles.«

»Ja. Okay. Deine Mitfahrgelegenheit.« Ihr Hals bewegte sich, als sie schluckte, und die Bewegung lenkte meinen Blick auf ihren Hals. Zwei Sommersprossen in der Mitte tanzten bei der Bewegung auf ihrer Haut. »Ich merk's mir.« Aber ihre Stimme versagte am Ende, ein Beweis, dass sie es selbst nicht glaubte.

»Gut«, sagte ich. Denn irgendjemand musste daran glauben.

Sie zappelte noch ein bisschen herum. »Ich überlege, ob ich eine alte Freundin anrufen soll, da wir eine weitere Nacht hier verbringen. Sie heißt Ashley. Sie ist total witzig und charmant. Redet nicht ganz so viel wie ich.« Sie hielt kurz inne. »Wäre es okay, wenn ich mich heute Abend mit ihr treffe?«

»Bin nicht dein Aufpasser.«

Summer nickte, und eine schwüle Brise strich über unsere Gesichter. Lange Haarsträhnen lösten sich aus ihrem Zopf und wehten ihr auf die Nase. Sie nieste und Himmel, selbst das war süß.

Ich drehte mich um und betrachtete das Maisfeld neben dem Haus, um sie nicht länger anzusehen als nötig.

»Dann sprechen wir später?« Sie berührte mich an der Schulter. »Beim Abendessen? Du musst ja jetzt ganz macho-haft das Essen jagen.« Sie senkte die Stimme und parodierte einen Höhlenmenschen.

Ich vergrub die Hände in den Hosentaschen und unter-drückte ein Lächeln. »Ja. Okay.«

Ein leises »Autsch« brachte mich dazu, mich umzudrehen und zuzusehen, wie sie auf Zehenspitzen zurück zum Haus lief. Am liebsten hätte ich sie hochgehoben und hineingetragen.

Aber ich war kein Held. Ich war ein verkommener Kerl, der schreckliche Sachen gemacht hatte. Und je eher sie das verstand, desto besser.

Summers Grandpa fuhr mich zu einer Autowerkstatt, damit ich den neuen Kühlriemen für den Range Rover kaufen konnte. Mit dem alten Mann an meiner Seite verbrachte ich den Nachmittag mit der Reparatur und brachte ihm alles bei, was ich über Autos wusste. Er war ein guter Kerl und er lernte schnell. Auf seine Art rau. Hatte zehn Jahre beim Militär gedient und sich hochgearbeitet. Ich mochte ihn. Viel mehr als ich erwartet hätte.

Gegen drei Uhr nachmittags waren wir zum Farmteich gefahren und hatten wie versprochen geangelt. Er erzählte mir Kriegsgeschichten und zu meiner Überraschung erzählte ich ihm vom Club und dem, was dort passiert war, und bereitete mich darauf vor, dass er mir entweder in den Arsch treten oder mich auffordern würde, zu gehen.

Stattdessen geschah etwas völlig anderes.

»Wir können uns nicht aussuchen, in welches Leben wir hineingeboren werden, weißt du?«, sagte er. »Auch Summer nicht.«

Er drückte mir die Schulter, als wir zu seinem alten Pick-up zurückgingen. Das Gras reichte uns bis zu den Knien und die Sonne stand tief am Himmel. Wer hätte gedacht, dass Farmen in Iowa so verdammt beruhigend sein konnten?

»Summer kennt das Leben nicht, das ich gelebt habe.« Und sie würde es auch nie kennenlerne.

Er erstarrte hinter der Ladefläche, die buschigen weißen Augenbrauen angehoben. »Du weiß nichts über meine Enkelin, oder?«

Seine Worte waren anklagend. Er wollte sie beschützen. Ich hätte ihm wohl besser nicht anvertraut, was ich getan hatte, wollte ihm aber nicht verheimlichen, wer ich war. Und ich würde auch nicht meine Gedanken verschweigen, nur um anderen zu gefallen. So war ich nicht.

»Ich weiß nur, dass sie einen guten Job hat und mit meiner Stiefschwester befreundet ist.«

»Hmm.«

Ich runzelte die Stirn und rieb mir den verschwitzten Nacken. »Hören Sie. Summer und ich ... wir kennen uns kaum. Kommen aus unterschiedlichen Welten. Ich weiß nicht, was sie Ihnen über uns erzählt hat, aber wir sind nicht zusammen.«

»Ich weiß, mein Junge.« Er nickte, nahm mir den Angelkasten aus der Hand und schob ihn neben unsere Angelruten auf die Ladefläche. Nachdem er die Heckklappe geschlossen hatte, rieb er sich die Hände und fuhr fort. »Sie hatte es auch nicht immer leicht, weißt du? Sie musste auch einiges durchmachen und muss einige Sachen noch verarbeiten. Damit will ich sagen, dass du keine voreiligen Schlüsse ziehen solltest.«

Ich starrte ins hohe Gras und schluckte, denn mir gefiel nicht, wie sehr ich wissen wollte, was Summers Version von *nicht leicht* verglichen mit meiner war.

»Na los. Bringen wir die Fische nach Hause. Sie braten sich nicht von selbst.«

Gedankenverloren sprang ich auf den Beifahrersitz, dankbar für den Tag, für die Chance, diesen Mann kennenzulernen, der mich an meinen eigenen Grandpa erinnerte. Den Mann, der vor vielen Jahren den Kontakt zu meinem Vater und mir abgebrochen hatte, weil Pops mir nicht erlaubt hatte, den Club zu verlassen, und ich mich nicht getraut hatte, es einfach zu tun.

Mein Grandpa lebte in der Nähe von Las Vegas. Ein Teil von mir fragte sich, ob wir Zeit haben würden, ihn zu besuchen. Ein anderer Teil wusste, dass wir wahrscheinlich nicht willkommen wären. Slade hatte erwähnt, dass wir auf dem Weg vermutlich vorbeikommen würden. Aber die Vorstellung, er könnte mich wegjagen, schreckte mich ab.

Als wir um kurz nach fünf zurück ins Haus kamen, sprang Peaches wie ein Ninja aus dem Wohnzimmer und erschreckte mich zu Tode.

»Summer ist schon los. Sie will sich zum Abendessen mit jemandem treffen.« Sie knöpfte ihr Pullover-Dings zu und sah mich dann anklagend an. »Ich fürchte, heute Abend gibt es doch kein Fischessen.«

Ich kratzte mich am Kinn, die Stoppeln waren stachlig unter meinen Fingern. Trotz meiner rauen Kindheit machte mich niemand so nervös wie Peaches.

»Wissen Sie, wann sie zurückkommt?«, fragte ich.

»Spät, nehme ich an.« Sie stemmte die Hände in die Hüften, die roten Lippen geschürzt. »Wie gesagt, ist sie mit einem alten Freund ausgegangen. Keine Ahnung, ob es ein Freund oder eine Freundin ist.« Sie nahm ihre Handtasche von einem Haken bei der Haustür und hängte sie sich mit einem Blick auf ihren Mann über die Schulter. Summers Grandpa legte ihr schweigend den Arm um die Taille und sah mich mitleidig an.

»Danke.« Ich wartete kurz. »Dass Sie mir Bescheid gesagt haben.« Ich bedeckte mein Grinsen mit der Hand, als mir klar wurde, was sie vorhatte. Indem sie mir erzählte, dass Summer mit einem Freund essen ging – von dem ich schon wusste, dass er eine Freundin war – wollte sie mich eifersüchtig machen.

Und aus irgendeinem Grund wollte sich Peaches nicht von der Vorstellung verabschieden, dass Summer und ich ein Paar waren. Doch im Gegensatz zu ihrem Mann hatte sie keine Ahnung, wer ich war oder was ich in der Vergangenheit getan hatte. Sonst würde sie ihre Meinung über mich mit Sicherheit ändern.

»Wir gehen heute Abend zum Bingo, schon vergessen?«,

schnaufte Peaches. »Du kannst gerne mitkommen, wenn du willst.«

»Nein, danke.«

Zwanzig Minuten später waren sie weg und ließen mich in ihrem riesigen alten Haus allein. Offenbar vertrauten sie mir genug – anders als die meisten anderen. Es war ... ungewohnt. Irgendwie schön.

Den restlichen Abend verbrachte ich vor dem Fernseher oder versuchte, Maya zu erreichen. Aber ich landete immer sofort auf der Mailbox. Wenigstens wusste ich, dass ich die richtige Nummer hatte.

Irgendwann schlief ich auf der Couch ein und wachte auf, als ich schlurfende Füße hörte, gefolgt von einem dumpfen Aufprall und Summers Stimme: »Oh, Scheiße.«

Neugier packte mich, ich setzte mich auf und spähte über die Sofalehne. Sie beugte sich vor, um einen Holzrahmen aufzuheben, und zeigte mir dabei ihren perfekten Hintern. Anstatt mich bemerkbar zu machen, wartete ich, ob sie mich zuerst bemerkte.

Sie hickste, murmelte etwas vor sich hin, als sie das Bild zurück auf ein Regal stellte. Dann hickste sie wieder, lehnte sich an die Wand neben der Tür, glitt langsam zu Boden und schloss die Augen. Mit einem tiefen Seufzer zog sie die Knie an die Brust. Lange blonde Strähnen klebten an Gesicht und Nacken und sie ließ die Stirn auf die Knie sinken.

Minuten vergingen, ohne dass sie sich bewegte. Ich dachte, sie wäre vielleicht eingeschlafen ... bis ich es hörte, sogar über das laute Donnergrollen des heranrollenden Hitzegewitters hinweg. Sie schniefte. Gefolgt von einem Schluchzen.

»Scheiße«, flüsterte ich. Irgendetwas stimmte nicht. Und egal wie sehr ich auch wollte, ich konnte es nicht ignorieren. Wenn es Probleme gab, kümmerte ich mich darum. So war ich. Das war meine Art. Der Red Dragon in mir, der nie aufgab.

Kurz darauf hockte ich vor ihr und fuhr mir mit der Hand durch die Haare. »Alles okay?«

Langsam hob sie den Kopf und schaute mich verwirrt an. »Niyol?«

Ihre Wangen waren nass und schwarze Tränen liefen an beiden hinunter. Ihre Unterlippe ... zitterte so heftig, dass sich mir der Magen zusammenzog und ich etwas Unerwartetes spürte.

Angst.

»Was ist los?« Ich verließ meine Komfortzone und berührte ihre Hand.

Sie schloss die Augen wieder und atmete schwer. »Alles.«

»Hat dir jemand wehgetan?« Ich setzte mich neben sie an die Tür und fragte mich, ob ihre Großeltern uns hörten. Sie waren etwa eine Stunde zuvor heimgekommen und ich hatte mich schlafend gestellt, weil ich nicht reden wollte.

»Ich bin so müde, Niyol.« Sie lehnte den Kopf an meine Schulter, was mich erschreckte. Nässe tropfte auf meine nackte Haut und ich schluckte schwer, weil ich so viel Nähe nicht gewohnt war – und bereute sofort, dass ich kein T-Shirt angezogen hatte.

Ich war noch nie der Kuscheltyp gewesen. Sex und vielleicht Vorspiel – mehr Nähe gab es nicht. Bis diese Frau plötzlich auftauchte. Wie konnte das sein?

»Komm, wir gehen schlafen. Ich bleibe heute Nacht auf dem Sofa.«

»Nein. Nicht auf diese Art müde.« Sie schniefte, kuschelte sich enger an mich, ihr Kopf landete an meiner nackten Brust. Ihre Lippen streiften beim Sprechen meine Nippel, und ich holte scharf Luft. »Ich habe diesen Liebeskummer so satt. Ich möchte mich wieder gut fühlen.«

»Wenn du dich ausgeschlafen hast, geht es dir morgen wieder besser.«

Sie murmelte etwas, das ich nicht verstand, weil der Regen

an die Tür hämmerte. Dann beendete sie den Satz: »Er hat mir gesagt, dass ich das Einzige bin, was er braucht. Dass er mich liebt. Wie kann ich das wegschlafen?«

Ich runzelte die Stirn, presste die Arme an die Seiten, weil ich sie sonst umarmt hätte. »Wer?«

»Landon.«

Bevor ich fragen konnte, wer Landon war, fuhr sie fort. »Er hat mir gesagt, dass er mich liebt, und mir diesen Ring gegeben und ich habe ein Kleid gekauft ...«

Scheiße. Sie war verlobt gewesen?

Mehr Schluchzer. Mehr Tränen. Und weil ich den Klang nicht ertragen konnte, legte ich ihr einen Arm um die Taille, drückte sie ein wenig enger an mich und legte mein Kinn auf ihren Kopf. Danach bewegte ich mich nicht mehr und sagte auch nichts, doch ich spürte, dass ihr Atem sich beruhigte. Und kurz darauf schnarchte sie leise beim Ausatmen.

Sie war in meinen Armen eingeschlafen. Wieder etwas, das ich noch nie erlebt hatte.

Seltsam gebannt von ihrem Geständnis und wie sie so vertrauensvoll an mir lehnte, strich ich ihr mit einer Hand über die blonden Haare, und tat kurz so, als wäre das normal. Dass ich jedes Recht hatte, sie zu trösten. Ich konnte wohl einfach nicht anders. Sie hatte sich eng an mich geschmiegt und das fühlte sich gut an.

Ich lehnte den Kopf an die Tür, blickte zur dunklen Decke hinauf, und redete mir ein, ich wollte das hier nicht. Eigentlich wollte ich das Gefühl unterdrücken, doch irgendwie gefiel es mir, gebraucht zu werden, auch wenn ich nur einer Betrunkenen meine Schulter zum Anlehnen bot. Da ich in einem Club voller Typen und Groupies aufgewachsen war, die nur für zwei Dinge da waren - Schutz und Sex – hatte ich nie ein großes Bedürfnis nach dem emotionalen Scheiß mit Frauen gehabt. Nicht einmal Maya, die ein wichtiger Teil meines Lebens war, hatte solche Gefühle geweckt wie Summer.

Sie war so sanft, so verletzlich und brachte eine Seite von mir zum Vorschein, die ich bisher nie hatte ausleben wollen. Obwohl sie nichts mit dem Club zu tun hatte, wollte ich sie unbedingt beschützen. Und ich wünschte mir, etwas zu empfinden, was über das Sex und Lust hinausging.

Die Frage war, ob ich das zulassen konnte ...

ACHT

SUMMER

Wir waren zweieinhalb Stunden in fast völliger Stille gefahren. Ich war mit den Nerven am Ende und mein Herzschlag dröhnte laut in meinem Kopf. Ich konnte es nicht länger ertragen, verkatert zu fahren, und konnte auch nicht mit der Stimmung zwischen Niyol und mir umgehen. Ich brauchte frische Luft, Ibuprofen, fettiges Essen und eine Toilette, auf der ich pinkeln ... und mich vielleicht auch übergeben konnte.

Nach dem gestrigen Abend bereute ich, dass ich mich auf den Trip eingelassen hatte. Es funktionierte nicht, und die Anspannung zwischen Niyol und mir war nur noch größer geworden. Ich wusste nicht mehr, was passiert war, nachdem ich an ihn gelehnt eingeschlafen war, aber eins wusste ich sicher.

Niyol hatte mich zu Bett gebracht – ins Bett gelegt.

Und mich ordentlich zugedeckt.

Aber heute Morgen hatte er so getan, als wäre ich Luft. Schon wieder.

Hatte ihn mein Geständnis erschreckt? Das, was ich betrunken ausgeplaudert hatte? Möglich. Wollte ich mich entschuldigen? Auf jeden Fall. Hatte ich? Natürlich nicht. Mir

ging es miserabel. Den gestrigen Abend hatte ich zunächst
kichernd mit einer Freundin verbracht, dann hatte ich über
meinen Liebeskummer gesprochen und sehr viel geweint.
Wenn ich das jetzt erklären müsste, würde ich wahrscheinlich
wieder anfangen zu weinen.

»Ich fahre ab«, sagte ich schließlich irgendwo außerhalb von
Omaha, Nebraska.

Seine Antwort war ein Grunzen. Also nichts Neues.

Ich bog auf den Parkplatz einer Tankstelle, aber Niyol
verzichtete auf meine Einladung, mit hineinzukommen – wie
ich vermutet hatte – und schlief wieder ein.

Ich musste Emily anrufen, bevor sie an Bord des Kreuz-
fahrtschiffes ging. Ihr überschwänglich erzählen, wie gut es lief,
damit sie sich keine Sorgen machte. Meine Finger schwebten
über der Ruftaste, als ich aus dem Rover stieg, und nach dem
Pinkeln zögerten sie immer noch. Ich schlenderte mit einem
Kirsch-Slushie in der Hand und Doritos unter dem Arm durch
die Gänge des Ladens und zitterte bei der Aussicht, mit meiner
besten Freundin zu sprechen.

In der Schlange vor der Kasse siegte in letzter Sekunde die
Angst und ich beschloss, ihr lieber eine Nachricht zu schreiben.
Sonst hätte ich ihr wahrscheinlich mein Herz ausgeschüttet
und das würde nur zu weiteren Problemen führen.

Sie antwortete innerhalb von Sekunden. Vermutlich hatte
sie am Handy gewartet.

*Danke, dass du dich meldest. Ich vermisse dich und hab dich
auch lieb. :)*

Ich las ihre Nachricht und ließ die Schultern hängen. Sie
wusste nicht, dass ich unglücklich war. Oder besser gesagt *total
fertig* und kurz davor, umzudrehen und auf alles zu scheißen.
Das Ganze war viel mehr Arbeit als Vergnügen.

Als ich zum Rover zurückkam, traf ich eine Entscheidung,

auch wenn das nicht auf meiner Reiseroute stand – der Plan war sowieso im Eimer. »Wir bleiben für den Rest des Tages und über Nacht in Omaha.«

Niyol lehnte an der Tür und rührte sich kaum. Immerhin schlief er nicht mehr auf dem Rücksitz. Ich hatte zumindest einen kleinen Sieg errungen.

»Wir sind erst zwei Stunden gefahren«, brachte er heraus.

»Tut mir leid, aber ich kann nicht mehr. Ich habe Kopfschmerzen.« Ganz zu schweigen davon, dass ich ein emotionales Wrack war. Vielleicht konnten wir nach einer Dusche und einem Nickerchen früh in der Stadt zu Abend essen und ein bisschen miteinander reden. Ich würde mich für mein Verhalten am gestrigen Abend entschuldigen. Dann könnten wir die Probleme zwischen uns ein für alle Mal aus der Welt schaffen.

»Wie du willst, Prinzessin.«

Ich verdrehte die Augen – insgeheim dankbar dafür, dass er nicht widersprach.

Mit neuer Entschlossenheit gab ich die Adresse des nächsten und besten Hotels ins Navigationssystem ein. Wenn es sein musste, würde ich etwas mehr ausgeben. Eine Suite mit Whirlpool buchen, um meinen Kummer abzuspülen.

»Ich zahle.«

»Was?« Ich blinzelte verwirrt.

»Für das Hotel.«

Ich runzelte die Stirn und war völlig durcheinander. »Es war meine Idee, also zahle ich die Zimmer. Emily meinte, du wärst knapp bei Kasse ...«

»Ich sagte, *ich* zahle.« Er hielt inne und holte tief Luft. »Lass mich einfach, okay?« Er starrte aus dem Fenster, die Fäuste im Schoß geballt.

Ich kniff die Augen zusammen, unsicher, was ich erwidern sollte. In jeder weiteren Sekunde, die ich mit diesem Mann verbrachte, tat oder sagte er etwas oder verhielt sich auf eine

Art, die meine Meinung über ihn widerlegte – wenn auch auf eine ungehobelte Art.

»Danke«, antwortete ich schließlich. »Ich, äh ... weiß dein Angebot zu schätzen.«

Wieder ein Brummen. Zu mehr schien er heute nicht fähig zu sein. Niyol, der Höhlenmensch – ein Name, den Emily sicher unterschreiben würde. Bei dem Gedanken musste ich grinsen, zum ersten Mal seit Stunden, und stellte mir vor, wie er in einer Art Sarong mit Leopardenprint von einem Ast zum anderen schwang.

Kurz darauf stieß mich Niyol mit dem Ellbogen an. »Und es tut mir leid, dass ich heute so scheiße drauf war. Ich hatte Zeug, über das ich nachdenken musste.«

Ich zuckte mit den Schultern. Die Arschlochnummer nervte mich, ja, aber ich war irgendwie daran gewöhnt. *Traurig, traurig, Summer, dass du das immer einfach so hinnimmst.*

»Schon okay. Ich bin an Arschlöcher gewöhnt.«

»Das sollte aber nicht sein.«

»Wie meinst du das?«

Er räusperte sich. »An Arschlöcher gewöhnt zu sein. Das sollte nie okay sein.«

Weil ich nicht wusste, was ich darauf antworten sollte, zuckte ich nur mit den Schultern.

Als ich vom Parkplatz rollte, hüllte er sich wieder in Schweigen. Die Stille war weniger erdrückend als zuvor, trotzdem gefiel sie mir nicht besonders. Zum Glück dauerte sie nicht sehr lang.

»Wo wärst du jetzt? Wenn, du weißt schon ...« Er deutete zwischen uns hin und her.

»Wenn ich dich nicht fahren würde?« Ich fädelte mich durch den Verkehr und fuhr wieder auf den Highway.

»Ja.«

»Hmm.« Ich dachte kurz über meine Antwort nach. »Wahrscheinlich wäre ich zu Hause und würde mit den Cheerleadern üben. Ich bin nicht nur Englischlehrerin, sondern auch Cheer-leader-Trainerin für die Mädchen der siebten Klasse an meiner Schule. Die Aufnahmeprüfungen stehen vor der Tür und ich muss für das kommende Jahr ein paar neue Choreografien entwickeln.« Ich zuckte mit den Schultern.

»Verdammt.« Er lachte leise und es klang überraschend nett. »Kein Wunder, dass du so viel Energie hast.« Er hob die Hände und tat so, als würde er Pompons schwingen.

Ich schlug ihm mit dem Handrücken auf den Oberschenkel und unterdrückte ein Grinsen. »Mach dich nicht lustig. Cheer-leader sind die einzigen Sportler, die fliegen können.«

Er verdrehte die Augen und neckte mich weiter. »Gebt mir ein N, gebt mir ein I, gebt mir ein Y, O, L.«

Ich sah ihn durchdringend an, öffnete den Mund und kicherte los, weil er so bescheuert aussah. Hatte dieser große, knallharte, schroffe Mann tatsächlich einen Sinn für Humor? Wer hätte das gedacht? Doch irgendwie war auch das gefähr-lich, denn ein witziger Niyol war ein *charmanter* Niyol.

»Du bist der seltsamste Mann, den ich kenne.«

Der Anflug eines Lächelns umspielte seine vollen Lippen, als er auf eine Reihe großer Gebäude zu unserer Linken deutete. Wir fuhren über die Interstate, und die Innenstadt von Omaha kam bereits in Sicht.

»Siehst du das da drüben?« Er deutete auf ein großes Hotel, das wie eine Mischung aus Mandarin und Hilton wirkte – auf jeden Fall nicht das halbwegs anständige Hotel in meinem Navi, sondern ein echtes Luxushotel. »Dort übernachten wir.«

»Äh, nein. Das kostet doch ein Vermögen.«

»Du musst ja nicht zahlen.« Wieder ein Knurren.

Ich war mir nicht sicher, woher er *so viel* Geld hatte, war aber auch zu erschöpft zum Diskutieren. Die vergangenen vier-undzwanzig Stunden hatten mir den letzten Rest emotionaler Energie ausgesaugt – es waren zu viele Höhen und Tiefen gewesen. Also würde ich ihn die vierhundert Dollar zahlen lassen, wenn ich dafür ein schönes, gemütliches Bett bekäme, in das ich mich einkuscheln konnte. »Wie du meinst.«

Als wir etwa zehn Minuten später in die Hotelauffahrt einbogen, kam ein Portier auf uns zu. Er trug einen Anzug mit grüner Fliege und hatte einen Schnurrbart wie aus den 1920er-Jahren.

»Willkommen in unserem Palast.« Beim Aussteigen grinste Niyol mich über das Dach hinweg an. »Jede Prinzessin sollte mindestens einmal in ihrem Leben in einem Palast übernachten, oder?«

Ich antwortete nicht auf seinen Schlauberger-Kommentar, sondern schüttelte nur den Kopf und nahm meine Taschen aus dem Kofferraum. Dieser Mann würde mir auf die eine oder andere Art zum Verhängnis werden. Die Frage war bloß, ob ich am Ende einen Weg finden würde, um mich zu schützen.

NEUN

NIYOL

Nach dem vierten Klingeln und dem zehnten Anruf in zwei Tagen ging Maya endlich ans Telefon.

Und so saß ich auf der Kante eines Hotelbettes und suchte nach den richtigen Worten. Seit ich zum letzten Mal ihre Stimme gehört hatte, waren fast sieben Wochen vergangen, also war es nicht mehr so einfach, wie es mal gewesen war.

»Du kommst tatsächlich nach San Diego?«, fragte Maya.

»Bin gerade in einem Hotel in Nebraska.«

»Und ist alles in Ordnung?« Sie hielt inne. »Bist du in Sicherheit? Mein Onkel meinte, im Club ist die Kacke am ...«

»Ja. Alles super.« Ich rieb mir über die Stirn und wünschte mir so sehr, meine Brüder anzurufen, dass es fast wehtat.

Wenn zu Hause irgendwas passierte, würde ich mich noch mieser fühlen, weil ich abgehauen war. Und trotzdem wollte ich auf keinen Fall mit Maya am Telefon über Clubangelegenheiten sprechen. Ich war schockiert, dass Flick Maya gegenüber überhaupt etwas erwähnt hatte, immerhin hatte sie sich seit acht Jahren nicht mehr in Rockford blicken lassen. Außerdem hatte niemand, der kein Bruder war, den Kodex nicht befolgte und kein Patch trug, ein Anrecht darauf zu erfahren, was in der

Vergangenheit hinter den Türen des Hauptquartiers geschehen war. Aber vielleicht war es mit Flick als President anders.

»Gott, Hawk. Ich ...« Sie räusperte sich. »Ich kann nicht glauben, dass du kommst.«

Als ich meinen Clubnamen hörte, zuckte ich zusammen. Im Gegensatz zu Summer hatte sie ihn nicht in böser Absicht verwendet. Sie hatte ihn benutzt, weil sie mich nicht als Niyol kannte. Außer Emily, Lisa und jetzt Summer kannte mich niemand unter diesem Namen.

»Ist das okay für dich?« Ich hielt den Atem an, weil ich ihre Antwort fürchtete. Ich hatte keinen Plan B. Hatte nicht mal darüber nachgedacht.

»Ja, ja. Wann kommst du denn?«, fragte Maya. »Ich habe ein Sofa, da steht dein Name drauf.«

Ich ließ mich auf die Matratze zurückfallen und atmete erleichtert aus. »In vier Tagen? Vielleicht eher? Kommt drauf an.« Auf Summer, hauptsächlich. Sie und ihren *Reiseplan*.

Bei dem Gedanken setzte ich mich wieder auf und mein Blick ging Richtung Bad. Die Dusche lief immer noch. Sie war seit mindestens einer halben Stunde da drin. *Nackt. So verdammt nackt, dass es nicht mehr lustig war.*

Ich räusperte mich, bei der Vorstellung raste mein Herz. Himmel, was war mein Problem?

»Bist du noch da?«, fragte Maya.

»Tut mir leid. Ja, ich bin noch da.« Ich schüttelte kurz den Kopf und versuchte, mich zu entspannen. »Die letzten Tage waren ziemlich anstrengend, das ist alles.«

»Willst du darüber reden?«

Die Dusche wurde abgestellt und ich sah ruckartig zur Tür. Ich hörte Summer dahinter summen, einen süßen und leichten Song, alles, was sie verkörperte.

»Hawk?« Mayas Stimme holte mich zurück in die Gegenwart.

In dem Versuch, einen klaren Kopf zu bekommen, rieb ich

mir diesmal über das Gesicht. »Ne, ich will nicht darüber reden. Wir reden, wenn ich da bin.«

»Okay.«

Wenig später legten wir auf, ohne weiteres zu besprechen, nicht einmal, wo wir uns in San Diego treffen wollten. Sie meinte nur, ich solle anrufen, und dass sie zu mir käme, egal, wo ich war.

Zum ersten Mal in achtundvierzig Stunden war es nicht meine oberste Priorität, nach San Diego und zu Maya zu kommen. Auf keinen Fall würde ich aufhören, darüber nachzudenken, was das bedeutete.

»Äh, das Bad ist frei.«

Beim Klang von Summers Stimme hob ich den Kopf und erstarrte bei ihrem Anblick.

Himmel, sie sah fantastisch aus. Ihr winziges Outfit und der Körper darunter brachten mein Blut in Wallung und ich bekam feuchte Hände. Ihre Haut war gerötet und ihr knappes Tanktop bedeckte kaum ihre Kurven. Ihr Rock reichte bis knapp an ihre Oberschenkel, der Stoff war weiß und quasi durchsichtig. Sie war athletisch wie eine Sportlehrerin, eine, die hart trainierte und gute Ergebnisse erzielte. Und wegen dieses Körpers wurde ich zum hundertsten Mal, seit wir uns kennengelernt hatten, hart, der Drang nach Erlösung stärker als je zuvor.

»Geht es dir gut?«, fragte sie und verengte leicht die Augen, als mein Blick über ihren Körper wanderte.

»Geht so.« Wie sollte es auch, wenn sie so phänomenal aussah. Wenn ich ihr am liebsten ihr winziges Outfit ausziehen wollte. Natürlich wollte ich das nicht sagen und sprang mit zusammengebissenen Zähnen vom Bett auf.

Ohne sie noch einmal anzusehen, schnappte ich mir ein paar Klamotten aus meiner Reisetasche, marschierte ins Bad und schlug die Tür hinter mir zu.

»Boah, du bist ja gut gelaunt«, murmelte sie hinter dem Holz, ohne sich darüber Gedanken zu machen, was ich mit ihr anstellen wollte ... und vor allem, wer ich wirklich war. Sie wusste nur, was Emily ihr erzählt hatte und was ich ihr in den letzten drei Tagen gezeigt hatte. Verglichen mit dem, wie es hätte sein können, verlief unsere gemeinsame Zeit geradezu friedlich. In jeglicher Hinsicht.

Ich raufte mir die Haare und fragte mich, warum mich die Vorstellung, dass sie mir Contra gab, anstatt mich einfach zu verurteilen, *zu meiden,* mich dermaßen verwirrte.

»Nur ... weil du so lange gebraucht hast«, rief ich daher zurück. Das war nicht *zu* arschig, glaubte ich.

»Hältst dich wohl für die Duschpolizei.« Sie lachte, was mich nur noch mehr verärgerte.

Um die innere Anspannung loszuwerden, zog ich den Reißverschluss herunter und packte meinen Schwanz. Ich zog einmal, zweimal ... hart genug, dass es schmerzte, aber sanft genug, dass es mich erregte. Egal wie man es drehte und wendete, es war Folter.

Hinter der Tür quietschte das Bett. Ich kniff die Augen zusammen und legte den Kopf zurück an das Holz. Um mich zu beruhigen, holte ich tief Atem und Blumenduft strömte mir entgegen. Der Duft eines Duschgels oder Shampoos ...

Himmel. Das ganze *Bad* roch danach. Nach *ihr.*

Der Spiegel war beschlagen, bis auf einen kleinen Kreis, den sie mit der Hand sauber gewischt hatte – ein Abdruck war noch zu erkennen. Schwer atmend, keuchend, packte ich meinen Schwanz fester, rieb mich schneller, den Mund zu einem lautlosen Stöhnen geöffnet. Weil ich nicht auf den Fliesen kommen wollte, betrat ich die Dusche, schaltete das warme Wasser an und bekam gerade noch rechtzeitig meine Klamotten vom Leib.

Ich erschauerte, erhöhte das Tempo und stellte mir vor, was ich mir nicht vorstellen sollte.

Summer auf dem Bett, nackt.

Mein Gesicht zwischen ihren Schenkeln, dann mein Schwanz, wie er ihre enge, feuchte Pussy ausfüllte.

Ich schlug mit einer Hand gegen die Duschwand, den Kopf auf die Brust gesenkt und kam über dem Abfluss.

Ich war ein verdammter Scheißkerl.

ZEHN

NIYOL

Eine halbe Stunde später gingen Summer und ich nebeneinander in Richtung Hotellobby. Leider war ich jetzt noch angespannter als bevor ich Hand angelegt hatte.

Bei jeder ihrer Bewegungen streifte sie mich mit ihrem Arm und sendete einen Schauer über meine Haut – wie kleine Elektroschocks. Wenn sie sprach, drehte sich mir der Kopf und mir wurde schwindelig. Und wenn sie mich ansah, schlug mir das Herz bis zum Hals und schnürte mir regelrecht die Kehle zusammen. Ich wusste nicht, wie mir geschah, und das gefiel mir nicht.

Als wir endlich in der Lobby ankamen, und ihre üppigen Brüste meinen Oberarm streiften, reichte es mir.

»Alter, ich brauche etwas Abstand, okay?«

Verletzt sah sie mich an und ihre blauen Augen fragten, warum ich so schlechte Laune hatte. Ich deutete zur Rezeption und senkte die Stimme. Es war schließlich nicht ihre Schuld.

»Fragst du, wo wir was essen können?« Ich war immer noch verärgert und zu angespannt. »Ich geh draußen eine rauchen.«

Vor der Tür atmete ich zuerst die Nachtluft ein, dann zündete ich mir eine Zigarette an. Nach ein paar Zügen glaubte ich, mich wieder unter Kontrolle zu haben ... bis sie auftauchte und mich schon wieder auf eine Art durcheinanderbrachte, für die sie nichts konnte. Für die ich mich verabscheute.

Sie drückte die Vordertür des Hotels auf, mied meinen Blick und studierte die Broschüre in ihren Händen. »Anscheinend gibt es die Straße hinunter ein gutes Grillrestaurant, so nah, dass wir zu Fuß gehen können. Auf dem Hinweg können wir uns einige Sehenswürdigkeiten anschauen und auf dem Rückweg durch die Geschäfte bummeln.« Sie zuckte mit den Schultern. »Es ist ja noch früh.«

»Gut.« Ich nahm den letzten Zug und drückte die Zigarette mit der Stiefelspitze aus. Ich würde das Tourishopping ausfallen lassen, aber sie konnte machen, was sie wollte.

Sie streifte mich, und dabei rutschte der Träger ihres Tanktops herunter. Das lenkte meinen Blick wieder auf ihren Körper, genauer gesagt auf ihre Brüste, die sich unter dem dünnen Shirt abzeichneten. Ihre Nippel waren hart, drückten gegen den Stoff und ich leckte mir bei dem Anblick über die Lippen, wobei mein Zungenpiercing an meine Zähne stieß.

Summer hielt inne, ihr Blick war auf meinen Mund geheftet. Sie errötete, als ihr klar wurde, was ich tat. Mit der Unterlippe zwischen ihren Zähnen löste sie den winzigen Pulli von ihrer Taille, legte ihn sich um die Schultern und band ihn vorne zusammen.

Was war ich doch für ein Mistkerl.

Ich zog mir die Baseballkappe tiefer in die Stirn und marschierte los, ohne zu wissen, ob ich in die richtige Richtung lief. Kurz darauf war sie wieder neben mir und ihre glitzernden Flip-Flops klatschten auf den Asphalt.

»Gibt es irgendwo ein Feuer, von dem ich nichts weiß?«

»Nein.« Zumindest keins, das sie sehen konnte.

Seitdem wir das Zimmer verlassen hatten, hatte ich mich ihr gegenüber wie ein Arsch verhalten, aber sie redete trotzdem mit mir. Ein Teil von mir fragte sich, ob sie nicht aufhörte, weil es ihr über die Nervosität hinweghalf. Seltsam, dass ich nach drei Tagen schon ihre Macken kannte.

Sie redete immer weiter, von der Stadt, den Straßen, dass sie noch nie im Westen gewesen war. Vielleicht konnte ich sie mir als weitere Emily vorstellen, wenn ich ihr zuhörte und versuchte, mich mit ihr anzufreunden, wie sie wollte.

Einen Versuch wäre es wert.

»... und mein Dad war immer bei meinen Brüdern oder arbeiten, deshalb hat er mich in meiner Kindheit nie irgendwohin mitgenommen. Aber ich wollte schon immer reisen.«

»Brüder?«, fragte ich.

»Zwei.« Summer lächelte liebevoll. »Zwillinge, um genau zu sein.« Sie zog die Nase kraus. »Sie sind Sportjunkies, treiben beide halbprofessionell Sport.«

»Welche Sportart?« Ich machte keinen Sport. Noch nie. Keine Zeit, keine Lust, keine Gelegenheit.

»Einer spielt Hallenfußball. Der andere spielt irgendwo in Kanada Eishockey.«

In ihrer Stimme schwang Stolz mit. Ganz offensichtlich sah sie zu ihnen auf. Und liebte sie sehr. Das konnte ich nachempfinden. Ich war stolz darauf, wie klug Emily war. Selbst ihr Männergeschmack war okay. Ein netter Verlobter, ein geordnetes Leben, ein solider Job ... sie hatte es verdient.

In meiner Kindheit und Jugend hatte ich niemanden außer meinen Clubbrüdern, und wir waren alle gleich. Aber als ich siebzehn war, hatte Pops Lisa geheiratet und Emily wurde meine kleine Schwester, auch wenn sie damals nichts mit mir oder dem Club zu tun haben wollte.

Etwa eine halbe Meile vom Hotel entfernt landeten wir vor einem Backsteingebäude mit einer weißen Tür. Zum Glück hatte ich mich in der frischen Luft etwas sammeln können. Die Rückkehr ins Hotelzimmer würde später noch mal eine echte Herausforderung werden, aber jetzt machte ich einen Schritt nach dem anderen.

»Ich glaube, hier ist es.« Summer sah unter ihrem langen Pony zu mir auf. Sie war nervös, wahrscheinlich glaubte sie, ich wäre immer noch so scheiße drauf.

Blinzelnd las ich das Schild über der Tür und schmunzelte. »Jarkey's, was?« *Die besten Burger in Nebraska*, stand auf dem Logo am Fenster.

»Mach dich nicht über den Namen lustig.« Sie griff nach der Türklinke, aber ich trat vor und öffnete sie. Ich bedeutete ihr, vorzugehen und legte ihr die Hand auf den unteren Rücken. Ganz der Gentleman und so. Sie schenkte mir ein zaghaftes Lächeln und bedankte sich mit einem Nicken.

Ich räusperte mich. »Ich habe nichts gegen den Namen. Ich habe bloß Hunger und möchte nicht enttäuscht werden, wenn sie in Wirklichkeit nicht die besten Burger in Nebraska servieren.«

»Um etwas wirklich Gutes zu erleben, muss man dem Unbekannten eine Chance geben.« Sie zwinkerte mir zu und ging dann auf die Kellnerin zu. Ich fragte mich insgeheim, ob das auch auf diese Reise zutraf und ob sie deshalb eingewilligt hatte, mich zu fahren.

Drinnen hob ich den Blick zur Decke und betrachtete dann den Rest des Raums. Alles besser, als ihr auf den Hintern zu glotzen. Das Restaurant war klein. Sauberes Holz, der Geruch nach Frittiertem und auf einem Fernseher wurde eine Sportübertragung ausgestrahlt. Damit konnte ich umgehen, auch wenn es nicht mein typischer Stil war. Die Kellnerin führte uns in den Essbereich, wo Summer und ich an einem Hochtisch Platz nahmen. »Was kann ich euch zu trinken bringen?«

»Wir nehmen zwei Bier vom Fass, bitte«, sagte Summer, die die Speisekarte studierte.

Ich runzelte die Stirn, weil ich es nicht gewohnt war, dass jemand für mich bestellte.

Als die Kellnerin gegangen war, warf ich einen Blick in die Karte und fragte: »Bist du immer noch verkatert?«

Sie legte die Karte auf den Tisch und rieb mit den Handflächen darüber. »Ein bisschen.« Sie zog den blonden Zopf, den sie immer trug, über die Schulter und spielte mit den Spitzen. Noch eine nervöse Angewohnheit. »Das mit gestern Nacht tut mir leid.«

»Was tut dir denn leid?« Ich kniff die Augen zusammen.

»Dass ich so weinerlich geworden bin. Wenn ich Wodka getrunken habe, neige ich dazu, und wir waren definitiv in einem Wodka-Laden.«

»Weißt du noch, was du gesagt hast?«

Sie leckte sich über die Lippen. »Ja. Weiß ich. Und ich war unglaublich dumm. Hatte ... einfach einen dieser Abende, weißt du?«

Wusste ich nicht. Vor allem, weil ich nicht weinte. Nie. Seitdem mir mein alter Herr als Kind den Arm gebrochen hatte, hatte mich nichts mehr zum Weinen gebracht. Aber das sagte ich natürlich nicht.

»Klar.« Ich lehnte mich zurück und streckte die Beine unter dem Tisch aus.

Sie spielte mit ihrer Gabel und Serviette und schaute mich nicht an, als sie fortfuhr. »Ich will aber nicht darüber reden.«

»Worüber genau?«

»Eigentlich über alles. Ich habe mir geschworen nicht mehr über ...« Sie schnitt eine Grimasse und unterbrach sich.

»Deinen Ex?«

Sie atmete geräuschvoll aus und nickte.

»Dann reden wir nicht mehr darüber.« Ich zuckte mit den Schultern, mir war es so oder so egal. Ich sprach auch nicht gern über meine Probleme. Und dafür kannten uns auch nicht gut genug. Die Kellnerin brachte unsere Biere und wir bestellten jeder einen Burger.

»Ich bin übrigens über ihn hinweg«, sagte Summer, als wir wieder allein waren.

Ich blinzelte und beschloss, sie ein wenig zu provozieren. »Das sah gestern Abend aber anders aus.«

»Ich hatte getrunken. Deshalb. Ich hab dir doch gesagt, dass ich emotional werde, wenn ich betrunken bin. Das ist eine lahme Ausrede, schon klar, aber ...«

»Und ich habe dir doch gesagt, dass wir nicht darüber sprechen müssen.« Ich trank einen Schluck von meinem Bier. Die kalte Flüssigkeit brannte fast in meiner Kehle, ein Beweis dafür, dass ich schon lange nicht mehr getrunken hatte.

»Aber willst du denn nicht?«

Ich öffnete den Mund, um ihr zu sagen, dass es mir scheißegal war. Doch sie zuckte zusammen, und mir wurde klar, dass sie sich wünschte, dass ich ja sagte. Dass sie jemandem ihr Herz ausschütten wollte, auch wenn sie das Gegenteil behauptete. Wollte mich als Therapeuten. Das war schon ziemlich komisch.

»Hör zu, Prinzessin. Wenn du etwas zu sagen hast, werde ich dich nicht daran hindern.«

»Zum letzten Mal, hör auf, mich Prinzessin zu nennen. Bitte.«

»Es ist nur ein Spitzname.« Ich hielt mein beschlagenes Glas in den Händen und runzelte die Stirn. Ich wollte sie zum Lachen bringen, sie sogar berühren, sie nicht traurig machen und so.

Sie stützte die Ellenbogen auf den Tisch und wartete kurz, dann fragte sie: »Bereust du nie, dass du so grob bist?«

Ah, sie drehte den Spieß also um. »Es gibt ziemlich viel in meinem Leben, das ich bereue. Aber das gehört nicht dazu.«

»Tut mir leid. Das hätte ich nicht fragen sollen.«

»Das muss dir nicht leidtun.« Ich leerte mein Bier und schob das Glas in die Mitte des Tisches. »In meinem Leben ist Scheiße passiert, die ich nicht ungeschehen machen kann, und jetzt versuche ich, es wiedergutzumachen.«

»Während du in der Motorradgang warst?«

»Club.«

»Bitte?«

»Es ist ein Motorrad*club*.« Auch wenn die meisten in Rockford und dem Chicagoer Umland uns als *Gang* bezeichneten.

»Oh, was hast du denn für eine *Scheiße* angestellt?«, fragte sie.

»Willst du das wirklich wissen?«

Sie nickte langsam, wirkte aber nicht sehr überzeugt. Vielleicht hörte sie ja auf, sich mit mir anfreunden zu wollen, wenn ich ihr erzählte, was ich durchgemacht hatte und wer ich war.

»Wir haben abscheuliche Sachen gemacht, Summer. Drogen verkauft, Leute umgebracht, wahrscheinlich mehr Gesetze gebrochen, als du kennst.« Ihre Augen weiteten sich ein bisschen. Ich sah die Angst darin, genau das, was ich sehen wollte. »Wir wurden nie erwischt, aber immer gejagt.«

»Gejagt?« Sie biss sich auf die Unterlippe.

»Ja. Manchmal von rivalisierenden Clubs, aber meistens von der DEA.«

»Der Drug Enforcement Administration, also Drogenbehörde?«

Ich nickte. »Mein alter Herr hat ziemlich viele illegale Sachen gemacht, hauptsächlich Drogenhandel. Gelegentlich auch Prostitution, aber das hörte auf, als ein paar der Groupies im Club schwanger wurden. Mir hat das nicht gefallen, aber ich hatte auch kein Mitspracherecht.« Ich zuckte mit den Schultern und wünschte, es wäre anders gewesen.

»Wenn du der Anführer wärst ...«

»Du meinst der Pres.«

Sie verdrehte die Augen. »Wenn du der Pres wärst, was würdest du anders machen?«

Das hatte mich noch nie jemand gefragt. Wahrscheinlich weil niemand wollte, dass Pops erfuhr, dass jemand ihn infrage stellte. Aber ich hatte darüber nachgedacht. Sogar ziemlich oft. Besonders im Gefängnis. Und aus irgendeinem Grund wollte ich, dass Summer von meinen Plänen erfuhr, auch wenn ich sie nie umsetzten würde.

Ich lehnte mich zurück und verschränkte die Hände hinter dem Kopf. »Bevor ich hinter Gitter kam, habe ich immer davon geträumt, den Club irgendwann zu übernehmen, ihn neu zu organisieren.«

»Wie denn?«, fragte sie.

»Er sollte familienfreundlicher werden. Die meisten der älteren Brüder hatten Jobs außerhalb des Geländes, einige hatten Familien. Diejenigen ohne Familien, wie ich, arbeiteten in der Autowerkstatt auf dem Gelände und brauchten den Club nur zum Entspannen. Aber viele hatten so kaputte Familien wie ich. Manche waren Veteranen, die nach ihrer Entlassung nicht mehr in die reale Welt zurückkehren wollten oder konnten.« Ich zuckte mit den Schultern. »Ich wollte einen Ort schaffen, wo wir alle zusammenkommen, eine Familie sein konnten. Ab und an eine Party feiern, aber auch füreinander da sein.«

»Du würdest also als Automechaniker arbeiten und das Gelände in eine raue Version eines Country Clubs verwandeln.«

»Vermutlich.« Ihr Vergleich war treffend, aber ich musste trotzdem lachen. »Ich würde auch das Geschäft ausbauen. Vielleicht eine weitere Reparaturwerkstatt außerhalb des Geländes. Nach anderen Verdienstmöglichkeiten suchen, anstelle der illegalen Sachen.«

Die Red Dragons hätten so viel mehr sein können. Verdammt, vielleicht veränderten sie sich schon und ich wusste nichts davon. Arch und Slade hatten nicht viel darüber erzählt, was auf dem Gelände vor sich ging, die Clubregeln verbieten es Nichtmitgliedern, etwas über das Geschäft zu erzählen. Sie hatten erwähnt, dass Flick jetzt der Pres war, und das war gut. Aber auch er konnte nicht immer richtig und falsch unterscheiden. Allerdings hatten sich all meine Ideen in Luft aufgelöst, als ich entschied, dass mir meine Freiheit wichtiger war als der Ruf des Clubs.

»Und jetzt rennst du vor all dem davon.« Sie tippte sich mit dem Finger an die Lippen.

»Nein«, knurrte ich und verabscheute die Lüge auf meiner Zunge.

»Wie nennst du es dann? Flucht?« Sie legte den Kopf schief.

Ich rieb mir über den Mund und antwortete immer noch nicht. Sie sollte nicht erfahren, dass die geringe Chance bestand, dass ich gerade jetzt von jemandem gejagt wurde, der wegen dem, was ich getan hatte, sauer war. Sie würde ausflippen und mich in die Wüste schicken. Und da ich so bescheuert war, anzubieten, das teure Hotel zu bezahlen, hatte ich den größten Teil meines Geldes quasi aus dem Fenster geworfen. Ob ich es wollte oder nicht, ich brauchte Summer.

»Ich versuche nur, aus dir schlau zu werden.« Sie streckte die Hand aus und legte sie auf mein Handgelenk. Ich erstarrte und betrachtete unsere Haut. Ihre war blass, unberührt, glatt, während meine rau war, die Knöchel von Kratzern übersät. Narben von vergangenen Kämpfen und Schlägen mit allem, was mein Vater in meiner Kindheit als Waffe verwenden konnte.

»Du bist mir ein Rätsel, Niyol.«

Ich runzelte die Stirn und beobachtete, wie sie mit dem Daumen erneut über meinen Knöchel strich. War ihr bewusst, was sie da tat?

»Wir kennen uns zwar nicht gut, aber ich bin eine gute Zuhörerin, falls du mal reden willst.« Sie zuckte mit den Schultern und fügte hinzu: »Ich muss nicht *immer* das Gespräch führen.«

Ich zog meine Hand weg und rieb unter dem Tisch mit der anderen über die Stelle, die sie gestreichelt hatte. Sie prickelte, ich spürte ihre Berührung immer noch. Das schreckte mich mehr ab als alles andere. Wenn ich mich erst einmal nach körperlichem Kontakt mit ihr sehnte, würde ich nicht mehr aufhören können.

»Wir sollten zum Hotel zurückgehen.« Ich winkte der Kellnerin und wich Summers Blick aus.

»Ich wollte dich nicht in Verlegenheit bringen, Niyol.« Ich ignorierte sie, griff in meine Brieftasche und holte etwas Bargeld heraus. Nachdem ich ein paar Scheine auf den Tisch geklatscht hatte, stand ich auf.

»Ich gehe dann mal. Ein bisschen rumlaufen.« Bevor ich sie noch packte und auf meinen Schoß setzte. Bevor ich sie wie alles andere in meinem Leben zerstörte.

»Warte.« Sie schob ihren Stuhl zurück und stellte sich vor mich, die Hände flach an meine Brust gelegt. »Geh nicht.«

Ich blickte in ihre flehenden Augen, biss die Zähne zusammen und bettelte innerlich, dass sie es gut sein ließ.

Je mehr Zeit ich mit ihr verbrachte, desto mehr erinnerte sie mich an meine Stiefmutter, die sich auch immer darum bemühte, dass es allen gut ging. Dass sie sich besser fühlten. Sie wollte Menschen dazu zu bringen, sich zu öffnen, auch wenn diese das überhaupt nicht wollten.

»Setz dich.« Sie streckte die Unterlippe vor, schmollte – zweifellos ein letzter Versuch. »Niyol, bitte.«

Ich seufzte schwer und ließ die Schultern etwas sinken. Da ich dieser Frau offensichtlich nichts abschlagen konnte, kam ich ihrer Bitte nach.

Diesmal rückte sie ihren Stuhl neben meinen, sodass die Beine quietschend über den schmutzigen Boden der Bar rutschten. Mit leuchtenden Augen wartete sie darauf, dass ich weitersprach, obwohl ich nicht sicher war, was sie noch von mir hören wollte. Als ich schwieg, lehnte sie sich zurück und ergriff das Wort. Schon wieder.

»Erzähl mir ein bisschen mehr. Egal was. Ich ... aus irgendeinem dummen Grund möchte ich dich kennenlernen.«

Sie war wirklich dumm. Dumm, weil sie so nett zu mir war. Dumm, weil sie mich kennenlernen wollte. Dumm, weil sie mich ansah, als hielte ich das Universum in den Händen, ich mit meinem abgefuckten Leben. Ein Leben, auf das sie offensichtlich neugierig war, dem sie aber nie so nahe kommen wollte, als dass sie sich schmutzig gemacht hätte.

Vielleicht zog sich meine Brust deshalb zusammen. Vielleicht wollte ich deshalb den Tisch umwerfen, sie hochheben, sie mir über die Schulter werfen und sie mir nehmen. Ich war nicht gut genug für eine Frau wie sie. Sie war zu rein für meine Welt. Aber ich wollte sie. Mehr als alles andere. Und deshalb schaltete ich mein inneres Arschloch wieder an und ließ es auf sie los.

»Du hast dein Leben voll im Griff, was?«

In ihrem Blick flackerte Unbehagen. »Ich, äh, habe *Pläne*, falls du das meinst. Ziele und einen Job, den ich liebe.«

Ich blickte auf meine Stiefel hinab, ich hatte sie schon getragen, als ich ins Gefängnis gekommen war. Sie waren schmutzig, abgetragen und die Schnürsenkel waren kaputt. Summers Schuhe hingegen waren winzig und glänzend. Sie wirkten nagelneu, wie aus einem Magazin. Fast so, als hätten sie noch nichts von der Welt gesehen. Sie war eine Prinzessin, ob ihr der Spitzname gefiel oder nicht. Während ich von meinem Vater verprügelt und in einer Gasse liegengelassen worden war, nur damit er eine Stunde später zurückkam und sagte: *Steh auf und benimm dich endlich wie ein Mann.* Und das nur, weil ich mich geweigert hatte, jemanden umzubringen, der nicht bezahlen konnte.

In meiner Jugend ist mir so etwas ständig passiert. Und ich habe mich damit abgefunden, weil man das als Red Dragon halt so macht. Aber jetzt hatte ich die Chance, neu anzufangen. Das alles hinter mir zu lassen und jemand ganz anderes zu sein, selbst wenn ich nicht wusste wie. Und was auch geschah, sie würde nicht mit mir zusammen sein wollen, auf welche Art auch immer, spätestens wenn alles den Bach runterging.

»Muss schön sein.« Ich sah finster auf den Boden. »Zu wissen, was im Leben auf einen zukommt. Auf eine Zukunft vorbereitet zu sein.«

»Ich habe hart dafür gearbeitet, um dahin zu kommen, wo ich jetzt bin, falls du das meinst.« Sie spielte wieder an ihrem Armband herum. Ich sah genauer hin und entdeckte eine kleine Muschel in der Mitte. »Ich hatte in der Schule immer gute Noten, habe keinen Mist gemacht und bin sogar auf dasselbe College gegangen wie Emily.«

»Halt Emily da raus.« Ich rieb mir über das Gesicht. »Es geht hier nur um *dich* und *mich*.«

»Es gibt kein *dich und mich*. Du hast selbst gesagt, dass wir nicht einmal befreundet sind, weißt du noch?«

»Nein, sind wir nicht.« Und ich würde ihr nie sagen, dass ich etwas ganz anderes von ihr wollte als Freundschaft. Dass ein großer Teil von mir darauf brannte, sie zu *küssen,* ihre glänzenden Lippen zu kosten, sie auf ein Bett zu legen und ihr zu zeigen, wie es war, mit einem Mann ohne Seele zusammen zu sein.

Stattdessen zog ich eine Zigarette aus der Tasche und drehte sie zwischen den Fingern.

»Ich möchte dich verstehen, Niyol. Ist das zu viel verlangt?« Ihre Stimme wurde sanft.

»Warum?«

»Weil ...« Sie holte zitternd Luft. »Hinter dieser harten Schale bestimmt ein unglaublich anständiger Kerl steckt, der nur darauf wartet, erkannt zu werden.«

Ein unglaublich anständiger Kerl. Das war lächerlich. Niemand machte mir nur so zum Spaß ein Kompliment. Und noch nie hatte mich jemand als *anständig* bezeichnet.

»Na gut, Prinzessin. Wenn du mich kennenlernen willst, dann hör zu.« Ich faltete die Hände auf der Tischplatte und sie rückte näher. Als würde ich ihr eine Gute-Nacht-Geschichte vorlesen.

»Meine Mom ist abgehauen, als ich noch ganz klein war. Zwei, glaube ich.« Nicht, dass ich mich daran erinnerte. Ich durfte nicht nach ihr fragen. Das einzige Mal, als ich fragte, gab Pops mir eine Ohrfeige und schubste mich gegen eine Wand. »Ich blieb bei Pops, lebte mit ihm etwa eine Meile vom Gelände der Red Dragons entfernt in einem Haus. Dann, mit sechzehn, bin ich Prospect geworden und wurde ein Jahr später aufgenommen.« Da ich ihre Reaktion nicht sehen wollte, starrte ich nur auf den Fernseher hinter der Theke.

»Das Leben war ganz akzeptabel. Ich hatte meinen Cousin, Slade, der auch keine Mom hatte. Wie meine ist sie nur Tage nach seiner Geburt abgehauen. Sein Dad ist später gestorben, und weil sie seine Mutter nicht finden konnten, ist er bei Flick eingezogen.«

Slade war ein ruhiger Mistkerl, der mich und Arch beschützte, obwohl er zwei Jahre jünger war. Wir hatten ihn lange nicht mit einer Frau gesehen. Bis kurz vor seinem achtzehnten Geburtstag hatte er nicht mal eine angeschaut. Er hatte die Nase ständig in einem Buch und lernte alles, was nicht mit dem Club zu tun hatte. Viele hielten ihn für langsam, dumm, weil er nicht redete. Aber Archer und ich kannten die Wahrheit. Slade war ein verdammtes Genie, versteckte sich vor der Welt, weil er nicht wusste, was er von ihr wollte. Ein RD werden oder weglaufen.

Schließlich traf er eine Entscheidung, die er, soweit ich wusste, nicht bereute.

»Und der andere Typ? Archer?«

Ich konzentrierte mich wieder auf Summer. »Er ist ein Kumpel von mir. Sein Vater war der Road Captain. Hat alle Runs geplant und übernommen, wenn der President oder der Vice President nicht da waren.« Ich hielt inne, damit sie das verarbeiten konnte. »Archer ist wie ich im Club aufgewachsen, allerdings in Übersee. Er kam her, als sein Vater versetzt wurde. Wir bekamen fast gleichzeitig unser Patch.« Ich zuckte mit den Schultern. »Sein alter Herr starb nach einem verpatzten Deal und danach hat Arch angefangen zu trinken.«

Nicht nur das, Archer war ein Nichtsnutz, hatte nichts anderes im Kopf als Vögeln und Saufen. Mit seinen blonden Haaren und dem irischen Akzent lagen ihm die Frauen reihenweise zu Füßen.

Aber was auch geschah, er und Slade standen immer hinter mir, so wie ich hinter ihnen.

Bis ich sie im Stich ließ.

»Also bist du nicht zur Schule gegangen? Hast keine Ausbildung?« Sie runzelte die Stirn und ihre hübschen Lippen verzogen sich vor Mitleid.

»Wenn Pops es zuließ, taten ein paar Old Ladys im Club für mich, was sie konnten.« Was nicht sehr oft vorkam. »Aber um mit Drogen zu dealen und an Autos zu schrauben, brauchte ich keine Ausbildung.« Oder um zu vögeln oder mich zu betrinken. Für all das brauchte man keinen Lehrer.

»Wie passt Emily in dieses Bild?« Summer knüllte ihre Serviette zusammen und strich sie dann wieder auf der Tischplatte glatt. »Ich weiß, dass sie deine Stiefschwester ist, aber viel mehr hat sie mir nicht erzählt.«

Wahrscheinlich, weil sie nicht viel mehr wusste.

»Am Abend, als ich mein Patch bekam, nachdem wir im Club gefeiert hatten, hat Pops mich gezwungen mit ihm auf einen Run zu gehen, während der Rest meiner Brüder auf dem Gelände blieb.«

»Ein Run?«

»Wir sind losgezogen, haben Drogen und Waffen verkauft und so was. Clubkram.«

Aber so ein Run war es nicht. Zumindest nicht an dem Abend, an dem ich mein Patch bekam. Stattdessen nahm Pops mich mit in die Stadt, um mir etwas zum Vögeln zu besorgen;

eine verdammte Nutte zum Feiern, anstatt einer der Groupies, die auf dem Gelände herumhingen. Einer der wenigen Sätze, die mein alter Herr an diesem Abend zu mir sagte, war: *Keiner meiner Söhne bekommt an seinem ersten Abend als Bruder etwas Verdorbenes zum Vögeln.*

Er hätte mich wahrscheinlich auf der Stelle umgebracht, wenn er gewusst hätte, dass ich das Mädchen, für das er bezahlt hatte, nicht angerührt, ihr hundert Dollar extra gegeben und ihr gesagt hatte, sie solle durchs Fenster abhauen.

So verkorkst, wie es war, glaubte ich zumindest damals, dass Pops mir damit zeigen wollte, dass er mich liebte; dass er versuchte, ein richtiger Vater zu sein, indem er mich zu dem Mädchen brachte.

»Auf unserem Heimweg sah er Lisa und Emily am Straßenrand stehen. Sie waren unterwegs, um für Ems Geburtstag einzukaufen oder so. Sie hatten eine Autopanne. Pops hielt an, um zu helfen. Ehrlich gesagt, hätte ich nicht gedacht, dass er sich je um jemanden kümmern würde.«

Ich schüttelte den Kopf bei der Erinnerung an Lisas Augen. Ganz groß und grün, als sie Pops durch das heruntergekurbelte Fenster ansah. Dann blickte sie mich an, und ich schwor bis heute, dass sie anfing zu weinen. Ich musste sie noch schlimmer erschreckt haben als Pops.

Emily auf dem Beifahrersitz dagegen schaute finster. Ich war zwar einigermaßen betrunken vom Whiskey, ja, aber ich würde nie ihren Blick vergessen. Er versprach mir einen Tritt in die Eier, wenn ich sie auch nur ansah.

»Dann war es für die beiden also Liebe auf den ersten Blick?«, fragte Summer.

»So ähnlich.« Ich zuckte mit den Schultern, die ganze Geschichte kannte ich nicht. »Pops hatte wohl einfach diese Art, mit Frauen umzugehen.«

»Er ist also charmant.« Sie runzelte die Stirn.

»Nein. Er ist der Meister der Manipulation. Er hat immer

die Kontrolle, egal, ob man ihn kennt oder nicht. Das gilt für Frauen und Männer.«

Sie streckte den Arm aus und drückte wieder meine Hand. »Es tut mir leid, dass du all das durchmachen musstest.«

Diesmal zog ich die Hand sofort weg. »Das muss dir nicht leidtun. Pops bekommt immer, was er will.«

Zumindest war das früher so.

Wenn ich damals schlau genug gewesen wäre, hätte ich Lisa gewarnt und ihr gesagt, sie solle gehen. Aber dann hätte ich selbst eine Menge verpasst. Egoistisch, wie ich war, hätte ich nichts anders gemacht, wenn es bedeutete, dass Emily und Lisa dann nicht Teil meines Lebens geworden wären. Abgesehen von Slade und Archer waren sie die Einzigen, auf die ich mich verlassen konnte.

»Haben Emily und ihre Mutter bei euch gewohnt?«, fragte sie.

»Ne. Pops hat ihnen das Haus gekauft, in dem Lisa jetzt lebt. Er ist vielleicht einmal die Woche vorbeigekommen und hat dort übernachtet.« Meistens jedoch war er zu sehr mit den Runs oder den Groupies beschäftigt, um sich an seine Frau zu erinnern. »Aber sie und mein alter Herr haben viel gestritten. Ich glaube, sie waren nur ein halbes Jahr verheiratet.« Wenn überhaupt.

»Aber du hast trotzdem Kontakt zu Emily und Lisa gehalten.«

Ich nickte und trommelte mit den Fingern auf die Tischplatte. »Nach neun Jahren sind sie immer noch mehr meine Familie, als es Pops je war.« Feiertage, Abende, an denen wir einfach nur herumhingen ... Pops wusste nicht, wie oft ich sie besuchte. Aber Lisa wurde die Mutter, die ich nie hatte, und Emily die Schwester, die ich eigentlich nicht gewollt hatte.

»Ich bin froh, dass du jemanden hast.«

Ich sah auf und Summer lächelte breit. Ich hatte nicht viel

Echtes in meinem Leben, aber aus irgendeinem Grund wurde sie schnell zu einer Ausnahme.

»Ich auch.«

Ein paar Sekunden vergingen, dann fing sie wieder an. Summer redete wirklich verdammt gern. Und beängstigenderweise machte es mir gar nicht so viel aus.

»Also, was ist dann passiert? Wie bist du im Gefängnis gelandet?«

Ich lehnte mich zurück und klopfte mit dem Daumen auf die Tischkante. »Ich habe mich eines Abends mit Pops geprügelt, nachdem ich gesehen hatte, wie er eines der Groupies geschlagen hatte. Ich war gerade vierundzwanzig geworden und fühlte mich so männlich wie nie zuvor.« Ein Mann, der es offenbar für okay hielt, den Präsidenten des RD-Clubs zu testen, Vater oder nicht. »Ich werde nie tolerieren, wenn Männer Frauen verletzen.«

»Und was sind, äh, Groupies genau?« Sie biss sich auf die Unterlippe.

»Frauen, die gerne vögeln. Im Gegenzug bekommen sie ein Dach über dem Kopf, Essen und werden vor dem beschützt, wovor sich die meisten außerhalb des Clubs verstecken.«

»Wie Prostituierte.«

»Genau.« Ich machte mir nicht die Mühe, sie zu korrigieren. Wenn man nicht in diesem Milieu aufgewachsen war, verstand man das nicht.

»Was ist passiert, nachdem du dich mit deinem Vater angelegt hast?« Sie musterte mich wieder mit ihren schönen Augen, durch ihren neugierigen Blick wirkten sie sogar noch heller.

Ich rutschte auf dem Stuhl herum und blickte auf den Tisch. »Ich bin schließlich bei Pops ausgezogen. Habe mich eine Zeit lang versteckt. In verlassenen Gebäuden und so. Slade und Archer brachten mir, was ich brauchte. Essen und Kleidung. Geld.«

»Slade und Archer sind dir wohl sehr wichtig«, sagte sie mit einem traurigen Lächeln.

»Sie sind meine Brüder.« Ich starrte auf den Tisch und mied ihren Blick. Ich vermisste die beiden jeden Tag. Aber anders als ich würden sie den Club nie im Stich lassen. Ihre Hingabe galt den RDs für immer, egal, wer sie anführte oder welche Regeln galten.

»Was ist dann passiert?«, fragte Summer und rutschte noch näher. So nah, dass sich unsere Oberschenkel berührten.

»Pops hat mich gefunden. Er kam allein.« Sie nickte mir aufmunternd zu, die Augen groß und irgendwie ängstlich. »Er sagte, wir müssten reden. Dass er darüber nachgedacht hätte und es ausnahmsweise mal so sehen wolle wie ich.«

Das kleine Kind in mir, das sich nach der Liebe seines Vaters sehnte, wollte ihm glauben. Deshalb ging ich mit ihm.

Hätte ich gewusst, was passieren würde, hätte ich es nicht getan.

»Ich hätte wissen müssen, dass etwas im Busch war. Slade hat mich auf der Rückfahrt mit Nachrichten und Anrufen bombardiert, aber ich bin nicht rangegangen, weil ich auf meinem Bike saß und meinem Vater folgte. Als ich seine Nachrichten las, war es zu spät.« Ich verschränkte die Hände hinter dem Kopf und sah zur Decke.

Dann war es erst richtig schlimm geworden.

»Was meinst du mit zu spät?«

Ich rieb mir über die Stirn, während mir die Erinnerungen durch den Kopf schossen.

»Niyol?«, fragte Summer flüsternd.

Anstatt sie anzusehen, schnappte ich mir eine Zigarette und steckte sie mir hinters Ohr, dann ließ ich die Hände sinken und schnappte mir mein leeres Glas.

»Ich kam zurück und die DEA belagerte das Gelände.« Ich schniefte, selbst zwei Jahre danach hatte ich das Bild noch deutlich vor Augen. Blaulicht, am Zaun geparkte Motorräder, Jungs, die ich für Onkel und Brüder gehalten hatte – *Familie* – schauten mich an, einige voller Mitleid, andere voller Abscheu. Egal, sie konnten eh nichts machen. Mein Vater hatte immer das letzte Wort.

»Ich weiß noch, wie selbstgefällig Pops aussah, als er von seinem Motorrad stieg und zu einem der Anzugträger hinüberging.« Er schüttelte dem Wichser die Hand und besiegelte damit mein Schicksal. »Anscheinend hatte er um Immunität für den Club gebeten und ausgehandelt, dass ihre Straftaten nicht weiterverfolgt würden, wenn er seinen wichtigsten Dealer auslieferte. Dieser Dealer war angeblich ich.«

Summer schüttelte den Kopf und fragte angewidert: »Dein eigener Vater hat dich verraten?«

Ich nickte. »Während ich weg war, hat Pops es so dargestellt, als gehöre die Werkstatt mir, nicht ihm. Er hatte einen Teil der Drogenvorräte des Clubs darin versteckt. Er hatte sogar die verdammten Eier, ein provisorisches Meth-Labor einzurichten.« Ich rieb mir über das Gesicht und versuchte, die Erinnerungen aus dem Kopf zu kriegen, doch mit jeder Sekunde, in der ich weitersprach, wurde es schwieriger. »Er war so sauer, dass ich abgehauen war, dass ihm nichts Besseres einfiel, als mir etwas anzuhängen.«

»Das ist abscheulich«, zischte Summer.

Ich zuckte mit den Schultern. »Als Sohn des Presidents war die Gefängnisstrafe besser als das, was der Club gemacht hätte.«

Summer lehnte sich zurück. Ich sah wieder zu ihr auf und sie hatte die blauen Augen verengt und sah gedankenverloren auf die Tischplatte. Ich schluckte bei dem Anblick und fragte mich, was ihr wohl durch den Kopf ging.

»Warum hast du dich nicht gewehrt? Ihnen die Wahrheit gesagt?«, fragte sie schließlich.

»Ich war kein Verräter«, knurrte ich. »Zumindest da noch nicht. Außerdem hätten sie mir nicht geglaubt und alle hatten viel zu viel Schiss, um sich gegen meinen alten Herrn zu stellen.«

»Selbst deine angeblichen Freunde? Auch dieser Flick?« Summers Oberlippe kräuselte sich vor Abscheu.

»Du verstehst das nicht. Pops hatte so verdammt viel Kontrolle über jeden Einzelnen, schon ein kleiner Fehler konnte für dich oder deine Liebsten den Tod bedeuten. Das wollte niemand riskieren. Zumindest damals nicht. Und ich habe es akzeptiert.« Auch wenn es dadurch nicht einfacher wurde.

»Aber irgendwann hast du der Polizei die Wahrheit gesagt, richtig? Und sie haben dir geglaubt?«

Ich zuckte mit den Schultern. »Die anderen hatten die Nase voll davon, wie alles den Bach runterging. Vor allem Flick. Er war es, der die Beweise gesammelt hat, um meinen Namen reinzuwaschen und meinen Vater hinter Gitter zu bringen.«

Er hatte einige meiner Brüder zur Hilfe geholt, Archer und Slade waren natürlich als Erste dabei. Sie hatten eine Weile gebraucht, um die Beweise zu beschaffen und ihre Alibis zu arrangieren, aber das konnte ich verstehen. Mein Vater ließ nie etwas auf sich beruhen, wenn er vorher Wind davon bekommen hätte, hätten sie tief in der Scheiße gesteckt.

»Und du warst zwei Jahre im Gefängnis?«, fragte Summer.

»Ja.«

Sie runzelte die Stirn. »Ganz schön lange, um eine Lüge aufrecht zu erhalten.«

»Besser als die fünf Jahre, zu denen ich ursprünglich verurteilt wurde.«

Die Kellnerin unterbrach uns und stellte unsere Teller auf den Tisch. Ich stierte auf mein Essen, nicht einmal mehr hungrig. Ich hatte schon zu viel gesagt. Meinen Mund geöffnet und ihr Sachen anvertraut, die ich noch nie jemandem erzählt hatte. Nicht einmal Maya. Das bedeutete, dass ich jetzt mehr denn je verschwinden musste. Weg von ihr. Mich betrinken. Das Bewusstsein verlieren. Schlafen. Irgendwas. *Egal was.*

»Ich muss gehen.« Ich ignorierte ihre großen, verwirrten Augen, legte einen Fünfziger auf den Tisch und sagte: »Warte nicht auf mich.« Dann ging ich ohne einen Blick zurück hinaus – weg von ihr und vor allem weg von meinen Erinnerungen.

ELF

SUMMER

Ich riss die Augen auf und blickte an die Decke eines dunklen Hotelzimmers. Schweiß lief mir den Hals hinunter, in mein T-Shirt hinein und durchnässte den Kragen. Die Laken hatten sich um meine unruhigen Beine verheddert und hielten mich fest. Mein Verstand war durch meinen Traum zu gelähmt, dass ich mich nicht hätte bewegen können, selbst wenn ich gewollt hätte.

Landon war wieder in meinem Traum aufgetaucht, diesmal am Fußende des Bettes, hatte mich beobachtet und mir gesagt, dass es ihm leidtat, bevor er eine gesichtslose Frau auf die Matratze schubste und sie von hinten nahm.

Ich schüttelte mich und nestelte an meinem Armband. Ich fühlte mich einsam, ein unangenehmes Gefühl. Ich sehnte mich nach Kameradschaft, nach jemandem, mit dem ich reden konnte. Ohne das fühlte ich mich einsamer als je zuvor.

Das, was Niyol mir beim Essen offenbart hatte, hatte mich den restlichen Abend schwer beschäftigt. Offenbar war ich nicht die Einzige, die eine Schulter zum Ausweinen brauchte, auch wenn bei Niyol im Gegensatz zu mir keine Tränen geflossen waren.

Ich dachte immer wieder darüber nach, warum ich mich ihm an dem Abend bei meinen Großeltern anvertraut hatte. Lag es daran, dass wir doch Gemeinsamkeiten hatten, auch wenn unsere Leben so unterschiedlich waren? Indem ich darauf bestanden hatte, dass er sich mir öffnete, hatte ich vielleicht sagen wollen: *Du schuldest mir etwas.* Ich hatte ihm mein dunkelstes Geheimnis anvertraut, jetzt wollte ich seins wissen.

Entweder das oder ich fühlte mich mit dem Kerl immer wohler. Dem Kerl, der mir mit einer tragischen Geschichte und so viel Schmerz in seinem Blick bereits das Herz gebrochen hatte. Ein Kerl, der mich genauso berührte wie Landon, aber auf eine andere, tiefere Art.

Ob Niyol es wahrhaben wollte oder nicht, ich wusste ganz genau, wie es sich anfühlte, etwas zu verlieren, auch wenn meine Verluste nicht annähernd so groß waren wie seine.

Ich wusste außerdem, wie es war, neu anfangen zu wollen. Deshalb hatte ich dem Roadtrip ja zugestimmt. Durchs Land fahren, an die Strände von San Diego ... Ich wünschte mir nicht nur, über Landon hinwegzukommen, ich hoffte auch, dass ich mich bei meinem ersten Blick auf den Pazifischen Ozean meiner Mutter näher fühlen würde.

Mit einundzwanzig waren sie und mein Vater gemeinsam nach Kalifornien gegangen. Es war ihre erste Reise, nach dem Studium, als richtiges Paar. Dort hatte mein Vater ihr das Armband geschenkt, das ich immer trug. Und wenn ich es an meinem Handgelenk spürte, fühlte ich mich meiner Mutter nah.

Niyol und ich hatten beide unsere Mütter nicht kennengelernt und deshalb waren wir uns auf gewisse Art ähnlich. Im Gegensatz zu ihm hatte ich jedoch einen Vater und Brüder, die mich liebten. Obwohl er seine Clubbrüder und Lisa und Emily hatte.

Neben dem Bett erklang ein leises Stöhnen und mein Herz

setzte kurz aus. Ich schwang die Beine über die Bettkante und dort lag Niyol schlafend auf dem Teppich, ohne T-Shirt.

Ohne zu überlegen, ließ ich mich neben ihm auf die Knie sinken. Seine Schreie wurden lauter, verzweifelter. Da ich nicht wusste, wie ich ihm helfen konnte, legte ich ihm die Hand auf den schweißnassen Rücken, um ihn zu wecken.

»Nein!«, brüllte er, schwang den Arm herum und schlug mir gegen die Brust.

Ich zuckte zusammen, gab aber nicht auf. »Niyol, hey, hör auf.« Ich rieb ihm den Rücken, fester, schneller und kam mir vor wie eine Mutter. »Sch, ist ja gut.«

»Scheiße.« Er richtete sich blitzartig auf, tastete nach mir. Wir prallten mit den Oberkörpern aneinander, als er mich an der Taille packte. Schwer atmend flüsterte er an meinem Hals: »Es tut mir leid, es tut mir so verdammt leid.«

»Ist ja gut«, wiederholte ich, um ihn zu beruhigen. Ich versuchte, ruhig zu bleiben, doch als ich ihm über den Kopf strich, zitterte meine Hand. Seine feuchten Haare streiften meine Wange, wahrscheinlich hatte er geschwitzt. Weil ich nicht anders konnte, vergrub ich meine Nase in seinen Haaren und atmete ein. Frisch, blumig, mit einem Hauch von Moschus und Zigaretten. Er hatte mein Shampoo benutzt.

»Soll ich das Licht anmachen?«, fragte ich schließlich.

Er schüttelte den Kopf und die Stoppeln an Kinn und Wangen streiften meinen Hals. Es kratzte köstlich und meine Brustwarzen wurden hart.

Schlechtes Timing, Summer. Total schlechtes Timing.

Trotz der Gefühle, die er in mir auslöste, akzeptierte ich sein Bedürfnis, mich zu umarmen; so etwas würde ein *Freund* machen. Doch er würde bestimmt merken, was los war und dann würde er mir vorwerfen, ihn auszunutzen, mich mit einem Scherz wegstoßen, ganz sicher.

Ich wurde einfach nicht schlau aus Niyol, verflucht mit

einer Persönlichkeit irgendwo zwischen einem Jungen, der viel verloren hatte, und einem abgebrühten Mann, der durch die Hölle gegangen war.

»Willst du darüber reden?«, fragte ich.

Sekunden vergingen, dann sagte er schließlich: »Nein.«

Ich schluckte den Kloß in meinem Hals hinunter und beschloss, etwas zu tun, was ich bereuen könnte, aber ich war zuversichtlich – und erschöpft – genug, um es trotzdem vorzuschlagen.

»Das Bett ist groß genug für uns beide. Du musst nicht auf dem Boden schlafen.«

Auch wenn er mich beim Abendessen hatte sitzen lassen und so gefährlich es auch sein mochte, das Bett mit ihm zu teilen, konnte ich es nicht ertragen, ihn dort unten liegen zu lassen. Ich war nicht in der richtigen Verfassung, um einem so unglaublich anziehenden Mann so nahe zu sein. Einem, der so viel Schmerz und Verletzlichkeit in sich trug. Aber gleichzeitig sehnte ich mich mehr nach seiner Nähe als nach irgendeiner Art von Abstand.

Überraschenderweise nickte er und löste sich weit genug von mir, um mir in die Augen zu sehen. Sie wirkten verloren, gebrochen, wie ein Welpe auf der Suche nach einem Zuhause. Mein Mitgefühl für ihn wuchs und ich fragte mich, was ihm wohl durch den Kopf ging. Aber bevor ich fragen konnte, stand er auf, nahm meine Hand und zog mich hoch. Sanft und doch fest. Beschützend und doch vorsichtig.

Er war so groß. Groß und so muskulös, dass er mich mühelos hätte erdrücken können. Aber seine sanften Finger bewiesen, dass er seinen dunklen, rauen Mantel ablegen konnte, wann immer er wollte – was anscheinend nicht sehr oft vorkam. Niyol hatte sich sehr gut unter Kontrolle. Das faszinierte mich, da es mir selbst schwerfiel, die Kontrolle über irgendetwas abzugeben. Meine Zeitpläne, meine Ziele, mein perfekt geplantes Leben, das jetzt in Trümmern lag ... Wie anders wäre es gewesen, wenn ich mit einem Leben wie Niyols geschlagen wäre? Mir nie irgendetwas sicher sein könnte? Ich erschauerte bei dem Gedanken.

Im dunklen, stillen Zimmer gingen wir gemeinsam zurück ins Bett und als wir uns nebeneinander auf den Rücken legten, berührten sich unsere Schultern. Mit einem Brummen sprang die Klimaanlage an und er zog die Decken über uns. Die Klimaanlage summte laut und wegen der Kälte mummelte ich mich noch fester ein, wurde mir aber auch der Wärme bewusst, die er dicht neben mir ausstrahlte.

»Geht es dir wirklich gut?« Ich wollte ihn ansehen, ihn weiter trösten, aber mein innerer Angsthase lachte mir ins Gesicht und mahnte, ich solle mich zusammenreißen. Niyol wollte kein Mitleid, selbst wenn es gut gemeint war.

»Nicht ganz.«

Ich schloss die Augen und nickte. »Ich bin hier, falls du reden willst oder so.«

Das Bett quietschte, als er sich auf die Seite zu mir drehte. Mit einem Mal mutig, tat ich es ihm gleich und schaute ihn an. Wie vorhin suchte er meinen Blick, nur wirkte er in dem weichen Licht, das von der Straße auf seinen Rücken fiel, diesmal gelassener und noch verletzlicher. Gleichzeitig sah er viel gefährlicher aus als jeder andere, dem ich je begegnet war.

Er sah mich einfach weiter an und ich errötete und mein Magen verknotete sich. Als er nichts sagte, wurde ich unruhig, öffnete den Mund und klappte ihn wieder zu. War er schon wieder wegen irgendetwas sauer? Bereute er es, meine Einladung angenommen zu haben?

Als ich sein Schweigen nicht länger ertragen konnte, fragte ich: »Kannst du mir wenigstens sagen, wovon du geträumt hast?«

»Ist doch egal.« Kurze Antworten, eine scharfe Zunge – das

war ich von ihm gewöhnt. Das war normal. Nicht das lange Gespräch beim Abendessen. Das war eine Seltenheit. Und so sehr es mir gefallen hatte, sollte ich mich besser nicht daran gewöhnen.

»Ist es *nicht*.« Ich hob eine zitternde Hand und legte sie ihm zaghaft an die Wange.

Er schloss die Augen, seine Miene wirkte, als würde ihn meine Berührung quälen. Ich hätte aufhören, die Hand wegziehen sollen, hätte mich umdrehen und ihn ignorieren, sein Bedürfnis nach Ruhe respektieren sollen. Aber durch seine Nähe, seinen Atem auf meinem Gesicht, den Duft seiner Haut wurde ich zu jemand anderem. Einer Person, die mehr als einen Freund brauchte. Einer Person, die das Verlangen in ihrem Unterleib lindern wollte. Einer Egoistin, die Grenzen und hehre Ziele vergessen wollte.

Ich zeichnete mit dem Finger die Narbe an seiner Lippe nach. »Woher hast du die?«

»Von meinem Vater«, flüsterte er zurück und öffnete die Augen wieder.

Ich schluckte schwer, voller Schmerz für den gebrochenen Jungen in ihm, doch seinetwegen riss ich mich zusammen. Langsam beugte ich mich zu ihm und küsste die Narbe, legte die Stirn an seine. Diesmal war es ein stilles: *Tut mir leid* – meine Version einer heilenden Berührung.

Beim Ausatmen strömte sein zitternder Atem über meine Lippen. Ich war mir nicht sicher, ob ich oder seine Erinnerung ihn so aufgewühlt hatte. Jedenfalls wusste ich von diesem Moment an, dass ich ihm nicht entkommen konnte.

Er sah mich wieder forschend an. Im Gegenzug fuhr ich ihm mit dem Finger über das Kinn, dann über den Hals. Und da ich nun einmal angefangen hatte, konnte ich nicht mehr aufhören ihn zu berühren. Ich sah seine Tattoos nicht, aber ich spürte sie auf gewisse Art, die Umrisse, dazwischen einige Narben. Ihre Macht, die Bedeutung dahinter.

»Summer ...« Er hauchte meinen Namen, Schmerz lag auf seinen Zügen. Dennoch zog er sich nicht zurück, bat mich nicht, aufzuhören, flehte nicht um ein Nein. Stattdessen landeten seine Finger auf meiner Hüfte, wanderten unter mein T-Shirt und hinauf bis zu meinen Rippen. Bei der ersten Berührung holte ich scharf Luft, noch nie hatte sich jemand so auf mich konzentriert.

Das war so falsch. Wir konnten uns beide nicht auf das einlassen, was sich zwischen uns entwickelte. Aber die Muskeln und Tätowierungen, die sich über seine Arme, Schultern und Brust zogen, waren eine neue Droge, der ich nicht widerstehen konnte. Eine Versuchung, gegen die ich machtlos war. Niyol Lattimore würde mich süchtig machen.

Er zitterte genauso wie ich. Er leckte sich über die Lippen, machte keine Anstalten, mich zu küssen, aber er sah so ausgehungert aus. Ich wusste nicht, was geschah, was er dachte, aber ich wollte das hier auf keinen Fall aufhalten.

Wir kamen uns noch näher, erst ich, dann er. Dann hörte ich ein Knurren und bevor ich Luft holen konnte, lag ich unter ihm, seine Hände zu beiden Seiten neben meinem Gesicht auf der Matratze. Seine langen Haare bedeckten seine Wangen und streiften gerade noch meine. Meine Augen weiteten sich, mein Brustkorb hob und senkte sich, als er sich auf mich setzte.

Lieber Himmel. Ich war gefangen. Und es gefiel mir.

»Wir sollten das nicht tun ...« Seine Worte entsprachen meinen Gedanken, aber er ließ nicht von mir ab, sondern kniff die Augen noch fester zusammen und beendete das letzte Wort mit einem gequälten Atemzug. »Aber, Himmel ... ich würde so gern *richtig* schlechte Sachen mit dir anstellen, du musst mich aufhalten, Summer.« Dann flüsterte er: »Bitte, halte mich auf.«

»Ich ...« Keine Gedanken. Kein Bedauern. »Ich kann nicht.«

Bei meinen Worten zuckte er zusammen, während er mit der Hand erst über meine Hüfte, dann meinen Oberschenkel strich und knapp unter meinem Knie landete. Er hielt es fest und schlang sich mein Bein um den Rücken.

»Mein Gott, ich muss ...« Er unterbrach sich, presste seine Erektion an meine Beine und stöhnte.

»Sag es mir.« Ich war außer Atem, wölbte mich ihm zitternd entgegen, und wünschte mir verzweifelt, dass er den Druck zwischen meinen Schenkeln linderte. Und vor allem den Schmerz in meinem Herzen. Ich war es leid, immer auf Nummer sicher zu gehen. Es war an der Zeit, zu springen. Oder in diesem Fall besprungen zu werden.

Seine Finger gruben sich immer noch in meine Haut und er drückte seine Hüften noch einmal gegen meine und sagte: »Sonst kann ich mich nicht mehr zurückhalten.«

»Sollst du auch gar nicht.« Ich zog seinen Kopf zu mir und fuhr ihm mit den Fingern durch die langen Haare. »Bitte. Ich brauche das.«

Unsere Blicke trafen sich, in seinen Augen tobte ein Kampf. Dann nickte er einfach so und küsste mich.

Sanft, zaghaft, forschend. Die erste Berührung war genau das, was mir gefehlt hatte und noch viel mehr. Er erkundete meinen Mund mit seiner Zunge und das Piercing war kälter, als ich erwartet hatte. Ich keuchte, saugte an seiner Zunge und fragte mich, wie magisch sie sich wohl zwischen meinen Beinen anfühlen würde. Ich stöhnte bei der Vorstellung, verlor mich in seinem Geschmack, strich mit der Hand seinen Arm hinab und unter meiner Berührung erschauerten seine festen Muskeln noch heftiger. Langsam, vorsichtig wanderten meine Hände weiter bis zu seinem jeansumhüllten Hintern, und als er sich stärker an mir rieb, stöhnte ich erneut auf.

»Summer.« Mein Name auf seinen Lippen war eine Warnung, ein verzweifeltes Flehen. Er zischte und bewegte sich schneller. Er nahm eine Hand neben meinem Kopf von der Wand, legte sie auf meine Taille und wanderte mit den Fingern höher und höher, bis seine Knöchel die Unterseite meiner Brüste streiften.

»Mehr, bitte«, flüsterte ich. »Hör nicht auf.« Ich leckte an seinem Hals, kostete seine salzige Haut.

Ein weiteres Knurren erklang aus seiner Kehle, aber er berührte meine Brüste nicht. Stattdessen wanderte seine Hand weiter hinab, strich über meinen Bauch, bis sich seine Finger langsam unter den Bund meiner Schlafshorts schoben.

»Da. Ja, da«, keuchte ich. »Tiefer, bitte.«

Schwer atmend küsste er sich von einer Seite meines Kinns zur anderen, meinen Hals hinunter bis zu meinen Brüsten, deren Wölbung gerade über den Saum meines Tops lugte. Das war zu viel für mich und ich vergrub die Hände in seinen Haaren und zwang seinen Mund zurück auf meinen.

Aber er küsste mich nicht. Diesmal nicht. Stattdessen hielt er seinen Mund nur wenige Zentimeter von meinem, sah mir in die Augen und sein Atem strich mir über die Lippen. »Mehr geht nicht.«

War das an mich oder ihn selbst gerichtet? Jedenfalls las ich in seinen Augen die Frage: *Bleibe ich oder gehe ich?* Die Entscheidung, ob er weitermachen sollte, quälte ihn, aber ich war zu verloren, um ihm zu sagen, dass er aufhören sollte – zu egoistisch.

Schuld und Verlangen sind zwei der stärksten Emotionen überhaupt. Niyol kämpfte gerade mit beiden.

Ich brauchte nicht lange, um zu wissen, was zu tun war: Ich wollte den Schmerz in seinen Augen auslöschen und mir die Kontrolle verschaffen, nach der mein Körper sich verzehrte. Ich wollte ihn wieder zusammensetzen. Ihn heilen, und wenn es nur für einen kurzen Augenblick wäre.

Mit angehaltenem Atem fuhr ich ihm wieder mit den Fingern über die Wangen, genoss das Gefühl der rauen Stoppeln. Ich wollte, dass Niyol mich berührte, so wie ein Mann eine Frau berührt. Aber wenn er sich deswegen schuldig fühlte,

und sei es nur insgeheim, würde er sich das vielleicht nie verzeihen. Oder mir. Weshalb ich ihn zuerst berühren musste.

Bevor ich es mir ausreden konnte, drückte ich ihn an den
Schultern auf den Rücken und ließ ihn dabei nie aus den
Augen. Er sagte kein Wort, sah mich nur mit verhangenem
Blick an, während ich eine Spur über seine Brust bis zu seinem
Bauch küsste. Meine Lippen trafen überall auf harte Muskeln
und mein Körper vibrierte vor Verlangen, mich nackt an ihn zu
drücken. Es war nicht der richtige Zeitpunkt, wahrscheinlich
gäbe es den nie, aber ich wäre verrückt, nicht darüber nachzudenken.

Ich kam am Saum seiner Jeans an, öffnete den Knopf und
hielt beim Reißverschluss inne.

»Summer.« Er hielt mich am Handgelenk fest. »Wenn du
das tust, ändert sich alles.«

Ich blinzelte zu ihm auf, unsicher, was er meinte, aber es
war mir auch egal. »Schon gut. Ich will es.«

Nach seinem knappen Nicken zog ich den Reißverschluss
herunter und befreite seine Erektion aus der Boxershorts. Unter
seiner Eichel glitzerte etwas und meine Augen weiteten sich.
Ein Piercing, fast genau wie das in seiner Zunge. Ein Teil von
mir wollte vor Freude kichern, aber das wäre bestimmt nicht gut
angekommen. Stattdessen machte ich mich daran, ihm Jeans
und Boxershorts herunterzuziehen, dankbar dafür, dass er die
Kontrolle abgab.

Er bog den Rücken durch und ich zog ihm die Hosen über
die Knie, dann von den Füßen und warf die schwarze Jeans auf
den Boden. Ich spreizte seine Beine an den Knöcheln und
kroch zwischen seine Schenkel. Er atmete hörbar aus, als ich
meine Hand um seinen Schaft legte und als ich im Kreis um
seine Eichel leckte, flüsterte er: »Jesus.«

Ich schob die letzten Zweifel beiseite, kroch über ihn, nahm
ihn tief in den Mund und streichelte mit der anderen Hand
alles, was ich nicht in den Mund nehmen konnte.

»Fühlt sich so gut an.« Seine Beine zitterten an meinem Kopf, aber er versuchte, cool zu bleiben, strich mir mit den Fingern über die Stirn, die Wangen hinunter; die sanften Finger eines rauen Kerls.

Ich betrachtete ihn, er hatte die Augen geschlossen. Etwas Mondlicht drang durch die Vorhänge und beschien einen großen Teil seines Gesichts. So erregt war Niyol atemberaubend.

Er stöhnte tief und kehlig, drückte sein Kinn auf die Brust und gleichzeitig spannten sich seine Bauchmuskeln an. Mein Mund war gedehnt und schmerzte, schon nach wenigen Minuten war ich außer Übung, aber da er nun losließ, sich entspannte, und weil das an mir lag, war es das wert.

Wieder und wieder streichelte ich ihn, küsste ihn, saugte an ihm, bis er kam und meinen Namen rief. Sein warmes Sperma schoss mir in die Kehle, füllte meinen Mund und ich schluckte es hinunter. Langsam zog ich mich zurück, ohne den Blick von seinem Gesicht abzuwenden.

Doch dann öffnete er die Augen und da sah ich es. Ein Flackern des Bedauerns. Das Problem? Ich war mir nicht sicher, was es zu bedeuten hatte.

Auf den Knien beobachtete ich ihn und ignorierte das Brennen in meinem Hals. Erstaunlich, wie schnell ich diesem Mann verfallen war, wo ich mich doch so unbedingt vom anderen Geschlecht *fernhalten* wollte.

Ich wischte mir ein paar klebrige Spermareste an den Händen am Laken ab und stand langsam vom Bett auf. Unsicher, was ich tun oder sagen sollte, steuerte ich auf das Bad zu, entschlossen, mich zusammenzureißen. Drinnen angekommen, schloss ich die Tür ab, schaltete das Licht an und versuchte, wieder zu Atem zu kommen. Ich klammerte mich an den Rand des Waschbeckens, beugte mich vor, die Ellenbogen durchgestreckt, den Kopf gesenkt.

Er war Emilys Stiefbruder, ein Mann voller Dämonen,

jemand den ich nie meinem Vater oder meinen Brüdern vorstellen könnte. Kein Potenzial für eine ernsthafte Beziehung.

»Du bist so bescheuert.« Mit verengten Augen betrachtete ich mich im Spiegel, mir war klar, was zu tun war.

Ich würde die ganze Sache vergessen, auch wenn ich tief im Inneren wusste, dass es mir sehr schwerfallen würde.

ZWÖLF

NIYOL

Ich habe es verbockt. Und zwar richtig.

Und deshalb war ich schon wieder ein Arsch.

Dummerweise war Reden nicht so mein Ding. Schon gar nicht, wenn ich am liebsten den SUV zum Hotel zurückgesteuert, meine Pläne, nach San Diego zu kommen über Bord geworfen und für den Rest meines Lebens mit einer Frau im Hotel kampiert hätte, die viel zu gut für mich war.

Vor dem Gefängnis hätte ich genau das gemacht. In meinem Leben nach dem Gefängnis bemühte ich mich, ein besserer Mensch zu sein, aber als ich mir von Summer einen hatte blasen lassen, war ich gescheitert.

Jetzt kämpfte ich stattdessen gegen alle möglichen Gedanken und Fragen.

Was, wenn es ein Fehler war, dem Leben als RD zu entfliehen?

Was, wenn ich jemand sein will, der ich nicht sein sollte?

Was, wenn es da draußen mehr gibt, als ich je gedacht hätte?

Das Paradebeispiel war die sexy Blondine, die schon wieder ihre Country-Musik aufdrehte.

Ich wollte sie auf keinen Fall verärgern, indem ich sie bat, den Sender zu wechseln, um meinen Verstand zu retten. Anscheinend beruhigte sie dieses Scheißzeug, und wer war ich, darüber zu urteilen? Immerhin war sie die Fahrerin.

Seitdem wir unsere Taschen gepackt und vom Hotel losgefahren waren, hatte sich Summer seltsam verhalten. Distanziert. Kalt. Weniger ... Cheerleaderin. Sie war aus dem Bad gekommen und hatte so getan, als wäre nichts geschehen. Hatte bloß ihre Sachen gepackt und das Hotel verlassen und ich war ihr hinterhergelaufen wie ein verlorenes Hündchen.

Ich musste mich entschuldigen. Schon wieder. Aber ich wusste nicht, wie ich das Unaussprechliche ansprechen sollte. Das Unaussprechliche, das mir den ganzen Tag nicht aus dem Kopf gegangen war.

Ihr Mund, mein Schwanz ...

Ich schloss die Augen, schluckte schwer, ich war echt ein Arsch, weil ich es heute zum tausendsten Mal in meinem Kopf durchlebte.

Kurz hinter Colorado Springs kam mir eine Idee. Als könnte sie meine Gedanken lesen, sprach Summer überraschenderweise zuerst.

»Also, wohin fahren wir jetzt genau?« Die Scheibenwischer und der ständige Regen auf der Windschutzscheibe bildeten zusammen mit ihrer Musik die schlimmste Geräuschkulisse überhaupt. »Weil wir einen Tag länger in Des Moines waren, klappt es mit dem gebuchten Hotel nicht. Außerdem sind wir mindestens einen Tag hinter dem Zeitplan.«

»Fahr einfach weiter.« Frische Luft, viel Platz, um sich aus dem Weg zu gehen – ich hatte die perfekte Idee. Hoffentlich würde sie zustimmen.

»Würdest du mir bitte eine richtige Antwort geben?«, flüsterte sie, schniefte und seufzte dann.

Ich sah sie an, um sicherzugehen, dass sie nicht weinte. Was sie zum Glück nicht tat. Aber sie konnte sich kaum zusammenreißen.

»Ich sag dir, wo du abbiegen sollst. Du kannst der Straße einfach weiter folgen.« Laut dem Schild, an dem wir gerade vorbeigefahren waren, war es nicht mehr weit.

»Warst du schon mal campen?«, fragte ich nach einer Weile, weil ich die Stille mit etwas anderem als meinen verrückten Gedanken füllen musste. Zum Beispiel den Gedanken, anzuhalten, und mich für das zu revanchieren, was sie heute Morgen für mich getan hatte.

Sie sah mich aus dem Augenwinkel an. »Manchmal, als ich noch ein Kind war.«

»Ah, das hatte ich vergessen.« Ich wippte mit dem Knie, ungeduldig, angespannt.

»Was vergessen?« Sie runzelte die Stirn.

»Dass du verwöhnt bist.«

»Ich bin nicht verwöhnt.« Sie verdrehte die Augen. »Aber als ich Hotels kennenlernte, gefielen sie mir besser als Zelte.« Ich dachte, sie würde aufhören zu reden, aber dann überraschte sie mich und fuhr fort. »Immer wenn mein Dad meine Brüder zum Campen und Angeln mitnahm, war es für mich viel besser, bei Freunden zu bleiben oder zu meinen Großeltern zu fahren.«

»In anderen Worten: Prinzessinnen machen sich nicht gern schmutzig. Ich verstehe.«

Bis auf ein kleines Zucken ihrer Lippen reagierte sie nicht. Aber ihre Fingerknöchel wurden weiß, als sie das Lenkrad fester umklammerte, ein Beweis dafür, dass sie bald ausrasten würde. Ich wollte, dass sie mich anschrie, irgendwie reagierte und nicht alles über sich ergehen ließ. Es machte mich wahnsinnig, vor allem, weil ich daran schuld war.

Ich lehnte mich zurück und legte die Füße aufs Armaturenbrett. »Nimm die nächste Ausfahrt.«

»Was hast du gesagt?« Sie drehte den Kopf in meine Richtung.

»Ich sagte: Nimm die nächste ...«

Unter dem Auto poltere etwas und Summer quietschte, als sie die Kontrolle über das Lenkrad verlor. Der Rover brach nach rechts aus und ich umklammerte den Autotürgriff und stellte die Füße flach auf den Boden.

Ich fiel zur Seite und blickte in den Seitenspiegel, als wir langsam am Straßenrand zum Stehen kamen.

»Scheiße«, murmelte ich leise.

Der Motor zischte. Im Radio lief immer noch dieser Countryscheiß – ohne das Dröhnen des Motors wirkte die Musik jetzt noch lauter. Ich streckte die Hand aus, um das Radio auszuschalten, aber Summer war schneller.

»Lass es«, knurrte sie.

Ich hob beide Hände.

Mit einem lauten Seufzen legte sie die Stirn aufs Lenkrad und schlug zweimal dagegen.

»Alles okay?« Ich zuckte zusammen.

Ihre zusammengekniffenen Augen schossen in meine Richtung. »Raus. Aus. Meinem. Auto.«

»Äh ...« Ich kratzte mich am Hals.

»Ich sagte: Raus.«

»Ich steige nicht aus, es regnet immer noch.« Als wollten sie mich verspotten, brachen erste Sonnstrahlen durch die Wolken.

»Doch. Steig jetzt aus.«

»Du kannst mich nicht zwingen.« Ich tippte mit dem Finger gegen die Scheibe, um sie zu ärgern. Mit einer aufgebrachten Summer konnte ich besser umgehen als mit einer stummen.

»Wie alt bist du, *fünf*?« Sie drückte ihre Tür auf. »Raus. Jetzt!«

Ich beobachtete durch die Windschutzscheibe, wie sie das Auto umrundete und einmal gegen die Stoßstange stolperte. Ich versuchte krampfhaft, mein Grinsen zu unterdrücken, und öffnete die Tür, weil ich ihr helfen wollte. Aber sie schaffte es aus eigener Kraft bis zu mir.

Sie riss meine Tür ganz auf und schrie: »Jetzt, Niyol!« Sie packte mich am Arm und zerrte daran.

»Hey, pass auf.« Ich lachte – weil ich nicht anders konnte.

Unerbittlich zog sie weiter, bis ich schließlich nachgab. Als ich aufstand, sprang sie zurück, quietschte, verlor das Gleichgewicht und fiel auf den Po, direkt in eine Schlammpfütze.

»Himmel, alles okay?« Ich streckte die Hand aus, um ihr beim Aufstehen zu helfen.

Sie schob meine Hand weg. »Du dämliches Arsch ...«

»Kein Grund zu fluchen.« Ich legte ihr die Arme um die Taille und half ihr trotzdem auf, doch sie sprang zurück, die Hände an den Seiten, als hätte ich sie verbrannt. Ich musterte sie von oben bis unten und konnte mir ein Grinsen nicht verkneifen. Sie sah aus, als gehöre sie mit einem Bikini in den Ring.

»Du bist tot.« Etwas Nasses traf mich im Gesicht, so schnell, dass ich nicht in Deckung gehen konnte.

Hatte sie mich mit einem Matschklumpen beworfen?

»Willst du dich etwa doch ein bisschen schmutzig machen, Prinzessin?« Ich verzog die Lippen.

Ihr Gesicht war feuerrot – sie war kurz davor zu explodieren. Und bevor ich sie aufhalten konnte, flog ein weiterer Matschklumpen, diesmal aus ihrer anderen Hand, und landete auf meinem Oberschenkel.

Ich zog die Augenbrauen hoch. »Noch einer? Das ist aber nicht sehr nett.«

»Was? Machst du dich etwa nicht gern schmutzig?« Sie schürzte die Lippen.

»Oh, ich mag es schmutzig.« Ich neigte den Kopf und pirschte mich an sie heran.

»Darauf wette ich.« Sie bückte sich, um zwei weitere Handvoll Matsch zu greifen, richtete sich wieder auf, die Lippen auf einer Seite nach oben gezogen. Bei dem Anblick drückte sich mein Schwanz gegen den Reißverschluss, er dachte nur an das Eine.

Summer holte aus.

»Mach das nicht.«

Sie klimperte ein-, zweimal mit den Wimpern, dann schleuderte sie mir eine Handvoll an die Wange. Matsch klebte an meinem Kinn – kalt und nass. Halb lächelnd, halb angepisst wischte ich ihn ab, bereit, ihr die weiße Shorts auszuziehen, um ihr zu zeigen, wie *schmutzig* ich es mochte.

»Du steckst tief in der Scheiße.« Wie ein Soldat auf dem Weg in die Schlacht rannte ich zu ihr und warf sie mir über die Schulter. Sie kreischte und bearbeitete meinen Hintern mit den Fäusten.

»Hör auf. Lass mich runter.«

Ich lachte wieder und legte die Hand auf ihren Oberschenkel, direkt unter ihrem Po.

»An deiner Stelle würde ich das lassen«, knurrte ich.

Sie erstarrte, als ich die Hand unter den Saum ihrer Shorts schob. »Hat dir schon mal jemand gesagt, was du für einen hübschen Hintern hast?«, neckte ich.

»W-was soll das ...« Sie hörte auf, zu schlagen und schnurrte beinahe wie ein Kätzchen.

Ich fuhr über die Haut direkt unter dem Saum ihrer Shorts, abgelenkt und bemüht, nicht zu verweilen. Wenn ich mich weiter vortastete, würde ich nicht mehr aufhören können.

Und Gott steh mir bei, das wollte ich gar nicht.

»Er ist so rund«, fuhr ich fort. »Die perfekte Größe zum Versohlen.«

»Wag es ja nicht«, zischte sie.

Ich machte zwei kleine Schritte vorwärts und zuckte mit der freien Schulter. »Ja, du bist ...«

Ohne Vorwarnung rutschte ich aus und fiel auf die Knie, Summer entglitt meinem Griff und landete im Matsch, Gesicht voran.

»Scheiße. Das tut mir wirklich leid.« Ich war von der Hüfte bis zu den Stiefeln mit Schlamm bedeckt und sie lag reglos da.

»Du *Arsch*.« Sie sprang auf und funkelte mich an. »Schau, was du gemacht hast!«

»Keine Absicht. Ich schwöre.« Ich hielt die Hände hoch und versuchte, nicht zu lachen, als sie sich bemühte – ohne Erfolg – sich den Schlamm aus dem Gesicht und von den Kleidern zu wischen ...

Ich zuckte zusammen und nutzte den Augenblick, ignorierte ihre wüsten Beschimpfungen und begutachtete den Schaden an ihrem Wagen. Der Reifen war in einem miserablen Zustand, platt bis auf die Felge.

Ich rieb mir mit beiden Händen über das matschige Gesicht und seufzte. Natürlich war das meine Schuld, wie alles andere auf dieser Reise. Und zweifellos würde sie mich das spüren lassen. Verdammte Scheiße.

DREIZEHN

SUMMER

»Aber wir haben nicht einmal ein Zelt. Hast du noch nie von wilden Tieren gehört?«

Entnervend ruhig zog Niyol eine Augenbraue hoch. »Du brauchst keine Angst zu haben.«

»Tut mir leid, wenn ich ein wenig besorgt bin, dass an einem Ort namens Swift Wolf tatsächlich *Wölfe* lauern könnten, während wir *schlafen*.«

Er verdrehte die Augen. »Wenn wir das Feuer brennen lassen, sind wir sicher.«

Ich drängte mich an ihm vorbei und rammte ihn mit der Schulter, ging zum nahe gelegenen Picknicktisch und stellte meine Tasche ab.

Ich setzte mich quer auf die Bank und versuchte, die Landschaft zu genießen, das Rauschen der Blätter im warmen Wind. Das Zwitschern der Vögel konnte man schon von Weitem hören, aber andere Camper waren weit und breit nicht zu sehen. *Das* hätte mich vielleicht beunruhigen sollen, doch die Aussicht auf ein paar Stunden mehr Schlaf war so verlockend, dass mir alles andere egal war.

Sicher und selbstbewusst marschierte Niyol über den Campingplatz, seine immer gleichen Stiefel knirschten durch das Unterholz. Er stapelte Holz in der Feuergrube, schob etwas Zeitungspapier darunter und begoss alles mit Feuerzeugbenzin, das er in der Rangerstation gekauft hatte. Kurz darauf trat er stirnrunzelnd zurück und betrachtete das Feuer wie ein unlösbares Rätsel.

Wie Niyol so dastand, mit dem dunklen Haar, das ihm über ein Auge fiel, die Lippen zu einer dünnen Linie zusammengepresst, glich er einem Krieger, der unbedingt die Welt bezwingen wollte. Oder zumindest das Feuer.

Ich dagegen sah aus wie ein Yeti – von unserem Kampf am Straßenrand von oben bis unten von Schlamm bedeckt. Die Blicke, die wir beim Reservieren dieses Platzes ernteten, waren für mich fast Ansporn genug, zu den schmutzigen Duschen den Weg hinaufzugehen. Am Ende bremste mich die Erschöpfung. Aber bald.

»Holst du das restliche trockene Holz aus dem Kofferraum?«

»Schon mal was vom Zauberwort gehört?«, schnaubte ich.

Er verdrehte die Augen. »Bitte, bitte, bringst du mir das Holz, Prinzessin?«

Auch wenn er sich wie ein Arsch verhielt, holte ich das Holz. Warum? Ganz einfach. Weil ich offenbar bescheuert war.

Ich gab es ihm, trat zurück und wischte mir die Hände an den Shorts ab. Genau wie ich waren sie voller Schlamm, und keine noch so große Menge Bleichmittel würde sie wieder weiß bekommen.

Ich musste gähnen. Ich wollte unbedingt ein Nickerchen machen und sah mich nach einem Schlafplatz um. Neben der Stoßstange des Rovers lag ein Schlafsack auf dem Boden ausgebreitet, mit einem anderen darauf, der sich perfekt als Kissen eignete. Ich wusste nicht, wo sie hergekommen waren, vielleicht aus der Rangerstation. Jedenfalls sah es ansprechender aus als der Boden oder der Rücksitz meines Rovers.

Wie dem auch sei, wäre ich nicht von der Straße abgekommen und hätte keinen Platten gehabt, wären wir jetzt längst in Denver. Vielleicht in einem schönen Hotel mit sauberer Bettwäsche und *richtigen* Kissen.

»Ich bin so bescheuert«, schnaubte ich und wischte mir den Schweiß unter meinem langen Pony von der Stirn.

Niyol kam zu mir herüber und sein Arm streifte meinen. »Führst du Selbstgespräche?«, fragte er.

»Eigentlich habe ich nur laut gedacht.«

»Hmm.« Er riss ein Streichholz an und ließ es in die Grube fallen; kurz darauf loderte unser Feuer.

»Was meinst du mit *hmm*?« Ich kniff die Augen etwas zusammen und beobachtete jede seiner Bewegungen.

»Machst du das oft?« Er hockte sich hin und rückte mit einem langen dünnen Stock das Holz zurecht.

»Du meinst laut denken?«

Er nickte.

»Ja. Das ist heilsam.« Sachen auszudiskutieren, Probleme zu erkennen, und sie mit Worten zu lösen war Teil meiner Persönlichkeit. Es war mir nie komisch erschienen, aber nach Niyols Bemerkung kam ich mir total albern vor.

Seine Lippen zuckten und er musterte mich lächelnd von hinter einer seiner dunklen Haarsträhnen. Das machte er oft, und ich fühlte mich unwohl dabei. Sein Blick prickelte auf meiner Haut. Und ich wollte ständig mein Gesicht berühren, um zu kontrollieren, dass nichts irgendwo klebte.

»Warum siehst du mich so an?«, fragte ich schließlich und trat von einem Fuß auf den anderen.

»Du bist ...« Er atmete langsam aus, sein Lächeln verschwand und er schaute ins Feuer.

»Was bin ich?« Ungeduldig wippte ich mit dem Fuß.

Er starrte finster auf meine Füße. »Nichts.«

»Es ist *nicht* nichts. Habe ich wieder irgendwas gemacht, was dich nervt?« Denn das hätte mich nicht gewundert. Ich hätte mich ab sofort auch Niyol Lattimores Nemesis nennen können.

»Himmel, Prinzessin. Stell dich nicht so an. Ich finde dich bloß lustig.«

Er stand und wandte mir den Rücken zu – ganz Mann und Wald und ... Gott, hatte er einen trainierten Rücken. Seine Muskeln bewegten sich unter dem T-Shirt, spannten den Stoff, als wäre es ein paar Nummern zu klein.

»Mich hat noch nie jemand lustig genannt.« Ich verfluchte meine dummen Gedanken, vor allem sein Kompliment, und blickte zum Himmel hinauf, um um Kraft zu bitten, damit ich diese Nacht überstand.

Er ignorierte mich natürlich. Was sonst?

Doch was er konnte, konnte ich schon lange.

Niyol legte sich immer wieder mit mir an. Erst rannte er weg, dann blieb er, dann kämpfte er und dann tat er so, als wäre alles nur ein Scherz. Das war anstrengend *und* nervtötend ... und faszinierend. Faszinierend deshalb, weil ich wissen wollte, warum er sich so verhielt. Vor allem, was in seinem Kopf vorging. Auch wenn es mich überhaupt nichts anging. Er wuchs mir langsam ans Herz. Ich machte mir Sorgen, ob es ihm gut ging – ob ich ihm helfen, ihn schlagen oder vor ihm weglaufen sollte.

All diese Möglichkeiten hätte ich prüfen sollen.

Leider brauchte ich erst einmal eine Mütze Schlaf.

»Hey«, rief er mir nach, als ich zum Schlafsack ging.

Meine Füße berührten gerade den Rand, als ich mich entschloss, zu antworten. »Was?«

Er hielt inne und atmete geräuschvoll aus, dann sagte er: »Ruh dich aus.«

Ich ließ die Schultern hängen und kämpfte dagegen an, seinen Tonfall zu analysieren. Stattdessen sank ich auf die Knie und landete mit dem Gesicht voran auf dem Schlafsack, der als Kissen diente. Innerhalb von Sekunden war ich eingeschlafen und verschwendete keinen Gedanken mehr an Schweiß und Dreck oder den grüblerischen Biker.

Nimm das, schwarzer, weicher Schlafsack.

VIERZEHN

SUMMER

Ich hatte wohl eine außerkörperliche Erfahrung. Einer dieser Augenblicke, in denen man da ist, aber gleichzeitig auch nicht. Zumindest fühlte es sich so an, als ich die Augen öffnete und bis auf das Flackern des Lagerfeuers von Dunkelheit umgeben war.

In der Ferne hörte ich ein Käuzchen rufen, gefolgt von etwas, das wie ein Wolf klang. Oder war es ein Puma? Dann raschelte es im Laub und ich schnappte nach Luft und fuhr hoch, bereit zum Kampf, die Hände ausgestreckt. *Wo zum Teufel ist mein Pfefferspray?*

Panik breitete sich in meiner Brust aus wie trüber, wässriger Schlamm. Mir tat der Rücken weh, weil ich komisch gelegen hatte, und meine Haut brannte, wahrscheinlich von tausend Mückenstichen. Ich sah mich nach Niyol um, der entspannt wie immer am Feuer saß.

»Geht es dir gut?« An einen Baumstumpf gelehnt saß er auf dem Boden.

Ich holte zitternd Luft und war einfach dankbar, dass ich nicht in eine Serienkillerorgie geraten war.

»Ja.« Ich stand auf und streckte die Arme über den Kopf.

Funken stoben über dem Feuer in den Abendhimmel. Zugegeben, das war ein schöner Anblick. »Wie lange habe ich geschlafen?«, fragte ich.

»Ungefähr vier Stunden.«

»Was? Warum hast du mich nicht geweckt?« Ich hatte keine Schuhe an und tastete herum, bis ich sie am Fußende der Schlafsäcke fand. Hatte Niyol sie mir ausgezogen?

»Du musstest dich ausruhen.« Er zuckte die Achseln.

Obwohl ich mich dagegen wehrte, vollführte mein Herz vor Verzückung einen kleinen Hüpfer. Wie konnte dieser Mann so lieb und gleichzeitig so grob sein?

»Ah. Also danke für, du weißt schon ...« Ich deutete auf meine Füße.

»Kein Problem«, sagte er, ohne den Blick vom Feuer abzuwenden.

Ich sah mich auf unserem Platz um: Alles um uns herum war ordentlich und aufgeräumt. Das überraschte mich, denn die meisten Männer, mit denen ich zu tun hatte – mein Vater, meine Brüder, Landon – waren kaum in der Lage, Ordnung zu halten, geschweige denn Wäsche zu waschen oder zu spülen.

Auf dem Picknicktisch lagen einige Lebensmittel und mein Magen knurrte unwillkürlich. Ich hatte den ganzen Tag nichts gegessen.

»Hunger? Ich habe uns vorhin ein paar Hotdogs gemacht.« Er stand auch auf, und als er auf den Tisch zuging, wirkte er im Schatten groß und einschüchternd. Er hatte sein schlammiges T-Shirt gewechselt und einen Kapuzenpulli übergezogen, aber seine Jeans waren noch genauso schmutzig wie meine.

Stirnrunzelnd deutete ich auf den Pappteller mit dem Essen. »Wo hast du die denn her?«

»Rangerstation. Hab sie beim Anmelden gekauft. Du warst zu sehr damit beschäftig, dir die Tiere an der Wand anzugucken, um es zu bemerken.« Er lächelte in sich hinein.

Ich erschauerte bei der Erinnerung an die ausgestopften

Wölfe und Pumas. Sie schmückten jeden Winkel der Ranger-station. Taxidermie war etwas, mit dem ich mich nie anfreunden würde.

»Ich sterbe vor Hunger.« Ich verschränkte die Arme und rieb mir die Schultern, um die Kälte zu vertreiben, stieß jedoch nur auf drei weitere juckende Stiche.

»Kalt?«

Ich nickte. »Ein bisschen. Hauptsächlich juckt es und der ganze Matsch ekelt mich an.«

Er schlug nach einer Mücke, dann griff er nach dem Saum seines Hoodies. »Hier. Nimm den.«

Ich sah fasziniert zu, als sich der Saum so weit hob, dass seine tätowierte Haut zum Vorschein kam. Unter dem Hoodie trug er ein weiteres schwarzes T-Shirt, das seine massive Brust umschmeichelte.

Unverfroren beobachtete ich ihn und bei der Erinnerung an die Muskeln, die ich heute Morgen nur kurz erkundet hatte, lief mir praktisch das Wasser im Munde zusammen. Er erinnerte mich auf gewisse Weise an Tarzan, nur war alles an ihm dunk-ler: Teint, Augen, Haaren ... seine ganze Persönlichkeit. Und anstatt sich von Ast zu Ast zu schwingen, marschierte er auf muskulösen Waden umher, die Bewegungen eher animalisch als menschlich.

Als er mir die Hotdogs gab, berührten sich unsere Finger und mein Herz schlug ein wenig schneller. Er blickte sich um, als hätte er das Geräusch gehört, dann drehte er sich um und ging zurück zum Picknicktisch. Ich seufzte, sah ihm nach und fragte mich, ob es zwischen uns jemals ansatzweise *normal* sein würde.

Ich streifte mir seinen Hoodie über den Kopf. Er war noch warm und Niyols Geruch hing noch im Stoff. Heimlich drehte ich den Kopf ab und vergrub meine Nase im Baumwollkragen. Es war beängstigend, wie besessen ich von ihm war. Doch eigentlich störte es mich gar nicht. Schließlich wollte ich ja nicht mit ihm zusammen sein. Aber ich konnte nicht leugnen, dass ich seinen Körper gern etwas mehr erkundet hätte. Bisher hatte ich nur mit Landon geschlafen. Und auch wenn es mit der Zeit besser wurde, hatte ich mit ihm nie so viel Leidenschaft empfunden, wie ich erwartet hätte. Im Hinblick auf Sex war es vielleicht ein Segen gewesen, dass er fremdgegangen war.

Trotzdem war es nicht besonders schlau, so über Niyol zu denken, wir waren so verschieden und strebten in völlig verschiedene Richtungen. Niyol rannte vor etwas weg, während ich nur eine Pause machte.

Ich lachte leise und ging dann zum Picknicktisch, machte mir schnell einen Teller fertig und setzte mich dann neben ihn. Unsere Oberschenkel berührten sich. Und auch wenn ich wusste, was richtig gewesen wäre, konnte ich mich nicht dazu aufraffen, von ihm wegzurutschen. Niyols Bewegungen beschränkten sich auch allein auf das Essen. Je länger wir so dasaßen und schweigend aßen, desto entspannter wurde ich – und er offenbar auch.

Nach zwei Hotdogs ging es mir etwas besser. Ich konnte mich nicht zurückhalten und stöhnte, als der letzte fettige Bissen meine Kehle hinunterrutschte. Niyol räusperte sich und ich sah ihn an.

Niyol grinste und sagte: »Sei vorsichtig.« Er deutete mit dem Kopf auf meinen jetzt leeren Teller. »Du könntest dir in den Arm beißen.«

Grinsend leckte ich mir etwas Ketchup aus dem Mundwinkel. Sein Blick folgte meiner Zunge und mein Lächeln erlosch. Jede einzelne unserer Handlungen war sexuell aufgeladen und ich vermutete mittlerweile, dass er nur in mein Leben geschleust worden war, um meine Widerstandskraft zu testen. Ich musste über Landon hinwegkommen, zu mir selbst finden und mich nicht nach irgendeinem zwielichtigen Typen verzehren. Auch wenn sich meine Libido über eine Nacht mit besagtem Typen sicher freuen würde. Und seine nicht besonders unauffälligen, sexy Blicke waren wie winzige orgastische Explosionen.

»Warum ruhst du dich nicht ein bisschen aus? Ich komme auch allein klar.« Ich stand auf und bürstete mir, so gut es ging, den Matsch von der Hose.

Er stierte finster ins Feuer, antwortete aber nicht. Er musste müde sein, schließlich hatte er heute die ganze Arbeit gemacht. Je mehr ich darüber nachdachte, desto schlechter fühlte ich mich. Ihm heute Nachmittag die ganze Arbeit zu überlassen und dann einzuschlafen war nicht unbedingt eine Glanzleistung gewesen. Außerdem lastete unser kleiner Streit und das, was zwischen uns geschehen war, immer noch auf mir.

Niyol schwieg weiter, also sah ich zum dunklen Himmel auf und genoss die Hitze des Feuers.

Die Nacht war zwar stickig und feucht, aber die Wärme des Lagerfeuers hatte trotzdem etwas Beruhigendes. Über uns leuchteten Mond und Sterne hell. Früher hatte mich meine Abneigung gegen die freie Natur immer in Hotels oder Resorts geführt, doch nun fragte ich mich, ob ich all die Jahre etwas verpasst hatte, weil ich meine Brüder und meinen Vater nie begleitet hatte. Trotz meiner Angst vor wilden Tieren war es so friedlich hier.

Aus irgendeinem Grund musste ich wieder an Landon denken. Er hatte mich immer in schicke Hotels und edle Restaurants eingeladen und mochte auch keine Outdoor-Aktivitäten. Eigentlich war er sogar mehr *Prinzessin* als ich. Bei der Vorstellung musste ich grinsen. Es war leichter, ihn für einen Schaumschläger zu halten als für etwas Besonderes.

Zwei Tage bevor ich ihn letztes Frühjahr mit der anderen Frau erwischt hatte, hatten wir gerade die Pläne für ein Haus zeichnen lassen – das Haus, das er bauen wollte, damit wir nach der Hochzeit zusammenziehen konnten. Ich hatte ihm immer wieder gesagt, dass ich nichts Großes brauchte, dass seine Wohnung ausreiche, aber Landon war stinkreich – seine Eltern hatten ihm einen Treuhandfonds eingerichtet. Er konnte sich alles kaufen, abgesehen von mir natürlich.

Ich mochte es lieber einfach. Ich mochte es unkompliziert. Vom Lebensstil bis hin zu dem Haus, von dem ich glaubte, dass wir dort unsere Kinder großziehen würden.

Jetzt aß ich mitten in der Nacht Hotdogs neben einem Ex-Häftling und hatte mich nie wohler gefühlt. Nie leichter, auch wenn ich wusste, dass es alles andere als leicht war. Und das Beste daran? Das schreckliche Verlangen war aus meinem Bauch verschwunden. Kein unangenehmes Brennen mehr beim Schlucken. Ich war mir nicht sicher, ob ich den Verstand verlor oder ob das Junkfood mich durcheinanderbrachte. Jedenfalls gefiel mir diese absolute Zufriedenheit. Und dass ich Landon dafür nicht brauchte, gefiel mir noch besser.

Lächelnd lehnte ich mich zurück und klopfte mir auf den Bauch, dann rieb ich mir den Rücken an der Tischkante, um einen weiteren Mückenstich zu kratzen. Ich würde bald mal duschen müssen, aber der Nachthimmel war so schön, dass ich gar nicht aufhören wollte, ihn zu betrachten. Die Sterne von Colorado leuchteten wirklich heller als alle, die ich bisher gesehen hatte.

»Wann sollen wir morgen losfahren?«, fragte ich.

Als Niyol mal wieder nicht antwortete, wandte ich mich ihm zu.

Er starrte weiter ins Feuer und seine Kiefermuskulatur war angespannt. Faszinierten ihn die Flammen genauso wie mich? Um seine Aufmerksamkeit zu erregen, berührte ich ihn am Arm, er zuckte ein bisschen zusammen und schnappte sich dann eine Tüte mit Marshmallows zu seiner Linken.

»Früh.«

Mit unbewegter Miene hob er zwei Stöcke auf und reichte mir einen.

»Danke«, flüsterte ich und nahm ihn entgegen. Seinem Beispiel folgend griff ich mit der anderen Hand in die Tüte.

Wir steckten jeweils drei Marshmallows ans Stockende. »Das habe ich noch nie gemacht.« Ich grinste und war ganz aufgeregt.

»Was, Marshmallows rösten? Wie kann das sein?« Er zog die Augenbrauen hoch. »Sogar *ich* hab das schon mal gemacht.«

Wir standen auf und beugten uns über das Feuer.

»Wieder etwas, das ich von meiner Liste streichen kann.« Ich stupste ihn spielerisch mit dem Ellenbogen an.

Bei meinen Worten runzelte er noch heftiger die Stirn und wieder war sein Blick undurchdringlich. Ich hätte ihn gern gefragt, was ihn so beunruhigte, doch ich wusste es bereits. Es war unsere Nähe. Vor allem das, was zwischen uns geschah.

Nachdem wir die Marshmallows aufgegessen hatten, konnte ich die Stille nicht mehr aushalten und traf eine schreckliche Entscheidung. Eine, die mich für immer verfolgen würde.

Aber damals wusste ich das noch nicht.

»Lass uns was spielen.« Ich setzte mich auf einen Baumstamm, der als Sitz am Feuer diente. Nachdem ich mir die Marshmallow-Reste von den Fingern gewischt hatte, rutschte ich so nah wie möglich an die Flamme heran.

»Was spielen wir denn?« Zu meiner Überraschung setzte er sich neben mich auf den Boden.

»Wie wäre es mit: ›Ich habe noch nie‹?«

»Ist das kein Saufspiel?«

»Eigentlich schon. Wir improvisieren einfach.« Ich rutschte hin und her, hauptsächlich, um meine Mückenstiche zu kratzen.

»Und wie sollen wir das machen?«, fragte er.

Ich dachte an all die verschiedenen Möglichkeiten, bis mir eine Idee kam.

»Okay, schau mal.« Ich hielt meinen Marshmallow-Stock hoch. Mit einem Ende zog ich in der Erde vor uns eine Linie. Auf der einen Seite stand *N*, auf der anderen *S*.

Niyol beugte sich vor und betrachtete mein Werk. »Okay.«

»Du weißt doch, wie das Spiel geht, oder? Einer von uns stellt eine Frage, und wer sie mit Ja beantwortet, muss einen Schnaps trinken oder so.« Er nickte, die Augen konzentriert zusammengekniffen, als ich fortfuhr. »Da wir keinen Schnaps haben, mache ich bei einem Nein einen Strich unter dem entsprechenden Anfangsbuchstaben. Wer am Schluss die wenigsten Striche hat, gewinnt.«

»Und was bekommt der Gewinner?«, fragte er, die dunklen Brauen zusammengezogen.

»Hmm ...« Ich tippte mir mit dem Finger ans Kinn. »Wie wäre es, wenn der Verlierer dem Gewinner einen Gefallen tun muss?«

»Egal was?«

Unserer Blicke trafen sich und mir wurde flau im Magen. In seinen Augen spiegelten sich die Flammen, was ihn noch attraktiver machte. Vielleicht hätte ich auf den Einsatz verzichten sollen. Oder mir ein anderes Spiel ausdenken sollen, bei dem ich nicht als seine Sexsklavin enden könnte. Aber ich hätte alles getan, um ihn kennenzulernen, und das war der schnellste Weg. Deshalb sagte ich: »Ja. Egal was.«

Wieder blieb es still, abgesehen vom Zirpen der Insekten. Mit dem Ellenbogen streifte er meinen Oberschenkel, und ich wandte den Blick ab, damit er nicht bemerkte, dass ich wegen einer so einfachen Berührung von ihm bereits dahinschmolz.

Ich schluckte, dann schaute ich ihn wieder an – er war einfach zu anziehend. Wie immer fielen ihm die Haare in die Stirn, seine Augen waren hinter den Strähnen kaum zu erkennen. Er hatte sich seit gestern nicht rasiert, und seine Stoppeln waren bereits dichter geworden. Wieder wandte ich den Blick ab und konzentrierte mich auf den Boden. Als ich mir den Stock auf den Schoß legte, zitterte meine Hand und er räusperte sich, als spüre er meine Anspannung.

»Also dann«, setzte er an und ich fummelte am Stock herum. »Ich habe noch nie in einem Flugzeug gesessen.«

Ich bewegte mich nicht, während Niyol einen Strich machte. »Du bist noch nie geflogen?«, fragte ich.

»Nein. Ich bin dran. Ich habe noch nie einen Typen geküsst.«

»Ach was«, stieß ich hervor. »Okay. Ich habe noch nie ein Buch nur zum Vergnügen gelesen.« Ich bewegte mich nicht, weil ich schon immer gern gelesen hatte, aber auch er bewegte sich nicht, was mich überraschte. Also fügte ich hinzu: »Damit meine ich nicht die Pflichtlektüre in der Schule.«

Noch immer machte er keinen Strich.

Ich runzelte die Stirn. »Was hast du denn gelesen?«

»Ist das wichtig?«, knurrte er, sofort defensiv.

Ich verengte die Augen, ein Ja lag mir auf der Zunge. Aber er blickte so herausfordernd, dass ich mich nicht mit ihm anlegen wollte.

»Ich war drei Monate in Einzelhaft. Ich hatte nichts anderes als Bücher.« Er senkte das Kinn auf die Brust, sodass ihm die Haare noch weiter über Augen und Wangen fielen.

»Warum warst du in Einzelhaft?«, fragte ich.

»Hinter Gittern wird viel geredet, und ich bin jähzornig. Hab einen Typen verprügelt, der mich beschimpft hat.«

»Wissen Emily und Lisa davon?«

Er schüttelte den Kopf. »Es ist vorbei, es hat also keinen Sinn, sie nachträglich damit zu belasten.«

Danach wurde das Schweigen zwischen uns immer unerträglicher und mir fiel das Atmen schwer. Niyol war so jung ins Gefängnis gekommen. Und selbst davor hatte er schon so viel durchgemacht. Vor allem hatte er unter seinem Vater gelitten.

Ohne nachzudenken, griff ich nach seiner Hand. Egal wie oft ich mich ermahnte, ihn in Ruhe zu lassen, ab und zu musste ich ihn berühren.

»Hey. Du musst nicht darüber sprechen. Tut mir leid, dass

ich gefragt habe. Ich weiß selbst nicht, warum. Manchmal rede ich einfach drauflos, ohne groß darüber nachzudenken, und wenn ich die Frage ausgesprochen habe, tut es mir leid und ich ... ich schweife ab.« Ich kaute auf meinem Daumennagel und schaute zwischen seinem Stock und dem Feuer hin und her.

»Schon okay.« Zwei Sekunden vergingen, dann fünf, dann fünfzehn ... bei zwanzig kippte etwas und die sanfte Seite, die er mir kurz gezeigt hatte, verschwand. Er zog die Hand weg und sagte: »Aber mit den Mädchenfragen bin ich durch.«

Er stand auf; groß, stolz, wütend.

Ich blinzelte schnell und wollte die Nervosität abschütteln. »Wir müssen nicht weitermachen. Es ist nur ein blödes Spiel.« Ich schluckte schwer und wandte den Blick ab.

»Hast du Schiss, Prinzessin?« Er versprühte eine Energie wie ein elektrisch geladener Zaun, die Luft schien zu vibrieren. Er griff in seine Gesäßtasche, schnappte sich seine olle blaue Kappe und schob sie sich verkehrt herum über die dicken Haare. Dann wandte er sich an mich und sagte: »Denn ich würde dieses Spiel gern ein bisschen interessanter gestalten, falls es dir nichts ausmacht ...«

Mist. *Jetzt* hatte ich Schiss.

FÜNFZEHN

NIYOL

»Ich habe noch nie einem Kerl einen runtergeholt.«

Es überraschte mich nicht, aber im Gegensatz zu mir machte sie keinen Scheißstrich in ihrer bescheuerten Spalte.

Sie blickte mich nicht mehr so an wie vorhin nach dem Aufwachen – als würde sie nur mich sehen. Zum Glück, denn einer von uns musste sich ja zusammenreißen und das war ganz offensichtlich nicht ich.

Summer löste etwas in mir aus, warf mich aus der Bahn mit ihren schönen blauen Augen, den hübschen Lippen und ihrer sanften Art. Und ich war nicht so stark, wie ich gedacht hatte.

Während sie vorhin geschlafen hatte, hatte ich lange am Picknicktisch gesessen und mir überlegt, wie ich mich dafür entschuldigen konnte, dass ich heute Morgen so ätzend zu ihr gewesen war. Gleichzeitig musste ich ihr jedoch klarmachen, dass das, was zwischen uns passiert war, trotzdem ein Fehler gewesen war. Meinerseits mehr als ihrerseits. Ich hätte Nein sagen und sie davon abhalten sollen. Es war falsch, dass ich es wollte. Wir würden nie mehr sein als zwei Menschen, die sich eine Woche lang ein Auto teilten. Aber der Mann in mir konnte nicht Nein sagen. Außerdem waren Summers Lippen an meinem Schwanz das Schönste, was ich je erlebt hatte. Ich war ein verdammter Wichser.

Doch egal wie oft ich mir auch die Ausrede zurechtlegte, dass wir uns voneinander fernhalten sollten, ich empfand etwas anderes. Ich hätte viel lieber herausgefunden, wie wir uns wieder näherkommen würden.

»Jetzt bin ich dran, also …«

»Ich kriege fünf hintereinander. So möchte ich spielen.«

Sie schnaubte. »Das ist gegen die Regeln.«

»Und ich halte mich nicht an Regeln, hast du das noch nicht gemerkt?« Ich zwinkerte ihr zu.

»Du bist … *gemein*.«

Ich lachte.

Gemein? Ich konnte mich nicht erinnern, wann mich jemand das letzte Mal gemein genannt hatte. Arrogant, Arschloch, Vollidiot, Wichser waren eher an der Tagesordnung.

Ich ignorierte sie und spielte weiter. »Ich habe noch nie jemandem einen geblasen.«

Ich beugte mich vor und machte einen Strich, weil ich ihre Antwort genau kannte. Wenn ich ein Mistkerl sein musste, um sie auf Distanz zu halten, in ihren Worten *gemein,* dann war das halt so. Ich war ein Angsthase und so verhielt ich mich auch. Offenbar war ich Pops doch ähnlicher, als ich gehofft hatte.

»Das ist unfair, schließlich kennst du meine Antwort ganz genau.« Sie stand auf und schüttelte den Kopf. »Ich verstehe das nicht. Ich gebe mir so viel Mühe, mit dir auszukommen. Aber je mehr ich mich bemühe, desto bescheuerter verhältst du dich.« Sie warf ihren Stock ins Feuer und zertrampelte unsere Initialen.

Offenbar war das Spiel vorbei. Wenn sie aufgab, hatte ich automatisch gewonnen.

Warum fühlte ich mich dann so beschissen?

»Ich gehe zum Waschraum und gehe duschen und du …

Geh einfach ins Bett. Vielleicht bist du nach ein bisschen Schlaf ja weniger fies.« Sie schnappte sich die Taschenlampe und marschierte zum Rover. Ich stand auf, um ihr zu folgen, und vergaß dabei den Spieleinsatz. Arschloch oder nicht, ich würde sie nie mitten in der Nacht allein weggehen lassen, dort konnte ihr schließlich irgendein Idiot auflauern.

»Ohne mich gehst du nirgendwohin.« Mit einem Arm versperrte ich ihr den Weg.

»Doch. Und wie.« Sie stemmte eine Hand in die Hüfte und grinste mich herausfordernd an.

Als ich sie nur durchdringend ansah, schnaubte sie und holte ihre Tasche aus dem Rover.

Ich nahm die Baseballkappe ab und fuhr mir mit den Fingern durch die Haare, um mich zusammenzureißen. *Komm runter, verdammt noch mal.*

»Wenn du duschen willst, komme ich mit.«

»Wie du willst«, kam es gedämpft aus dem Kofferraum.

Wortlos kramte ich in meiner Tasche auf dem Picknicktisch nach meinem Messer und meinen Zigaretten. Nach ein paar Minuten wurde mir klar, dass die Zigaretten woanders sein mussten.

Ich trat einen Schritt zurück, blickte suchend zu den Tischen und zum Lagerfeuer, fand aber nichts. Wo ich so darüber nachdachte, hatte ich seit dem Aufstehen keine mehr geraucht.

»Summer«, sagte ich und drehte mich um. »Hast du meine Zigar ...« Ich blinzelte, Summer war weg. »Das gibt's doch nicht.« Sie war ohne mich losgegangen.

Keine zwei Minuten später erklang ein lauter Schrei von der anderen Straßenseite. Ich sah die Lichter bei den Duschen und auch die offene Tür. Ich rannte über die Straße und sprang über ein paar niedrige Büsche. Ich zog mein Messer aus dem Stiefel, bereit, mich zu verteidigen oder zu töten, was auch immer da draußen lauerte. Eine unsichtbare Bedrohung, ein wütender RD, der meinen Vater rächen wollte, oder sogar ein Tier auf Futtersuche. Die Gedanken trieben mich noch schneller durch die Bäume und ich umklammerte den Griff meines Messers mit zitternden Händen.

Gott, wenn ihr etwas zustieß …

Mit klopfendem Herzen stürzte ich durch die Badezimmertür und der Anblick ließ mich innehalten. Nur mit meinem Sweatshirt bekleidet, hatte sich Summer auf dem Boden zusammengerollt. Tränen standen ihr in den aufgerissenen blauen Augen und als sie mich erblickte, schluchzte sie noch lauter.

»Hast du dich verletzt?« Ich kniete mich neben sie und zog sie an mich. Als sie nur noch schniefte, sagte ich: »Sprich mit mir, Summer. Bitte.«

»I-Irgendwas war hier drin. Ein Tier. Groß, m-mit vier Beinen …« Sie holte zittrig Luft. »Ich habe geschrien, da hat es sich erschreckt, aber ich weiß nicht, ob es weg ist.«

»Hey, schh, es ist weg. Versprochen. Alles gut.« Ich holte tief Luft und die Anspannung löste sich, dankbar, dass es nur ein Tier gewesen war. Ich verstaute mein Messer im Stiefel, nahm ihre Hand und half ihr auf. Sie zitterte so sehr, dass sie das Messer gar nicht bemerkte. Ich war mir nicht sicher, was sie davon halten würde, aber jetzt war nicht der richtige Zeitpunkt, um darüber nachzudenken. Ich griff um sie herum und hob ihre dreckige Jeans vom Boden auf.

Summer zitterte am ganzen Körper und ich half ihr, sich ein Handtuch um die Taille zu wickeln. Sie legte den Kopf an meine Brust und drückte mich. »Es tut mir leid.«

»Was denn?« Ich schluckte und strich ihr über den Hinterkopf.

»Dass ich so ausgeflippt bin.« Sie seufzte und fuhr flüsternd fort. »Und wegen heute Morgen.«

»Hör auf.« Ich legte ihr einen Finger auf die Lippen und spürte etwas wie einen elektrischen Schlag. »Ich habe dich nicht aufgehalten. Wenn sich jemand entschuldigen muss, dann ich.«

»Aber es war falsch. Du liebst Maya. Immerhin fährst du ihretwegen quer durchs Land.«

»Wir sind nicht zusammen.« Und waren es ehrlich gesagt auch nur eine Nacht lang gewesen. Wenn überhaupt war Maya mein Ausweg, eine Freundin. Eine Frau, die ziemlich viel Scheiß mit mir erlebt hatte. Das war alles.

»Oh. Das wusste ich nicht.«

»Woher auch.« Ich schloss fest die Augen und atmete aus. »Ich möchte im Moment sowieso keine Beziehung führen.«

»Ja.« Sie lachte leise. »Ich auch nicht. Wir sind beide gerade ziemlich durch den Wind, der Trip ist wie Schicksal. Zwei verlorene Seelen, die zusammen nach dem Licht am Ende des dunklen Tunnels suchen.«

»Mein Leben war schon immer dunkel. Kein Licht für mich.« Aber ich hätte nichts dagegen, auf dem Weg eine Taschenlampe zu finden.

So sehr ich mich auch dagegen sträubte, ich musste dem Teil mit dem Schicksal in ihrer Analogie zustimmen. Es fühlte sich wirklich so an, als wären wir dazu bestimmt, diese Reise gemeinsam zu machen. Allerdings hatte mich das Schicksal bisher immer verarscht. Wieso sollte es diesmal anders sein?

Ich war nicht dafür gemacht, mit einem guten Mädchen wie Summer glücklich zu sein. Wahrscheinlich sollte ich ein verdorbener Scheißkerl in einer verdorbenen Welt mit verdorbenen Menschen sein und nie etwas Gutes finden. Es war schrecklich, so negativ zu denken, aber da, wo ich aufgewachsen war, blieb kein Platz für Optimismus. Er war bloß eine Wunschvorstellung.

»Hey, Niyol?«

Ich senkte das Kinn, um sie anzusehen, und ihre Augen waren rotgerändert. Ihr waren noch mehr Tränen über die

Wangen gelaufen, und ich wischte sie mit den Daumen weg. Ich sah Frauen nicht gern weinen.

»Können wir jetzt Freunde sein?« Ihre Unterlippe zitterte.

Himmel ... wollte sie mir das Herz herausreißen?

Ich umarmte sie noch einmal, strich ihr über die Haare und atmete ihren Duft ein. »Ja, Summer. Wir können Freunde sein.« Aber mehr war nicht drin.

Mein T-Shirt war durchnässt von ihren Tränen und ich beugte mich vor und küsste sie auf die Schläfe – eine natürliche Reaktion. Die Reaktion eines *Freundes*.

»Dann bringen wir dich mal zurück zum Lager. Wir können morgen früh duschen.«

Sie nickte und legte den Kopf auf meine Schulter.

Doch als wir nach draußen gingen, überkam mich ein ungutes Gefühl. Ich erstarrte und legte den Arm fester um sie. Mein Messer brannte beinahe ein Loch in meinen Stiefel, aber danach zu greifen, hätte Summer wahrscheinlich erschreckt.

Ich hatte das Gefühl, dass wir beobachtet wurden. Das Gefühl kannte ich schon mein ganzes Leben.

Ich schaute mich um.

Summer musste es mitbekommen haben.

»Alles in Ordnung?«, fragte sie, als ich mit dem Handydisplay den Wald ableuchtete.

Aber abgesehen von etwas, das einen Baum hinauf huschte, war nichts zu sehen.

»Ja.« Ich schaltete das Handy aus, eilte mit ihr den Waldweg entlang und hoffte, dass meine Paranoia vom Schlafmangel kam.

Innerhalb weniger Minuten waren wir wieder beim Lager und das Feuer brannte immer noch. Summer schien sich ein wenig entspannt zu haben, aber ich stand unter Strom und wurde das Gefühl nicht los, dass da draußen jemand war. Jemand, der uns beobachtete. Der uns jagte.

»Hast du Durst? Ich habe uns ein paar Flaschen Wasser

gekauft.« Ich räusperte mich, holte eine aus meiner Tasche und hoffte, dass sie nicht bemerkte, dass mir die Hände zitterten.

»Danke.« Sie setzte sich auf die Stoßstange ihres Wagens und öffnete die Flasche, die Unterlippe zwischen den Zähnen. Kurz darauf hatte sie sie zur Hälfte geleert.

Hätte ich mich beim Spiel ihr gegenüber nicht so bescheuert benommen, wäre das alles nicht passiert. Ich schüttelte den Kopf und schwor – schon wieder – mich von nun an anders zu verhalten.

»Gott, das juckt so.« Sie wand sich und griff sich hinten unter das T-Shirt.

»Soll ich mal nachsehen?« Stirnrunzelnd stand ich vor ihr. »Könnte Giftefeu sein oder so.«

Sie nickte, stürzte den Rest ihres Wassers herunter und etwas lief ihr über das Kinn.

Wieder raschelte es rechts in den Bäumen und ein gewaltiger Windstoß fegte über das Gelände. Instinktiv steckte ich die Hand in die Tasche, obwohl mein Messer in meinem Stiefel steckte. Doch es war nichts zu sehen, bis auf etwas Kleines, Pelziges. Schwarz und weiß. Ein beschissener Waschbär.

Ich biss die Zähne zusammen und fragte mich, warum ich mir solche Sorgen machte. Lag es an Summer? Meinem neuen Bedürfnis, sie zu beschützen? Abgesehen von Lisa und Emily wusste niemand, wo wir waren. Andererseits sollte man die RDs nicht unterschätzen. Vor allem nicht diejenigen, die Rache wollten.

Ich konnte mich meistens auf meine Instinkte verlassen, deshalb war meine Entscheidung richtig.

»Ich glaube, wir sollten heute Nacht hinten im Auto schlafen.« Und die Türen verriegeln. Hätten wir draußen geschlafen, hätte mich jedes Geräusch, jeder Windstoß, jedes Knacken des Feuers aufgeschreckt. Womöglich hätten wir zusammenpacken und abhauen und uns ein Hotel suchen sollen, aber es war sicher keine gute Idee, sie noch mehr zu verängstigen. Und wenn wir nachts durch die Gegend fuhren, waren wir wie auf dem Präsentierteller, wenn sich da draußen ein Abtrünniger herumtrieb.

»Wegen der Tiere?«, fragte sie.

»Ja«, log ich. »Und ich glaube, es wird regnen.«

Summer widersprach nicht. Stattdessen klappten wir Seite an Seite die Sitze im Rover um. So dicht neben ihr zu schlafen wäre die Hölle, aber es wäre es wert. Auch wenn sie aufbleiben und Wache halten wollte, würde sie das sicher nicht durchhalten. Und ich wollte es ihr nicht zumuten.

Als die Türen verriegelt und das Messer außer Sichtweite hinter mir verstaut war, legte sich Summer neben mir auf den Bauch.

»Zeig mir mal deinen Rücken.« Wenn sie sich in etwas hineingelegt hatte, konnte ich nicht viel für sie tun. Dann müssten wir morgen auf dem Rückweg irgendwo Medikamente besorgen.

Sie zog die Arme aus meinem Hoodie, schob ihn hoch und über die Schultern. Der Stoff knubbelte sich um ihren Hals. Fast hätte ich sie gebeten, ihn ganz auszuziehen, damit ich besser sehen konnte, aber das wäre keine gute Idee. Auch meine Kontrolle hatte ihre Grenzen.

Unter dem Deckenlicht sah ich, dass ihre Haut von winzigen Beulen übersät war. »Sieht aus, als wärst du gestochen worden.«

Sie stöhnte und wand sich. »Das juckt so krass.« Als sie nach hinten griff und ihren BH öffnete, beschleunigte sich mein Herzschlag. »Es soll nicht noch mehr gereizt werden.«

Mit angehaltenem Atem musterte ich ihr Gesicht und atmete dann geräuschvoll durch die Nase aus. Ihre Augen waren geschlossen, das Gesicht verkniffen. Sie fühlte sich offensichtlich nicht wohl.

»Tut mir leid.« Ich hatte Gewissensbisse. Das war mir neu.

Sie vorhin auf dem Boden schlafen zu lassen, war bestimmt keine gute Idee gewesen, trotz des Schlafsacks.

»Du kannst doch nichts dafür.«

»Vielleicht hilft es, wenn ich etwas Wasser darüber gebe.«

»Okay.«

Ich schnappte mir eine Flasche Wasser und wünschte, ich hätte an Insektenspray oder sogar Eis gedacht. Ich nahm eins meiner T-Shirts und durchtränkte den Saum mit warmem Wasser. Wieder hielt ich den Atem an und strich ihr mit dem nassen Shirt über den Rücken. Dort, wo sie nicht gestochen worden war, war ihre Haut glatt und warm. Am liebsten hätte ich sie berührt. Neben meiner dunklen Haut leuchtete ihre hell im Licht.

Freude und Angst vermischten sich, während ich sie weiter reinigte. Schlammreste verschwanden, die den Juckreiz sicher nicht gelindert hatten. Mein Blick streifte ihr Gesicht. Ihre Lippen waren geöffnet, ihr Atem ging stoßweise – ob meinetwegen oder wegen der Stiche wusste ich nicht. Hätte ich keine Angst vor dem gehabt, was danach passieren könnte, hätte ich mich über sie gebeugt und jeden Stich geküsst, bis sie unter mir stöhnte. Egal wie sehr ich mich gegen unsere Verbindung wehrte, Summer hatte sich in mein Herz geschlichen. Und ich war mir zu neunundneunzig Prozent sicher, dass mir das gefiel.

»Bist du fertig?«, flüsterte sie, als ich innehielt, die Hand in der Bewegung über ihrem Rücken erstarrt.

Mir zitterten die Finger, als ich meine Hand aufs Knie legte und nickte, obwohl sie mich nicht sehen konnte.

Blonde Haare hingen über meinen Hoodie und bedeckten zum Teil ihr Gesicht. Und weil ich nicht anders konnte, strich ich sie beiseite und meine Finger zitterten noch stärker. Unter meiner Berührung erschauerte sie und bekam eine Gänsehaut.

Sie so zu berühren, erinnerte mich daran, wie ich mit dreizehn zum ersten Mal eine nackte Frau berührt hatte. Auch wenn ich nicht mit ihr geschlafen hatte, machte mir das immer noch Angst.

Trotzdem fuhr ich ihr weiter durch die Haare, der blumige Duft, nach dem ich schon süchtig war, stieg mir in die Nase – und mein Magen verkrampfte sich.

»Mhmm«, seufzte sie und ihr Körper war ganz weich und nachgiebig. Ich schloss die Augen.

Wie konnte ich bloß so für eine Frau empfinden, die ich erst seit drei Tagen kannte?

Fuck, ich war wirklich ein Arschloch, das mit seinem Schwanz dachte. Daran musste es liegen. Summer war die erste Frau, mit der ich seit zwei Jahren allein war. Die erste Frau, die ich berührt, geküsst hatte. Ihre Haut war so weich, so etwas hatten meine Hände schon sehr lange nicht mehr erlebt.

Ich öffnete die Augen und bewegte die Finger gierig um die Stiche auf ihrem Rücken und erforschte das Labyrinth dazwischen.

Sie erschauerte. »Das ist schön.«

Ihre Worte waren mein letzter Strohhalm. Der Grund, warum ich den Kopf zu ihrer Wange beugte und flüsterte: »Es tut mir so verdammt leid.«

Sie erstarrte. »Was denn?«

»Alles.« Ich kniff fest die Augen zusammen und zog mich zurück, damit ich ihr keinen Kuss auf die Schulter gab.

Langsam schob sie die Arme wieder in meinen Kapuzen-pullover, zog ihren BH darunter aus, drehte sich auf die Seite und schaute mich an. »Du musst dich nicht entschuldigen.«

Ich legte mich neben sie und spiegelte ihre Haltung. Die Kante der umgeklappten Sitze drückte mir in die Rippen, aber das war mir egal.

»Ich war ein egoistisches Arschloch.« Und weil sie so verführerisch war, ließ ich meine Hand über ihre Taille gleiten und legte die Stirn an ihre, weil ich ihr vor Begehren unbedingt näher sein wollte.

»Schon gut.« Sie zitterte. »Ich war auch nicht besonders umsichtig.«

»Mhmm.« Sie wusste nicht, dass alles, was sie in den letzten drei Tagen gemacht und gesagt hatte, mir einen Schlag ins Herz versetzt hatte – auf die schlimmste und beste Art.

»Du musst schlafen.« Sie streckte den Arm aus und berührte meine Hand.

Egal wie müde ich war, schlafen war keine Option. Einerseits beunruhigte mich der Gedanke, dass sich draußen jemand herumtreiben könnte. Andererseits war es schön, ihr so nah zu sein. Ihr warmer Atem auf meinen Lippen gab mir das Gefühl, als läge mir das Universum zu Füßen und sie wäre die helle Sonne, die um mich kreiste. Das kleine bisschen Güte, nach dem ich gesucht hatte. Die Güte, die Maya mir einmal geschenkt hatte, nur war das Gefühl bei Summer doppelt so stark.

»Ich möchte das nicht mehr.« Ich streichelte ihre Wange und hielt ihren Blick fest.

»Was meinst du?«

»Mich mit dir streiten.«

»Dann lassen wir das.« Sie lehnte sich ein wenig zurück und sagte es so schnell, dass ich mich fragte, ob sie überhaupt wusste, worauf sie sich einließ.

Doch *ich* wusste es. Und mir war klar, dass es auf andere Weise schlimmer zwischen uns würde, wenn wir uns nicht mehr stritten. Von den RDs wegkommen und bei Maya sein, das brauchte ich. Das war das Richtige. Und doch wollte ich Summer mit jedem Tag ein bisschen mehr.

»Und wegen heute Morgen ...« Sie saugte an ihrer Unterlippe und ihre Augen wanderten über mein Gesicht. »Ich wollte nur, dass es dir besser geht. Du hast schlecht geträumt und ich hab schlecht geträumt und wir waren beide fertig und ...«

»Du hast auch schlecht geträumt?«

Ihr Albtraum konnte nicht schlimmer gewesen sein als meiner. Pops, der mich fand, mich fesselte, mir das Drachen-Tattoo aus dem Rücken schnitt. So machten es die RDs. Wenn du gingst, dem Club für immer den Rücken kehrtest, verlorst du alles, sogar die Tinte unter deiner Haut. Das hatte ich selbst viel zu oft gesehen. Ich war durch meine Gefängnisstrafe und die schnelle Flucht davongekommen. Und Flick als President war vielleicht nicht so unbarmherzig wie Pops.

Aber es konnte trotzdem passieren.

»Ja, aber das war nicht schlimm.« Sie tat es mit einem Schulterzucken ab und spielte wieder an ihrem Armband herum. Sie schaute über meine Schulter und ihr Blick ging ins Leere. Ich streckte den Arm aus und berührte ihre Hand.

»Alles okay?«

Sie blinzelte und fokussierte mit einem kleinen Lächeln mein Gesicht. »Ich bin müde.«

»Lügnerin.« Stirnrunzelnd berührte ich sie am Kinn. »Erzähl mir von deinem Traum.«

»Ach, nicht so wichtig. Ging bloß um meinen Ex.«

Ich biss die Zähne zusammen. Auch wenn ich kein Recht dazu hatte, war ich eifersüchtig. Das war sehr dumm und sehr neu.

»Hat er dich verletzt?«, fragte ich.

»Nein, nicht körperlich.«

Ich schloss die Augen und atmete ihren Duft ein, um mich zu beruhigen. Sollte irgendein Mann ihr auch nur ein Haar krümmen, würde ich ihn umbringen.

»Zurück zum eigentlichen Thema.« Sie lehnte sich zurück. Ich öffnete die Augen und vermisste bereits ihre Wärme. »Was ich heute Morgen gemacht habe, war inakzeptabel.«

Ich konnte mir das Grinsen nicht verkneifen. Der Mistkerl in mir fand es *alles andere* als inakzeptabel. Eher phänomenal.

»Guck nicht so.« Sie verdrehte die Augen und legte den

Kopf schief. »Außerdem *will* ich so etwas gerade gar nicht in meinem Leben haben.«

»Warum fängst du dann davon an?« Ich war genauso schuld, weil ich sie nicht aufgehalten hatte.

»Es war ein Fehler und du sollst wissen, dass es nicht wieder vorkommt.«

Ich wusste, dass sie recht hatte, aber ich konnte nicht anders. Sie sollte mich wollen, für mich kämpfen, genau wie ich plötzlich für sie kämpfen wollte. Auch wenn wir nur die Reise miteinander teilten.

»Und übrigens, ich fahre dich, ohne dass du dir Sorgen machen musst, ich könnte dich ... *verführen*.«

»Mich verführen?« Ich lachte. Wie süß, sie glaubte, dass sie mich nur verführt hatte. Mein Schwanz in ihrem Mund war eine fantastische *Erinnerung*, die ich für immer bewahren würde.

Was sie auch sagte oder wie oft sie es herunterspielte, ich würde auf keinen Fall aufhören, daran zu denken.

Und je länger ich neben ihr lag, umhüllt von ihrem Duft, desto klarer wurde mir plötzlich, dass ich mit ihr zusammen sein wollte und die Schuldgefühle deswegen immer weniger wurden. Und ohne schlechtes Gewissen würde ich ihr unmöglich widerstehen können.

SECHZEHN

SUMMER

»Erzähl mir von Maya.«

Zwischen uns wurde es gefährlich, die Luft vibrierte förmlich und es kribbelte wie tausend Nadelstiche auf der Haut. So
sehr ich mich auch an Niyols Seite schmiegen und ihm sagen
wollte, er solle unser beider Zweifel ignorieren und mit mir
zusammen sein, und sei es nur für eine Nacht, ich konnte es
nicht. Er würde sich hinterher hassen.

Ich war nicht dumm. Wahrscheinlich fuhr er nicht nur nach
San Diego, um seinem alten Leben zu entfliehen, sondern auch,
um zu sehen, ob er das mit dieser Maya wieder aufwärmen konnte.
Vielleicht würde er behaupten, dass er sie nicht wollte, aber das
würde er erst wissen, wenn er sie sah. Und ich konnte sehr gut
darauf verzichten, jemandes zweite Wahl zu sein, die *Affäre*.

Überraschenderweise lehnte er sich auch entspannt
zurück – und antwortete, den Blick zum Autohimmel gerichtet.
»Ich habe Maya mit neunzehn kennengelernt. Flick ist ihr
Onkel.« Während er sprach, blieb seine Miene undurchsichtig,
aber in seinen Worten lag echte Bewunderung. Sogar
Ehrfurcht.

»Und wer ist noch mal Flick?«, fragte ich und ignorierte den Kloß im Hals.

»Damals Vice President des Clubs, jetzt President. Er hat übernommen, nachdem Pops ins Gefängnis gekommen ist.«

Ich nickte, obwohl ich keine Ahnung hatte, was genau der Vice President oder President taten. Motorradclubs waren mir ein Rätsel, genau wie Niyol. Ich wusste nur, was er mir berichtet hatte und was in Filmen und Serien über sie erzählt wurde: Sie brachen oft das Gesetz, wurden aber selten erwischt.

Niyol fuhr fort: »In dem Sommer zogen Maya und ihre Mutter bei Flick ein. Sie waren vor Mayas durchgeknalltem Vater geflüchtet, der Vice President eines Clubs in Arizona war.« Bei der Erinnerung runzelte er nachdenklich die Stirn. »Jedenfalls bin ich mit Flick auf meinem Motorrad hingefahren, um ihnen beim Einzug zu helfen. Der Rest ist wohl Geschichte.«

Ich konnte mir Niyol nur allzu gut auf einem Motorrad vorstellen. Und bei dem Gedanken hatte ich Schmetterlinge im Bauch. Mit einer dieser schwarzen Lederwesten, die langen Haare wehten ihm um das Gesicht. Ein gefährlicher Gedanke, denn ich konnte mir ebenso gut vorstellen, das Mädchen auf dem Rücksitz des Motorrads zu sein, die Arme fest um seinen muskulösen Oberkörper geschlungen.

»Komm schon, da steckt doch mehr dahinter.« Ich wollte es spielerisch klingen lassen, konnte mich aber kaum zusammenreißen. Es war dumm, zu glauben, dass er sich jemals in mich verlieben würde, aber im Gegensatz zu meinem Gehirn war die Nachricht bei meinem Herzen nicht angekommen. Doch falls Niyol überhaupt auf der Suche nach einer Beziehung war, würde er sie sicher nicht mit mir suchen.

Er grinste mich an und zwinkerte mir zu. »Na ja, sie hat mich an ein Model erinnert. Große braune Augen, Haut wie

Porzellan. Verdammt süß und krass angezogen mit Ledershorts und so.«

»Oh. Stammt sie wie du, äh, von Native Americans ab?«

»Ne, sie ist halb Chinesin und halb Amerikanerin.«

Meine Kehle brannte noch mehr vor unwillkommener Eifersucht. »Ich wette, sie ist umwerfend.«

Ich spürte, dass er mit den Schultern zuckte. »Wir haben uns immer zusammen weggeschlichen, wenn ich an den Wochenenden vorbeigekommen bin. Wir haben geredet und so. Archer wurde immer sauer und meinte, Bros before Hos, aber Slade war noch nicht einmal ein Bruder, er war gerade mal siebzehn. Damals steckte seine Nase ständig in einem Buch, und er hätte sowieso nicht bemerkt, wo ich mich herumtrieb.« Er hielt inne. »Maya war tatsächlich das erste Mädchen, mit dem ich richtig befreundet war. Sie war lustig. Hat mir zugehört. Und mich zum Lachen gebracht.«

»Ich wette, du hast deine Jungfräulichkeit verloren, bevor du überhaupt wusstest, was Jungfräulichkeit bedeutet.« Ich stieß ihn mit dem Knie an.

Er stöhnte. »Das klingt, als wäre ich ein Player gewesen.«

»Und, warst du?«, fragte ich, ehrlich interessiert.

»Nein. Maya war die Erste.«

Auch wenn ich kein Recht hatte, so zu empfinden, verletzte mich das aus irgendeinem Grund noch ein wenig mehr. Gott, warum fragte ich überhaupt?

Er atmete langsam aus. »Den größten Teil des Sommers verbrachte ich mit durchgeknallten Bikern. Eigentlich war sie mehr wie eine Schwester, zumindest am Anfang. Aber in der Nacht vor ihrer Abreise haben wir ein bisschen zu viel schwarzgebrannten Schnaps getrunken und herumgemacht. Sie wollte es und ich fand sie cool.«

Ich drehte mich langsam auf den Rücken und blickte zum Autodach. Ich wollte nicht sehen, wie seine Miene sich wegen einer anderen Frau erhellte.

Die Sterne leuchteten jetzt nicht mehr so hell durch das Schiebedach, der Mond versteckte sich hinter einer Wolkendecke. Wir mochten in einem Auto eingesperrt sein, aber ich konnte immer noch das Lagerfeuer riechen. Es lenkte mich ab und das brauchte ich.

»Erzähl mir davon.« Er zupfte an meinem Muschelarmband und riss mich aus meinen Gedanken. Ich hob den Arm und spielte mit den Enden. »Du fummelst ständig daran herum«, fügte er hinzu.

»Es gehörte meiner Mutter.«

»Gehörte?«, fragte er.

Ich nickte. »Sie ist bei meiner Geburt gestorben. Mein Dad hat es mir zu meinem sechzehnten Geburtstag geschenkt.«

»Scheiße. Das wusste ich nicht.« Er drehte sich um und sah mich an, sein warmer Atem roch kaum noch nach Zigaretten. Ich hatte ihn den ganzen Tag nicht rauchen sehen, und ich wusste auch warum. Er war sicher sauer auf mich, aber als ich die Dinger heute Morgen, während er schlief, aus dem Autofenster warf, hatte ich ihm das Leben gerettet.

»Schon gut. Es ist schwer, jemanden zu vermissen, den man nie kennengelernt hat.«

»So geht es mir mit meiner Mutter auch«, sagte er und überraschte mich mit seiner Ehrlichkeit.

»Ja?«

Er nickte. »Fragst du dich nie, wie sie war?«

»Mmmh, doch. Ehrlich gesagt, ständig. Das ist einer der Gründe, warum ich mich dazu bereit erklärt habe, dich zu fahren.« Ich lächelte etwas gequält. »Mom liebte den Strand. Und mein Vater meinte, besonders die Strände in San Diego. Ich hoffe, ihr dort irgendwie etwas näher zu sein.«

»Hat sie dir deinen Namen gegeben?«, fragte er und seine Stimme wurde etwas sanfter. Schüchterner vielleicht. Ich erkannte die Röte auf seinen Wangen.

»Nein. Das war mein Vater. Ich wurde im Sommer geboren. Juli. Mein Vater fand wohl, es wäre eine nette Widmung an sie.« Aber eigentlich hasste ich meinen Namen. Die Erinnerungen, die ich nie mit einer Frau erleben durfte, die meinetwegen gestorben war.

»Genug von mir.« Ich schüttelte den Kopf und lächelte unsicher. Ich sprach nur selten darüber. Es war zu hart. »Was ist mit Maya passiert?«, fragte ich und wechselte das Thema – ich hasste es, dass seine erste Liebe als billige Ablenkung herhalten musste. »Wie habt ihr es beendet?«

»Sie ist am Ende jenes Sommers nach Kalifornien gegangen. Meinte, sie könne das Bikerleben nicht mehr aushalten.«

Zu neugierig, um ihn nicht anzusehen, drehte ich mich wieder auf die Seite. Ich konnte ihm an den Augen die dunklen Erinnerungen an den Verlust ablesen. Ich sehnte mich danach, ihn zu trösten, wusste aber nicht wie.

»Das war bestimmt hart.«

»Das war es. Aber nicht, weil ich mit ihr zusammen sein wollte. Sie war meine beste Freundin. Abgesehen von meinen Brüdern eine der wenigen, die verstanden, wie es wirklich war.«

»Das ist so traurig.«

Er zuckte wieder mit den Schultern, die typische Bewegung, wenn er ein Thema nicht vertiefen wollte.

»Und habt ihr Kontakt gehalten, nachdem sie gegangen war?«

Er nickte. »Ja. Wir haben es versucht. Abgesehen von meiner Stiefmutter und Emily, war sie die Einzige, die mich im Gefängnis angerufen hat.«

»Und jetzt?« Ich hielt den Atem an und wartete.

»Und jetzt was?«

»Wärst du gern mit ihr ... *zusammen*?«

»Du meinst, ob ich mit ihr vögeln und sie zu meinem Mädchen machen will?«

Ich verdrehte die Augen und gab ihm einen Schubs. »Dass du es gleich so krass und schmutzig ausdrücken musst.«

Er lachte, dann streckte er den Arm aus und legte sich meine Hand auf das Herz. »Ich weiß nicht, was ich will ...« Er hielt kurz inne, dann schloss er die Augen. »Außer, dass ich aus Illinois raus muss. Weg vom Club. Es wird bestimmt guttun, Maya zu sehen, klar, aber ich mache mir Sorgen, dass sie ihre Meinung ändern könnte, wenn sie mich sieht. Mir sagt, dass ich gehen soll. Dann bin ich am Arsch.«

Bei seinen Worten krampfte sich mein Magen zusammen. Niyol war sein ganzes Leben lang von seiner Familie weggestoßen worden. Verlassen und abgelehnt, missbraucht ... Er hatte seine Mutter nie kennengelernt und sein Vater war ein Monster. Klar, er hatte Emily und Lisa, aber sie waren nicht verwandt.

»Sie wäre bescheuert, dich wegzuschicken, Niyol.« Er blinzelte und sah mich an. Er wirkte so überrascht, dass ich die Augen verdrehte. »Das ist mein Ernst.« Ich packte sein T-Shirt und drückte zu. »Wie gesagt, du tust so hart und stark, manchmal sogar gemein. Aber da ist diese unterschwellige Sanftheit, und eine Frau wäre dumm, sie nicht zu bemerken und zu lieben.«

Beim L-Wort zuckte ich zusammen und mir wurde bewusst, dass ich zu viel gesagt hatte. Ich hatte die schlechte Angewohnheit, meinen Schutz zu vernachlässigen und mein eigenes verletzliches, schmerzendes Herz zu offenbaren. Ich hätte besser den Mund halten, mich umdrehen und einschlafen sollen, anstatt ihm die Wahrheit zu sagen.

Niyol *war* ein guter Mensch. Das hatte ihm bloß noch nie jemand gesagt.

»Jetzt fühle ich mich aber geschmeichelt, Prinzessin.«

Ausnahmsweise war ich dankbar für den Spitznamen und seinen Sarkasmus. »Wie gut, dass du überhaupt nicht eingebildet bist.«

Er machte ein albernes Gesicht und kniff die Augen zusammen. Der Anblick war so komisch und ... so anders als der Niyol, den ich kennengelernt hatte.

»Willst du irgendwann zurückkommen?«, fragte ich, neugieriger als ich sollte.

Er runzelte die Stirn. »Zurück zum Club?«

»Ja. Genau.« Das ging mich überhaupt nichts an. Aber da er so viel über seine Freunde, Slade und Archer, und sogar über Flick sprach, fragte ich mich, warum er so unbedingt wegwollte.

»Ich bin dort nicht mehr willkommen.«

»Woher weißt du das? Haben sie es dir gesagt?«

Mit verengten Augen und geschürzten Lippen wägte er seine Antwort ab. Schließlich seufzte er, rieb sich mit der Hand über den Mund, als würde es ihm Schmerzen bereiten, zu sprechen. Zu sagen, was ihm durch den Kopf ging.

»Das ist kompliziert.«

»Wegen dem, was du mit deinem Vater gemacht hast?«

Er nickte.

»Haben sie wirklich gesagt, dass du nicht mehr kommen darfst?«, fragte ich noch einmal.

»Nein. Aber ich habe vor meiner Entlassung aus dem Knast einen Brief bekommen.«

»Was stand drin?«

Er stöhnte. »Mensch, du stellst ganz schön viele Fragen.«

»Ich bin mir ziemlich sicher, dass ich in meinem vorherigen Leben Enthüllungsjournalistin war.« Ich grinste. »Ich bin eine gute Spürnase.«

Niyol tippte mir an die Nase und fuhr mir dann mit den Fingerknöcheln über die Wange. »Du hast übrigens eine sehr niedliche Nase.«

»Nein, nein. Kein Themawechsel.« Ich schnappte mir seine Hand und zog sie weg, ein Fehler, denn er verschränkte unsere Finger miteinander und hielt mich fest.

Ich schluckte schwer und blinzelte überrascht, machte aber keine Anstalten, die Hand wegzuziehen.

Ich genoss die Berührung seiner rauen Schwielen an meiner Handfläche und fragte mich, wie sie sich anderswo auf meiner nackten Haut anfühlen würden. Wenn er mich hatte ablenken wollen, war sein Plan aufgegangen, denn als ich ihm in die Augen blickte und diese unschuldige und doch intime Berührung spürte, verschwanden alle Wörter aus meinem verwirrten Gehirn.

»Woran denkst du?« Niyol musterte mich und seine Stimme klang ein wenig brüchig.

»I-ich weiß nicht.«

»Summer ...« Er stützte sich auf den Ellenbogen, schaute auf mich herab und in seinen Augen spiegelte sich eine warme Neugierde und Sanftheit, die er inzwischen öfter mit mir teilte. Kräftige Wangenknochen gepaart mit großen braunen Augen und Lippen, die ich am liebsten die ganze Nacht geküsst hätte, auch wenn der Zug abgefahren war. Trotzdem betrachtete ich sein Gesicht und verschlang gierig jeden Zentimeter mit meinen Blicken – verliebt in die Stoppeln auf seinem Kinn und die kleine Tätowierung an seinem Hals. »Sag schon.«

Ich schluckte den schmerzenden Kloß im Hals herunter und wandte den Blick ab. »Ich bin müde.«

»Sieh mich an«, sagte er kurz darauf. Wieder war seine Stimme brüchig, und in den drei einfachen Worten schwang Verzweiflung mit.

Ich zog die Unterlippe zwischen die Zähne und tat wie geheißen. Auf der Suche nach einem Schutzschild, das die Emotionen verbarg, die ich sonst vielleicht preisgegeben hätte, klammerte ich mich an den Saum des Schlafsacks.

Er runzelte die Stirn. »Sag mir, woran du gerade denkst.«

»Ich weiß nicht, hab ich doch gesagt.«

»Das glaub ich dir nicht.«

Ein Finger berührte meine Wange und schickte winzige

Blitze durch meinen Körper. Als er mit der Hand meinen Hals entlangstrich und erst über meinem Herzen anhielt, erschauerte ich. Er sah mich weiter forschend an, als wäre er sich nicht sicher, wonach er suchte. Ein Zeichen, sich zurückzuziehen? Näher zu kommen?

»Woran denkst *du* denn?« Ich drehte den Spieß um, weil ich zuerst die Geheimnisse hinter seinen Augen wissen wollte. Die Gefühle, die sich in diesen dunklen Seen verbargen, riefen nach mir.

Draußen zuckte plötzlich ein Blitz über den Himmel. Ich fuhr zusammen und lehnte mich automatisch näher an ihn. Kurz darauf prasselten schon Regentropfen an die Scheiben und das Metalldach. Ein lauter Donnerschlag folgte, und ich ließ seine Hand los und legte ihm den Arm um die Taille. Er tat es mir gleich, drückte mich an sich und murmelte sanfte Worte, die ich nicht verstand. Doch am Ende war es sein Gesichtsausdruck, der mir den Atem raubte. Vor allem, was er bedeutete.

Begehren.

Verlangen.

Und mehr.

»Bitte.« Ich schluckte. »Sag mir, woran du denkst.« Mein Herz raste und ich würde mich nicht mehr lange zusammenreißen können. Sein donnernder Rhythmus war sicher lauter als der von draußen.

Die Luft wurde aufgeladen, stickig. Die unausgesprochenen Worte hingen zwischen uns wie Millionen elektrisch geladener Moleküle.

»Wie wär's, wenn ich es dir stattdessen zeige?«

Und dann tat er etwas, womit ich überhaupt nicht gerechnet hätte.

Er küsste mich.

SIEBZEHN

NIYOL

Ich hatte meinen Verstand verloren. Summer sah so verdammt traurig und schön aus. Ich konnte den Gedanken nicht ertragen, dass ich der Grund für den Schmerz in ihrem Blick sein könnte.

Aber dann stöhnte sie an meinen Lippen, öffnete die ihren, akzeptierte mich. *Nahm mich auf.*

Der Geschmack von Marshmallows lag mir auf der Zunge, und mir war sofort klar, dass ich genau hier sein wollte - dass ich hier hingehörte.

Ich wollte sie näher an mir, drehte mich auf die Seite und legte ihr beide Hände in den Nacken, während ich jeden Zentimeter ihres Mundes erforschte. Die Fenster beschlugen, Luftfeuchtigkeit breitete sich im Wagen aus. Schweißperlen liefen mir den Nacken hinunter, aber ich zitterte immer noch, sehnte mich danach, ihre Haut zu spüren.

Ich legte mich auf Summer, und sie schlang die Beine um mich und zog mich näher an sich. Als sie mir ihre Hüften entgegen reckte, stöhnte ich auf. Es war genau wie heute Morgen, nur tiefer, näher, sehnsüchtiger. Gieriger. Ich verzehrte mich so sehr nach ihr.

Etwas Neues flackerte zwischen uns auf, und als ich mich von ihr löste, ihren Hals mit Küssen bedeckte, ihre süße und salzige Haut kostete, wünschte ich mir nichts mehr, als dass es nie endete. Sie und ich, das zwischen uns? Unsere Verbindung bedeutete mir auf einmal alles.

Meine Hände wanderten über ihre Schenkel, streichelten sie, bis sie am Saum ihrer Shorts ankamen. Ich schob ihr den Hoodie bis zum Hals hoch und drängte sie, ihn auszuziehen. Ohne zu zögern, zog sie ihn über den Kopf und blonde Haare umrahmten sie wie Flügel.

Bei ihrem Anblick, nackt, entblößt, stöhnte ich auf, wanderte tiefer und küsste die Unterseite ihrer hellen Brüste und saugte dann langsam an einem der rosa Nippel. Als ich ihr dabei in die Augen blickte, verlor ich endgültig die Kontrolle. Verlor mich.

»Setz dich auf«, knurrte ich und zog mich gerade so weit zurück, dass ich sie beobachten konnte.

Mit geweiteten Augen tat sie wie geheißen und biss sich auf die Lippe. »Bist du sicher?«

»Ja.«

So vertrauensvoll, so verdammt süß ... Noch nie hatte mich eine Frau so angesehen wie Summer. Und es gefiel mir sehr.

Bei dem Gedanken konnte ich mich noch weniger beherrschen. »Zieh deine Shorts aus. Ich möchte dich ganz sehen.«

Sie hielt inne, irgendetwas bremste sie. Ich berührte ihr Gesicht mit beiden Händen, damit sie bei mir blieb, um ihr zu bedeuten, dass das hier kein Fehler war. Wenn sie mich nur halb so sehr begehrte wie ich sie, würde ich nicht aufhören. Ich konnte es nicht. Außerdem würde sie die Konsequenzen nicht tragen müssen, sondern ich.

»Ich sorge dafür, dass du dich gut fühlst, Summer. Erlaubst du mir das?«

Schließlich nickte sie langsam und ich setzte mich ihr gegenüber. Der Regen wurde stärker und schirmte uns von der

Außenwelt ab. Der Wunsch, sie zu erobern, traf mich wie ein Schlag ins Herz, und ich legte ihr eine Hand auf die Taille, um das Gefühl zu lindern.

»Was ist das zwischen uns?« Sie flüsterte die Frage mit leuchtenden Augen, verwirrt, aber voller Begehren.

Ich streckte die Hand aus und schrieb mit krakeligen Buchstaben auf die beschlagene Scheibe: *W.U.N.D.E.R.S.C.H.Ö.N.* So war es zwischen uns.

Nur noch mit ihrem Slip bekleidet, grinste Summer schüchtern und hob die Hand, um selbst etwas zu schreiben. *S.E.X.Y.*

Ich lachte leise und meine Anspannung löste sich. Als sie dann langsam den Kopf drehte und mich so süß anlächelte, konnte ich nicht anders, diesmal musste ich es sagen.

»Komm näher.« Ich vergrub die Nase in ihren Haaren und atmete ein.

»Sehr gern.« Sie tat wie geheißen und drückte ihre nackte Brust an mein T-Shirt.

Ich kam kaum zu Atem, schlang die Hände um ihren unteren Rücken und ihre kühle Haut war der perfekte Gegensatz zu meinen heißen Händen. Als ich mit den Handflächen über ihre zerstochenen Schultern strich, eine kreisende Bewegung aus Begehren und Linderung, atmete sie heftiger.

Innerlich jubelte der Mann, der sich nach ihr verzehrte, und als sie sich noch weiter auf den Knien aufrichtete, drückte ich ihre Hand an meine Brust.

Langsam drängte sie mich auf den Rücken. Und wie am Morgen setzte sie sich auf mich. Mit ungeduldigen Händen zog sie mir das T-Shirt hoch und über den Kopf. Ich warf es irgendwo auf den Vordersitz und knurrte, als sie erst meine Brust, dann meine Nippel leckte. Sie saugte daran und kreiste mit den Fingerspitzen über meinen Bauch. Dann wanderte sie tiefer – unter meinen Hosenbund. Als ich ihren warmen Atem auf meinem Bauch spürte, bewegte ich unvermittelt die Hüften. Ich stöhnte und warf den Kopf zurück. Sie umfasste meinen Schwanz mit ihrer kleinen Hand und streichelte mich.

»Verdammt.« Das fühlte sich gut an. Sie wusste genau, was sie tat. Doch dieses Mal würde es anders laufen.

Ich ergriff ihre Hände, drehte Summer auf den Rücken und hielt ihre Arme ausgestreckt über ihrem Kopf fest. Unsere Brustkörbe hoben und senkten sich synchron, wir atmeten im Gleichklang.

»Du bist ziemlich gut, Prinzessin.«

Ich biss ihr in die Schulter, hart genug, um einen kleinen Abdruck zu hinterlassen, aber nicht so fest, dass es wehtat, und sie stöhnte. Gott, ich wollte, dass sie mir gehörte, jeder Zentimeter, auch wenn ich sie nie besitzen würde.

»Beweg dich nicht. Lass dich von mir verwöhnen.« Ich nahm ihre Unterlippe zwischen die Zähne und sie summte leise.

Als sie leise *Ja, bitte* stöhnte, küsste und streichelte ich sie weiter, wanderte an ihrem wunderschönen Körper hinunter bis zum Saum ihres Slips. Schwarz und aus Baumwolle, einfach. Perfekt. Ich knabberte an ihrer Hüfte, mit der anderen Hand zog ich ihr den Slip hinunter – und mit einem Hüftschwung und einem Fußtritt ihrerseits rutschte er hinunter.

»Ich wollte dich seit unserer ersten Begegnung kosten.« Ich vergrub die Nase in den weichen Haaren ihrer Pussy.

»Niyol.« Sie flüsterte meinen Namen wie ein Gebet und drängte sich meinem Mund entgegen.

Ich schloss die Augen und verlor mich, als ich ihre Lippen teilte und ihr langsam über die Klit leckte.

Sie erschauerte. »Ja, da ...« Sie wölbte sich mir entgegen – ließ mir gerade genug Platz, damit ich die Hände unter ihren nackten Po gleiten lassen konnte. Mein Gesicht war inzwischen schweißnass, Schweißperlen liefen mir über die Schläfen, aber das war mir egal. Es gab nur noch sie.

Ich schob mich tiefer zwischen ihre Schenkel und betete

leise um ein wenig Hilfe, denn Vorspiel war mir genauso fremd wie Sex dieser Tage. Ich hatte bisher erst mit einer Frau geschlafen, mit neunzehn, auch wenn Blowjobs während meiner Zeit im Club fast an der Tagesordnung gewesen waren. Doch beim Gedanken, jemand anderes als Summer könnte mich in den Mund nehmen, schnürte sich mir der Brustkorb zusammen.

Als ich ihre Klit mit meinen Lippen bedeckte, stieß sie die Luft aus und nahm die Hände nach unten. Ich ließ es zu, beobachtete sie unter dem Deckenlicht und ließ mich von ihren Fingern in meinen Haaren führen. Ließ mich erden. Ich saugte und leckte, als hinge mein Leben davon ab.

»Ja, Niyol. Genauso. Hör nicht auf.«

Mein Schwanz schmerzte, weil ich mich so danach verzehrte, sie auszufüllen. Aber das wollte ich – *durfte ich* – noch nicht zulassen. Stattdessen grub ich die Fingerkuppen in ihre Haut, zog eine Hand hervor und glitt mit einem Finger in sie hinein. Sie schrie auf, wild und ungezähmt, wie die Tiere, die uns wahrscheinlich umgaben. Aber das war nicht genug. Ich wollte, dass sie völlig die Kontrolle verlor.

Sie wölbte sich mir entgegen und drückte die Knie gegen meinen Kopf. Und dann kam sie heftig an meinen Lippen, stöhnte meinen Namen gedehnt, zittrig.

Genau in diesem Augenblick verlor ich ein Stück von mir an sie. Ich hätte alles dafür tun sollen, es zurückzubekommen, aber ich tat es nicht.

Und das würde ich wahrscheinlich auch nie.

ACHTZEHN

SUMMER

Donner grollte in der Ferne, ein unheimliches Geräusch, das von den Bergen draußen widerhallte. Niyol schlief noch, die Haare hingen ihm sexy und zerzaust ins Gesicht, was mir immer besser gefiel. Mit einem Arm über den Augen sah er jünger und weicher aus, nicht wie der gebrochene Mann, den ich kennengelernt hatte.

Ohne T-Shirt sah er göttlich aus – nichts als definierte Muskeln, die meinen Puls in die Höhe trieben, wenn ich zu lange hinsah. Diesmal betrachtete ich die Tätowierungen auf seinem Bauch und seiner Brust genauer. Die meisten waren Schriftzüge, mit Ausnahme des Schwanzes eines roten Tieres, der meine Aufmerksamkeit auf seine linke Schulter lenkte. Ohne einen Blick auf seinen Rücken werfen zu müssen, wusste ich, dass es sich um einen Drachen handelte.

Ich konnte nicht widerstehen, streckte die Hand aus und zeichnete ihn nach. Würde er für immer eine Erinnerung an eine Vergangenheit sein, mit der er nichts mehr zu tun haben wollte? Konnte er es entfernen lassen? *Wollte* er es entfernen lassen? Ich wusste so wenig über ihn, seine Wünsche und Bedürfnisse, nur, dass er neu anfangen wollte. Sich ein neues

Leben aufbauen wollte. Ein Leben, an dem ich plötzlich gern teilhaben wollte.

Ich war nicht so naiv, zu glauben, dass ein fantastisches Vorspiel und ein nächtliches Sexfest etwas bedeuteten. Aber der romantische Teil in mir blieb hartnäckig, wollte die Zügel in die Hand nehmen und mich in diese Richtung lenken.

Doch das ließ ich heute Morgen nicht zu und deshalb schloss ich fest die Augen und zwang mich, mir die Wahrheit in Erinnerung zu rufen. Dass ich nächste Woche um diese Zeit wieder zu Hause wäre und Niyol in Kalifornien neu anfing.

Draußen fielen immer noch ein paar vereinzelte Regentropfen und klopften auf das Dach des Rovers. So wie der Himmel durch das Schiebedach aussah, braute sich ein weiteres Unwetter zusammen, aber es würde wohl noch eine Weile dauern, bis es losbrach.

Ich löste mich aus seiner Umarmung und entriegelte die Kofferraumklappe. Niyol rührte sich nicht einmal, als ich mich nach draußen manövrierte. Die Uhr auf meinem Handy zeigte ein Uhr nachmittags, doch dass ich dem Zeitplan hinterherhinkte, war mir mittlerweile egal.

Trotzdem räumte ich unser Lager auf, weil ich mir irgendwie die Zeit vertreiben wollte, bis er aufwachte. Die meisten Sachen waren vom nächtlichen Sturm klatschnass. Nur seine Tasche, die er unter dem Picknicktisch liegengelassen hatte, schien trocken geblieben zu sein.

Das Feuer war längst erloschen und bestand nur noch aus einem Haufen grauschwarzer Asche. Der Wetterumschwung gegenüber dem Vortag war dramatisch. Es war noch heißer und schwüler geworden, als wären wir in einen Topf Suppe geworfen worden. Schweiß lief mir über die Kopfhaut und den Hals, und als ich aufgeräumt hatte, brauchte ich unbedingt die Dusche, die ich gestern Abend nicht genommen hatte.

Etwa eine Stunde später weckte ich Niyol und bat ihn,

mich zu den Duschen zu begleiten. Ich wollte auf keinen Fall allein hingehen.

»Geht es dir gut?«, fragte ich mit Seife und Shampoo unter dem Arm auf dem Weg zu dem kleinen Häuschen, während er unsere Wechselklamotten trug.

Er nickte und beäugte das Gestrüpp unter unseren Füßen. »Mir geht's gut. Würde nur gern weiterfahren.« Sein Blick schweifte vom Weg nach rechts, und seine Anspannung war nicht zu übersehen.

Bereute er schon, was wir getan hatten? Bei dem Gedanken ließ ich die Schultern hängen. Ich hätte gern noch etwas länger an unserer gemeinsamen Nacht festgehalten. Aber mit diesem Wunsch war ich wohl allein.

Während wir uns den Duschen näherten, streiften sich unsere Hände. Wäre er jemand anderes gewesen, hätte ich mir seine geschnappt und unsere Finger miteinander verschränkt. Aber er war Niyol und ich war Summer. Zwei völlig verschiedene Menschen mit zwei völlig verschiedenen Zielen.

Mein Herz war schwer und bevor ich die Damenduschen betrat, sagte ich über die Schulter hinweg: »Ich brauche nicht lange.«

Er nickte mit gesenktem Kopf und ging zu den Herrenduschen. »Ich beeile mich und bin direkt nebenan, wenn was ist.«

Zehn Minuten später schlüpfte ich mit glitschigen Füßen wieder in die Flipflops und war so sauber, wie mein Rücken es mir erlaubt hatte. Die Stiche juckten immer noch höllisch, aber zum Glück wurde es langsam besser.

Draußen hatte der Wind aufgefrischt und brachte die Fensterläden des kleinen Gebäudes zum Klappern. Ich ignorierte das Geräusch und zog mir eine abgeschnittene Jogginghose und das Trikot meines Lieblingsvereins an. Mein Vater hatte es mir zum einundzwanzigsten Geburtstag geschenkt. Es war zehn Nummern zu groß und eindeutig für einen Mann geschnitten, aber ich liebte es, weil er es selbst ausgesucht hatte. Das machte er selten.

Ich liebte meinen Dad über alles, aber er war ein Workaholic, immer im Krankenhaus oder in seiner Praxis. Normalerweise erledigten seine Sprechstundenhilfen die Einkäufe für ihn, sie besorgten mir Parfum, Make-up oder teure Taschen, die ich nie benutzte. Aber dieses Trikot, dieses *Geschenk* kam ausnahmsweise einmal von Herzen.

Über einem der Waschbecken hing ein kleiner runder Spiegel und ich wischte mit einem Papiertuch den Dampf weg, um mein Gesicht zu betrachten. Ich bürstete meine verknoteten Wellen zurück und flocht mir einen seitlichen Zopf, der mir über die Schulter hing. Niyols Knutschfleck an meinem Hals ließ mich erröten und brachte mich zum Lächeln. Und bei der Erinnerung an sein Gesicht zwischen meinen Schenkeln setzte mein Herz ein paarmal aus.

Das alles hätte mich nicht so glücklich machen sollen. Trotzdem fragte ich mich, ob es wieder geschehen würde. Und ob wir beim nächsten Mal einen Schritt weitergehen würden.

In der Ferne erklang eine Sirene. Ich blinzelte mein Spiegelbild an und steckte die benutzte Unterwäsche ein. Als ich meine restlichen Sachen zusammenpackte, krachte etwas Hartes gegen das Gebäude.

»Heilige Scheiße.« Ich sprang hoch und ließ die Shampoo-Flasche auf meinen Zeh fallen. Das einsame Glasfenster klapperte, als der Regen gegen die Scheibe prasselte. Ein Blitz erhellte den Raum, und die Lichter flackerten – an, aus, an, aus.

In Panik entriegelte ich die Tür und riss sie auf, doch der Wind drückte sie mir sofort wieder entgegen und sie schlug mir gegen Nase und Stirn. Ich keuchte vor Schmerz auf, mir wurde schwindelig, ich presste mir die Handfläche an die Stirn und taumelte gegen die Wand zurück. Blut sickerte aus meiner Augenbraue und ich schnappte mir schnell ein Papiertuch, um es wegzuwischen.

Vor der Tür schrie jemand. Ich drehte den Kopf nach links und konnte ihn über den Sturm hinweg gerade noch verstehen.

»Niyol?«, murmelte ich, und schaffte es mit Mühe und Not, wieder zur Tür zu stolpern.

Wenige Zentimeter davor kam Niyol durch den plötzlichen Regen und Wind von der Herrentoilette auf mich zu gerannt. In meinem Kopf hämmerte ein wütender Rhythmus, mir wurde wieder schwindelig und ich stolperte zur Wand zurück.

Der Wind peitschte durch die Bäume und die Sirene in der Ferne wurde immer lauter.

»Geh rein!«, brüllte er über den Lärm hinweg. Er schlang mir einen Arm um die Taille und zog mich zurück in die Dusche. »Halt dich an mir fest. Nicht loslassen.«

Ein Geräusch, wie das einer Zugpfeife, erklang. Das Geräusch kannte ich. Da ich in meiner Kindheit oft in Oklahoma gewesen war, hatte ich es schon oft gehört.

»Ach du Scheiße«, flüsterte ich. »Tornado.«

So schnell es seine zitternden Hände zuließen, zog Niyol seinen Gürtel aus und zerrte mich zu Boden. Wir landeten mit einem rumms und als Niyol versuchte, uns mit dem Gürtel aneinanderzubinden, fühlte ich mich wie Helen Hunt in *Twister*. Es funktionierte natürlich nicht und er fluchte. Er sah mich angsterfüllt an und sagte trotzdem: »Es ist okay. Alles wird gut.«

Mein Kopf hämmerte immer noch, ich ergriff seine Hand und legte die Wange an seine Brust. Wir waren der Gnade Gottes und Mutter Natur ausgeliefert. Wenn ein Tornado über dieses Häuschen fegte, konnte uns nur ein Wunder retten.

NEUNZEHN

NIYOL

»Wir stehen das durch«, flüsterte ich Summer einmal mehr ins Ohr, die sich zitternd an mich drückte.

Selbst während ich mich an sie klammerte, fragte ich mich, ob es das gewesen sein sollte. Für uns beide. Gestorben auf einem Zeltplatz in Colorado. *Verdammte Scheiße.*

Etwas krachte gegen das Gebäude und das Fenster barst. Glas spritzte über den Boden und verfehlte nur knapp meinen Rücken. Summer klammerte sich noch fester an mich und ich hielt mich am Rücken ihres Trikots fest. Die Lampen flackerten kurz auf, erloschen dann aber ganz. Das Dach knarrte und klapperte, als würde es gleich davonfliegen. Das Gebäude selbst bestand aus Beton, wenn das Dach dem Sturm standhielt, wären wir sicher.

Gott, ich hoffte so sehr, dass es hielt.

Unter den Waschbecken klapperten die Rohre, als wäre es ein Erdbeben und kein Sturm. Ich blickte mich um und vergewisserte mich, dass nichts abbrach, da flog die Tür wieder auf.

»Verdammt. Ich muss sie zumachen.«

»Nein.« Als ich wegkriechen wollte, umklammerte Summer mit glasigem Blick meine Arme. Stirnrunzelnd betrachtete ich ihr Gesicht und bemerkte die blutige Beule an ihrem Haaransatz.

»Du bist verletzt.« Ich wollte sie berühren, doch sie schob meine Hand weg und tat das Unvorstellbare.

Mit einem Stöhnen riss sie sich von mir los. Ich fiel zurück und knallte mit den Schultern gegen die Wand. Bevor ich blinzeln konnte, war sie aufgestanden, rannte zur Tür und knallte sie mit der Schulter zu.

»Runter!«, brüllte ich, als ich sah, wie ein Ast durch das zerbrochene Fenster auf ihren Kopf zuflog.

Sie schrie auf und fiel auf die Knie. Mein Herz raste und ich kroch auf sie zu, ihr Trikot war am Saum aufgerissen.

»Was zum Teufel hast du dir dabei gedacht?« Ohne sie loszulassen, riss ich sie zur Kabine zurück.

»Mir geht es gut«, betonte sie, als ich sie an meine Brust zog.

Danach warteten wir, rücklings an die Wand gepresst, die Hände verschränkt, bis es vorbei war.

ZWANZIG

SUMMER

»Das Festnetz ist tot, verstehe. Aber es kann doch nicht sein, dass auch alle Handymasten ausgefallen sind?« Ich stützte mich auf einen Tisch in der Rangerstation und schaute starr nach unten, um den Blicken aus den gelben Augen der ausgestopften Tiere an den Wänden auszuweichen.

Die Station war mir unheimlich und der Mann, der sie heute leitete, machte es nicht unbedingt besser.

Mit einer monströsen Tabakspfeife in der einen und seinem gelb-grünen Vogel in der anderen Hand lehnte sich Mr Parkranger Sam zurück und beobachtete mich wie ein Pirat. Bei ihm hatten wir gestern Abend nicht eingecheckt. Wäre er hier gewesen, wären wir nicht hiergeblieben. Seine grauen Augenbrauen passten zu seinem Bart, aber seine Glatze zierte eine Tätowierung: *Muttersöhnchen.* Gott. Wir waren wohl in Colorados Twilight Zone gelandet.

»Doch. Sturm hat so ziemlich alles auf seinem Weg mitgerissen.« Mit verschwommenem Blick tippte er auf den hölzernen Tresen. »Ihr habt Glück, dass es euch nicht erwischt hat.«

Ich beobachtete ihn mit Schaudern. Rauchte er Tabak oder

hatte er etwas anderes in seiner Pfeife? Es hätte mich nicht überrascht – schließlich waren wir in Colorado.

»Das kann doch nicht *wahr* sein.« Ich lehnte mich zurück und verschränkte die Arme.

Ich war nicht sauer auf ihn, sondern auf unser Schicksal im Allgemeinen. Mein Rover war hinüber. Ein riesiger Baum hatte sich durch das Dach gebohrt. Und in meinem Auto befanden sich all unsere Sachen, einschließlich der Handy-Ladegeräte. Allerdings konnten wir mit den Handys jetzt sowieso nichts anfangen.

Zum Glück war mein Auto versichert. Aber um an einen Mietwagen zu kommen, musste ich mit jemandem *telefonieren*.

Die Glocke über der Tür klingelte und Niyol kam hereingestürmt. Er trat neben mich und mit den zurückgebundenen Haaren erinnerte er mich an einen sexy Samurai, allerdings ohne Schwert. Ich sah auf seine Hände, seine Tasche tropfte auf den Fliesenboden und neben seinen Füßen bildete sich eine Pfütze. Irgendwie war sie unter den Wagen geweht worden und so auf unserem Platz geblieben. Wenigstens einer von uns hatte seine Sachen.

»Macht euch keine Sorgen«, Pirat Sam zwinkerte mir zu. »Ich bringe euch beide in die Stadt.« Er kippte den verbrannten Tabak in eine Tasse und setzte seinen Papagei zurück in den Käfig. Er bedeutete uns, ihm zu folgen und nachdem Niyol und ich einen skeptischen Blick gewechselt hatten, taten wir wie geheißen.

Durch den Tipp des netten Autovermieters in der nächsten Stadt fanden wir ein kleines malerisches Bed and Breakfast nur ein paar Blocks von einem Einkaufszentrum entfernt. Den Mietwagen bekamen wir leider erst am Abend. Irgendetwas mit Hagelschäden durch den Sturm und einem Mangel an Fahrzeugen. Und weil die Telefonverbindung unterbrochen war, brauchte auch meine Versicherung lange, um sich bei mir zurückzumelden. Als die Verbindung endlich stand, dauerte es ewig, bis der Papierkram erledigt war. Es herrschte ein totales Chaos, aber ich regelte es so gut, wie ich konnte.

Im Bed and Breakfast begrüßte uns eine Frau mit langen braunen Haaren und einem freundlichen Lächeln. Niyol blieb hinter mir zurück und lehnte sich an ein Sofa. In der letzten Stunde hatte er mindestens zwanzigmal auf sein leeres Handy geblickt. Ich fragte mich, wessen Anruf er erwartete.

Während wir auf unsere Schlüssel warteten, sah ich mich in der kleinen Lobby um. Die Pension war hübsch und auf eine altmodische Art gemütlich. Die Wände waren cremefarben gestrichen, die Möbel mit Paisleystoff bezogen und die Holzböden wirkten frisch abgeschliffen. Es gab auch einen Kamin, vor dem sich zwei Sofas gegenüberstanden.

Ich befürchtete, die Besitzerin würde sich bei unserem Anblick ekeln, so dreckig und zerzaust waren wir – was bei mir in letzter Zeit offenbar häufiger vorkam. Zum Glück war noch ein Zimmer frei und sie checkte uns ein, ohne mit der Wimper zu zucken.

Sie bot uns Kekse an, entschuldigte sich aber, dass sie nichts zum Abendessen hatte. Sie erklärte uns, dass wir in einem Restaurant in der Nähe etwas zum Mitnehmen bekommen konnten, und ließ uns dann in Ruhe. Sie war sehr gastfreundlich und empathisch.

»Du kannst zuerst duschen.« Wir hatten unser Zimmer betreten und ich zeigte auf das Bad.

Niyol stellte seine Tasche auf eine Kommode und setzte sich mit einem leisen Stöhnen auf die Bettkante. Er war genauso erschöpft wie ich.

»In der Nähe gibt es einen Target. Ich besorge mir ein paar neue Sachen für die Reise und hole uns dann vielleicht ein paar Burger zum Abendessen.«

Er hatte sich gerade seine Schuhe ausziehen wollen,

erstarrte mitten in der Bewegung und blickte mich unter seinen Haaren hervor an. »Ohne mich gehst du nirgendwo hin.«

Ich verdrehte die Augen und knuffte ihn mit der Schulter. »Glaubst du etwa, dass der große, böse Wolf mich lebendig auf den Straßen dieser Kleinstadt in Colorado verspeist?«, schnaubte ich.

Er lachte nicht. »Ich meine es ernst, Summer. Geh nicht allein irgendwo hin.«

»Wo ist das Problem? Ich gehe zu Fuß und bin spätestens in einer Stunde wieder hier.«

»Verdammt, Summer, wenn ich dich bitte zu warten, dann warte, okay?«

Ich erstarrte und meine verbliebene gute Laune bröckelte. So viel dazu, nicht mehr mit mir zu streiten. Doch anstatt ihn zurechtzuweisen, beschloss ich, die Kompromisskarte zu spielen. Ich konnte mich davonschleichen, wenn er unter der Dusche stand.

»Gut. Dann geh duschen.« Ich rümpfte die Nase. »Du riechst ja fast schlimmer als ich.«

Er sah mich argwöhnisch an, folgte aber meiner Anweisung.

Um sein Misstrauen zu zerstreuen, lehnte ich mich auf dem Bett zurück und schaltete den Fernseher an, als wollte ich mich entspannen.

Doch sobald das Wasser lief, schlich ich mich hinaus und achtete darauf, die Tür mit einem leisen Klicken zu schließen.

Im Target kaufte ich einen BH, einige Slips, ein Paar Shorts und T-Shirts. Dann machte ich mich auf den Weg, um die versprochenen Burger zu besorgen, und holte sogar für später eine Flasche Wein bei der Tankstelle nebenan. Wein linderte alle Beschwerden – und machte mich taub.

Wie vorausgesagt war ich nach einer Stunde wieder in der Lobby und hätte fast damit gerechnet, dass Niyol mit dämonischem Blick an der Tür auf mich wartete. Aber er war nicht da und als ich im Flur vor unserem Zimmer um die Ecke bog, grinste ich siegessicher.

Stolz auf meine fantastischen Fähigkeiten, kicherte ich leise und sagte zu mir selbst: »Siehst du? Ich bin sehr gut in der Lage, auf mich selbst aufzu...«

»Hallöchen.« Bei der tiefen Stimme blieb ich stehen und stieß mit dem Ellenbogen gegen die Ecke. Und was ich dann sah, ließ mir das Herz in die Hose rutschen.

Ein attraktiver, aber schroff aussehender blonder Mann stand vor unserem Zimmer, die Haare reichten ihm knapp bis zu den Schultern und seine grünen Augen blitzten. Neben ihm stand ein weiterer heißer Typ, das Kinn an die Brust gedrückt, mit schwarzen Haaren und ebenso bedrohlich wirkenden Augen wie Niyols, der mich ansah, als hätte ich seinen Welpen auf dem Gewissen.

Ich musterte die beiden schnell und entdeckte Namen vorne auf ihren schwarzen Lederwesten und schluckte schwer.

Slade und Archer. Oh Gott. Das waren Niyols Freunde aus dem Club. Aber ... wo war Niyol?

Ich warf einen schnellen Blick zu unserer Tür, bevor ich die beiden gekünstelt anlächelte. »Kann ich Ihnen irgendwie helfen?«

Der Blonde grinste noch breiter und überkreuzte die Knöchel. Er erinnerte mich an einen Chris Hemsworth, aber aus den ersten Thor-Filmen. Doch unter der attraktiven Fassade spürte ich auch Gefahr. Etwas gnadenlos Tödliches und Misstrauen, beides richtete sich gegen mich. Er ergriff zuerst das Wort. Der, auf dessen Patch *Archer* stand.

»Gute Nacht gehabt?« Er neigte den Kopf und ein noch breiteres Lächeln erhellte sein Gesicht. Er hatte zwei riesige Grübchen und fast hätte ich die Einkaufstüten fallen gelassen. Ob beängstigend oder nicht, dieser Mann sah wahnsinnig gut aus.

»Äh, ja.« Ich nickte schnell und machte einen langsamen Schritt Richtung Tür.

»Wo willst du denn hin, Süße?« Er hatte einen irischen Akzent. Melodisch, mit gedehnten Vokalen und weichen Konsonanten.

Wörter, Dummkopf. Sag etwas. Sag etwas. Jetzt.

»Meine Tüten sind schwer.« Ich deutete auf die Tür. »Will sie nur schnell im Zimmer abstellen.«

Slade löste sich von der Wand und zeigte mir nun sein ganzes Gesicht. Ich keuchte auf und diesmal ließ ich eine Tüte fallen. Er sah fast genauso aus wie Niyol, nur ein bisschen kleiner. Muskelbepackt, dicke Arme, ein kantiges Kinn und volle Lippen.

»Wo ist er?«, knurrte er mit geschürzten Lippen. »Wir wissen, dass er hier ist. Und wir wissen, dass du ihn f...«

»Reiß dich zusammen, Bruder«, sagte Archer und schlug seinem Freund auf die Brust.

Ich schluckte und sah Slade an. »Ich weiß nicht, wen Sie meinen. Ich bin mit meinem Verlobten hier.«

Archers Grinsen sollte wohl beruhigend wirken, aber ich fragte mich nur, ob ich die Weinflasche als Waffe benutzen musste.

»Ist das hier dein Zimmer?«, fragte er und blickte auf meine Tüten, die Tür und dann in mein Gesicht.

»J-ja.« Mir zitterten die Knie, sie drohten nachzugeben. Ich räusperte mich. »Wenn Sie mich jetzt entschuldigen würden, ich muss da rein.«

Archer nickte langsam und sein Grinsen verschwand, als er sagte: »Hab gehört, auf dem Flur soll ein Typ gewesen sein. Er heißt Hawk. Sehr groß, dunkle Haut.«

Ich schluckte schwer. »N-nein. Ich kenne keinen Hawk.« Jetzt fielen auch die anderen Tüten. Eine kippte seitlich um und meine neuen Slips rutschten auf den Teppich.

Slade ging hin, hob einen Slip auf und wirbelte ihn mit

einem Finger herum. »Hübsch.« Er grinste, wirkte aber nicht im Geringsten spielerisch. Nicht wie der andere Typ.

Ich errötete vor Scham, riss ihm den Slip aus der Hand und steckte ihn wieder in die Tüte. »Sie sollten gehen«, sagte ich mit immer noch zittriger Stimme.

Archer trat einen Riesenschritt zurück und vergrub die Hände in den Taschen seiner Jeans. »Nö. Wir warten hier einfach auf unseren Freund.« Er wackelte lässig mit den Augenbrauen.

»Na schön, wie Sie wollen.« Ich bin mir nicht sicher, warum ich log. Als Niyol von den beiden gesprochen hatte, schien er sie zu mögen. Aber er war immerhin vor dem Club geflohen, wahrscheinlich verriet ich deshalb nichts.

Wie aufs Stichwort platzte Niyol kurz darauf in den Flur, mit roten Wangen, wildem Blick, zerzausten Haaren und einem langen Messer in der Hand. Ich keuchte auf und blickte zwischen der Klinge und seinem Gesicht hin und her.

Als sich unsere Blicke kreuzten, entspannten sich seine Schultern, möglicherweise vor Erleichterung. Bis er sah, wer neben mir stand.

»Fuck. Ihr seid mir gefolgt?« In seinen Augen lag Mordlust, er bleckte die Zähne wie ein Wolf. Gleichzeitig steckte er langsam das riesige Messer zurück in den Bund seiner Jeans. Ich erschauerte bei dem Anblick und fragte mich, ob er es schon die ganze Zeit dabeigehabt hatte.

Ich atmete auf und beobachtete die drei Männer, unsicher, was nun geschehen würde.

»Aber klar doch.« Archers Lächeln wurde übermütig, und er stürmte auf Niyol zu, ohne auf die Waffe zu achten, die er gerade weggesteckt hatte.

Ich war völlig verwirrt.

»Warum, ihr Wichser?« Niyol löste sich zuerst und trat an meine Seite. Er legte mir den Arm um die Taille, als wäre es das Natürlichste auf der Welt.

Ich schluckte schwer, sah auf und Slade schaute mit verengten Augen auf Niyols Arm.

»Du bist schwer zu finden, Hawk.« Als er meinen Blick bemerkte, wurde seine Miene wieder neutral. Mir fiel die Narbe auf, die über seine Wange bis zu seinem Hals verlief. Ich musste einfach hingucken und mein Herz klopfte bei der Frage, woher er sie wohl hatte.

»Schön, dich zu sehen, Cousin.« Niyol nickte Slade zu und sah mich dann ernst an. »Geh ins Zimmer, Summer.«

»Nein.« Ich hob mein Kinn.

Archer lachte. »Summer, was? Echt schöner Name.« Dann musterte er mich von oben bis unten. »Passt zu deinem hübschen Gesicht.«

Ich verdrehte die Augen und verschränkte die Arme. »Verpiss dich.«

Er lachte bloß und schaute Niyol an, der vor mich getreten war. »Lass sie in Ruhe«, knurrte er.

Archer zog neugierig die Brauen hoch, kurz darauf nickte er wissend.

Ich verstand überhaupt nichts und schon gar nicht diese Männer.

»Ich bin Archer.« Er streckte den Arm aus, um mir die Hand zu schütteln, und wirkte plötzlich respektvoll. »Tut mir leid, wenn wir dich erschreckt haben.« Er deutete auf Slade und sich selbst. »Ich bin ein guter Freund deines *Verlobten* hier.« Er zwinkerte mir zu und ich errötete.

Trotz meiner Verlegenheit hob ich das Kinn noch ein wenig höher und trat hinter Niyol hervor. »Ich würde ja sagen, dass es mich freut, *Archer* ...«, ich warf ihm einen Blick zu und dann Slade, der mich jetzt nicht einmal mehr ansah, »... aber das hat es nicht.«

Weil ich mir den bohrenden Blick von Niyol, den ich auf meiner Wange spürte, nicht antun wollte, drehte ich mich auf dem Absatz um, ging ins Zimmer, ließ die Tür aber einen Spalt breit geöffnet.

Auf der anderen Seite brüllte Archer vor Lachen. »Ganz schön temperamentvoll, die Kleine.«

»Und sie ist tabu«, zischte Niyol.

Der andere, Slade, bellte zurück. »Hast du jetzt Anspruch auf alle Frauen, oder was?«

»Nein, du Idiot. Das ist Emilys beste Freundin. Meine Mitfahrgelegenheit. Sie ist ...«

»Ganz schön heiß.« Archer lachte wieder.

»Und viel zu gut für jeden von uns.«

Schmetterlinge tanzten in meinem Bauch. Niyols Worte gefielen mir mit jeder Sekunde besser. Dachte er das wirklich? Das brach mir fast das Herz. Was er auch über mich dachte, ich war definitiv nicht besser als er. Nur ... anders.

Ich ließ die Tüten am Fußende des Bettes fallen und holte mein Handy aus der Tasche. Ich wollte niemanden anrufen, es war immer noch tot, aber ich brauchte eine Ablenkung, falls ich beim Lauschen erwischt wurde ... denn das hatte ich vor, als ich auf Zehenspitzen zur Tür zurück schlich.

»Sind gekommen, um dich zu warnen. Ein paar Abtrünnige sind dir auf den Fersen«, sagte Archer mit ernster Stimme. »Bleibt nirgendwo länger als nötig. Wir haben aber immer ein Auge auf dich. Mein Kumpel und die Vegas-Crew.«

Abtrünnige? Vegas-Crew?

Ich runzelte die Stirn und ein mulmiges Gefühl vertrieb die Schmetterlinge in meinem Bauch.

»Scheiße«, zischte Niyol. »Wie viele?«

»Weiß nicht«, antwortete Slade. »Als dein alter Herr verhaftet wurde, hat etwa ein halbes Dutzend den Club verlassen. Hauptsächlich Lifers. Rage, Dom, um ein paar Namen zu nennen. Weiß nicht, ob sie noch Brüder anderer Clubs dabeihaben.«

Niyol kniff sich in den Nasenrücken und sah so gequält aus,

dass ich am liebsten in den Flur gegangen wäre und ihn umarmt hätte. Doch er hatte im Moment bestimmt keine Lust zu kuscheln.

»Flick hat uns geschickt, um dir Bescheid zu sagen«, mischte sich Archer ein.

»Warum zum Teufel kümmert es Flick überhaupt?«, rief Niyol.

»Weil er weiß, wer du bist, Hawk. Was du durchgemacht hast«, antwortete Archer nun nicht mehr ganz so relaxed.

»Ich bin ein Scheißverräter. Wenn das für immer auf meiner Stirn steht, kann ich nie wieder zurück.«

»Ach, jetzt reiß dich mal zusammen«, fuhr Slade Niyol an und verpasste ihm einen Brustcheck. Ich befürchtete, sie würden sich gleich prügeln, und erstarrte. »Sei nicht so ein verdammtes Weichei und hör auf, dich in deinem Selbstmitleid zu suhlen. Es geht nicht immer nur um dich.«

Archer streckte eine Hand zwischen Niyol und seinem Cousin aus und blickte verkniffen zwischen ihnen hin und her. Als Slade schließlich einen Schritt zurücktrat und einen Fuß rückwärts an die Wand stellte, wusste ich, wer von den dreien das Sagen hatte.

Eine Weile flüsterten sie miteinander, aber irgendwann wurden die Stimmen wieder lauter.

»Das erklärt die Sache auf dem Campingplatz.« Niyol seufzte. »Ich habe gespürt, dass etwas nicht stimmte.«

Campingplatz? Er hatte dort etwas gespürt? Warum hatte er mir nichts gesagt? Ich war erwachsen und kam mit allem zurecht. Warum fasste er mich mit Samthandschuhen an und behielt solche Geheimnisse für sich?

Was hatte er mir noch verheimlicht?

Die drei wurden wieder still, wahrscheinlich wurde ihnen klar, dass sie zu laut über ihre Angelegenheiten gesprochen hatten. Leider konnte ich sie nun nicht mehr hören, aber mein Herz hätte sowieso nicht viel mehr ertragen.

Niyol würde mir einiges erklären müssen.

»Ihr habt einen Maulwurf unter euch«, erklärte Niyol deutlich angespannt.

»Was?«, fragte Slade. »Einen Maulwurf?«

Worauf wollte Niyol hinaus? Ich hielt den Atem an und wartete.

»Drei Tage vor meiner Entlassung habe ich einen Brief bekommen. Von jemandem auf dem Gelände. Ich dachte, Flick wollte mich warnen.«

»Offensichtlich nicht«, knurrte Slade. »Flick ist sauer, dass du nicht zurückgekommen bist. Scheiße, deshalb sind wir hier.«

»Nein. Offensichtlich nicht, Blitzmerker.« Ich konnte mir vorstellen, wie Niyol seinen Cousin mit geschürzten Lippen und verengten Augen ansah. Es war zwar gemein, aber irgendwie war ich froh, dass sich seine Wut ausnahmsweise mal gegen jemand anderen richtete.

»Hast du den Brief dabei?«, fragte Archer.

»Nein. Hab ihn bei Lisa in einer Schublade gelassen.«

»Na gut«, sagte Slade. »Wir holen ihn. Finden heraus, wer es war, und bringen dich nach Hause.«

»Ich bin noch nicht so weit«, sagte Niyol seufzend. »Ich brauche mehr Zeit.«

Selbst ich konnte sein Zögern nicht verstehen. War Maya der Grund? Er hatte betont, sie seien nur Freunde, aber vielleicht verheimlichte er mir ja noch etwas.

»Es stand immer fest, dass du den Club eines Tages leitest. Flick macht das nur vorübergehend. Wir brauchen dich.«

Bei Slades Eingeständnis weiteten sich meine Augen, und um nicht laut zu keuchen, presste ich mir die Hand vor den Mund. Ich ließ mir das alles noch einmal durch den Kopf gehen. *Niyol* sollte den Red Dragon Motorcycle Club leiten?

Krasse. Scheiße.

Da sein Vater der President gewesen war, war es irgendwie logisch. Trotzdem konnte ich nur schwer begreifen, dass der

Mann, mit dem ich die Woche verbracht hatte, der große, böse President eines großen, bösen Motorradclubs werden sollte.

»Ich bin kein President«, antwortete Niyol. »*Wollte* nie einer sein.«

»Du bist hineingeboren worden, genau wie wir«, sagte Slade, der jetzt fast gelangweilt klang. Apropos starke Stimmungsschwankungen. Vielleicht war das typisch für die Lattimores.

Mich verwirrte das Gerede darüber, dass Niyol der President werden und nach Illinois zurückkehren sollte. Außerdem fragte ich mich, *warum* er sich so hartnäckig dagegen sträubte. Vor allem, wenn er die Chance bekam, den Club anders zu organisieren, wie er in Nebraska gesagt hatte.

Eins wusste ich sicher: Flucht war keine Lösung. Mir ging es genauso. Ich war auch auf der Suche nach mir selbst. Aber ich würde wieder nach Hause gehen. Mich meinen Problemen stellen. Man konnte nicht ewig weglaufen. Nur vorübergehend.

Archers Stimme wurde ein bisschen lauter und erregte wieder meine Aufmerksamkeit. »Hör zu, Bruder. Klär deinen Scheiß und dann schwing deinen Arsch nach Hause und bring das in Ordnung.«

Es klatschte, als würde jemandem auf den Rücken geklopft. Neugierig beugte ich mich auf Zehenspitzen vor, auch wenn ich nicht erwischt werden wollte, musste ich wissen, was vor sich ging. Ich spähte an der Tür vorbei und erblickte zuerst Niyol, das Gesicht in den Händen vergraben.

»Ich komme nicht nach Hause«, murmelte er. »Hab ich doch schon gesagt.«

Archer bellte ihn an: »Warum nicht, verdammt? Nenn mir einen verdammten Grund.«

»Weil ich dieses Leben nicht länger führen will.«

»Bullshit! Wir sind eine Familie, Hawk!«, brüllte Slade und lachte dann beinahe manisch. Ein Schauer lief mir über den

Rücken. »Geht es um Maya?« Er verschränkte die Arme und zog eine Augenbraue hoch.

Es wurde still. Dann hob Niyol den Kopf und knurrte bloß: »Nein.«

Es folgte eine längere Pause, bis Archer schließlich den Kopf neigte, grinste und etwas sagte, dass ganz sicher nicht für meine Ohren bestimmt war.

»Fuck. Es geht um die Blonde, oder?« Archer deutete mit dem Kinn in meine Richtung, als er mich dabei ertappte, wie ich durch den Spalt spähte. Schnell zog ich mich zurück und rang nach Luft.

»Willst du ihretwegen nicht zurück?«, mischte Slade sich ein. »Gott, das ist ja wie bei Maya.«

Das stimmte nicht. Nicht im Geringsten. Niyol und ich kannten uns kaum. Meistens kamen wir noch nicht einmal miteinander aus, und wenn wir nicht stritten, machten wir eben ... *andere* ... Sachen.

Zwischen uns *war* nichts. Überhaupt nichts.

Zumindest *glaubte* ich das. Nach einer Weile hörte ich einen schweren Seufzer ... aber keine Antwort von Niyol. Mist.

»Das war's dann also? Wir können es dir nicht ausreden?«, fragte Archer. »Dir ist schon klar, dass Flick ausrasten wird?«

Ich runzelte die Stirn. Was ausreden? Nach San Diego zu gehen?

Nur Stille drang an meine Ohren. Entweder flüsterte Niyol oder er hatte einfach keine Antwort.

»Und was passiert, wenn die Abtrünnigen dich zuerst finden?«, fragte Slade. »Archer wird dafür sorgen, dass sein Kumpel so lange wie möglich auf euch aufpasst, aber sie müssen sich um ihren eigenen Scheiß kümmern und wir müssen unsere Ärsche wieder nach Hause schaffen.«

Ich runzelte die Stirn und ignorierte bei der Erwähnung der Abtrünnigen die Anspannung in meinem Bauch.

»Ich komme schon klar«, sagte Niyol fest. »Es dauert nicht mehr lange.«

Die drei tauschten sich weiter flüsternd aus. Immer noch die Hand vor den Lippen hielt ich den Atem an und rührte mich nicht. Kurz darauf verabschiedeten sie sich leise, gefolgt von Schritten auf dem Flur.

Und damit waren sie wieder verschwunden.

So leise, wie ich konnte, schlich ich zurück zum Bett und setzte mich auf die Kante. Die Augen auf den Boden gerichtet, wartete ich auf die gewaltige Explosion, wenn Niyol die Bombe platzen ließ.

Mit quietschenden Scharnieren ging die Tür langsam auf und als ich schlucken wollte, war meine Kehle ganz trocken. Langsame, zielgerichtete Schritte hallten durch das Zimmer, dann stand er vor mir.

»Was zum Teufel hast du dir dabei gedacht? Ich habe dir gesagt, du sollst nicht gehen, verdammt. Ich hab die Straßen nach dir abgesucht, Summer.«

Ich sah ihn wütend an, unverfroren – und ging nicht auf seine Frage ein. »Was war das eben?«

Auch er ignorierte meine Frage, ging mit einem langen Seufzer zum Fenster und zog den Vorhang zur Seite, gerade als draußen die Motorräder ansprangen.

Wie ein verlorener Welpe folgte ich ihm und stellte mich neben ihn. Einerseits wollte ich mich dafür entschuldigen, dass ich gegangen war, denn mir war klar, dass er sich Sorgen gemacht hatte. Aber ich wollte auch nicht die zerbrechliche Frau in Nöten sein, die ihn ständig an ihrer Seite brauchte. Ich kam *allein* zurecht und abgesehen von meinem kleinen Zusammenbruch wegen des wilden Tieres gestern Abend, ging es mir gut.

Ich spähte auf den Parkplatz und entdeckte Archers und Slades Motorräder, die gerade auf die Hauptstraße fuhren. Auf dem Rücken ihrer Westen prangte das Red-Dragon-Logo,

Zeichen eines gefährlichen und ebenso faszinierenden Lebens.

»Du weißt nicht, wie verdammt gefährlich meine Welt ist.« Finger schlossen sich um mein Handgelenk und Niyol zog mich sanft näher, bis er mir den Arm um die Taille legen konnte.

Ich blickte auf in seine Augen und sagte trocken: »Jetzt weiß ich es ja wohl.«

»Ich habe dich gewarnt.« Regungslos musterte er mich mit blutunterlaufenen Augen, sein Brustkorb hob und senkte sich im Takt mit meinem. »Und du hast nicht zugehört.« Ein Schritt, zwei Schritte, drei, dann stand ich mit dem Rücken an der Wand. »Ich habe schlimme Dinge getan, Summer. Aber ob du es glaubst oder nicht, es gibt da draußen schlimmere Typen, neben denen wirke ich wie Jesus.«

»Niyol, wenn du mir nicht sagst, was los ist, rufe ich die Polizei. Oder deine Schwester ...«

Bevor ich den Satz beenden konnte, lag ich rücklings auf dem Bett, die Hände über dem Kopf in seinem Griff gefangen. Meine Beine waren unter seinen gespreizten Schenkeln eingeklemmt und seine harte Erektion drückte sich durch unsere Jeans an mich.

Oh, Gott. Ich stöhnte bei seiner Berührung und konnte nur noch an zwei Sachen denken.

Erstens: Wie groß er war.

Und zweitens: Der Ring direkt an seiner Eichel – und wie er sich in mir anfühlen würde.

»Stehst du auf Gefahr, Prinzessin?« Heißer Atem streifte meine Lippen, als er sich zurückzog, um meine Wange, mein Kinn, meinen Nacken zu küssen ... Ich schloss die Augen, seine Nähe war überwältigend. Er wollte mir Angst machen. Und das gefiel mir. »Denn in meiner Welt wird es nichts anderes geben.«

War das eine Warnung? Warum? Er war auf dem Weg nach Kalifornien, während ich in einer Woche in Illinois sein würde. Niyol wollte nichts von mir ... nur das hier. Was auch immer *das* war.

Finger wanderten meinen Arm hinab, über meinen Hals und meine Brust entlang. Ich erschauerte und bekam eine Gänsehaut. Innerlich beantwortete ich seine Frage. Nein. *Ich hasse Gefahr.* Und alles, was damit verbunden ist. Für mich muss es einfach sein. Sicher. Doch die einzigen Worte, die ich hervorbrachte, waren die falschen.

»Ich mag *dich*.«

Er erstarrte und war so angespannt, dass ich glaubte, er würde gleich explodieren. Die Nase an meiner Wange vergraben flüsterte er: »Das war die falsche Antwort.«

Die Realität schlug mir auf fiese Art mitten ins Gesicht. Das Atmen fiel mir schwer, es tat weh. Und dann konnte ich nichts anderes mehr denken, fühlen oder machen außer ...

Seine Lippen landeten auf meinen, bevor ich meine Gedanken zu Ende führen konnte, er küsste mich rau und wild, er küsste mich, als klopfe der Tod an unsere Tür – was zu diesem Zeitpunkt durchaus möglich gewesen wäre.

Irgendwann verlor ich mich in seinen Küssen, als wäre mein Körper dazu bestimmt, von diesem schönen, gefährlichen Mann beruhigt zu werden. Ich war schon viel zu süchtig nach seinen Berührungen und nach jedem weiteren Tag mit ihm konnte ich mir schwerer vorstellen, was am Ende unserer Reise geschehen würde.

Nach der Offenbarung küsste ich ihn heftiger. Heftiger als ich je zuvor einen Mann geküsst hatte. Dann schlang ich ihm die Hände um die Schultern, vergaß, wer ich war und alles andere auch.

Immer wieder eroberte Niyol meinen Mund, seine Hand wanderte unter mein T-Shirt, seine warmen Lippen kosteten mich, als wäre er kurz vor dem Verhungern.

»Fuck, Summer.« Er löste sich von meinen Lippen, küsste

mein Kinn, meinen Hals, knabberte an meiner Haut. »Ich will dich so sehr.«

»Nimm mich«, stöhnte ich. »Bitte.«

Doch er erstarrte, seine Stirn an meine gelehnt, schwer atmend. Mühsam.

Gequält.

»Wir können das nicht machen.« Er kniff die Augen zusammen, stützte sich zu beiden Seiten meines Kopfes ab.

Ich blinzelte, öffnete und schloss den Mund, komplett verwirrt. Hatte ich das schon wieder falsch eingeschätzt? Langsam befürchtete ich, gar nichts mehr richtig einschätzen zu können, weder Charakter noch Situationen oder das Leben im Allgemeinen.

Ich biss mir auf die Lippe, um meinen Frust nicht herauszuschreien, und drehte mich unter ihm weg. Doch anstatt ins Bad zu gehen, setzte ich mich diesmal auf die Bettkante und hoffte, dass meine Stimme nicht zitterte, als ich ein einziges Wort sagte: »Oh.«

Finger griffen nach meinem Ellenbogen, eine federleichte Berührung. »Sum ...«

Warum der Spitzname? Und warum musste er aus seinem Mund so gut klingen? Spitznamen wie dieser brachen mir das Herz, weil sie mich glauben ließen, zwischen uns hätte etwas Echtes entstehen können. Aber er war einfach zu stur, um es zuzulassen.

»Es tut mir so leid«, flüsterte er.

Weil ich seine Spielchen langsam satthatte, konnte ich ihm nicht verzeihen. Jetzt nicht. Vielleicht nie wieder.

»Wir sollten wohl besser gehen, oder?«, fauchte ich und ballte die Fäuste. »Vor allem, wenn wir eventuell in Gefahr sind. Weil Abtrünnige hinter dir her sind und so.«

Er ließ die Hand sinken. »Du bist sauer.«

»Ach was.« Ich winkte ab. »Du weißt doch, dass mir dieses Hin und Her nichts ausmacht. Oder deine Lügen. Nein, absolut nicht. Lüg einfach weiter, Niyol, denn das machst du ja schon, seit wir uns kennengelernt haben.«

Diesmal stand ich auf, schnappte mir meine Target-Tasche, stopfte dreckige und saubere Sachen von der Kommode und vom Boden hinein. Unwillkürlich füllten sich meine Augen mit Tränen und ich war total sauer auf mich selbst, weil ich wusste, was sie bedeuteten.

Ich verliebte mich langsam in diesen Mann.

Und ich konnte absolut gar nichts daran ändern.

EINUNDZWANZIG

NIYOL

Um Mitternacht fuhren wir endlich vom Parkplatz. Wenig überraschend redeten wir nicht miteinander, sprangen einfach in den kleinen Mietwagen, den Summer sich gesichert hatte. Ich hätte mich auf der Rückbank ausstrecken können, ein bisschen schlafen, aber das war vermutlich keine gute Idee. Es war spät, und auf dunklen Highways hatten Abtrünnige viele Möglichkeiten, uns aufzulauern. Jetzt musste ich mehr denn je nach allem Verdächtigen Ausschau halten. Vor allem nach dem, was Slade und Archer mir erzählt hatten.

Alles in mir sagte, dass meine Flucht falsch war. Scheiße, selbst Flick wollte, dass ich zurückkam. Ich hätte auf dem Heimweg sein können, das machen, was ich schon so lange wollte. Und das Beste daran? Kein Pops, der mir den Hintern versohlen konnte.

Und doch war ich auf dem Weg in die entgegengesetzte Richtung. Der Grund?

Sie saß auf dem Fahrersitz.

Slade und Arch hatten Recht gehabt. Ich empfand etwas für Summer. Sachen, die ich nicht verstand. Doch bevor ich ihr die Wahrheit sagte, musste ich etwas erledigen.

Etwas Wichtiges.

Etwas, für das ich Schwierigkeiten bekommen würde.

Etwas, das niemand verstehen würde. Möglicherweise noch nicht einmal Summer.

Ich rieb mir über das Gesicht, lehnte den Kopf an die Kopfstütze und wünschte mir eine Art Bedienungsanleitung für das Leben und wie man mit dem Scheiß umgehen sollte, vor allem, wenn es um Frauen und Familie ging.

»Soll ich wirklich nicht fahren? Du könntest auf der Rückbank schlafen.«

Summer schüttelte den Kopf und gähnte, den Kaffee von der Tankstelle hatte sie schon geleert. »Mir geht's gut.«

Diese knappe Antwort war besser als die einsilbigen oder das Nicken, mit denen sie mich seit unserer Abfahrt abgespeist hatte. Ich konnte verstehen, dass sie wütend auf mich war. Und ich konnte es ihr nicht verübeln; ich hatte Scheiße gebaut, ihr Dinge vorenthalten. Aber indem ich ihr verschwiegen hatte, dass wir eventuell verfolgt wurden, hatte ich sie beschützen wollen. Wir hatten schon so viel erlebt. Der Teil, der etwas für diese Frau empfand, wollte sie nur zum Lächeln bringen. Sie glücklich machen. Auch wenn meine Art, das zu tun, ziemlich verrückt war.

»Also gut.« Ich räusperte mich. »Aber gegen Morgengrauen müssen wir einen Umweg machen. Richtung Norden. Wir brauchen einen anderen Wagen.«

»Warum?«

»Es ist notwendig.«

»Ich brauche einen richtigen Grund, Niyol«, stöhnte sie. »Und ich will Antworten. Ich möchte nicht bloß ausführen, was man mir aufträgt. Schließlich fahren wir mit meinem Benzin. Und wegen dem *bescheuerten* Tornado auf dem *bescheuerten* Campingplatz, auf den *du* unbedingt wolltest, ist mein Auto kaputt.«

Den Ellenbogen auf die Fensterdichtung gestützt, massierte

ich mir die Schläfen. Ich musste es ihr sagen, es ein für alle Mal aus der Welt schaffen.

Und genau das tat ich. Ich verriet ihr, was Slade und Archer mir erzählt hatten. Über die Abtrünnigen. Wer sie waren. Was sie wollten. Und dass sie vermutlich erst aufhören würden, wenn sie mich erledigt hatten.

»Wir werden also gerade verfolgt?« Sie blieb überraschenderweise ruhig, aber ihre Arme spannten sich in der Dunkelheit an und sie umklammerte das Lenkrad fester.

»Ja. Wahrscheinlich.«

»Da draußen ist also ernsthaft ein Haufen großer, gefährlicher Biker hinter dir her, die sich wegen deinem blöden, *schuldigen* Vater an dir rächen wollen?«

Ich streckte die Hand aus und berührte ihren Oberschenkel, drückte ihn beruhigend. »Es geht ihnen um mich, nicht um dich.«

Sie lachte sarkastisch. Manisch.

»Ja, denn die irren Biker werden einen Blick auf mich werfen und sofort wissen, dass von mir keine Gefahr ausgeht.«

Ich kratzte mich am Hals und zuckte mit den Schultern. »Ich mache mir deshalb keine großen Sorgen. Und das solltest du auch nicht.«

Jedenfalls noch nicht. Archer hatte gesagt, der Club seines Kumpels in Vegas würde sie aufspüren – oder es zumindest versuchen. Im Gegenzug hatte Flick sie aus irgendeinem Grund gebeten, uns zu beschatten. Sie sollten uns beschützen, bis ich in San Diego war. Die Typen kannten die Gegend besser als jeder andere. Das sagte ich auch Summer. Sie war trotzdem wenig beeindruckt.

»Hätte ich gewusst, dass wir von irgendwelchen Irren verfolgt werden würden, hätte ich mich nie auf die Reise eingelassen«, flüsterte Summer diesmal.

Mir blieben die Worte im Hals stecken. Ich wollte sagen:

Dann hätten wir uns nie kennengelernt. Aber ich war schon wieder egoistisch. Deshalb sagte ich ihr, was sie hören wollte.

»Du hast recht. Ich hätte es dir sagen sollen.«

»Gut.« Sie streckte das Kinn vor. »Freut mich, dass du wenigstens *das* zugeben kannst.«

Ich zuckte zusammen und schob eine Hand vor den Mund. Dann wurde sie still. Zu still. Ich musste sie einige Male ansehen, um sicher zu sein, dass sie wach war. Aber ihre Augen waren die ganze Zeit geöffnet. Ihre Hände lagen auf zehn und zwei Uhr. Sie war nervös.

Kurz bevor ich sie bat, anzuhalten und mich fahren zu lassen, holte sie völlig unerwartet zu einem doppelten Schlag aus.

»Warum läufst du wirklich weg, Niyol?« Sie sprach so leise, dass ich sie fast nicht gehört hätte.

Darauf hatte ich keine Antwort und ich rieb mir verzweifelt über die Stirn. Vor Slade und Arch hatte ich es offengelassen und gesagt, dass ich mir nicht sicher war, wann oder ob ich überhaupt zurückkommen würde. Ich wollte noch ein paar Tage darüber nachdenken. Um mir etwas einfallen zu lassen. Sie hatten mir *einen* gegeben – verdammt freundlich von ihnen. Aber ich kannte ihre Gründe.

Flick war großzügig. Aber *so* großzügig nun auch wieder nicht.

Dadurch, dass ich gestern Abend nicht mit zurückgefahren war, brachte ich mich und Summer weiter in Schwierigkeiten. Und zwar nicht nur wegen der Abtrünnigen. Mein mangelndes Engagement für den Club würde Flick und den anderen Brüdern nicht verborgen bleiben. Wahrscheinlich würden sie sauer werden und dann wäre ich für immer raus, Vergeltung und Konsequenzen hin oder her.

Aber es war zu riskant, Summer den echten Grund zu verraten, warum ich jetzt nach San Diego wollte. Ich hatte Angst. Eine Scheißangst. Und warum? Weil ich nicht wusste, wie es ausgehen würde. Ungewissheit war für jemanden wie mich mit einem Kontrollzwang richtig beschissen.

»Ich sage es dir. Nur ... noch nicht jetzt, okay? Bald.«

Sie ließ die Schultern hängen. Ich war bei ihr unten durch. Aber wenn sie mir etwas mehr Zeit ließ, würde sie es verstehen.

»Für den restlichen Weg besorgen wir uns ein Bike. Damit kommen wir besser ans Ziel.«

»Wenn du mich fragst, ist das eine bescheuerte Idee. Dann sind wir doch viel ungeschützter.«

Ich schüttelte den Kopf. »Nicht mit dem Bike, das ich im Kopf habe.«

Überraschenderweise hatte sie keine Einwände mehr. Ich war mir nicht sicher, ob das ein gutes Zeichen war.

»Sag mir einfach ... wo wir hinmüssen.«

Ich gab die Adresse ins Navigationsgerät ein und lehnte mich zurück, doch Angst und Bedauern nagten an mir. Um mich zu beruhigen, warf ich Summer ab und zu einen Blick zu und die Erinnerungen an die Nacht mit ihr auf dem Rücksitz des Rovers gingen mir durch den Kopf und wirkten vorübergehend wie ein Pflaster.

Eine Weile verbrachten wir schweigend, die Straße wurde breiter und je weiter wir fuhren, desto mehr ließ die Anspannung nach. Schließlich schob sich die Sonne hinter den Horizont und ich erlebte seit zwei Jahren meinen ersten Sonnenuntergang.

Doch ich konnte ihn nicht genießen. Nicht, wenn ich schon wieder Geheimnisse hatte.

»Wo genau fahren wir hin?«, fragte sie, nachdem ich ihr kurz nach sechs gesagt hatte, sie solle vom Highway abfahren.

»Zu meinem Gramps. Ihm gehören ein paar Bikes. Er hat auch eine Harley-Werkstatt.«

Pops' Vater war ein großer, knallharter Kerl, mit dem ich seit meinem sechzehnten Lebensjahr nicht mehr gesprochen hatte. Natürlich war ich mir nicht sicher, wie er reagieren würde, wenn er seinen lange verlorenen Enkel sehen würde – den Sohn des Mannes, dem er vor langer Zeit abgeschworen hatte. Scheiße. Ich war mir nicht einmal sicher, ob ihm das Haus noch gehörte – Slade meinte, er wäre sich ziemlich sicher und mittlerweile hätte ich alles getan, um aus diesem Auto herauszukommen.

»Ist er genauso ein Psycho wie dein Vater?«

Ich zuckte mit den Schultern. »Auf seine Art.«

»Super. Genau das, was ich brauche. Noch ein verrückter Lattimore.«

Ich musste lachen, vor allem, weil sie recht hatte. Wir Lattimores waren ein Haufen durchgeknallter Idioten.

»Kann er wenigstens den Wagen für mich zur Vermietung zurückbringen?«

»Ja. Kann er.«

»Okay.« Sie holte Atem und lächelte mich sanft an. »Ich habe wohl keinen Grund, dir nicht zu vertrauen, oder, Niyol?«

Bei ihrem Eingeständnis schnürte sich mir die Brust zusammen. Ihr Vertrauen war ein Geschenk, ob sie es wusste oder nicht.

Wir fuhren weitere drei Stunden, bis wir die Grenze zu Nevada überquerten und in der kleinen Stadt ankamen. Das Haus war natürlich noch da: *Lattimore's, im Besitz und betrieben von Sani P.*

Bei dem Gedanken, ihn zu sehen, bekam ich feuchte Hände. Würde er mich erkennen? Mich vom Hof jagen? Oder mich mit offenen Armen willkommen heißen? Slade hatte mehr mit ihm gesprochen als ich, hatte sogar vorgeschlagen, ich solle wegen eines Motorrades herkommen, aber Slades Dad war nicht *mein* Dad.

Vor der kleinen baufälligen Werkstatt standen Bikes in allen Formen und Größen. Daneben kauerte ein noch kleineres Gebäude, fast schon ein Trailer. Gramps Haus. Weil sein Land, auf dem er die Werkstatt betrieb, so groß war, lag das nächste Geschäft drei Häuserblocks entfernt.

Als kleines Kind, mit kaum sieben, war ich einmal hier gewesen, aber die stärksten Erinnerungen betrafen nicht das Land: Es war Pops Gesichtsausdruck, als Gramps ihm sagte, er solle nicht wiederkommen. Es war das erste Mal, dass ich Angst vor meinem Vater hatte.

»Dann machen wir also wirklich dieses Harley-Ding.« Summers Lippen zuckten beim Parken des Mietwagens.

Ich grinste und sagte so sanft wie möglich: »Du hast doch nichts dagegen, oder?«

»Mir wird langsam klar, dass mir bei dir kaum eine Wahl bleibt.« Summers blaue Augen wurden ein wenig traurig, und ihr Lächeln verblasste.

Das Gesagte konnte man unterschiedlich interpretieren, aber ich würde sie nicht darauf ansprechen, schließlich dachte ich dasselbe. Mit jeder Sekunde in Summers Gegenwart mochte ich sie ein wenig mehr – *wollte* ich sie ein wenig mehr. Und ich würde alles tun, was sie wollte, und zwar ohne zu zögern. Vor allem, wenn es ihre Augen zum Strahlen brachte.

»Na komm.« Ich drückte ihre Schulter. »Gehen wir rein und suchen den alten Herrn.«

Als wir das Werkstattgebäude betraten, läutete die Türglocke, und der Geruch von Räucherstäbchen und Pfeifentabak lag in der Luft. Irgendein Teenager saß hinter dem schmalen Tisch direkt links hinter der Tür. Er wirkte kaum älter als fünfzehn.

»Was gibt's?«, fragte er und drückte den Zigarettenstummel in einem Aschenbecher aus. Ich hatte seit vierundzwanzig Stunden nicht geraucht und ich spürte es.

»Ich suche nach Sani«, sagte ich.

Der Junge stand auf und nahm seinen Ledermantel von der Stuhllehne. Er musterte mich von oben bis unten, dann richtete er den Blick auf Summer und ihm fielen fast die Augen aus dem Kopf.

»Und du bist ...?« Er leckte sich über die Lippen, kam hinter dem Tresen hervor und stellte sich vor sie. Er war klein und reichte ihr nur bis zur Brust. Er konnte nicht aufhören, sie anzustarren.

Ich trat vor sie. »Sag ihm, Niyol Lattimore möchte ihn sprechen.«

»Entspann dich, Mann.« Er streckte die Hände aus, musterte Summer ein letztes Mal von oben bis unten, dann verließ er den Raum.

»Sieht so eine Motorradwerkstatt aus? Ich war noch nie in einer.« Sie rieb sich die Arme und trat einen Schritt zurück. Summers Schönheit stand im Kontrast zum Schmutz und Öl der Werkstatt. Ein verdammt großartiger Anblick.

Ich lächelte und ließ den Blick wandern. »Yep.«

Summer ging umher und betrachtete die verschiedenen Navajo-Erbstücke. Ich hätte sie gern beobachtet, doch stattdessen setzte ich mich auf den Stuhl am Tisch, stützte das Kinn in die Hände und rieb mir das Gesicht.

Gott, war ich am Ende. Die Abtrünnigen, die Schuldgefühle, dass ich nicht mit Slade und Archer zurückgefahren war, und vor allem die Gefühle für Summer ... Das alles machte mich fertig. Vier Tage auf einem neuen Weg und ich zweifelte an all dem, was ich mir zwei Jahre lang so sehr gewünscht hatte. Das Traurige daran: Es war erst der Anfang.

ZWEIUNDZWANZIG

SUMMER

»Na sieh mal einer an.«

Hinter mir erklang eine rauchige Stimme. Ich drehte mich um und entdeckte einen Mann, der nur ein bisschen größer war als Niyol, mit grauen Haaren, die ihm bis zu den Ellenbogen reichten. Darüber trug er ein rotes Bandana und war wie Ny gekleidet: schwarze Jeans, schwarzes T-Shirt, schwarze Stiefel.

Er stand im Türrahmen zwischen dem Büro und der Werkstatt, den unheimlichen Jungen rechts neben sich, der mir zuzwinkerte.

»Gramps.« Niyol stand auf und streckte den Arm aus, um ihm die Hand zu schütteln. »Schön, dich zu sehen.«

Der alte Mann rührte sich nicht und Niyols Hand schwebte in der Luft. Bei dem Anblick biss ich die Zähne zusammen. Ich mochte es nicht, wenn sich jemand unhöflich zeigte, dem man höflich begegnete. Das machte mich fuchsig.

»Einen Gruß nicht zu erwidern ist unhöflich«, knurrte ich und schaute den Mann finster an.

Der Junge lachte leise und verbarg es hinter seiner Faust. Alle außer mir ignorierten ihn. Diesmal zeigte ich ihm den Mittelfinger, woraufhin er nur noch mehr lachte.

»Und wer sind Sie, bitte schön?« Niyols Grandpa fixierte mich, seine dunklen Augen waren durchdringend.

Ich erschauderte unter seinem Blick und rückte instinktiv näher an Niyol heran. »Ich bin Summer Parks.«

Der Mann starrte mich noch etwas länger an, dann drehte er sich um, setzte sich auf den Stuhl hinter seinem Schreibtisch und beugte sich mit gefalteten Händen darüber.

Ich blickte zu Niyol, der fortfuhr: »Wir brauchen deine Hilfe, Gramps.«

»Nein«, sagte der Alte, ohne zu zögern. »Ich helfe der Gruppe nicht, in die dich dein Vater hineingezogen hat. Das weißt du.«

»Ich bin nicht ...«

»Welchen Teil von *nein* hast du nicht verstanden?« Der Mann verströmte so viel Abscheu, dass die Luft beinahe davor triefte. Das war der einzige Vergleich zu dem, was ich in seinen Augen sah. Er erwiderte unsere Blicke und zeigte nichts als Verachtung.

»Bitte, Sir«, fügte ich hinzu und ignorierte die Gänsehaut auf meinen Armen. »Niyol ist ein guter Mensch. Anders als sein Vater. Er will *wirklich* weg von diesen ... diesen *Männern*.« Ich holte tief Luft und fuhr fort: »Wenn Sie ihm nicht helfen, wird er den Club vielleicht nie verlassen können. Nie neu anfangen können. Ich könnte den Gedanken nicht ertragen und als sein Großvater sollten sie das auch nicht.«

Mit sechzehn war ich die Königin des Debattierklubs. Nicht der Theater-AG. Aber ich hoffte, beide zusammenführen zu können. Deshalb vergoss ich ein paar Krokodilstränen – das half bei Männern immer und, na ja ... Mist. Irgendwas musste ich doch tun, oder?

Der Alte lehnte sich zurück und musterte uns beide. Er verschränkte die Arme vor der Brust und fragte. »Warum sollte ich dir helfen, Junge? Du hast diesen Weg selbst gewählt.«

»Ich hatte keine Wahl«, zischte Niyol.

»Natürlich hattest du eine Wahl.« Er zeigte mit dem Finger auf Niyol. »Du hättest mich um Hilfe bitten können.«

»Und du glaubst, Pops hätte mich gehen lassen? Ich war ein Kind, verdammt. Hatte nichts außer dem Patch auf dem Rücken und dem Bike unter dem Hintern.«

Und ein Mädchen, für das er quer durchs Land reiste – doch das sagte ich nicht laut. Aus irgendeinem Grund konnte ich es nicht mehr aussprechen.

»Ich hätte dich zu mir holen können.« Sein Großvater runzelte die Stirn.

»Er hätte dich *umgebracht*.«

»Das werden wir wohl nie herausfinden, was?«

Niyol zitterte vor unterdrückter Wut. Ich musste mir etwas einfallen lassen. Wenn seine Bitten nicht halfen, dann vielleicht meine Lügen.

»Ich bin schwanger«, übertönte ich ihren Streit.

Niyol erstarrte, genau wie sein Grandpa, aber ich sprach weiter, denn wir hatten keine Zeit zu verlieren.

»Niyol ist der Vater. Wenn wir kein Motorrad bekommen, werden uns diese Männer verfolgen und … und …« Ich legte mir die Hände auf den Bauch und produzierte so viele Tränen wie möglich. »Dann töten sie unser Baby.«

Niyol wirbelte herum und funkelte mich an. Aber da ich einmal angefangen hatte, konnte ich nicht mehr aufhören.

»Bitte, Sir«, flüsterte ich. »Für das Baby? Ihr Enkel.« Ich schniefte. »Großenkelkind?«

Der alte Mann sah mich an, die Stirn in Falten gelegt, die Lippen geschürzt. Dann betrachtete er meinen Bauch und seine Züge veränderten sich, wurden sanft, sodass ich nur hoffen konnte, dass er nachgab.

»Schwanger also.« Er tippte sich an die Lippen.

Ich nickte langsam und lehnte mich noch mehr an Niyol und betete, dass wir wie ein echtes verliebtes Paar aussahen, das sein erstes Kind erwartete, auf der Flucht vor den bösen Jungs.

»Ja«, flüsterte ich, legte mir Niyols freie Hand auf den Bauch und drückte die Handfläche auf seine Knöchel. Er erstarrte, machte aber keine Anstalten, mich aufzuhalten.

Nys Großvater stand auf und holte etwas aus einer Schachtel auf dem Regal, in dem er anscheinend Hunderte von Traumfängern aufbewahrte. Ich beobachtete ihn unter feuchten Wimpern hervor, seine Bewegungen waren langsam und sicher. Etwas klirrte in der Luft, Schlüssel vermutete ich. Ich hielt den Atem an und dachte, wir hätten bekommen, weshalb wir hergekommen waren. Aber als er sich umdrehte, kräuselte er angewidert die Lippen, schüttelte den Kopf und die Sanftheit verschwand.

»Lügen ist nicht okay, Mädchen.« Er warf die Schlüssel in die Luft und Niyol fing sie auf. »Aber weil du so mutig bist, könnt ihr das Bike nehmen und es behalten, bis ihr eure Probleme gelöst habt.«

Ich errötete, sah zu Boden und fragte mich, ob sich nun der Höllenschlund unter mir auftun würde. Ich war beileibe nicht religiös, aber allein für die letzten fünf Tage hätte ich bestimmt ein ganzes Jahr Buße tun müssen.

»Danke, Gramps.« Niyol schob mich näher zum Tisch, die Hand auf meinem unteren Rücken. »Ich bringe dir das Motorrad zurück, sobald ich Summer an ihr Ziel gebracht habe.«

Ich erstarrte. An *mein* Ziel? Schnell schüttelte ich den Kopf und versuchte, nicht zu viel in seine Worte hineinzuinterpretieren.

DREIUNDZWANZIG

NIYOL

Ich hätte es nicht so sehr genießen sollen, dass Summer hinten auf dieser schnurrenden Harley saß, eng an mich geschmiegt. Zu fahren, während sie die Arme um meine Taille geschlungen hatte, fühlte sich richtig an. So als wäre alles, was mir gefehlt hatte, endlich an seinem Platz.

Vielleicht lag es auch daran, dass Gramps und ich wieder miteinander sprachen. Dass er uns mit einem riesigen Hühnereintopf bekocht und uns von der Geschichte seines Stammes erzählt hatte. Und dass er beim Abschied zu mir gesagt hatte: »Es tut mir leid, Niyol. Ich hätte mich mehr anstrengen sollen.«

Er hatte nicht gewusst, was mir in den letzten Jahren zugestoßen war. Auch nicht, dass ich hinter Gittern gesessen hatte. Und ganz sicher nicht, dass sein Sohn, sein eigen Fleisch und Blut, mich dorthin gebracht hatte. Er konnte nichts dafür, fühlte sich aber trotzdem schuldig.

Doch selbst er hätte meinen Vater nicht daran hindern können, mich zu einem RD zu machen. Und er hätte mich auch nicht aus dem Club holen können. Damals war er mein Leben. Und ich hatte es geliebt.

Bis alles außer Kontrolle geriet.

Ich hatte Gramps nur erlaubt, sich schuldig zu fühlen, weil er sich nicht mehr darum bemüht hatte, Kontakt mit mir zu halten, auch wenn er Pops genauso sehr hasste wie ich.

»Müde?«, fragte ich über das Helmkommunikationssystem, das wir für alle Fälle eingeschaltet hatten. Normalerweise trug ich beim Fahren keinen – es schränkte mich zu sehr ein – aber er half uns, unerkannt zu bleiben. Mit dem übergroßen Helm und dem Beiwagen auf der rechten Seite, in dem unsere Taschen verstaut waren, würde uns kein RD erkennen. Wir sahen aus wie zwei alte Hippies auf einer Reise quer durchs Land, mehr nicht.

Statt zu antworten, schlang Summer die Arme fester um meine Taille und Hitze stieg in mir auf.

»Wir halten bald zum Übernachten.«

Sie nickte an meinem Rücken.

Wir fuhren noch eine Stunde, bis kurz hinter Vegas. Wir fanden ein billiges Motel an einer belebten Straße. Es erinnerte mich an einen schlechten Horrorfilm. Summer schien es nichts auszumachen. Sie folgte mir wie ein treuer Hund und tat mit hängendem Kopf und ohne Fragen zu stellen, was ich sagte. Es gefiel mir nicht, sie so unterwürfig, schmallippig und traurig zu sehen. Vielleicht hatte sie Angst. Und ich würde mir nie verzeihen, wenn sie die Reise und das, was zwischen uns vorgefallen war, bereute.

»Lass uns dann was essen gehen.« Als sie unser Zimmer aufschloss, deutete ich auf das Restaurant neben dem Motel. Sie nickte, bat aber darum, zuerst duschen zu dürfen. Ich widersprach nicht, denn Frauen waren so. Emily hatte darauf bestanden, zweimal am Tag zu duschen.

Nachdem sie ins Bad gegangen war, zog ich mich um und ging dann in die Lobby, um Eis zu holen. Als ich ins Zimmer zurückkam, saß sie in einem schwarzen, fließenden Rock und einem hellblauen Top, das ihre Brust umschmeichelte, auf der

Bettkante. Der Anblick gefiel mir so gut, dass ich sofort hart wurde, aber ich konnte sie nicht berühren. Nicht jetzt.

Seite an Seite gingen wir nach nebenan ins Restaurant. Es war ein familiengeführter Barbecue-Laden. Mit einem Schwein auf dem Schild, das ein Lätzchen trug. Es lächelte, hatte die Gabel in der einen, das Messer in der anderen Hand und saß auf einem Topf auf dem Herd. Es war total lächerlich und ironisch, aber es brachte mich trotzdem zum Lachen.

»Was ist so lustig?«, fragte Summer und blickte zum Schild.

»Das arme Schwein weiß nicht, in was es da hineingeraten ist.«

Sie lachte nicht, wie ich erwartet hatte. Stattdessen flüsterte sie: »Das kann ich gut nachfühlen.« Dann riss sie die Tür auf und ließ mich stehen.

VIERUNDZWANZIG

SUMMER

Das wurde allmählich alles viel zu gemütlich und vertraut. Abendessen, Hotels, lange Nächte in den Armen des anderen ... Seit fast fünf Tagen verhielt ich mich wie eine orientierungslose, verwirrte Verrückte, bei der Lust und Begehren die Angst vor der realen Bedrohung überlagerten. Und das gefiel mir nicht.

Wir überflogen schweigend die Speisekarte, aßen schweigend und auf dem Rückweg vom Restaurant wollte ich nur noch ins Bett. Niyol versuchte, sich mit mir zu unterhalten, doch ich merkte, dass er es nur tat, um das Abendessen zu überstehen. Ich antwortete ihm zwar, aber nur kurz und knapp. Nach einer Weile änderte sich seine Stimmung, die Anspannung zerrte an seinen Nerven. Er verhielt sich ganz anders als jemand, der nicht gern redete.

Als wir die Tür unseres Motels erreichten, war mir klar, dass wir beide dringend Zeit für uns brauchten, und sei es nur für eine Nacht.

»Vielleicht wäre es am besten, wenn ich mir heute Nacht ein eigenes Zimmer nehme«, sagte ich und wünschte mir insgeheim, er würde mich bitten zu bleiben. Ich war nicht blöd. Mir war klar, dass es nicht mehr so weitergehen konnte wie in den letzten Tagen. Dennoch wünschte ich mir noch eine weitere gemeinsame Nacht. Einen Abschluss für den Wahnsinn, den wir durchgemacht hatten.

Oder vielleicht, nur vielleicht, würde er mir sagen, dass er doch nicht nach Kalifornien gehen wollte, so verrückt die Vorstellung auch sein mochte. Dass er das, was wir auf der Reise geteilt hatten, weiter erforschen wollte. Ich hätte nicht im Stillen darum bitten und innerlich um eine Chance weinen sollen. Doch genau das tat ich.

Niyol stand hinter mir an der Tür, eine dunkle Kraft, die meinen Rücken wärmte, auch wenn er kalt war.

»Auf keinen Fall. Nicht mit den Abtrünnigen da draußen.« Er berührte mich an der Hüfte und die Berührung brannte auf meiner Haut, während er fortfuhr: »Ich schlafe auf dem Boden, wenn du nicht mit mir in einem Bett schlafen willst.«

Ich nahm die Hand vom Türknauf und ließ sie hängen, als ich mich zu ihm umwandte. »Nein, das ist es nicht. Ich muss bloß ... für eine Weile allein sein.«

Er hielt meinen Blick und verschiedene Emotionen huschten über sein Gesicht. Schmerz, Angst, Traurigkeit und schließlich Entschlossenheit.

»Gut. Wenn du das brauchst. Aber ... öffne niemandem außer mir.« Er zog das Messer aus seiner Hose. Jetzt, wo er so offen damit umging, hatte ich mich irgendwie daran gewöhnt. Er legte es auf die Kommode und zog sich die Stiefel wieder an. »Ich gehe in die Bar ein paar Blocks entfernt. Unsere Tür wird vom Parkplatz aus beobachtet.«

»Von wem?« Ich erstarrte.

»Vorhin sind ein paar Kumpel von Archer aufgetaucht. Bleiben uns für den Rest der Strecke nach San Diego auf den Fersen.«

»Sind das auch Biker?«, fragte ich.

Er nickte. »Ja, von einem Bruderclub.«

»Okay.« Ich drehte mich wieder um und mir stiegen die Tränen in die Augen, während ich mit dem Reißverschluss meiner Tasche kämpfte.

Übermorgen würden Niyol und ich getrennte Wege gehen, diese Erkenntnis traf mich viel zu hart. So hart, dass ich unbedingt Abstand von ihm halten wollte. Körperlich und mental.

Aus heiterem Himmel trat er hinter mich, legte mir die Hand auf die Taille, drückte die Lippen an mein Ohr und flüsterte. Ich schloss die Augen und hielt den Atem an.

»Summer ... Sag mir, dass ich bleiben soll. Dass du mich brauchst.«

Tränen liefen mir über die Wangen. Nass, warm, schmerzhaft. Aber mir fehlten die Worte. Denn ich wusste, dass ich es letztendlich bereuen würde – seinetwegen. Nicht nur meinetwegen.

»I-ich kann nicht.«

Langsam ließ er die Hände sinken, seine Schritte hallten auf dem Boden wider, er ließ mich tatsächlich allein. Als sich die Tür öffnete, streifte eine warme Brise meinen Nacken und meine Haare umwehten mein Gesicht wie Wildblumen im Wind. Ich wartete darauf, dass sie sich schloss, und hielt wieder den Atem an. Doch statt eines Knalls hörte ich stattdessen nur seine Stimme.

»Du hast jedes Recht, mich zu hassen, Summer.«

Ich blinzelte, damit hatte ich nicht gerechnet. Überrascht wandte ich mich um.

»Ich hasse dich nicht.« Das könnte ich gar nicht. Nicht mehr. »Aber du ziehst mich an dich und dann stößt du mich weg. Erst denke ich, wir sind gerade mal Bekannte, dann wieder fühlt es sich nach so viel mehr an.« *Zu viel.* »Ich bin total verwirrt. Und ich bin es leid.« Ich strich mir über den kratzenden Hals. »Ich bin es *so* leid.«

»Bist du mich leid?« Er blickte zu Boden und rieb sich den Nacken.

»Nein.« Ich schüttelte den Kopf, meine Stimme brüchig und verzweifelt. »Ich bin es leid, immer nur die zweite Geige zu spielen.«

Er hob den Kopf und musterte mein Gesicht, die Lippen aufgesprungen, die Augen geweitet. Ihm das zu sagen war egoistisch, aber es stimmte. Für meinen Vater war ich an zweiter Stelle gekommen, an erster Stelle stand seine Arbeit. Für Landon war ich nur die Nummer zwei gewesen, hinter einer anderen Frau. Und auch bei Emily war ich auf gewisse Weise die Nummer zwei hinter ihrem Verlobten. Ich wollte nicht ständig im Mittelpunkt stehen, ich wollte nicht einmal absolute Hingabe. Ich wünschte mir nur, ab und zu so behandelt zu werden, als wäre ich die Nummer eins.

Seine Antwort war wie ein Schlag in den Magen. Und ich musste sie unbedingt hören, wie sehr sie auch schmerzte.

»Ich kann dir nicht erklären, was los ist, aber ich kann dich verstehen. Aber du sollst wissen, dass ...« Er hielt inne und holte tief Luft. »Ich werde nie auch nur eine Sekunde bereuen, die wir zusammen verbracht haben.«

Ich machte mir nicht die Mühe, mir die Tränen wegzuwischen. Ich wollte ihm unbedingt sagen, dass er bleiben sollte. Wirklich. Aber da dies unsere letzte gemeinsame Nacht sein würde, hätte es mich zu sehr verletzt. Deshalb schwieg ich und ließ ihn gehen. So war es einfacher. Für uns beide. Es war richtig, Niyol gehen zu lassen, aber auch verdammt schwer.

FÜNFUNDZWANZIG

NIYOL

An einer Ampel ließ ich den Motor aufheulen, das Blut rauschte mir in den Ohren. Neben mir stand ein anderes Bike, kleiner als meins, aber schneller. Als ich aus dem Hotelzimmer gestürmt war, hatte ich aus dem Augenwinkel das RD-Patch erkannt. Locust, sein Clubname, stand auf dem Patch vorne auf seiner Kutte, direkt unter dem Onepercenter-Patch. Mitten auf dem Rücken prangte ein riesiger roter Drache, über dem *Las Vegas* stand. Das reichte mir als Beweis, dass Archers Kumpel es doch geschafft hatte.

Ich hatte Archer nicht verdient. Ich hatte auch Slade nicht verdient. Aber ich wünschte mir, dass ich sie verdiente. Genau wie die Frau, die ich gerade alleingelassen hatte.

Von links hupte jemand laut. Ich knurrte gegen den Wahnsinn in meinem Kopf an und spürte die Stoßstange des Autos, als ich ihm auswich. Ich schob das Visier hoch und saugte die Nachtluft auf, dann senkte ich das Kinn und packte den Griff fester, ich brauchte den Rausch. Die Geschwindigkeit. Alles, um einen klaren Kopf zu bekommen.

Nach ein paar Kurven hatte ich den Kerl aus Vegas abgehängt, die Stadt, in der wir übernachteten, war größer als gedacht. Er musste mir sowieso nicht folgen. Ich kam zurecht. Und selbst wenn nicht, würde mich vielleicht doch das Karma einholen.

Ich gab Gas, bog scharf rechts ab, fuhr eine leere Straße hinunter und bog dann in eine Gasse ein. Ohne den Scheißbeiwagen wäre ich noch schneller gewesen. Aber ich fuhr so schnell, wie ich konnte. Um eine Mülltonne herum, durch eine kleine Lücke, immer schneller, die Augen starr nach vorn gerichtet.

Verfickt. Ich hatte nicht nur Summer nicht verdient, das galt auch für den Club. Ich hätte nie weggehen sollen. Ich verdiente ihre Vergebung nicht, auch wenn mich das Angebot tierisch freute. Die Erkenntnis machte mich wütend, ich schlug mit den Fäusten auf die Lenkergriffe und kam ein wenig ins Schlingern.

Was würde ich in Kalifornien machen? Maya hatte einen Job und ein Leben ohne mich. Wenn ich bei ihr wohnte, würde ich bestimmt ihr Leben zerstören. Dank ihrer Mom und Flick konnte sie im Gegensatz zu mir ohne den Club leben. Klar, sie würde immer ein Teil davon bleiben, würde verstehen, was ich in Kalifornien vermisste, aber sie konnte ein unabhängiges Leben führen, ich nicht.

Und das wollte ich auch gar nicht mehr.

Ich gehörte zu Slade und Archer.

Ich gehörte auf ein Motorrad.

Und vor allem gehörte ich nach Rockford ... zu meinen Brüdern, in einer Kutte, selbst wenn ich nie etwas anderes schaffen würde. Ich musste herausfinden, wer den verdammten Brief geschickt hatte. Mich um den Scheiß kümmern und die RDs in Ordnung bringen. Ich konnte es schaffen.

Ich *wollte* es schaffen.

Ich seufzte, drosselte das Tempo, bis ich vor einem Stoppschild zum Stehen kam. Bis auf meinen Motor war es ruhig und ich beobachtete die dunklen Straßen und stellte einen Stiefel auf den Asphalt.

Aber was war mit Summer?

Süße, süße Summer.

Mit einer Frau wie ihr hatte ich nicht gerechnet. Und doch konnte ich an nichts anderes mehr denken. Lag es daran, dass sie verboten war? Dass sie die beste Freundin meiner Stiefschwester war? Dass sie ein völlig anderes Leben führte? Egal, was es für Gründe gab, ich musste zurück und ihr gegenübertreten. Ihr ein für alle Mal die Wahrheit sagen. Warum ich den Roadtrip beenden wollte – mit ihr.

Ich ließ den Motor aufheulen und wollte zum Motel zurückfahren. Endlich reinen Tisch machen. Aber vor mir leuchteten ein paar Scheinwerfer auf. Am Straßenrand, etwa zwanzig Meter weiter rechts, parkte ein Auto. Langsam entfernte es sich vom Bordstein und kam im Schneckentempo näher. Ich beobachtete es mit Argusaugen. Ein ungutes Gefühl ergriff mich und drängte mich, zum Motel zurückzufahren und den Kerl aus Vegas zu finden. Ich griff nach meinem Handy, um Summer anzurufen, doch der Motor des Wagens wurde lauter, bedrohlicher.

Fuck. Das war gar nicht gut. Ich musste hier weg. Und mir blieb keine Zeit zum Telefonieren, also blieb mir nur eine Möglichkeit.

Die Scheinwerfer blinkten hell auf und blendeten mich. Ich hob einen Arm über die Augen, um einen Blick in den alten Buick zu werfen. Aber die Windschutzscheibe war getönt. Ich war zu abgelenkt gewesen, um auf meine Umgebung zu achten. Ein dämlicher Fehler, den ich hätte vermeiden können.

Betont ungerührt fuhr ich los und an dem Wagen vorbei. Ich hielt mich an die Geschwindigkeitsbegrenzung. Kurz darauf spürte ich sie hinter mir, so dicht, dass ihre Stoßstange an meinem Reifen vibrierte.

»Wichser.« Ich fuhr auf eine belebtere Straße, beschleunigte, drängte vorwärts, überholte erst ein Auto, dann ein weiteres, aber sie blieben an mir dran.

Und da hörte ich es.

Spürte es.

Ein scharfer Schmerz in meinem Rücken, Blut, Gift ... Tod.

Dunkelheit.

SECHSUNDZWANZIG

SUMMER

Mit geschwollenen Lidern hob ich den Kopf vom Kissen, drehte mich um und blickte zur Uhr auf dem Nachttisch. Es war zwanzig nach drei und Niyol war noch nicht zurück.

Gegen elf Uhr abends hatte ich ihn mindestens ein Dutzend Mal angerufen und mir sogar ein Herz gefasst und mit den Jungs auf den Motorrädern draußen geredet. Als ich die Patches auf den Rücken und den Schriftzug Las Vegas über dem Drachen gesehen hatte, wusste ich, dass sie keine Gefahr waren. Dass sie unseretwegen da waren. Einer von ihnen war Niyol gefolgt und meinte, er habe ihn gegen neun Uhr verloren und er habe wohl allein sein wollen. Leider war er nicht zurückgekommen.

Ich dachte, dass Niyol mir vielleicht den Freiraum lassen wollte, um den ich gebeten hatte. Also legte ich mich wieder ins Bett und sagte mir, dass ich mir bestimmt keine Sorgen machen musste. Aber es klappte nicht. Gefühle hin oder her, ich hatte mich total kindisch verhalten. Wir waren erwachsen. Wir hätten uns problemlos ein Zimmer teilen können, ohne dass unser Begehren unseren Zielen im Wege gestanden hätte. Zwischen halb zwölf und halb eins muss ich eingeschlafen sein, zu müde durch die Überlegungen, wie ich das Chaos beheben konnte, in das wir uns hineinmanövriert hatten. Doch jetzt hatte ich keine Ahnung, wo ich nach ihm suchen sollte. Vielleicht hatte er vor der Tür oder sogar in der Lobby geschlafen?

Ich schlüpfte aus dem Bett, schnappte mir meine Shorts vom Boden und zog mich an. Wenn es sein musste, würde ich meiner besten Freundin zuliebe die ganze Stadt nach ihm absuchen.

Nervös ging ich nach draußen und machte mich auf den Weg zur Lobby. Die beiden Biker aus Las Vegas waren seltsamerweise nicht mehr da. Ich bemühte mich, mir deshalb keine Sorgen zu machen, aber als ich zum Parkplatz kam und Niyols Motorrad nicht da war, durchfuhr mich ein Schauer der Angst.

Ich verschränkte die Arme wie einen Schutzschild vor mir und blickte nervös nach links und rechts. Zu dieser nachtschlafenden Zeit war es vor dem Hotel beängstigend ruhig. Das M des *Motel*-Schilds in der Ferne flackerte, sodass es mehr wie *otel* aussah. Jeder beliebige Abtrünnige hätte sich hier herumtreiben und zuschlagen können. Ich war ein leichtes Ziel, und auch wenn Niyol gesagt hatte, dass sie mich wahrscheinlich nicht angreifen würden, ließ mich der Gedanke auf dem Weg zur Lobby nicht mehr los. Voller Adrenalin kam ich dort an.

Ich betrat die Lobby und mir war sofort klar, dass etwas nicht stimmte. Und das lag an den zwei Polizisten in der Nähe der Rezeption. Ich erstarrte und schaute mich suchend nach Ny um, da warf die Rezeptionistin einen Blick über die Schulter und deutete auf mich.

»Gott, Niyol. Was hast du angestellt?«, murmelte ich leise und ging den Polizisten schnell entgegen.

»Kennen Sie einen Niyol Lattimore?«, fragte der größere Officer.

»Ja. Er ist mein Freund. Ist alles in Ordnung, Officer?«

»Er hatte einen Unfall.«

»Einen Unfall?« Mir wurde ganz kalt und ich bekam weiche Knie.

»Mr Lattimore wurde heute Abend auf seinem Motorrad angeschossen. Er liegt im Krankenhaus und ist im Augenblick bewusstlos, aber stabil. Wir haben in seiner Brieftasche eine Schlüsselkarte des Hotels gefunden«, sagte der zweite Beamte ernst. »Wir haben nach Freunden oder Angehörigen gesucht, nur für den Fall.«

Ich presste mir die Hand auf den Mund und unterdrückte ein Schluchzen. »Können Sie mich zu ihm bringen? Bitte? Ich weiß nicht, wo das Krankenhaus ist, und er ist meine Mitfahrgelegenheit ...«

Ich fischte in meiner Tasche nach meinem Handy und zuckte zusammen, als ich es in die Hand nahm. Emily war jetzt sicher irgendwo auf dem Atlantik und seine Stiefmutter lag wahrscheinlich im Bett. Ich würde sie morgen früh anrufen und ihnen sagen, was passiert war. Es gab keinen Grund, sie zu beunruhigen, bevor ich das ganze Ausmaß seiner Verletzungen kannte.

»Natürlich bringen wir Sie hin, Ma'am.« Officer Nummer eins lächelte höflich.

Zwanzig Minuten später erreichten wir den Parkplatz des Krankenhauses, das rote Schild der Notaufnahme erleuchtete den dunklen Morgenhimmel. Als ich eintrat, wurde mir vom Geruch der Reinigungsmittel beinahe übel.

Für mich stand fest, dass die Abtrünnigen der Red Dragons an Niyols Freunden vorbeigeschlüpft waren. Sie wollten Niyol tot sehen und würden erst ruhen, wenn sie ihn umgebracht hatten.

Und wo sind jetzt seine sogenannten Brüder? Bei dem Gedanken knurrte ich und schüttelte angewidert den Kopf.

Einer der Polizeibeamten blieb in seinem Auto, der andere begleitete mich. Er war jung, vermutlich Mitte dreißig.

»Geht es Ihnen gut, Miss?«, fragte er schließlich und führte mich zum Aufzug.

Nein. Mir ging es nicht gut. Meine Hände zitterten unablässig und mein Kopf brachte mich um. Ich befand mich sozusagen in meiner persönlichen Version der Hölle.

Nachdem ich dem Beamten versichert hatte, dass alles in Ordnung war, machte ich mich auf den Weg zu seinem Zimmer und erzählte den Krankenpflegern, ich sei seine Verlobte. Zum Glück stellten sie meine Aufrichtigkeit nicht infrage und brachten mich einfach zu ihm. Sie erklärten, dass er starke Schmerzmittel bekam – man hatte ihm von hinten in die linke Schulter geschossen. Sie erzählten mir auch, dass er das Bewusstsein verloren, aber keine Blutungen im Gehirn und auch keine Gehirnerschütterung hatte. Sie hatten keine Ahnung, warum er noch nicht aufgewacht war, und ich machte mir noch größere Sorgen. Was ihn gerettet hatte? Der Helm, den so ungern trug.

Als sie die Tür hinter mir schlossen, bedeckte ich meinen Mund mit der Hand, um keinen Schreckenslaut von mir zu geben.

Das Tropfen einer Infusion und das Piepen des Herzmonitors hallten von den Wänden wider. Mir stiegen die Tränen in die Augen, ich atmete ein und nahm den Geruch von Mann und Krankenhaus auf – ein Geruch, bei dem mir der kalte Schweiß ausbrach.

Niyols Helm und Kleidung standen in einer Tasche am Fußende des Bettes, und als ich mich wieder gefasst hatte, schnappte ich sie mir und durchsuchte seine Hose nach seinem Handy.

Siebenundzwanzig verpasste Anrufe. Zwölf von mir, die anderen von Slade und Archer.

Ich schluckte schwer und steckte es in meine Tasche, dann wagte ich einen tränenverschleierten Blick auf sein Gesicht. Bei seinem Anblick atmete ich scharf ein. Obwohl die Lichter aus waren, konnte ich den Schatten seines Profils erkennen – schlafend und so friedlich, dass man ihm nicht ansah, was er durchgemacht hatte. Trotzdem zog sich mir die Brust zusammen, je näher ich seinem Kopfende kam. Er war totenblass. Es war schrecklich, zermürbend und machte es mir leichter, ein für alle Mal eine Entscheidung zu treffen.

»Ich komme wieder«, flüsterte ich und gab ihm einen Kuss auf die Stirn.

Draußen im Flur durchsuchte ich seine Kontakte und fand ihren Namen. Es klingelte dreimal und als sie abhob, fragte ich mit zittriger Stimme: »Spreche ich mit Maya?«

SIEBENUNDZWANZIG

NIYOL

War ich in der Hölle? Und könnte dann bitte jemand das verdammte Licht einschalten?

Aber dann hörte ich einen Piepton. Und noch einen. Dann hörte ich etwas tropfen und gedämpfte Stimmen. Ich blinzelte und als sich eine Krankenpflegerin über mein Bett beugte, hatte ich ein Déjà-vu. Es war genau wie bei der Überdosis, die ich mir mit sechzehn bei einer ausschweifenden Party beigebracht hatte, nur dass das hier kein selbst verschuldetes Elend war.

»Himmel.« Als ich mich bewegen wollte, zuckte ich zusammen. Ein stechender Schmerz fuhr mir in den linken Arm – es fühlte sich an, als würde er abreißen – dort, wo die Kugel eingetreten war. Und auch sonst tat mir alles weh, wahrscheinlich vom Sturz. Aber ich war am Leben. Keine Ahnung, warum ich so viel Glück gehabt hatte. Vielleicht hatte ER ja ein Faible für Schwachköpfe wie mich.

»Sie sind wach«, sagte die Pflegerin und löste die Blutdruckmanschette von meinem guten Arm.

Ich räusperte mich und griff nach einem Glas Wasser. »Wartet draußen eine Frau?«

Die Krankenpflegerin führte mir den Strohhalm an die

Lippen: »Ja. Sie wartet vor der Tür. Sind Sie bereit für Besuch?«

»Ja.« Ich atmete auf, erleichtert, dass es Summer gut ging. Allein beim Gedanken, sie könnte verletzt sein, schnellte mein Blutdruck in die Höhe. »Wie lange war ich weg?«

»Etwa acht Stunden.« Sie lächelte mich an und stellte die Tasse auf einen Tisch.

Verdammt. Ganz schön lange.

Bis wir in San Diego waren, brauchte ich Summer an meiner Seite, jetzt sogar mehr denn je. Nicht nur, damit ich sie trotz meiner Verletzung beschützen konnte, sondern auch, damit ich ihr sagen konnte, wie leid es mir tat.

Sie alleinzulassen war das absolut Scheißdümmste, was ich je gemacht hatte. Jemanden, der auf Rache aus war, würden auch die Brüder aus Vegas in unserer Nähe nicht aufhalten.

Die Krankenpflegerin war fertig und sagte, sie würde sie hereinlassen. Ich blinzelte gegen die Kopfschmerzen an, starrte angestrengt zur Tür und wartete mit angehaltenem Atem. Doch als sie sich schließlich öffnete, stand dort nicht Summer.

»Maya?«

Mit einem Arm über den Bauch gelegt, die freie Hand in die Hüfte gestemmt, wirkte sie, als ginge sie Richtung Todeszelle – und ich wäre ihr Henker. Ich ertappte mich dabei, wie ich erwartungsvoll hinter ihr nach Summer suchte.

Wieso war Maya hier und nicht Summer?

»Gott, Hawk.« Sie ließ die Hände sinken und schlang sie mir um den Hals, als hätten wir uns erst gestern getrennt.

Der Schmerz in meinem Arm wurde stärker und ich zuckte zusammen, lächelte aber trotzdem. »Hey, My.«

Sie drückte die Stirn an meine. »Du bist ja völlig fertig.«

»Wenigstens bin ich nicht tot, was?«

Maya stöhnte. »Nicht witzig, Blödmann.«

Schließlich löste sie sich von mir und hielt mein Gesicht in beiden Händen. Ihre braunen Augen waren rotgerändert, als hätte sie geweint. Aber die Maya, die ich kannte, weinte nicht über so blöde Sachen wie meine Schusswunde.

Sie hatte sich verändert, zumindest optisch. Extrem sogar. Größer, dünner, aber runder an all den richtigen Stellen. Ich musterte sie von Kopf bis Fuß und checkte sie richtig ab. Doch statt der Anziehung, die uns mit neunzehn verbunden hatte, fühlte ich einfach nur Zufriedenheit, dass sie offenbar gut ohne mich zurechtkam.

Ich hatte mir die Situation so oft vorgestellt. Öfter als ich zählen konnte. So hatte ich die Zeit im Gefängnis überstanden. So hatte ich daran glauben können, dass ich draußen eine Chance hatte; dass außer Emily und Lisa noch jemand auf mich wartete. Allerdings fühlte es sich jetzt nicht richtig an. Nicht so, wie ich es mir vorgestellt hatte.

»Ich habe dich vermisst«, sagte sie schließlich.

»Was gibt's denn an mir zu vermissen«, ich lachte, musste dann aber husten.

Sie griff hinter mich und schüttelte meine Kissen auf. »Rauchst du noch?«

Ich zuckte vor Schmerz zusammen, brachte aber ein Nicken zustande.

»Du bist ein Idiot.«

»Und du bist immer noch gut darin, mir auf den Sack zu gehen.«

»Ich bin nicht mehr so schlimm wie früher.« Sie zwinkerte mir zu, lächelte kurz und setzte sich neben mich auf das Bett. »Erzählst du mir, warum du angeschossen wurdest?«

Ich schloss die Augen und versuchte, zu atmen, ohne dass es wehtat. Wenn ich selbst unter Medikamenten solche Schmerzen hatte, wollte ich gar nicht wissen, wie es ohne war. »Abtrünnige.«

»Hä?«

»Lifers auf Pops Seite.« Verwirrt schaute sie mich an. Offenbar hatte Flick ihr nicht viel erzählt. »Brüder, die den

Club verlassen haben und sich wegen Pops an mir rächen wollen«, erklärte ich.

»Dieser beschissene Club.« Sie gab meinen Beinen einen Schubs und rollte sich neben mir zusammen. Zum Glück war sie so klein, dass ich ihr kaum Platz machen musste. »Ich bin so froh, dass du da raus bist.«

Ich zuckte zusammen und wandte den Blick ab.

»Haaaawk?«

»Mhmm.« Ich konnte sie immer noch nicht ansehen.

»Willst du mir etwa sagen, dass du zurückgehst? Nach allem, was dein Dad dir angetan hat?«

Sie hatte recht. Es war dumm, zurückzugehen. Aber das Leben im Club war *mein* Leben, und das konnte ich nicht ignorieren, egal wie weit ich davonlief. Es hatte keinen Sinn, woanders neu anzufangen, wenn ich zuerst bei den RDs hätte neu anfangen können.

»Flick ist jetzt President.« Ich zuckte mit den Schultern und versuchte es mit Lässigkeit.

»*Und?*«, fauchte sie nur – selbst so viele Jahre später konnte ich ihr nichts vormachen. »Mein Onkel ist alt. Er mag gut zu mir und meiner Mutter sein, aber er wird den Club nicht mehr lange leiten können. Das weißt du genauso gut wie ich.«

Ein weiterer Grund, warum ich zurückgehen musste. Ich wollte nicht President sein. Aber vielleicht blieb mir irgendwann keine andere Wahl.

»Sei deshalb nicht sauer«, bat ich. »Ich hatte mir fest vorgenommen, zu gehen, aber was hätte ich in Kalifornien tun sollen, wenn ich es bis dahin geschafft hätte? Du hättest es bald satt, dass ich mich bei dir durchschnorre. Gib es zu.«

»Du hättest dir einen Job suchen können. Oder zur Schule gehen und deinen Abschluss nachmachen können. Irgendwas. Aber was *anderes.*«

Ich berührte ihre Hand und drückte ihre Finger. »Maya. Mal im Ernst. Ich fand Schule und Lernen scheiße.«

»Ich *meine* es ernst. Du hast so viel Potenzial, aber du konntest es nie ausschöpfen. Das ginge jetzt.«

Vielleicht hatte ich Potenzial, aber ganz sicher nicht für das, was sie erwähnt hatte. Außerdem fehlte mir die Motivation, ganz zu schweigen von der Geduld, etwas anderes als das einzige mir bekannte Leben zu verfolgen. Wäre mir das bloß klar geworden, bevor ich Illinois verlassen hatte.

Doch dann hätte ich Summer nicht kennengelernt.

Summer, die immer noch nicht da war ...

Ich schüttelte den Kopf und konzentrierte mich wieder auf Maya. »Ich muss es tun. Für Slade und Arch. Sie brauchen mich. Und ich will mit dem Club Gutes tun.«

»Und wo war der Club, als du auf der Straße über den Haufen geschossen wurdest?« Sie sprang vom Bett. »Ich glaub es nicht. So viele Jahre sind vergangen, und du bist immer noch derselbe Idiot, der voll und ganz in der Illegalität aufgeht.«

Eine Träne lief ihr über die Wange, aber sie wischte sie schnell mit dem Handrücken weg und ging auf und ab.

Die neue Maya war also weich geworden. Wie war es dazu gekommen? Ich wollte sie fragen, verdammt, ich hätte sie fragen sollen, aber sie ließ mich nicht zu Wort kommen und ihre nächste Frage erwischte mich kalt.

»Sag mir«, flüsterte sie und blieb gerade lange genug stehen, um mich anzusehen. »Hat das etwas mit der Frau zu tun, die mich angerufen hat?«

»Welche Frau?«

»Die hübsche Blondine im Wartezimmer, die echt fertig aussieht.«

»Summer?« *Summer hatte Maya angerufen? Summer war hier? Im Krankenhaus?*

Ich blickte wieder zur Tür und erwartete, sie würde hereinkommen.

»Ja. Sie«, fuhr Maya fort. Ich erkannte Neugier in ihrem

Blick und leichte Verwirrung. Doch falls sie eifersüchtig war, zeigte sie es nicht.

Ich liebte Maya wie Emily und Lisa. Das war alles. Sonst war da nichts mehr. Keine Schmetterlinge im Bauch. Kein Herzrasen. Nichts von dem, was ich hätte empfinden sollen. Das, was ich für Summer empfand.

»Es ist kompliziert.« So kompliziert, dass ich unseren Roadtrip nach San Diego beenden musste, bevor ich ihr die Wahrheit sagen konnte. Erklären, dass die Reise notwendig gewesen war, wenn auch nicht aus dem ursprünglichen Grund. Doch wenn ich ihr das hier im Krankenhaus sagte, würde sie mich sofort verlassen.

Deshalb musste ich sie anlügen. Schon wieder.

»Sehr kompliziert, das glaube ich.« Maya verdrehte die Augen und setzte sich wieder neben mich auf das Bett. »So wie: Du bist total verknallt in sie, aber sie ist viel zu gut für jemanden wie dich?«

Ich zuckte zusammen und rieb mir über das Gesicht.

Maya zog meine Hand weg und sah mich ein wenig traurig an. »Wenn du eine Frau wie sie in deinem Leben haben möchtest, musst du sie nur richtig behandeln. Nicht so wie irgendein Groupie aus dem Club.«

»Dich habe ich gut behandelt.« Ich grinste.

»Du hast mich auf dem Schotterweg vor dem Gelände gevögelt, als wir halb betrunken waren. So etwas, Hawk, hat eine Frau wie deine da draußen nicht verdient.«

Ich schüttelte den Kopf, die Erinnerung war schrecklich. Nicht, weil ich es nicht gewollt hatte, sondern weil es falsch gewesen war. Da, wo ich aufgewachsen war, wurden Frauen so behandelt. Ich hatte mich an das gehalten, was man mir beigebracht hatte, auch wenn ich mir Mühe gab, es etwas besser zu machen. Doch jetzt wusste ich, dass es falsch war – und würde für den Rest meines Lebens nicht zulassen, dass eine Frau nicht weniger als perfekt behandelt wurde.

»Es tut mir leid.« Ich seufzte und wünschte, ich fände die richtigen Worte. »Du hast etwas Besseres verdient.«

»Du auch.« Ihre Augen wurden trüb und sie starrte vor sich hin. Fast hätte ich gefragt, woran sie dachte, aber ich kannte sie gut genug, um zu wissen, dass sie ihre Geheimnisse besser hütete als ich.

»Ja.« Vielleicht hatte sie recht. Und trotzdem bereute ich es nicht.

Maya schaute auf ihre Hände hinab und faltete sie im Schoß. »Deine Freundin hat mich übrigens gebeten, dich nach San Diego zu bringen.«

»Ach, echt?« Ich hob die Augenbrauen. Summer wollte mich im Stich lassen? Das würde ich auf keinen Fall zulassen. Nicht jetzt.

»Ja. Aber ich kann leider nicht. Hab grad ziemlich viel um die Ohren.«

»Macht nichts. Ich finde eine Lösung.«

Sie tätschelte mir die Wange. »Wie immer.«

Es wurde still im Zimmer, nur unser Atem und die Maschinen, an denen ich hing, waren zu hören. Doch ich spürte ihre Anspannung. Sie verriet mir, dass sie immer noch sauer auf mich war, weil ich zum Club zurückging.

»Bitte hass mich nicht, okay?« Schließlich zog ich Maya an meine Brust, weil ich mich verabschieden wollte. Es war die Hölle, aber besser für uns beide.

»Kein Hass, Hawk. Immer nur Liebe.«

Und da wusste ich, dass zwischen uns alles gut war, auch wenn es nicht so gelaufen war, wie ich es ursprünglich geplant hatte.

ACHTUNDZWANZIG

SUMMER

Mit dreizehn sagte mir mein Vater, dass ich für immer sein kleines Mädchen sein würde, egal wie alt ich war. Er schwor, mich zu beschützen und mich zu lieben und mit mir durch dick und dünn zu gehen. Aber jetzt, elf Jahre später, wurde mir klar, dass mein Leben nichts mit einem Märchen zu tun hatte. Und ohne meinen Dad, der meine Hand hielt, während ich allein mit gebrochenem Herzen und unruhigem Geist in einem Krankenhauswarteraum saß, fühlte ich mich verloren.

Die Tür zur Eingangshalle öffnete sich quietschend. Eine Krankenpflegerin steckte den Kopf herein und streckte mir lächelnd eine Handvoll Formulare entgegen. »Er ist fertig.«

Diesmal folgte ich ihr, ohne zu zögern, denn ich wusste, was auf mich zukam.

Abschiede mochten wehtun, aber mich nicht zu verabschieden, hätte ich nicht ertragen.

Ich hatte mit den Bikern gesprochen, die am Abend seines Unfalls vor unserem Hotelzimmer gestanden hatten. Sie waren beim Krankenhaus vorbeigekommen, nicht, um nach ihm zu sehen, sondern um zu fragen, ob ich etwas Verdächtiges bemerkt hätte. Als ich das verneinte, meinten sie, ich solle Stillschweigen bewahren und dass sie sich um alles gekümmert hätten ... was auch immer *das* heißen mochte. Aus irgendeinem Grund waren die Biker aus Vegas hartnäckig bemüht, die Polizei aus der Sache herauszuhalten – seit Niyol eingeliefert worden war, hatte ich keinen einzigen Polizeibeamten in sein Krankenzimmer ein- oder ausgehen sehen. Auch zu mir war kein Polizist gekommen. Aber ich hatte nicht vor, das zu hinterfragen.

Auf eine schräge Art fasste ich langsam Vertrauen zu diesen beiden Männern. Und ob man es glaubte oder nicht, verstand ich allmählich, wie anders ihre Welt im Vergleich zu meiner war. Letztendlich war *das* der Grund, warum ich nichts verraten hatte.

Während der drei Tage, die Niyol nun hier war, ging ich kein einziges Mal in sein Zimmer, um nach ihm zu sehen. Zum Glück waren die Krankenpfleger so nett, mich auf dem Laufenden zu halten. Aber weil ich Niyol aus dem Weg gegangen war, hatte er mir Tausende Nachrichten geschickt. Irgendwann hatte ich schließlich mit einer einfachen Nachricht geantwortet:

> *Ich bin in Sicherheit, immer noch hier und fahre erst nach Hause, wenn du entlassen bist.*

Danach schaltete ich mein Handy aus und telefonierte nur ab und zu mit seiner Stiefmutter und Stiefschwester. Ich hatte weder Lisa noch Emily erzählt, was passiert war. Da Niyol wieder gesund wurde, gab es keinen Grund, sie zu beunruhigen. Aber ich sagte ihnen, dass wir uns unterwegs verfahren hatten und deshalb länger brauchten als geplant.

Lisa schien das zufriedenzustellen, aber Emily klang nicht sehr überzeugt.

Meine wachsenden Gefühle für Niyol machten mich fertig. Gleichzeitig hatte ich mir in den letzten Tagen, während ich allein war, zu viele Was-wäre-wenn-Fragen gestellt, um mir einen Reim auf alles andere zu machen. Zum Beispiel: Was wäre, wenn ich an dem Abend, an dem er angeschossen wurde, bei ihm geblieben wäre? Was wäre, wenn ich meinen plötzlichen Gefühlsausbruch ignoriert hätte und stattdessen die starke Frau gewesen wäre, die ich hätte sein können? Vielleicht wäre er dann im Motel geblieben. Schlimmer noch, ich hätte mit ihm gehen und ebenfalls verletzt werden können.

Ich könnte jetzt zu Hause sein, Trainingspläne für die nächste Cheerleading-Saison erstellen und neue Übungen für die bevorstehenden Aufnahmeprüfungen entwickeln. Hätte ich jedoch den sicheren Weg gewählt, wäre in Illinois geblieben und hätte dem Roadtrip nicht zugestimmt, dann hätte ich Niyol nie kennengelernt ... vielleicht wäre das tatsächlich besser gewesen. Oder auch nicht.

Aber dann hätte Emily auf ihre Kreuzfahrt mit Sam verzichten müssen. Und Lisa konnte sich nicht freinehmen, weil sie sonst ihren Job verloren hätte. Was wäre ich für eine Freundin gewesen, wenn ich das zugelassen hätte? Auch wenn ich egoistischer denken wollte, das entsprach mir nicht.

Ich lebte für meine Freunde und meine Familie. Es machte mich glücklich, sie glücklich zu machen. Und es war nicht so schrecklich, immer nur an zweiter Stelle zu kommen, aber das war jetzt sowieso egal. Ich hatte mein Schicksal akzeptiert, mich entschieden. Die Was-wäre-wenn-Fragen brachten mich nicht weiter.

Ich verließ den Wartebereich, ging auf Niyols Zimmer zu und bereitete mich mental darauf vor, was mich dort erwarten würde. Er und Maya eng aneinander gekuschelt, und bereit, ihre Version einer glücklichen Beziehung zu leben?

Vor der Tür holte ich tief Luft und tippte mit den Fingern gegen die Wand hinter mir. In diesem Moment hörte ich einen Rollstuhl und das Lachen einer Frau im Flur. Ich blickte mich um und erwartete die dunkelhaarige Schönheit, die ich vor ein paar Tagen kennengelernt hatte, aber es waren nur Niyol und die Krankenpflegerin.

»Hey.« Ich biss mir auf die Lippe und winkte ihm zaghaft.

Er lächelte bei meinem Anblick und musterte mich von Kopf bis Fuß. Zum ersten Mal, seit wir uns kennengelernt hatten, war sein Blick nicht sexuell aufgeladen, sondern Ausdruck purer Erleichterung.

»Danke, dass du mich nicht im Stich gelassen hast, Prinzessin.«

Als er mich beim Spitznamen nannte, bekam ich einen Kloß im Hals. Doch ich schluckte ihn herunter und zuckte mit den Schultern. »Ich dachte, du brauchst deine Sachen.« Ich rückte seine Tasche ein wenig höher auf meine Schulter und warf einen Blick in sein Zimmer. Es war leer, keine Maya in Sicht. »Wo ist Maya? Ich wollte mich noch von ihr verabschieden.«

Er runzelte die Stirn und die dunklen Ringe unter seinen Augen traten noch deutlicher hervor. Niyol wirkte, als wäre er innerhalb von drei Tagen um zehn Jahre gealtert. Trotzdem bekam ich beim Anblick seines hübschen, markanten Gesichts feuchte Hände. Ich wischte sie an meiner Hose ab.

»Weg.« Er blickte in seinen Schoß hinab.

»Oh, äh, ich dachte, sie würde dich den restlichen Weg nach San Diego fahren.«

Er drehte sich zur Krankenpflegerin. »Könnten Sie uns ein paar Minuten allein lassen?«

»Fünf Minuten.« Sie tippte auf ihre imaginäre Uhr. »Ich gehe schnell auf die Toilette, dann muss ich Sie nach vorn fahren und zurück an die Arbeit.«

Er nickte einmal und wendete sich mir zu, mit einem Glanz in den Augen, der vor zwei Sekunden noch nicht dort gewesen war. »Ich muss dich um einen Gefallen bitten.«

Mein Herz, der Verräter, hüpfte aufgeregt. »Ich weiß nicht, ob ich ihn dir erfüllen kann.«

Er lachte leise. »Wenn du nicht unbedingt nach Hause musst, wäre es toll, wenn du mich doch noch nach San Diego fahren könntest.«

Mir stockte der Atem. Vielleicht hatte ich die Fähigkeit zu Atmen auch ganz verloren; meine Lunge erklärte mich für tot, obwohl mein Herz noch schlug. »Was ist mit ...«

»Maya muss arbeiten.« Er wich meinem Blick aus und schaute zu meinem Hals.

Was verschwieg er mir?

»Oh.« Verdammt, dieser Mann. Ich hatte mir geschworen, vernünftig mit der Situation umzugehen – ich hatte seine unvermeidliche Zurückweisung erwartet. Darauf hatte ich mich vorbereitet. Doch er hatte mir einen Strich durch die Rechnung gemacht und mein ohnehin schon fehlzündendes Gehirn kurzgeschlossen.

»Warum hast du sie angerufen?«, fragte er im Flüsterton.

Über die Antwort musste ich nicht nachdenken. »Weil du sie liebst.«

Er öffnete den Mund, um etwas zu erwidern, doch ich unterbrach ihn. »Vielleicht fliegst du einfach den Rest des Weges. Oder nimm einen Greyhound. Ich zahle dir auch das Ticket.« Ich trat einen Schritt zurück, doch er umfasste mein Handgelenk und hielt mich auf. »Es sind nur ein paar Stunden«, fuhr ich fort, verzweifelt darauf bedacht, Abstand zwischen uns zu bringen, bevor ich mich noch mehr in ihn verliebte, als ich es sowieso schon war.

»Ich *kann* nicht fliegen.«

»Es ist nicht so schlimm, versprochen. Wahrscheinlich dauert der Flug nur ...«

»Ich werde nicht fliegen, Summer. Und ganz sicher fahre ich nicht mit einem Greyhound. Du wirst mich fahren.«

»Und wenn ich nicht will?«

Er hob die Hand und drückte meinen Ellenbogen, und

sagte leise: »Du musst. Ich muss dort etwas erledigen und nur du kannst mich fahren.«

»Das macht überhaupt keinen Sinn«, fauchte ich.

»Wird es aber, versprochen.«

»Du erwartest also, dass ich für dich springe? Als Dienerin und Fahrerin? Zum Teufel, du brauchst mich nicht mehr, Niyol. Und doch zerrst du mich immer wieder zu dir, und ich ... ich kann einfach nicht.«

Es tat so weh, das zu sagen. Alles. Nicht wegen des Fahrens oder der Reise, sondern weil mein Herz sich so sehr wünschte, dass er mich genauso wollte wie ich ihn.

»Bitte. Vertrau mir einfach.«

»Vertrauen«, schnaubte ich. »Schon komisch, wie leicht dir dieses Wort über die Lippen kommt.«

Er erstarrte und in seinen Augen lag tiefes Bedauern. Aber es hielt nicht lange an. Schnell wurde seine Miene so entschlossen, dass ich den Blick nicht abwenden konnte.

»Verdammt, Summer. Ich kann dir den Grund erst verraten, wenn wir dort sind, aber ich verspreche dir, dass du auch etwas davon hast.«

»Es gibt nichts, was ich von dir bräuchte.« Meine Unterlippe zitterte, Tränen sammelten sich in meinen Augen.

»Doch, *das* brauchst du«, sagte er sanft. »Für dich ist es genauso wichtig wie für mich, die Reise zu beenden.«

Ich wandte den Blick ab, mein Herzschlag pochte laut in meinen Ohren. »Wir haben nicht einmal ein Auto, schon vergessen?« Verzweifelt klammerte ich mich an jeden Strohhalm. »Unsere Erfahrungen mit Autos sind sowieso nicht die besten.«

»Gramps ist stinksauer wegen dem Motorrad, aber er hat auch eine Schwäche für dich, also hat er uns eine Limousine geschickt.« Ich hörte das Grinsen in seiner Stimme, wahrscheinlich glaubte er, er hätte mich genau da, wo er mich wollte.

»Eine Limo?« Ich schaute ihn böse an.

»Das Beste vom Besten.« Er hob und senkte die Augenbrauen.

»Braucht man dafür nicht einen besonderen Führerschein?«

»Vielleicht.«

Ich ließ den Kopf hängen. »Warum kannst du nicht alleine fahren?«

Er streichelte meinen Ellenbogen und ich bekam eine Gänsehaut. »Ich brauche ein Kindermädchen.«

Seine sanften Liebkosungen gefielen mir nicht und seine Ausreden schon gar nicht, also zog ich den Arm weg und drehte mich zur Toilettentür um. Wo blieb diese Krankenpflegerin?

»Und was, wenn ich dir sage, dass ich schon ein Flugticket nach Hause habe?«

»Storniere es.«

»Das kostet *Geld*.«

Einer seiner Mundwinkel hob sich. »Ich zahle es dir zurück.«

»Wie? Willst du eine Bank ausrauben?«, schnaufte ich.

»Bring mich nicht auf dumme Gedanken.« Er nahm wieder meine Hand und zog mich auf seinen Schoß.

Ich quietschte und wäre fast umgefallen. »Was soll das?«

Den Arm fest um meine Taille gelegt, flüsterte er mir ins Ohr: »Bitte Summer. Lass uns dieses Abenteuer gemeinsam beenden.«

Seine Wortwahl machte mich wütend. Abenteuer? Das war kein Abenteuer. Der Trip hatte meinen Willen und meine mentale Gesundheit auf die Probe gestellt. Ich wollte nicht mehr bei ihm sein und mich nicht mehr von ihm anfassen lassen. Ich wollte nicht mehr an die Was-wäre-wenn-Fragen denken, denn wir brachten nichts anderes als ein Das-klappt-eh-nicht zustande.

Aber seine Augen blitzten. Zusammen mit seinem süßen, unerwarteten Charme überwand das meine Entschlossenheit.

Irgendwann würde ich es lernen. Doch heute war es offenbar noch nicht so weit.

»Warum, Niyol? Warum ist es so wichtig, dass ich mitkomme?«, fragte ich.

Er konnte nichts dafür, wie ich empfand. Er hatte mir von unserer ersten Berührung an gesagt, dass es zwischen uns nicht so laufen würde, wie ich es mir wahrscheinlich wünschte. Und doch hatte ich mich Hals über Kopf in einen Typen verliebt, den ich nicht haben konnte, aber so sehr wollte, dass mir schon das Atmen in seiner Gegenwart wehtat.

Finger glitten unter den Saum meines T-Shirts, und ein Kribbeln lief mir über die Schultern. Ich schluckte einen Seufzer herunter und ignorierte das Funkeln in seinem Blick, seinen warmen Atem an meinem Hals und meinem Kinn. Aber seine geflüsterten Worte? Die konnte ich nicht ignorieren.

»Weil ich dich in diesem Augenblick mehr brauche als irgendetwas oder irgendjemand anderes.«

»Tja, du kannst mich aber nicht mehr haben.« Vor Wut ballte ich die Fäuste.

Bevor er etwas erwidern konnte, kam die Krankenpflegerin von der Toilette und auf uns zu. Ich nutzte den Moment und erhob mich von seinem Schoß, drehte ihm den Rücken zu und flüsterte langsam die Worte, die ich wahrscheinlich noch bereuen würde. »Ich fahre dich nach San Diego. Ich beende die Reise. Aber danach?« Ich schüttelte den Kopf und weigerte mich, ihn anzusehen, weil ich befürchtete, es sonst nicht aussprechen zu können. »Will ich dich nie wieder sehen.«

Und dann ließ ich ihn stehen und schloss mich in der Toilette ein. Ich löste mich von dem Schmerz und stellte mich der Realität allein in einer kleinen Kabine. Meine Gefühle für Niyol waren bittersüß und aufrichtig, aber sie waren falsch und ich würde sie nie ausleben können.

NEUNUNDZWANZIG

NIYOL

Seit meiner Entlassung aus dem Krankenhaus waren vierundzwanzig Stunden vergangen. Und doch waren wir wieder auf der Straße, als hätte sich nichts geändert. Zumindest galt das für mich.

Bei Summer war es eine ganz andere Geschichte.

»Du bist heute so still.« Ich lehnte mich ans Fenster und zuckte zusammen. Selbst mit Schmerzmitteln tat mir alles weh. Ein paar gebrochene Rippen durch den Sturz vom Bike plus die Schusswunde in der Schulter waren die Diagnose gewesen. Aber ich wollte mich nicht beschweren. Es hätte schlimmer kommen können.

»Ich habe nichts zu sagen.«

Über die Konsole hinweg stieß ich ihren Oberschenkel mit dem Fuß an. »Du hast *immer* etwas zu sagen.«

»Nein, heute nicht.«

Sie starrte mit leerem Blick geradeaus durch die Windschutzscheibe der Limousine – oder besser gesagt, des Leichenwagens. Keine Ahnung, wo Gramps das Biest herhatte. Verdammt, ich wusste noch nicht einmal, wie Summer ihn fahren konnte. Wahrscheinlich hatte er ihn absichtlich geschickt, als eine Art kranken Scherz, weil ich sein Motorrad geschrottet hatte – auch wenn es nicht meine Schuld gewesen war. Das einzig Gute war, dass dieses Ding uns heil nach San Diego bringen würde.

Kurz vor der Abfahrt hatte Slade mich angerufen. Er und Archer deckten mich und hatten Flick und den Brüdern gesagt, dass ich *zurückkam*, aber zuerst Maya und auch meinen Gramps sehen wollte. Entweder konnten die beiden meine Gedanken lesen oder waren echt gut im Raten, denn ich hatte nicht gesagt, dass ich zurückkäme. Ich hatte es aber auch nicht verneint.

Trotzdem war ich tierisch dankbar, dass sie mir den Rücken freihielten, besonders, da mein nächstes Ziel der Club war.

Ich atmete langsam aus und betrachtete Summer auf dem Fahrersitz. Summer, die wie immer einen extragroßen Kaffee zwischen den Beinen hatte. Summer, die mir den ganzen Tag noch nicht in die Augen geblickt hatte. Summer, die tausend Leute mit meinem Handy angerufen hatte.

Sie hatte nicht nur Maya, sondern auch Archer angerufen und ihm von dem Unfall erzählt. Archer hatte dann Flick und die Brüder zu Hause angerufen und dann Flugtickets von San Diego nach Hause besorgt – *zwei* Tickets.

Dadurch, dass Summer die Menschen angerufen hatte, die mir am meisten bedeuteten, hatte sie es ganz oben auf genau diese Liste geschafft. Ich hoffte nur, dass sie nicht total angepisst war, wenn sie herausfand, *warum* ich den Roadtrip mit ihr beenden wollte.

»Komm, wir spielen noch ein Spiel«, schlug ich vor. Die Erinnerung an das, was bei unserem letzten Spiel passiert war, war noch sehr präsent. Ihr ging es offenbar genauso, denn ihre Wangen verfärbten sich rosa. Wieder etwas, das ich an ihr liebte. Sie war zwar schüchtern, doch wenn nötig, war ihre Zunge verdammt scharf. Statt mich zu ignorieren, wie ich erwartet hatte, lächelte sie und fragte: »Darf ich aussuchen?«

Ich nickte. »Was soll's denn sein? Nummernschilder raten? Ich sehe was, was du nicht siehst?«

Sie schüttelte den Kopf. »Nein. Keine Lust auf Kinderspiele.«

Ich lachte leise. »Schon klar.«

Sie schürzte die Lippen und sagte: »Ich möchte ›Darf ich dich was fragen‹ spielen.«

Ich streckte die Beine aus und starrte stirnrunzelnd auf das Armaturenbrett. »Weiß nicht, ob mir das gefällt.«

»Wieso?«, schnaufte sie. »Hast du etwa Schiss?«

»Ja. Irgendwie schon.« Ich hatte geradezu Angst davor, wohin das führen könnte. Noch wollte ich sie nicht in meinen Kopf lassen, trotzdem interessierte mich, was in ihrem vorging. »Ich habe die Stille satt, also schieß los. Frag mich alles. Über meine Vergangenheit, meine Gegenwart oder meine Zukunft.«

»Schön. Wo ist Maya?«

Mit der Frage hatte ich nicht gerechnet.

Ich rutschte auf dem Sitz herum. »Hab dir doch gesagt, dass sie nach Hause musste.«

»Du willst mir sagen, dass die angebliche Liebe deines Lebens nicht bleiben konnte ...«

»Moment mal, Prinzessin. Ich habe dir doch gesagt, dass zwischen uns nichts läuft.«

Sie schürzte die Lippen, antwortete aber nicht. Ich bin mir ziemlich sicher, dass ich sie ausnahmsweise mal überrumpelt hatte. Bei der Vorstellung musste ich grinsen.

»Ich bin dran.« Ich räusperte mich. »Wer hat dich betrogen, bevor du mit mir auf die Reise gegangen bist? Der Typ, wegen dem du geweint hast, an dem Abend bei deinen Großeltern?«

»Ich ...« Sie kaute auf ihrer Unterlippe, bevor sie fortfuhr. »Woher weißt du, dass ich betrogen wurde?«

»Man muss kein Genie sein, um das herauszufinden.« Emily hatte mir im Diner nicht viel über die Vergangenheit ihrer besten Freundin verraten, aber so wie Summer sich in jener Nacht in Des Moines verhalten hatte, was sie gesagt hatte? Es war nicht allzu schwer, sich einen Reim darauf zu machen.

»Er war nicht nur ein Ex.«

Ich zog eine Augenbraue hoch und wartete, während sie mit den Fingern auf das Lenkrad tippte. Sie räusperte sich und sagte schließlich: »Landon war mein Verlobter.«

Das wusste ich, aber es aus ihrem Mund zu hören, machte mich noch mal wütend. Vielleicht verhielt ich mich deshalb wie ein Arsch, als ich antwortete: »Du bist viel zu jung, um verlobt zu sein.«

»Ernsthaft?«, fauchte sie. »Meine Eltern haben direkt nach der Highschool geheiratet und hatten mit vierundzwanzig schon drei Kinder.« Sie zuckte die Schultern. »Alter ist nur eine Zahl. Jetzt bin ich dran.«

Ich hob abwehrend die Hände. »Okay. Schieß los.«

»Warum fahre ich dich, obwohl wir beide wissen, dass du auch anders nach San Diego gekommen wärst?«

Sie stellte ausgerechnet die Frage, die ich noch nicht beantworten konnte. Nicht, weil ich keine Antwort gehabt hätte, sondern weil die Antwort meinen Plan zunichtegemacht hätte.

»Mensch, Sum. Ich hab dir doch schon gesagt, dass ich dir das nicht verraten kann.«

»Ich habe jedes Recht zu fragen. Das sind die Spielregeln. Keine Ausnahmen, schon vergessen? Wenn du die Frage also nicht beantwortest, habe ich gewonnen, Punkt. Und als Preis will ich nichts mehr mit diesem Trip zu tun haben und mit dir auch nicht.«

Ich kniff mir in den Nasenrücken. »Himmel, warum sagst du mir nicht einfach, was du wirklich fühlst?«

»Du kannst mich mal, Niyol Lattimore. Du bist genauso ein Mistkerl wie mein Ex und ich hab *so* die Schnauze voll davon.«

Fuck, fuck, fuck. Ich wollte mich nicht mit ihr streiten.

»Summer, ich ...«

»Ich hab die Schnauze voll von deinen Spielchen. Halt einfach die Klappe.«

Ich wandte mich ihr zu und ihre Unterlippe zitterte. Mir juckte es in den Fingern, ihre Hand zu nehmen und ihren Schmerz wegzuküssen. Aber sie hatte ihren Schutzwall hochgezogen. Und das Geständnis, das mir auf der Zunge lag, wollte mir nicht über die Lippen kommen. Also schloss ich die Augen und ließ es gut sein.

Sie würde noch früh genug die Wahrheit erfahren.

DREISSIG

SUMMER

»Wie lautet die Adresse?«, fragte ich, meine Hand schwebte über der Navigationsapp auf meinem Handy.

Wir hatten es geschafft. Es war halb acht Uhr abends und wir standen auf einem Parkplatz, sechs Blocks vom Meer entfernt.

Ich hätte erleichtert sein sollen, dass die letzte Etappe unserer Reise ohne Zwischenfälle verlaufen war, aber nach unserem Streit wollte die schwere Last auf meiner Brust nicht verschwinden, so sehr ich sie mir auch wegwünschte.

Niyol studierte mit gerunzelter Stirn einen kleinen Zettel. Er drehte ihn in den Händen, die winzigen Buchstaben auf den Linien schienen ihm ein Rätsel zu sein. Offenbar war die Nachricht privat, also versuchte ich nicht, sie zu lesen. Stattdessen betrachtete ich sein Profil in der untergehenden Sonne, die durch das Fenster auf sein Gesicht fiel. Zum ersten Mal an diesem Tag erlaubte ich mir, ihn anzuschauen. Und wie erwartet tat es weh. Es tat so weh, dass mir der Atem stockte.

Er trug heute seine Baseballkappe, was ihn auf eine seltsame, aber wunderbare Art veränderte. Der Schirm war in der

Mitte fast durchgeknickt. Seine Haare hingen ihm in Wellen über die Ohren und das Licht traf ihn in einem Winkel, in dem er hinreißend jungenhaft aussah – trotz des Dreitagebarts. In diesem Augenblick wirkte er nicht wie ein großer, ruppiger Biker. Stattdessen sah er genauso aus wie der Niyol, den ich kennengelernt hatte. Der süß war, wenn er wollte, und der einen Hauch von Gefahr in sich trug, der immer direkt unter der Oberfläche brodelte.

»Bieg einfach links ab. Fahr zum Strand.«

Ich zuckte zusammen und konnte doch den Blick nicht von seinem Gesicht lösen. Welch bittersüße Ironie, den Pazifik zu sehen, wo einst meine Mom gestanden hatte, und er würde genau dort Maya wiedersehen. Selbst wenn sie nicht zusammen waren, tat es immer noch weh, dass sie bekommen würde, was mir verwehrt blieb: den Jungen *und* den Mann.

Ich schaute hinab in meinen Schoß und atmete durch die Nase ein. »Ja. Wie du willst.«

Ich wusste, dass er mich diesmal beobachtete. Was dachte er sich wohl?

»Okay. Dann los.« Er räusperte sich und bedeutete mir, loszufahren.

Ich schluckte schwer, nickte und bog auf die Straße. Mit zusammengebissenen Zähnen fuhr ich zwei Blocks, dann vier, dann fünf, bis wir die Straße erreichten, die am Strand entlangführte.

»Bieg hier ab.« Er deutete auf eine kleinere Straße, als würde er die Stelle gut kennen.

Ich antwortete nicht, weil ich befürchtete, ich könnte ihn anflehen, bei mir zu bleiben, oder schlimmer noch, zu schluchzen. Je länger wir in diesem Auto saßen, desto mehr bröckelte meine Stärke. Hoffentlich bekam ich an der frischen Luft einen klaren Kopf. Ich überlegte mir, wohin ich zurückkehren wollte, nachdem ich ihn abgesetzt hatte. Rechts befand sich eine lange, alte Holzbrücke, die kunstvoll am Rande des Wassers gebaut war. Sie war wunderschön, perfekt um zu verweilen und an meine Mutter zu denken. Perfekt, um spazieren zu gehen und nachzudenken und ... zu weinen, was ich den ganzen Tag lang vermieden hatte.

»Da. Da können wir parken.« Er deutete auf einen Parkplatz.

»Direkt am Strand?«

»Ja. Der ist perfekt.«

»Hast du Maya erzählt, dass du sie ...«

»Komm mit, okay?«

Gefangen in seinem Blick gab ich nach und stimmte zu. Das war egoistisch, wo er doch jeden Moment sein neues Leben beginnen würde, nach dem er seit unserer Abfahrt in Illinois gesucht hatte. Doch immerhin hatte er mich ja darum gebeten. Und auch wenn ich innerlich aufgewühlt war, schnallte ich mich ab und betete gedanklich um Kraft, während ich Niyol zum Strand hinunter folgte.

Die Abendluft war warm und feucht und klebte an mir wie eine zweite Haut. Ich umrundete unser eigentümliches Gefährt und strich ich mir eine Haarsträhne aus dem Gesicht. Einen Leichenwagen zu fahren war wohl angemessen, da ich mich dem Tod mit einem Mal sehr nahe fühlte. Ich neigte eigentlich nicht zur Theatralik und schob es auf die Erschöpfung.

Ich würde es schaffen. Kein Problem. Ich würde allein zurechtkommen und auf den Ärger, den ein Mann wie Niyol mit sich brachte, konnte ich gut verzichten. Oder den Ärger, den irgendein anderer Mann mit sich brachte. Seit dem College war ich nicht mehr Single gewesen, hatte immer einen Freund an meiner Seite gehabt. Ich würde nach Hause fahren, wieder arbeiten und endlich ich selbst sein.

Aber es gab ein großes Problem: Die Vorstellung, Niyol nie wieder zu sehen, traf mich härter als der Gedanke, ihn hier zurückzulassen.

Vielleicht konnten wir als Freunde in Kontakt bleiben.

Entfernte Freunde – natürlich nicht das, was wir geworden waren, sondern Bekannte. Ich würde uns nicht als beste Freunde bezeichnen. Aber meine Gefühle für Niyol waren inzwischen viel tiefer als das, was ich je für einen anderen Mann empfunden hatte. Das hätte ein eindeutiges Alarmsignal sein sollen. Doch ich wollte nicht glauben, dass sich innerhalb von sechs Tagen in der Gegenwart eines im Grunde Fremden etwas entwickeln könnte, das ich mir schon immer gewünscht, aber nach dem ich eigentlich gar nicht gesucht hatte.

Ich seufzte und sah mich an dem Ort unseres Abschieds um. Bis auf seine hoch aufragende dunkle Gestalt am Rande des Wassers war der Strand menschenleer. Niyol sah aus wie ein in Schwarz gehüllter dunkler Engel, auf dem schmalen Grat genau zwischen Himmel und Hölle.

Sanfte Wellen schlugen auf den Sand, und ich trat näher, entschlossen, wenigstens meine Zehen ins Wasser zu tauchen. Ich war noch nie am Pazifik gewesen. Nicht einmal als Kind.

Genau wie meine Mutter damals.

Die Flut leckte an Niyols nackten Füßen und das Geräusch war so quälend wie die Schmerzen in meinem Magen. Vorsichtig streifte ich die Flip-Flops ab und trat ins Wasser.

»Brrr, ist das kalt.« Ich schauderte, genoss es aber gleichzeitig.

Niyols Arm streifte meinen und ich sog scharf die salzige Luft ein. »Alles okay?«, fragte er.

Ich spürte seinen Blick, konnte die Augen aber nicht vom Meer abwenden. Mir war, als wäre ich am Ende der Welt und vor mir erstreckte sich die Vollkommenheit in Form von Wasser.

Hatte meine Mom genauso empfunden?

»Ja.« Ich zitterte. »Es ist richtig schön hier.« Auf einem einsamen Boot wehte eine weiße Flagge und in meinem Kopf entstand das Bild einer Familie an Bord. Ich drehte mein Armband und hatte plötzlich einen Kloß im Hals.

»Du siehst das hier zum ersten Mal, stimmt's?«, fragte er.

Ich nickte und wandte mich ab, weil er nicht sehen sollte, was ich außer Zufriedenheit noch empfand. »Ja.«

Er trat noch näher und unsere Ellenbogen streiften sich erneut. Dieses Mal schloss ich bei der unschuldigen Berührung die Augen. Ich spürte seine Körperwärme und sie führte mir deutlich vor Augen, was ich nicht haben konnte. Doch dann tat Niyol das Unaussprechliche und raubte mir den Atem, indem er meine Hand nahm und seine Finger mit meinen verschränkte.

Ich betrachtete unsere Hände. *Warum?* War mein erster Gedanke. Der zweite? *Danke.*

Wortlos zog er mich tiefer ins Wasser, bis die Wellen unsere Knöchel umspülten. Dann begann er zu sprechen.

»Summer, ich muss dir etwas sagen.« Mit der freien Hand drehte er seine Kappe um.

»Was denn?« Das war's. Das war sein Abschied.

»Ich habe nicht nur mir selbst versprochen, nach San Diego zu fahren.« Er holte tief Luft und atmete langsam aus. »Ich habe auch versprochen, dich herzubringen. Deshalb wollte ich nicht, dass Maya mich den Rest der Strecke fährt.«

Ich blinzelte. »Aber du hast gesagt, dass Maya dich nicht fahren kann, weil sie arbeiten muss.«

»Stimmt.« Er zuckte zusammen. »Aber das war gelogen. Maya musste arbeiten, aber das ist nicht der Grund, warum ich nicht mit ihr fahren wollte.«

Meine Schultern verspannten sich. »Das verstehe ich nicht.«

Er nahm meine andere Hand und drehte mich so, dass ich ihm gegenüberstand. Ich stolperte und meine nackten Zehen berührten seine. Er legte mir den unverletzten Arm um die Taille, um mich festzuhalten und mit einem Mal fühlte ich mich *angekommen*. Dann zuckte er zusammen, und ich trat näher, damit er sich nicht so sehr strecken musste. Auch wenn ich verwirrt war, wollte ich nicht, dass er Schmerzen hatte.

»Ich bleibe nicht in San Diego, Summer.«

»Wie meinst du das?«

»Die Nacht, in der ich angeschossen wurde«, fuhr er fort. »Da habe ich beschlossen, dass ich zurück nach Illinois gehe. Versuche, das mit dem Club wieder ins Lot zu bringen.«

Meine Lippen formten ein kleines O, aber ich konnte nicht sagen, wie ich mich bei seinen Worten fühlte. Erleichterung war es nicht, denn sein altes Leben schien so unglaublich gefährlich zu sein. Bei dem Gedanken, dass er nach Hause kommen und immer in meiner Nähe sein würde, setzte mein Herz trotzdem ein paar Schläge aus. Dieser Gedanke war mir in der letzten Woche selbst sehr oft durch den Kopf gegangen.

»Ich wollte zurück ins Motel kommen und es dir sagen, aber das hat nicht geklappt.«

»Offensichtlich«, schnaufte ich.

Er ließ meine Hand los und umfasste mein Kinn mit Daumen und Zeigefinger. »Lässt du mich ausreden?«

Ich verschränkte die Arme, weil ich ihm sonst um den Hals gefallen wäre. »Ich höre.«

»Wie du betont hast«, brummte er und ließ die Hand sinken, »konnte ich nicht zum Motel zurückkommen. Aber als ich im Krankenhaus aufgewacht bin, ist mir etwas anderes klar geworden.«

»Was denn?«, fragte ich und erinnerte mich genau an den Augenblick, als die Krankenpflegerin hereinkam und mir sagte, dass er wieder gesund werden würde. Zehn Minuten vorher hatte ich Maya kennengelernt.

Ich hatte geweint, als sie hereingekommen war. Und als ich sie ansah, hatten wir sofort eine Verbindung, die ich nur als Zuneigung zu dem Mann beschreiben konnte, der nur für eine von uns bestimmt war.

»Ich wollte vorher unbedingt die Reise mit dir beenden.«

Ich breitete die Arme aus, bekam einen Kloß im Hals und wollte mich nicht von seinen Worten täuschen lassen. Er meinte es nicht böse. Er war einfach nur Niyol.

»Das haben wir ja nun getan. Können wir dann gehen?«

»Du bist so verdammt stur, weißt du das?«

In seinen Worten lag keine Bosheit. Und das Grinsen auf seinem Gesicht zeigte, wie entspannt er war. Ich dagegen hatte das Gefühl, ohne Sicherheitsnetz auf einem Drahtseil zu balancieren.

»Nein. Dich herzubringen war nur der halbe Plan.«

»Plan?« Meine Lippen zuckten. Ich wollte wütend sein. Wütend, weil er meine Zeit und mein Geld für den Rest der Fahrt verschwendet hatte, weil er zu feige war, um in ein Flugzeug zu steigen. Zu stolz, um Bus oder Bahn zu fahren.

»Ja. Die zweite Hälfte des Plans war, dir zu erklären, warum ich den Roadtrip mit dir beenden wollte.«

»Na dann raus damit«, bellte ich verärgert. »Denn wenn das ein Vortrag wird, à la *war schön mit dir, aber ich brauche meinen Freiraum,* dann nimm dir deinen Freiraum, Niyol. Nimm ihn dir.«

»Hör auf.« Er drückte meinen Ellenbogen. »Bitte. Hör mich an. Bitte.« Den Anflug von Verzweiflung in seiner Stimme konnte ich nicht ignorieren. Und deswegen beschloss ich, ihn zu Ende anzuhören. Der verzweifelte Niyol war genauso anziehend wie der sexy Niyol, denn in diesem Augenblick war er echt. Und verletzlich.

Ich nickte, weil der Kloß in meinem Hals nichts anderes zuließ.

»Die Nacht in deinem Auto auf dem Campingplatz? Als du mir von deiner Mutter und dem Armband erzählt hast? Ich habe dir zugehört, Prinzessin.«

Beim Gedanken, dass er sich, nach allem, was seither

geschehen war, an dieses Detail erinnerte, auch wenn es mir alles bedeutete, schnürte sich meine Brust zusammen. »Ja, und?«

»Du wolltest wegen deiner Mom hierherkommen.« Er streckte die Hand nach meinem Armband aus und befühlte die winzige Muschel.

Bei der zaghaften Berührung, seinen ehrlichen Gedanken, seinen selbstlosen Gründen stiegen mir die Tränen in die Augen. »Du wolltest die Reise mit mir beenden, weil *ich* den Pazifik sehen wollte?«

»Ja. Ich wollte dir das hier schenken ...« Er hob die gesunde Hand und zeigte mit jungenhaftem Grinsen auf das Meer hinter mir. Dann berührte er wieder das Armband. »... deshalb. Für dich und deine Mom.«

Ich blinzelte und warme Tränen liefen mir über die Wangen.

Er wurde ein wenig blass und runzelte verwirrt, vielleicht auch aus Angst, die Stirn. »Scheiße. Wolltest du das gar nicht? Ich dachte ...«

Ich schüttelte den Kopf und drückte eine Hand vor meinen Mund; meine Lippen zitterten unter meinen Fingerspitzen. Mir fehlten die Worte und die Tränen ließen sich nicht aufhalten. Niyol wollte nicht um seiner selbst willen nach Kalifornien. Auch nicht wegen Maya. Er wollte den Trip auch nicht beenden, um eine Chance auf ein neues Leben zu bekommen. Er wollte nach San Diego, damit ich zum ersten Mal den Pazifik sehen und mich mit einer Frau verbinden konnte, die ich nie kennengelernt hatte, aber immer lieben würde.

Ich trat noch näher, unsere Schenkel berührten sich. Dann schlug ich ihm auf die Brust wie ein Schulmädchen, das von einem Jungen beachtet werden will. »Du bist so dumm.«

»Hä?« Sein Kopf ruckte zurück und er runzelte die Stirn.

»Du könntest noch in Gefahr schweben! Bei den Abtrünnigen weiß man nie. Es könnten dir noch weitere auflauern und darauf warten, zuzuschlagen.« Jetzt redete ich schon wie er. Na toll. »Ich *musste* den Pazifik nicht sehen, Niyol. Es war ein Wunsch. Kennst du den Unterschied?«

Aber wenn es so war, warum weinte ich dann, verdammt?

Er zuckte mit den Schultern und lächelte, als wäre mein Einwand bloß eine lahme Ausrede.

»Deine Unterscheidung zwischen Notwendigkeiten und Wünschen ist verdammt anders als meine.«

Mein idiotisches Herz stoppte und setzte in einem unkontrollierten Tempo wieder ein. Sein Hämmern hallte zusammen mit dem Brechen der Wellen in meinen Ohren wider. Nur Zentimeter entfernt schaute ich in seine Augen und was ich darin erkannte, bereitete mir Schmetterlinge im Bauch. Er grinste noch breiter, wohl wissend, dass er das Richtige getan hatte, egal wie riskant es gewesen war. So sehr ich auch mit ihm schimpfen wollte, ich konnte nur die Arme um ihn legen und ihn fest an mich drücken.

»Du hättest auch ohne das hier glücklich sein können«, flüsterte ich, die Wange an seine Brust gepresst. Ich war so dankbar für den Mann vor mir. Für seine Selbstlosigkeit, auch wenn ich sie ihm nicht zugetraut hatte.

»Scheiße, nein«, sagte er. »All mein Glück, meine Versprechen und meine Zukunft? Sie sind jetzt alle mit einer Person verbunden. Mit dir.«

Ich lehnte mich weit genug zurück und stützte das Kinn an seiner Brust ab. »Mit mir?« Meine Stimme zitterte.

Sein einer Mundwinkel hob sich. »Verdammt noch mal, ja.«

Ich kniff die Augen zusammen, das ergab doch alles keinen Sinn. Er wickelte mich ein wie ein Verband eine blutende Wunde und überwältigte mich mit seinen Worten. Das musste es sein. Ich trat zurück und er hatte mir wohl die Frage von den Augen abgelesen, denn er fuhr fort, als hätte er die Rede vorher geplant. *Der Zettel, den er im Auto in der Hand gehabt hatte?* Ich blinzelte den Gedanken fort. *Nein. Das konnte nicht sein.*

»Vom Tag an, als ich dich im Diner kennengelernt habe, war mir klar, dass sich alles verändert. Und bei deinen Großeltern im Schlafzimmer, als ich dich fast geküsst hätte ...« Er schloss die Augen, als würde er die Situation noch einmal durchleben. »Es ist ... Scheiße, ich wollte unbedingt mit dir zusammen sein. Aber ich hatte keine Ahnung, wie ich das anstellen sollte.«

»Niyol«, flüsterte ich und nahm sein Gesicht in meine Hände. »Schau mich an.« Er öffnete die Augen, sein Blick loderte beinahe. »Wir haben so viel durchgemacht, ist doch klar, dass du etwas für mich empfindest. Die ganze Reise war voller adrenalingeschwängerter Emotionen. Das ist nicht ... gesund. Du und ich? Wir würden es in der echten Welt nicht schaffen. Wir sind zu unterschiedlich.«

Es tat weh, die Wahrheit auszusprechen. Aber das, was ich mir Stunden zuvor gesagt hatte, war richtig, auch wenn ich es da noch nicht ernst gemeint hatte. Auch wenn ich ihm gern geglaubt hätte.

»Hör auf. Sofort.« Langsam kreiste er mit dem Daumen über meine Wange. »Ich habe noch *nie* für jemanden so empfunden wie für dich. Noch nie. Bitte rede mir nicht ein, dass es falsch ist, denn wir wissen beide, dass es richtig ist.«

»W-wir kennen uns doch gar nicht.« Ich blinzelte, mir gingen die Ausreden aus.

»Oh, doch. Ich kenne dich wahrscheinlich besser als du dich selbst. Wir haben eine Menge Spiele hinter uns, um das zu beweisen.«

Ich verdrehte die Augen. »Es waren *zwei* Spiele, Niyol. Zwei.«

»Und das erste habe ich gewonnen. Du schuldest mir noch was.«

»Was? Ach Quatsch. Ich ...«

»Hör auf zu diskutieren.« Er legte seine Stirn wieder an

meine und sein warmer Atem streifte mein Gesicht. »Ich habe gewonnen, weil du aufgegeben hast.«

»Was hat das damit zu tun?«

»Ganz einfach.« Ein Grinsen machte sich auf seinem Gesicht breit, so langsam, so verdammt selbstsicher. »Du schuldest mir einen Gefallen.« Er zog sich zuerst zurück, nur um mir mit dem Finger über den Hals zu streichen, über meine Schlagader.

»Ich will *dich*, Summer. Mit Haut und Haaren. Niemanden sonst. Und der Gefallen ist, dass du deine Ausreden über Bord wirfst und uns eine Chance gibst.«

Mir klopfte das Herz bis zum Hals. »Keine Spielchen mehr, nicht jetzt, Niyol. Bitte. Ich kann damit nicht umgehen.«

»Keine Spielchen.« Er streckte die gesunde Hand aus und drückte sie auf mein Herz. Dann beugte er sich vor und küsste mich auf die Schläfe, verweilte dort und sagte: »Du hast Maya angerufen. Und auch Archer. Als ich im Krankenhaus lag, hättest du abhauen und mich zurücklassen können. Du hättest mich im Stich lassen können. Aber das hast du nicht.«

Ich schaute auf meine nassen Zehen hinab und erinnerte mich, wie schlimm das gewesen war. Ich hatte die beiden instinktiv angerufen, das würde ich nie bereuen. Niyol hatte Menschen, die ihn liebten, egal, was er dachte. Dass sie gekommen waren, bewies doch, dass er nicht so allein war, wie er glaubte.

»Ich hätte dich nie im Stich gelassen.«

»Ich weiß.« Er löste sich von mir und umfasste mein Gesicht mit einer Hand.

Im Gegenzug packte ich sein T-Shirt, die Faust über seinem Herzschlag. Er hämmerte, als galoppierten in seiner Brust tausend Rennpferde, nur noch Sekunden vom Endspurt entfernt.

»Spürst du nicht, was du mit mir anstellst? Mit meinem Herzen?«, flüsterte er und drückte leicht mein Handgelenk.

»Ja, ich spüre es.« Mir ging es genauso.

»Ich brauche jetzt dich, Summer.« Langsam wanderten seine Finger meine Wirbelsäule hinunter. »Du bist das neue Leben, das ich brauche.«

»Aber der Club ... Du gehst zurück.«

»Ja, das stimmt. Ist das ein Problem?«

Ich dachte über meine Antwort nach und wie ich mich dabei fühlte, möglicherweise mit einem Mann zusammen zu sein, der seinen Lebensunterhalt mit illegalen Geschäften verdiente. Auch wenn er gesagt hatte, er wolle den Club in etwas Gutes verwandeln. Allerdings war Niyol allein. Er konnte unmöglich alles Schlechte auf einmal beseitigen.

Trotzdem sagte ich nicht Nein, weil ich es nicht konnte. Ich konnte nicht auf Anhieb meine Gefühle benennen. Ich stotterte, wenn ich nervös war, weinte, wenn ich sauer war. Meine Gefühle spielten verrückt und ich empfand nie das, was ich in einer solchen Situation hätte empfinden sollen. Zugegeben, ich *war* noch nie in einer vergleichbaren Situation gewesen, nicht einmal mit Landon. Und es war zugleich beängstigend und richtig, genau das, was ich wollte. Aber ich fragte mich auch, ob ich sein Leben in meins lassen konnte. Konnte ich all meine Ängste und Unsicherheiten wegen eines chaotischen fünftägigen Flirts im Rausch der Gefühle aufgeben?

»Rede mit mir«, bat er.

Als ich nicht antwortete, trat er einen Schritt zurück, nahm seine Baseballkappe ab und fuhr sich durch die Haare, wahrscheinlich spürte er mein inneres Dilemma. »Ich verstehe, wir sind verschieden. Du bist Lehrerin. Ich bin ein Ex-Häftling. Aber das zwischen uns? Das ist verdammt noch mal besser als alles, was ich je erlebt habe. Das kannst du nicht leugnen, Summer. Versuch es bitte nicht.«

Ich konnte es nicht. Das war ja Teil des Problems. »Ich habe Angst, Niyol.«

Wir blickten uns in die Augen und die untergehende Sonne

schien durch seine langen, dunklen Locken. »Du hast Angst, weil du weißt, dass es echt ist. Wir. Du und ich ...« Er deutete zwischen uns hin und her. »Sechs Jahre lang dachte ich, ich will nur eine Frau. Aber nach sechs *Tagen* mit dir fühle ich mich, als wäre mein Leben nur eine beschissene Lüge gewesen, die mich zur einzigen Wahrheit geführt hat, die ich je gekannt habe.«

»Und welche ist das?«, fragte ich mit brennender Kehle.

»Du bist meine Wahrheit.« Er beugte sich vor und küsste mich erst auf die eine, dann auf die andere Wange und sagte: »Du bist die Einzige, bei der ich *keine* Angst habe, zu tun, was ich tun muss. Der zu sein, der ich sein muss.« Er küsste meine Nase. »Du bist keine Einbildung oder eine Erinnerung. Du bist meine Realität, Summer. Und vor der Realität kann ich nicht davonlaufen, nicht, wenn sie genauso ist, wie ich immer wollte.«

Mir stiegen schon wieder Tränen in die Augen. »Was willst du damit sagen?«

Er grinste und senkte den Kopf, sein Mund nur wenige Zentimeter vor meinem. »Ich meine, wenn du damit einverstanden bist, mit uns, dann nehme ich dich mit nach Hause, bringe den Club in Ordnung. Dann bringe ich mich selbst in Ordnung, damit ich der Prinz sein kann, den meine Prinzessin verdient.«

Bei dem kitschigen Spruch verdrehte ich unwillkürlich die Augen, aber gleichzeitig machte mein Herz einen Sprung. Das sagte mir, dass das zwischen uns genau das war, was ich brauchte. An meinem Leben konnte ich immer noch arbeiten; meine Karriere vorantreiben, meinen Platz in der Welt finden. Aber mit Niyol zusammen zu sein hieß auch, dass ich jemanden hatte, der sich genauso um mich kümmerte, wie ich mich um ihn, ohne dass ich die zweite Geige spielte.

Und was hatte mir mein geradliniger Weg bisher überhaupt gebracht? Nichts. Absolut gar nichts.

Da traf ich die beste und beängstigendste Entscheidung meines Lebens.

»Okay.« Ich lächelte. »Okay, versuchen wir es.«

»Ehrlich?« Er machte große Augen und wirkte so glücklich, wie ich es ihm gar nicht zugetraut hätte.

Ich kicherte über seinen Gesichtsausdruck und nickte einmal. »Ja. Ehrlich.« Und dann küsste ich ihn.

EINUNDDREISSIG

NIYOL

Ich stand kurz davor, in meiner verdammten Jeans zu explodieren, und dabei hatte sie mich nur geküsst. Doch dann stieg die Flut und umspülte unsere Knie und wir fielen, ich kippte nach rechts und sie mit einem Quietschen direkt auf mich drauf. Das versaute die Stimmung gewaltig.

Lachend lagen wir im nassen Sand. Warum? Wenn ich das bloß wüsste. Wahrscheinlich ist sogar das größte Missgeschick lustig, wenn man glücklich ist.

»Verdammte Scheiße, ist das Wasser kalt.« Summer zitterte bereits neben mir, ihre Finger berührten meinen Bauch unter dem nassen T-Shirt.

Ich zog sie fest an mich. Mit meiner gesunden Hand strich ich ihr die nassen Haare aus dem Gesicht und ihre Lippen verzogen sich zu einem Lächeln. »Geht es dir gut?«

»Es ging mir nie besser.« Sie lächelte mich an. So strahlend, dass es meine ganze Welt erleuchtete. Fuck, wegen ihr machte ich mich zum Obst und es war mir scheißegal, wie ich aussah oder klang.

Mein Arm tat höllisch weh, und das Salz brannte in meinen Schürfwunden. Aber das machte mir nichts aus – denn

Summer lag in meinen Armen und wollte mir – *uns* – eine Chance geben.

»Mmmh.« Ich rückte näher und umfasste ihre Hüfte. »Mir würde schon was einfallen, um uns warmzuhalten.« Ich knabberte an ihrem Hals und lächelte an ihrer Haut, während das Wasser immer noch unsere Schenkel umspülte.

Sie erschauerte. »Ach ja?«

Ich nickte und grinste wie ein Irrer.

Als hätte sich ein Feuer in mir entzündet, wurde mein Körper noch lebendiger, während ich ihre Lippen, ihr Kinn, ihren Hals küsste, an dem ich das Blut durch ihre Adern pumpen spürte. Ich wollte sie nackt. Ich wollte in ihr sein. Ich wollte jeden einzelnen Zentimeter ihres Körpers erkunden.

»Ich will dich, Summer«, flüsterte ich ihr ins Ohr, zog mich zurück und drängte sie, sich auf mich zu setzen. Sie zögerte nicht und drückte sich bibbernd an mich. Ich sog ihren Duft ein, küsste sie und sog ihre Unterlippe zwischen die Zähne.

Schmerz durchzuckte wieder meinen Arm, aber ich hielt ihn aus und genoss, wie sie die kühlen Hände unter mein T-Shirt schob und sie an meinen nackten Bauch drückte.

»Willst du mich?«, murmelte ich an ihrem Mund und brauchte ihre Bestätigung.

»So sehr.« Sie fuhr mir mit der Hand durch die Haare am Hinterkopf und musterte mich, während meine Lieblingskappe vermutlich gerade Richtung Hawaii davonschwamm.

»Dann sollten wir gehen.« Ich grinste.

»Dann los.« Sie grinste zurück.

Ich führte sie zum Leichenwagen und hielt nur einmal an, um ihre Schuhe zu holen. Vorne an der Stoßstange legte ich ihr den freien Arm um die Taille, denn ich konnte ihr nicht nahe genug sein.

»Ich habe heute übrigens Geburtstag.« Keine Ahnung, warum ich ihr das sagen wollte. Mein Geburtstag war mir jahrelang egal gewesen.

Sie riss die Augen auf. »Scheiße. Das wusste ich nicht. Das tut mir so leid.«

Ich zuckte die Achseln und vergrub die freie Hand in der Tasche meiner nassen Jeans. »Keine große Sache. Siebenundzwanzig ist doch nur eine Zahl.«

»Keine große Sache? Machst du Witze? Natürlich ist das eine große Sache.« Sie murmelte etwas vor sich hin. Mit ungeduldiger Miene deutete sie auf die Beifahrerseite. »Steig ein.«

Ich griff nach ihrer Hand, zog sie an mich und küsste ihren Hals. »Was ist denn los?«

Sie machte sich los, schnaufte und antwortete nicht, als sie zur Tür stapfte, die Augen nach unten gerichtet, und auf den Fahrersitz hüpfte.

»Summer.« Total verwirrt sprang ich kurz danach auf den Beifahrersitz. War mein Alter so eine Art K.-o.-Kriterium für sie? »Zum Teufel, was ist los?« Ich streckte die Hand aus und berührte sie am Oberschenkel, während sie auf ihrem Handy herumtippte. Kurz darauf verließen wir den Parkplatz.

»Es ist nur ...« Sie schürzte die Lippen.

»Was? Nur was?«

»Wir müssen ihn feiern, solange es noch einigermaßen hell ist. Du hast noch fünf Stunden.« Die Sonne sank just ein wenig tiefer, als wollte sie sich über sie lustig machen.

Ich entspannte mich und lachte. Summer war verrückt. Und ich war verrückt nach ihr.

»Ist das so?« Ich fuhr ihr mit der Hand über den Oberschenkel, immer weiter nach oben. Im Gegenzug trat sie fest aufs Gaspedal und ich musste noch mehr lachen.

Verdammt. Ich hatte mich noch nie so gut gefühlt.

»Es ist doch bekannt, dass Sex am Tag viel mehr Spaß macht als in der Nacht.« Sie schlug mit den Händen auf das Lenkrad und wir wechselten die Spur, um einen Lkw zu überholen.

»Wir haben noch jede Menge *Tage*, um zu üben. Keine Eile.«

Sie verdrehte die Augen. Schon wieder. Aber sie sagte nichts.

Irgendwo auf dem Weg fuhr sie auf den Parkplatz eines winzigen Strandmotels. Ich wollte nichts sagen, aber das L auf dem Schild war verkehrt herum und die Gruppe rosa Flamingofiguren vor der Tür schienen eine Orgie zu feiern.

Trotzdem. Mir war es egal, *wo* wir Sex hatten, solange ich eine Frau hatte, mit der ich Sex haben konnte.

Genauer gesagt *diese* Frau.

ZWEIUNDDREISSIG

SUMMER

Was Hotels anging, war das hier das beschissenste von allen. Aber für das, was wir vorhatten, würde es reichen. Und wenn wir wieder zu Hause waren, würden Niyol und ich jedes Bettlaken – jeden *Zentimeter* – meiner Wohnung einweihen. Inklusive meiner Dusche.

»Wir müssen hier nicht absteigen. Wir können auch warten, bis wir wieder zu Hause sind«, murmelte Niyol, als er hinter mir das Zimmer betrat. Er drückte mir einen Kuss auf den Nacken und legte mir den gesunden Arm um die Hüfte, während ich seine Tasche auf den Tisch stellte.

Seine Erektion streifte meinen Po und ich seufzte unwillkürlich. »Doch, wir müssen.«

Schnell hob ich die Arme hinter mich und schlang sie ihm um den Hals. Als wäre mein Nacken ein Magnet, senkte Niyol seine Lippen auf die Stelle direkt unter meinem Ohr und liebkoste sanft die empfindliche Haut.

Ich erschauerte und mein Atem beschleunigte sich, während seine gesunde Hand meine Rippen hinauf wanderte und zwischen meinen Brüsten landete.

Ich wollte diesen Mann. Brauchte *jeden* Zentimeter.

Als ich unter seinen Händen stöhnte, umfasste er schließlich meine schwere Brust und knetete sie, als wäre sie ein Geschenk des Himmels. Er nahm sich Zeit und streifte mit dem Daumen meinen Nippel, der sich fast schmerzhaft hart unter meinem nassen T-Shirt und dem BH abzeichnete.

»Ich kann es kaum erwarten, in dir zu sein«, flüsterte er an meinem Ohr.

»Jetzt. Bitte.« Ich drehte mich zu ihm um und stellte mich auf die Zehenspitzen, um die Führung zu übernehmen. Der Kuss war langsam, genau das, was ich wollte, und mehr. Aber nicht jetzt. Aus irgendeinem Grund hatte ich das Gefühl, uns liefe die Zeit davon und spürte eine Dringlichkeit, die ich nicht erklären konnte.

Niyol öffnete zuerst den Mund und lud mich ein, ihn zu erkunden. Ich nutzte die Gelegenheit und fuhr mit langen, fließenden Bewegungen an seiner Zunge entlang.

»Zieh mir das T-Shirt aus.« Seine Stimme war selbstsicher, pure Erregung in seinen Augen, als ich mich von ihm löste. Ich griff nach dem Saum seines T-Shirts und hob den immer noch feuchten Stoff blitzschnell an, über seinen Kopf und seinen verletzten Arm.

Durchtrainierte Bauchmuskeln begrüßten mich, ebenso wie seine verletzte, tätowierte Haut. Er hatte blaue Flecken und war verbunden, was mich daran erinnerte, wie nah er dem Tod gewesen war. Ich erschauderte bei der Vorstellung und fuhr mit den Fingern über die Tinte auf seiner Brust. Sein Bauch zuckte, als ich mit den Händen wieder nach oben wanderte, um seine Arme und seinen Hals zu erkunden. Ich grinste, weil ich so eine Macht über ihn hatte.

Ich sehnte mich danach, jede Linie, jede Vertiefung, jeden Fleck zu ertasten, aber mein Körper drängte mich zur Eile.

Ich griff nach dem Knopf seiner Jeans und schaute durch meine Wimpern zu ihm auf, um ihn schweigend um Erlaubnis zu bitten. Er schloss die Augen und atmete aus, nickte und ich streifte ihm die Jeans über die Oberschenkel.

»Summer.« Er erschauerte, als ich mit den Fingerspitzen über seine verbundene und nicht verbundene Hüfte und die Oberschenkel streifte. Er war völlig losgelöst.

»Jetzt du.« Ich hob die Hände über den Kopf und biss mir auf die Lippe, als er die Augen wieder öffnete.

Wie ich verlangt hatte, zog er mir mit einem Arm das T-Shirt aus, und seine Finger ließen sich Zeit, um meine Rippen und die Seite einer Brust zu erkunden. Ich keuchte auf und drängte mich instinktiv an seinen Oberschenkel. Er schluckte, schlang mir den gesunden Arm um die Taille und drückte mich enger an sich.

Einen Moment befürchtete ich, er würde es sich anders überlegen, bis er seine Hand um meinen BH-Verschluss legte.

Eine einsame Lampe erhellte das spärlich möblierte Zimmer und untermalte die sanften Berührungen auf meiner Haut. Und als er sich zurückzog und mir die Träger von den Schultern streifte, zischte ich unwillkürlich. Kalte Luft traf auf meine Haut; meine Nippel wurden noch härter und sehnten sich nach der Wärme seines Mundes oder seiner Hände. Aber er tat nichts dergleichen. Stattdessen setzte er sich auf die Bettkante, sah mich unverwandt an und lockte mich mit dem Finger zu sich.

Mit zitternden Knien bewegte ich mich auf ihn zu und hielt inne, als er nach dem Saum meiner Shorts griff. Er zog sie mir mit einer Hand herunter, sodass ich nur noch meinen vom Meerwasser durchnässten Slip trug. Er beugte sich vor, küsste meinen Hüftknochen und wanderte mit seiner Zunge eine Linie hinab, bis er an der Innenseite meines Schenkels ankam.

»Du bist so wunderschön«, stöhnte er.

Ich schluckte und erstarrte mit den Händen in seinen Haaren. Er sah fragend zu mir auf, der Daumen seiner gesunden Hand zog schwindelerregende Kreise an meiner

Hüfte und wanderte tiefer unter den Saum meines Slips. Sekunden später hatte ich ihn ausgezogen und er kniete sich hin und vergrub die Zunge in mir.

»Niyol«, keuchte ich, und meine Knie gaben fast nach, während ich seine Haare packte.

»Du schmeckst so verdammt gut«, zischte er und liebkoste mich zusätzlich mit dem Daumen.

Ich stützte mich mit der Hand auf seiner unverletzten Schulter ab, warf den Kopf zurück und schrie auf, während er mich mit seinen Berührungen und seiner gepiercten Zunge neckte. »Bitte, ich brauche mehr«, flehte ich, denn wenn er mich weiter so quälte, würde ich nicht mehr lange durchhalten.

Als hätte ihn der Blitz getroffen, sprang er auf und seine Boxershorts landeten auf dem Boden. Ich drückte ihn auf das Bett und setzte mich auf ihn. Seine Erektion drängte sich an mich und kitzelte die Nervenenden, die er mit seinen Lippen und seiner Zunge so sehr verwöhnt hatte.

Doch seine Stimme ließ mich erstarren. Nicht, weil sie mich abtörnte. Sondern weil ich ihn mehr wollte als je zuvor.

»Kondom.«

Ich biss mir auf die Lippe und senkte die Stirn an seine. »Äh, ich habe keins.«

Ein Mundwinkel verzog sich zu diesem bezaubernden Lächeln und er flüsterte: »Dann ist es wohl gut, dass ich eins habe.«

Ich rutschte von ihm herunter, während er nach seiner Brieftasche auf dem Boden griff. Das Geräusch zerreißender Folie deutete darauf hin, dass er die Verpackung irgendwie mit einer Hand geöffnet hatte – wahrscheinlich hatte er die Zähne zu Hilfe genommen. Er drehte sich um und brauchte keine Sekunde, um sich auf mich zu setzen.

»Bist du sicher?« Sein Schwanz schwebte über mir und er blickte ernst und gefühlvoll zu mir hinab.

»Vollkommen. Und du?«, fragte ich und er versuchte, ein Zusammenzucken zu verbergen.

Er sah mich an und nickte. »Total.«

Und dann beugte er sich zu mir, küsste mich und drang so sanft in mich ein, dass es hätte verboten sein müssen.

»Niyol«, seufzte ich an seinem Mund. Ich bog den Rücken durch, damit er noch tiefer in mich eindringen konnte, half ihm, falls er zu viele Schmerzen hatte, um sich zu bewegen.

Er vergrub das Gesicht an meinem Hals und murmelte unzusammenhängende Worte. »Scheiße, Summer. Es sollte sich nicht so schnell so gut anfühlen.«

Ich lächelte und schloss die Augen, während er in mir verharrte. »Stimmt nicht.« Sex war so viel besser, wenn Gefühle im Spiel waren.

»Werd nicht lange durchhalten.«

Ich streichelte seinen Rücken, küsste seinen Hals, während die vertrauten Vorboten meinen Orgasmus ankündigten. »Ich auch nicht.«

Als hätte er Angst davor, begann Niyol langsam die Hüften zu bewegen. Mein Körper antwortete sofort und drängte ihn, schneller zu werden, aber mit einem Knurren verlangte er, dass ich stillhielt. Er setzte sich auf, griff mit seiner unverletzten Hand meine Hände und drückte sie über meinem Kopf auf das Bett.

»Lass sie dort. Ich halte nicht lange durch, wenn du mich weiter anfasst.«

Ich stöhnte auf, weil ich nun keine Kontrolle mehr hatte und mich nach der Intensität sehnte. Und als er sich zurückzog, und mich unter schweren Lidern anblickte, verstand ich, was es bedeutete, nur mit dem Körper zu sprechen.

Er stützte sich auf den gesunden Ellenbogen und bewegte sich schneller, was mich dazu anspornte, es ihm gleichzutun. Ich stöhnte noch einmal auf und es war mir egal, dass das Kopf-teil gegen die Wand donnerte, egal, dass sich das Laken löste und die Matratze an meinem Rücken scheuerte. Ich genoss das Geräusch unserer Körper, unsere schweißnasse Haut. Als er ein Bein anwinkelte und noch tiefer in mich eindrang, schrie ich ungezügelt und außer Kontrolle seinen Namen.

»Summer, Gott!« Er drückte die Stirn an meine und rief meinen Namen lauter als ich seinen. Meine Finger schmerzten, weil ich mich so fest an die Matratze gekrallt hatte, aber nur der Augenblick zählte, er und ich, zusammen.

Das Kribbeln setzte ein, schnell breitete sich Wärme in meinem Bauch aus. Unsere Blicke trafen sich und ich konnte nicht anders, ich musste die Beine um seine Taille legen. Ich musste etwas tun, der Druck brachte mich an den Abgrund, ich konnte die Intensität nicht länger aushalten. Der Winkel, seine Blicke, ihn tief in mir zu spüren, versetzte mich in einen sorglosen Zustand orgastischer Glückseligkeit.

»Ja, Niyol«, seufzte ich und begegnete seinen Hüften mit jedem Stoß. Ich kam mit einer Wucht, härter als jeder Orgasmus, den ich seit Langem gehabt hatte. Sekunden später folgte er mir und stöhnte so laut, dass ich unwillkürlich an seinem Hals lächelte, so süß war der Augenblick.

Atemlos blieben wir minutenlang verbunden, seine Erektion ließ nicht nach, während er in meinem pulsierenden Körper vergraben blieb.

»Geht's dir gut?« Ich fuhr mit den Fingern seine Wirbelsäule entlang. Seine Haut war schweißnass und kalt, aber sein Atem an meinem Hals war warm.

»Mmh, hmm. Noch nie besser.«

Ich kicherte und verlor mich in der Euphorie von Glück und Sex. Verlor mich in Niyol, unserem Augenblick und in all dem, was wir plötzlich waren.

DREIUNDDREISSIG

SUMMER

Er würde mir einen Finger brechen. Oder die ganze Hand, wenn er so weitermachte. Als Niyol meinte, Flugzeuge seien nicht so sein Ding, war das kein Witz gewesen. Er hatte sich während des gesamten Fluges an mich geklammert. Und weil er beinahe grün im Gesicht war, würde ich ihn auch nicht bitten, damit aufzuhören.

Beim Landeanflug biss er die Zähne zusammen. »Du hast mir nicht gesagt, dass die Landung in dem Ding so schlimm sein würde.«

Ich lächelte und lehnte den Kopf an seine Schulter. »Ist dir der Magen in den Hals gerutscht?« Er nickte. »Keine Sorge. Wir kreisen nur über der Landebahn.«

Ein paar Minuten später hob er mein Kinn mit dem Finger und zwang mich, ihm in die Augen zu sehen. Er musterte mich lange, dann beugte er sich vor und flüsterte an meinen Lippen: »Danke.«

Ich berührte seine Wange, mein Herz schlug schneller. »Wofür?«

Er schluckte schwer und sein Adamsapfel bewegte sich auf und ab. »Für alles.«

Mit einem Seufzer schloss ich die Augen, küsste ihn und verweilte an seinen Lippen, meine Version eines *Gern geschehen*. Ich war dabei, mich auf etwas einzulassen, was mich ziemlich verunsicherte. Wir betraten ein Terrain, das mir völlig unbekannt war. Etwas Ungesagtes, Ungeschriebenes und Ungeplantes. Aber genau dort wollte ich sein.

Mit einem Ruck kamen die Räder zum Stehen. Niyols Kopf zuckte heftig nach vorn und er fluchte leise vor sich hin. Diesmal drückte ich *seine* Hand. »Wir haben es geschafft.«

Sein Kopf fiel zur Seite, er atmete zittrig und nickte wieder.

»Ich habe unsere Taschen von der Autoversicherung zu meinem Vater schicken lassen. Mein Vater wollte sie aufbewahren, bis wir wieder zu Hause sind.«

Er kratzte sich den Nacken und ein unbehaglicher Ausdruck huschte über sein Gesicht. »Zu Hause, was? Bin mir grad nicht sicher, wo das ist.«

»Ich weiß ja nicht, was du vorhast, aber du kannst gern bei mir wohnen.«

»Willst du, dass ich bei dir einziehe?« Er hob fragend die dunklen Augenbrauen, aber bei seinem Grinsen zog sich mein Magen vor Unsicherheit zusammen.

»Also, wenn du willst. Kein Druck.« War es zu früh? Wahrscheinlich. War ich irre? Noch wahrscheinlicher. Wollte ich den Kopf in den Sand stecken und mich vor solchen Fragen verkriechen? Auf jeden Fall.

Unter uns dröhnten die Triebwerke, während der Kabinenchef sich über die Lautsprecher bedankte. Ich schenkte all dem keine Beachtung, konzentrierte mich nur auf Niyol wie er sich auf mich. Er schmiegte seine Nase an meine Wange, atmete tief ein und sagte: »Lass uns einen Tag nach dem anderen planen. Alles nehmen, wie es kommt. Ich bin bestimmt ein paar Tage mit Clubangelegenheiten beschäftigt, es gibt also keinen Grund, jetzt schon eine Entscheidung zu treffen.«

»Alles klar. Genau.« Ich lief vor Verlegenheit rot an, und durch meinen plötzlichen Impuls, alles zu überstürzen, wurde unsere Unterhaltung total unangenehm. Und dann war da noch die Sache mit den *Clubangelegenheiten.*

Trotzdem. Ich hatte ihm gesagt, dass ich uns eine Chance geben wollte. Und das stimmte. Aber irgendetwas fühlte sich gerade nicht richtig an. Und das war beunruhigend.

»Summer.« Er dirigierte mein Kinn mit dem Finger zu sich. »Schließ mich nicht aus.«

Ich runzelte die Stirn. »Ich schließe dich nicht aus. Ich will nur ...« Ich holte tief Luft. »Ich wollte nicht andeuten, dass du tatsächlich bei mir einziehst ...« *Was ich angedeutet hatte.* »Ich wollte sagen, dass du jederzeit bei mir willkommen bist. Also, wenn du willst. Wie, du weißt schon ... wenn man beieinander übernachtet.«

Ich nagte an meiner Unterlippe, mit einem Mal unsicher, wo wir standen. Er und ich, zusammen, *das*, was uns verband ... es war so neu und wir hatten so wenig Zeit gehabt. Landon und ich waren ein halbes Jahr zusammen gewesen, bevor wir miteinander geschlafen hatten. Bis zum ersten Kuss hatte es einen Monat gedauert. Es wäre untertrieben, zu behaupten, dass sich die Dinge schnell entwickelten.

Aber irgendwie fühlte ich mich Niyol näher als Landon. Er war so anders und ich hätte nie gedacht, dass ich ihn so sehr wollen könnte. Doch eine sehr wichtige Frage machte mir plötzlich am meisten Angst: *Was, wenn er seine Meinung änderte, sobald er wieder beim Club war?*

Er holte unsere beiden kleinen Taschen aus dem Gepäckfach über uns, reichte mir meine und sagte: »Ich weiß übrigens, was du gemeint hast. Und ich will kein Arsch sein, aber ich muss mich zuerst um ein paar Sachen kümmern. Flick wird es mir wahrscheinlich schwer machen, weil ich so lange gebraucht habe. Ich will dich nur vorwarnen.«

»Oh!« Ich täuschte Gleichgültigkeit vor, zog die Nase kraus und winkte ab. »Ja, natürlich. Kein Problem.« Ich wünschte nur, er würde mir sagen, was diese *Clubangelegenheiten* beinhalteten.

Als ich aufstand, legte er mir den Arm um die Taille und zog mich an seine Brust. »Grübele nicht zu viel nach.« Er strich mir eine Haarsträhne hinter das Ohr. »Für mich ist das auch alles neu. Muss mich erst wieder einfinden. Sehen wie es läuft. Aber das zwischen uns? Ist was Ernstes, Prinzessin.«

Ich versuchte zu lächeln, zumal er diesen schrecklichen Spitznamen in einen Kosenamen verwandelt hatte. Aber trotzdem lastete das alles auf mir. Und doch sagte ich das Einzige, was ich sagen konnte. »Okay.«

Auf dem Weg vom Flugzeug zum Terminal war die Anspannung zwischen uns deutlich. Obwohl wir Händchen hielten und trotz seiner beruhigenden Worte hatte ich das Gefühl, dass jeder kleine Fortschritt aus den letzten zwei Tagen zunichtegemacht werden würde. Ich wusste nicht, wie ein Motorradclub funktionierte. Fing er wieder mit den illegalen Geschäften an, wenn er zurückging? Diese ganze Drogensache ... da konnte ich nicht mitmachen. Und damit würde ich immer eine Seite von Niyol ablehnen.

»Niyol!«

Er schaute sich um. Ich blickte über seine Schulter in den belebten Flughafen und sah Lisa, die sich ihren Weg durch die Menge bahnte. Mit schwarzen Jeans, einer pinkfarbenen Bluse und dem schwarzen Spitzenschal wirkte sie für ihr Alter unglaublich jung.

»Ich bin so froh, dich zu sehen.« Sie schlang ihm die Arme um den Hals und drückte ihn, und mir wurde bei diesem Anblick ganz warm ums Herz. Niyol behauptete, dass er niemanden hatte, aber er irrte sich. Lisa umarmte ihn wie einen Sohn. Als hätte sie ihn seit Monaten nicht mehr gesehen. Vor allem aber betrachtete sie voller Liebe den Jungen, den sie vor und nach dem Gefängnis unter ihre Fittiche genommen hatte.

Mit einem dunklen Lachen hob Niyol ihre winzige Gestalt hoch und wirbelte sie herum. Trotz der seltsamen Eifersucht, die in mir aufstieg, musste ich grinsen. Ich wünschte mir mehr als alles andere, *mein* Vater wäre hier. Er wusste, dass ich heute landete, und sogar vom Tornado und dass mein Rover kaputt war. Aber er konnte sich nicht freinehmen, um mich abzuholen. Wir hatten vereinbart, wenigstens zusammen zu Abend zu essen, doch nach allem, was Niyol und ich durchgemacht hatten, hätte ich mir gewünscht, dass er für seine einzige Tochter einmal die Arbeit hintenanstellte.

»Schön, dich zu sehen, Lisa.« Mit einem breiten Grinsen ließ Niyol seine Stiefmutter wieder herunter.

Sie tätschelte ihm die Wange, dann erspähte sie mich und breitete die Arme aus. »Und du!« Lisa legte die Lippen an mein Ohr und flüsterte: »Danke, dass du ihn zu mir nach Hause bringst. Ich bin so froh, dass es euch beiden gut geht.«

Mir stiegen die Tränen in die Augen und ich nickte und drückte sie fest an mich. Bevor ich etwas sagen konnte, sah ich eine weitere Person auf uns zu laufen. »Summer!«

Lisa trat zurück und machte Emily Platz. Ich runzelte die Stirn. Ich freute mich, sie zu sehen, wunderte mich jedoch, dass sie nicht auf dem Kreuzfahrtschiff war.

»Ich bin so froh, dass du wieder da bist.« Sie umarmte mich, wiegte uns vor und zurück und ließ mich gar nicht mehr los. »Als Sam und ich gehört haben, was mit Niyol passiert ist, sind wir aus Orlando abgereist. Sind gestern Abend spät wiedergekommen.«

»Ich freu mich auch, dich zu sehen, Em«, sagte Niyol hinter ihr und zwinkerte mir zu, bevor er seine Stiefmutter zum Ausgang führte, wahrscheinlich, damit wir Zeit für uns hatten.

Emily verdrehte die Augen und ignorierte ihn, während sie mich weiter unverwandt ansah. »Es ist so schön, dich zu sehen.«

Ich vergrub mein Gesicht an ihrem Hals. »Aber woher weißt du, was passiert ist?«

»Einer von Niyols bescheuerten Clubbrüdern hat meine Mom angerufen. Und sie hat mich angerufen. Wir haben unsere Reise verkürzt und voilà, hier bin ich.« Sie löste sich von mir und lächelte, aber das Lächeln erreichte nicht ihre Augen.

Der Stress der letzten Woche und meine verrückten Gefühle schnürten mir die Luft ab. Adrenalin und Niyols Berührungen und Küsse hatten mich zusammengehalten, aber jetzt fühlte ich mich, als stünde ich kurz vor einem Zusammenbruch. Emily zu sehen und sie zu umarmen war mein letzter Strohhalm.

»Hey, hey. Was ist denn los?« Sie umfasste mein Gesicht mit beiden Händen und runzelte die Stirn. »Ich wusste, ich hätte ihn fahren sollen. Ich habe ein schlechtes Gewissen, dass du so viel durchmachen musstest.«

Ich blickte zu Boden und schüttelte den Kopf. Was auch geschehen war, die gemeinsame Zeit mit Niyol würde ich nie bereuen. Die *guten* Augenblicke, selbst wenn es wenige in großem Abstand gewesen waren, würden immer das Schlechte überwiegen.

Ich spürte Niyols Blick, sah auf und entdeckte ihn ein Stück vor uns, wie er mich mit einem verschmitzten Grinsen beobachtete.

Im Gegenzug errötete ich und lächelte die Tränen weg.

»Oh, Gott.«

Die Stimme meiner besten Freundin ließ mein Grinsen verblassen und ich schaute sie an. »Was?«

Sie schüttelte den Kopf, griff in ihre Handtasche und gab mir ein Taschentuch. »Jetzt ergibt alles einen Sinn.«

»Was meinst du?«, fragte ich und wischte mir die Tränen weg. Niyols Blick klebte an Lisas Profil und er lachte über eine ihrer Bemerkungen. »Was ist los, Emily?«

Sie ließ die Hände sinken und senkte die Stimme. »Was ist

zwischen euch passiert?«, fragte sie argwöhnisch, und ihre Stimmung schlug so schnell um, dass sich mir der Magen umdrehte.

»Nichts ist passiert.« Zumindest nichts, was ich erzählen wollte.

Dummerweise hatte ich geglaubt, sie würde sich darüber freuen, dass Niyol und ich zusammen waren. Aber ich lag offensichtlich falsch.

»Er ist wegen dir wieder hier«, sagte sie.

»Na ja, teilweise, schätze ich.«

»Nein, nein, *nein*.« Sie schnaufte laut. »Ich wollte nicht, dass er geht«, sagte sie. »Aber dass er zurückgekommen ist, ist noch viel schlimmer.« Sie seufzte und es ging mir durch Mark und Bein. »Der Club ist Gift. Die schrecklichen Männer werden ihn wieder *zerstören*. Und jetzt nimmt er dich mit auf seinen Ritt in die Hölle. Ich dachte, es würde funktionieren. Ich dachte ...« Sie erstarrte und versteckte das Gesicht hinter den Händen.

Mich überlief eine Gänsehaut. »Emily?«

»Was?«, fauchte sie, rieb sich das Gesicht – und als sie die Hände sinken ließ, wich sie meinem Blick aus.

Da verstand ich es. Die Wahrheit. »Hast du Niyol einen Brief ins Gefängnis geschickt und so getan, als wäre er von seinem Club?«

Sie erstarrte. Biss sich auf die Lippe. Das reichte mir als Antwort.

»Ich kann nicht glauben, dass du das gemacht hast. Er war total fertig, hat gedacht, alle wären gegen ihn. Das war einer der Gründe, warum er überhaupt gegangen ist«, murmelte ich, wütend darüber, dass meine beste Freundin sich so in das Leben von jemandem einmischte. Das sah ihr gar nicht ähnlich. Überhaupt nicht. Und wenn Niyol oder irgendjemand aus dem Club das herausfand ... Ich schauderte bei dem Gedanken, schaute mich im Terminal um und erwartete halb, dass eine Gruppe Biker sie zur Strecke bringen würde.

Sie packte mein Handgelenk und zerrte mich in Richtung
Tür. Ihre Stimme wurde noch leiser und wütender und sie flüsterte: »Ich habe ihm einen Gefallen getan. Verstehst du das
nicht? Dieser blöde Club macht Menschen fertig. Er hätte fast
meine Mutter zerstört und das hätte mich fast zerstört.«

Ich konnte ihre Beweggründe durchaus verstehen. Aber
einen so drastischen Schritt zu wagen, der sie selbst in Gefahr
brachte?

»Sie wollen herausfinden, wer es war«, flüsterte ich zurück
und zog sie ruppig am Arm. »Weißt du, was sie mit dir anstellen, wenn sie aufdecken, dass du dahintersteckst?«

Emily zuckte mit den Schultern. »Ich habe keine Angst.«

Ich schüttelte den Kopf und war so fassungslos, dass ich
meine beste Freundin, die ich seit sechs Jahren kannte, in einem
völlig anderen Licht sah. Ich war ganz bestimmt kein Fan von
Niyols Lebensstil, aber ich würde mich nie derart einmischen.
Vielleicht hatte sie gute Gründe, die über den Schutz ihres
Stiefbruders hinausgingen, aber Niyol hatte ebenfalls gute
Gründe, zurückzukommen. Und das respektierte ich. Und sie
hätte es auch respektieren sollen.

»Sag nicht, du bist auf seinen Quatsch mit dem *Clubleben*
und der *Bruderschaft* hereingefallen?«, fragte sie hämisch.

Ich konnte nicht antworten, schließlich *war* ich auf seinen
Quatsch hereingefallen. Doch mehr als alles andere wollte ich
ihm vertrauen, weil ich mich in ihn *verliebt* hatte.

»Mein Gott, Summer.« Sie ließ die Schultern hängen, als
wäre ich die größte Enttäuschung ihres Lebens.

Ich musterte sie erschüttert. Ich musste das nicht nur vor
Niyol verheimlichen, sondern auch einen Weg finden, meine
beste Freundin zu beschützen.

Ich. Eine Lehrerin. Eine Cheerleader-Trainerin. *Guter
Gott.*

Bevor ich ihr sagen konnte, was ich dachte, legte mir Niyol

die Hand auf den unteren Rücken und Emily verschwand, die Arme eng an die Seiten gepresst.

»Fertig?«, fragte er, den Blick auf seine Stiefschwester gerichtet.

Ich nickte und hatte einen Kloß im Hals. »Klar.«

VIERUNDDREISSIG

NIYOL

»Sieh an, sieh an. Wen haben wir denn da?« Mit einem breiten Grinsen musterte mich Flick von der Treppe des Red Dragon Clubhauses. Sein Bart war länger geworden, als ich ihn in Erinnerung hatte, ebenso wie seine Haare. Doch seine Augen wirkten müde. Er hatte dunkle Augenringe. Ich konnte nur ahnen, mit welcher Scheiße er zu kämpfen hatte, seit ich im Gefängnis gewesen war. Ich hoffte nur, er wäre nicht zu sauer, dass ich so lange gebraucht hatte, um nach Hause zu kommen.

Flankiert von meinen Brüdern wippte ich auf die Fersen zurück, vergrub die Hände in den Hosentaschen und nickte. »Flick.«

Ich war erst vor einer Stunde gelandet und war mit einem Uber hierhergekommen. Slade und Archer hatten mich am Tor begrüßt, hereingelassen und bis hierher begleitet. Wir waren eine Macht, wir drei.

Flick bedeutete Slade und Archer mit dem Kinn, zu gehen. Sie versicherten sich mit einem Blick bei mir, ob das okay war – ein gewagter Zug, sich gegen den President zu stellen. Trotzdem nickte ich. Flick und ich mussten die Sache aus der Welt schaffen. Allein.

»Ich will meine Kutte wiederhaben«, waren die ersten Worte aus meinem Mund.

»Und du glaubst also, ich sollte sie dir geben?«

Als ich nähertrat, knirschten meine Stiefel im Kies und ein Schauer lief mir über den Rücken. Äußerlich blieb ich cool, das Kinn hoch erhoben. Aber innerlich raste mein Herz, was bewies, dass meine Nerven genauso im Arsch waren wie mein derzeitiger Geisteszustand.

»Was muss ich tun, Flick? Sag's mir.« Ich stand vor ihm, bereit, zu betteln, wenn es sein musste.

»Du bist abgehauen.«

»Stimmt.« Dafür hatte ich bezahlt, auch wenn meine Brüder mit der Verletzung an meiner Schulter nichts zu tun hatten.

»Wieso sollte ich dir noch eine Chance geben?« Sein linkes Auge zuckte, aber sonst blieb seine Miene undurchschaubar.

»Es steht mir nicht zu.« Ich ließ den Kopf hängen. »Aber ich will mir meinen Platz zurückverdienen. Hier, als RD.«

»Und du meinst, quer durchs Land zu meiner Nichte zu rennen, war der richtige Weg?«

»Nein. Das war dumm. Aber wie gesagt, jetzt bin ich bereit.«

Er kicherte und das war verdammt unheimlich. Ich blickte zu ihm auf und versuchte, mich an den Mann zu erinnern, der mich damals mit zum Angeln genommen hatte. Der mehr wie ein Vater für mich gewesen war als mein alter Herr.

»Ich wollte dir die Chance geben, Junge. Bevor du abgehauen bist. Aber du hast sie nicht genutzt.«

»Haben Slade und Arch dir erzählt ...«

»Von dem Brief?«

Ich nickte.

»Ja. Reicht aber nicht als Entschuldigung.«

Ich schluckte und sah nach rechts. Der Schotterparkplatz war voller Bikes und Autos sowie zerbrochenen Bierflaschen und wer wusste, was sonst noch. Das bedeutete, dass heute Abend alle da waren. Außerdem war die Musik laut, die Tür stand weit offen, hieß alle willkommen, und Bekannte, Brüder und Groupies gingen ein und aus.

Bei dem Anblick zog sich mir der Magen zusammen und meine Gedanken wanderten zu dem Kuss, den ich Summer vor ihrer Wohnung gegeben hatte. Sie hatte mir angeboten, mit zu ihr zu kommen, doch wenn ich ihr Haus betreten hätte, hätte ich gekniffen und wäre nicht hergekommen. Jetzt, wo ich den Club in Bewegung sah, vermisste ich Summer bereits. Keine Ahnung, was das bedeutete, aber sicher nichts Gutes.

Konnte ich in beiden Welten leben? Oder würde ich eher beide verlieren?

»Ich bin stinksauer, Hawk.« Flicks Stimme hallte durch die Nacht, die Musik hing schwer in der Luft. Wütend wie der Rhythmus meines Herzens. »Seinen Brüdern nicht vertrauen zu können ist in unserer Welt ziemlich scheiße.«

»Um Vertrauen ging es nicht. Es ging um Emily und Lisa. Wenn ich geblieben wäre, hätte ich sie in Gefahr gebracht.«

»Und du glaubst, sie waren weniger in Gefahr, weil du abgehauen bist?« Er warf die Hände hoch und ließ sie dann auf seine Oberschenkel klatschen. »Wir beschützen unsere Familie. Und die zwei gehören genauso dazu wie du. Auch wenn dein alter Herr das anders gehandhabt hat.«

Ich schluckte schwer, meine Brust schnürte sich vor Reue zusammen. Er hatte recht. Ich war auch aus dem Grund gegangen, weil ich mir ein *neues Leben* hatte aufbauen wollen. Aber wenn ich das zugab, würde er mich nie wieder aufnehmen.

»Du bist vom Schlimmsten ausgegangen. So läuft das hier nicht mehr, Hawk. Und ehrlich gesagt, bin ich stinksauer.«

»Du hast jedes Recht dazu.«

»Ich habe nicht um deine Erlaubnis gebeten, Junge.«

Ich nickte und ließ den Kopf hängen. Der große Unterschied zwischen Flick und Pops war, dass Flick nicht mit

Fäusten strafte, aber seine Worte und seine Enttäuschung taten genauso weh wie ein Messer im Bauch.

»Ich habe Scheiße gebaut.« Ich schüttelte den Kopf. Inzwischen war es um uns herum so dunkel geworden wie meine schwarzen Stiefel – vielleicht auch meine Seele. »Und mir ist klar, dass ich keine weitere Chance verdiene. Aber wenn du mir eine gibst, wirst du es nicht bereuen, versprochen. Dann bin ich treu auf Lebenszeit.«

Ich hielt den Blick gesenkt und traute mich nicht, ihn anzusehen. Um Wiederaufnahme zu bitten, war mein absoluter Tiefpunkt, schlimmer als der Tag, an dem ich ins Gefängnis gekommen war.

»Was ist mit meiner Nichte?«

Ich blinzelte verwirrt und schaute zu ihm auf. »Maya? Was soll mit ihr sein?«

»Geht es ihr gut? Kommt sie klar?« Er verschränkte die Arme und zog die grauen Augenbrauen zusammen.

»Ja. Es geht ihr gut.« *Allerdings nicht wegen mir.*

»Nein, verdammt. Jetzt geht es ihr nicht mehr gut«, knurrte Flick. »Weil du abgehauen und zu ihr gerannt bist, hast du sie automatisch wieder in die Welt hineingezogen, vor der du weggerannt bist.«

Mich packte ein ungutes Gefühl. »Was meinst du?«

»Das heißt, dass ich einen Weg finden muss, ihren Hintern wieder hierher zu bekommen, obwohl sie sich eingelebt hat und glücklich ist.«

»Die Vegas-Brüder. Ich dachte, sie würden sich um alles kümmern. Ich dachte nicht ...«

»Nein, verdammt. Sie sind auf unserer Seite, aber niemand will sich gegen deinen alten Herrn stellen, nicht einmal hinter Gittern.«

»Fuck«, flüsterte ich und kniff mir in den Nasenrücken.

»Fuck, genau. Dein alter Herr hat überall Verbindungen. Um die Arschlöcher, die dich angeschossen haben, haben sich die Jungs aus Vegas gekümmert. Dadurch, dass du deinen Alten verpfiffen hast und abgehauen bist, hast du bei einigen unserer Bruderclubs einen Aufstand ausgelöst.«

Ich hatte es gewusst. Verdammt, ich hatte es *gewusst*. Meine Flucht hatte nicht nur meine Chance ruiniert, meine Kutte zurückzubekommen, sondern auch das sensible Gleichgewicht zwischen unserem und den anderen Clubs im Land zerstört. »Was kann ich tun?«

Er zuckte die Achseln. »Gar nichts.«

Ich schloss die Augen. Das wars dann also. Er wollte mich doch nicht zurück. Ich nickte einmal, machte auf dem Absatz kehrt und kam mir noch verlorener vor als vor dem Roadtrip.

»Hawk!«, rief er mir nach. Ich hielt inne, wagte aber nicht ihn anzusehen. »Es ist so: Ich habe Pops nie gemocht.« Ich hörte, wie Flick nähertrat.

Ich drehte mich um und schaute ihn an.

»Du kannst dich also glücklich schätzen.«

Ich erstarrte, damit hatte ich nicht gerechnet.

»Wir stimmen über die Wiederaufnahme ab«, fuhr er fort. »Berufen eine Dringlichkeitssitzung ein, um zu entscheiden, wie es weitergehen soll. Heute Abend.«

Langsam hob ich den Kopf, sah ihm in die Augen und versuchte, das Gehörte zu verstehen. Abstimmen? Wie in, abstimmen, um mich wieder aufzunehmen?

»Falls deine Brüder entscheiden, dass du nach Hause kommen darfst, wird es dich jede Menge Arbeit kosten, alles wieder in Ordnung zu bringen. Zeit. Mühe. Dein Blut, deinen Schweiß und deine Tränen.«

Ein Bild von Summer schoss mir durch den Kopf. Sie und ich auf dem Rücksitz ihres Rovers, der Himmel über Colorado. Der Tornado, sie in meinen Armen, der Strand, mein Geständnis und wie ich mich endlich in ihr verloren hatte. Das zwischen uns war sowieso schon total verwirrend. Wenn ich ihr sagte, dass ich mich eine Weile ganz dem Club anstatt ihr widmen musste, würde ich genau das tun, was sie nicht gewollt hatte: Ihr den Club vorziehen.

Doch wenn ich mir ein Leben mit ihr aufbauen wollte, musste ich zuerst das in Ordnung bringen. Und als RD bekam man nur selten eine zweite Chance.

Ich hoffte nur, Summer würde verstehen, dass ich diese Entscheidung nicht nur für mich traf, sondern für *uns*.

»Ich werde alles tun, was nötig ist«, sagte ich.

Er hob eine Augenbraue. »Ach ja? Wenn du noch einmal abhaust, wird es nicht gut für dich ausgehen.«

»Ja. Ich bin ganz sicher, Flick.«

Seine Schultern entspannten sich und grinsend legte er mir eine Hand in den Nacken. »Na dann. Lass uns einen trinken.«

FÜNFUNDDREISSIG

SUMMER

Seit unserer Rückkehr waren drei Wochen vergangen.

Drei sehr lange Wochen, in denen Niyol mich komplett ausgeschlossen und jeglichen Kontakt abgebrochen hatte.

Wie dumm von mir, zu glauben, dass es zwischen uns anders laufen würde; dass er anders war als Landon. Dass ich für ihn an erster Stelle kam. Dass ich einmal für jemanden oberste Priorität hatte. Wie sehr ich mich doch geirrt hatte.

Um meiner Wut Luft zu machen, hatte ich am Vorabend von Tag zwanzig der Funkstille – also gestern Abend – etwas getan, was mich fast gebrochen hätte: Ich hatte seine Telefonnummer gelöscht.

Scheiß auf Niyol.

Es war Zeit, *seine* Versprechungen endgültig zu ignorieren.

Von heute bis zu dem Tag, an dem ich wieder zur Arbeit ging, würde ich meine ganze Energie in die Planung von Unterrichtsstunden und die Neugestaltung meiner Loft-Wohnung stecken. Ein neues Leben begann man am besten mit neuen Möbeln. Der Truck meines Bruders Caleb war gerade vor meinem Wohnkomplex vorgefahren. Zusammen mit ein paar Kumpels brachte er mir die neuen Sachen. Normalerweise würde ich mich über den Haufen verschwitzter Eishockey-spieler in meiner Wohnung freuen, aber ich war nicht in der Stimmung, mich von weiteren Männern ablenken zu lassen.

In einem seltenen väterlichen Moment hatte Dad beschlossen, mit mir den Beginn des neuen Schuljahres zu feiern, was zu der Möbelshoppingtour geführt hatte. Wahrscheinlich sprachen die Schuldgefühle aus ihm. Seit ich von dem Roadtrip zurückgekommen war, hatte er nur einmal bei mir vorbeigeschaut. Freundlich ausgedrückt war das *deprimierend*.

Doch da es nie anders gewesen war, hätte es mich nicht so traurig machen sollen. Dad liebte mich über alles, aber seinen Job liebte er mehr. Keine Ahnung, warum ich etwas anderes erwartet hatte. Schließlich wusste er nicht – und er würde auch nie erfahren – was ich auf der Reise mit Niyol durchgemacht hatte.

Ich brauchte eine Schulter zum Anlehnen. Eine gelegentliche Umarmung. Und vor allem brauchte ich ein offenes Ohr und einfach nur Gesellschaft. War das zu viel verlangt? Ich hatte schon dreimal so oft mit meinen Großeltern telefoniert wie in den letzten vier Jahren zusammen. Grams über ihre verrückte Katze reden zu hören, über Grandpas Witze zu lachen ... Das war die perfekte Therapie. Bis sie Niyol erwähnten. Gewöhnlich täuschte ich dann Erschöpfung oder eine schlechte Verbindung vor. Auch wenn das natürlich nicht die erwachsenste Art war, damit umzugehen.

Aber auch meine Stärke hatte Grenzen.

Emily hatte in den letzten paar Wochen zwar Abstand gehalten und die Hochzeitsplanung vorgeschoben, doch eigentlich wollte sie vorbeikommen, um mir ein bisschen zu helfen. Nach einem langen Gespräch über den Brief hatte sie schließlich zugegeben, dass es ein Fehler gewesen war. Und sie war in Panik geraten. Ich versicherte ihr, dass die Red Dragons es wahrscheinlich nie herausfinden würden, allerdings glaubte ich selbst nicht daran. Ich gab mich zwar sehr überzeugt, konnte ihre Zweifel jedoch nicht ganz ausräumen. Doch was konnten wir zwei schon tun?

Wir wollten heute Abend Pizza bestellen und ein bisschen Wein trinken. Vor allem wollten wir uns mal wieder unterhalten und über die Kleider der Brautjungfern reden, normale Sachen, auch wenn ich mir gerade über ganz andere Sachen den Kopf zerbrach.

»Du siehst total fertig aus.« Das war Calebs Begrüßung, als er in meine Wohnung stürmte. Er winkte jemanden am Ende des Flurs heran und Gelächter und schwere Schritte hallten durch das Loft.

»Ich freu mich auch, dich zu sehen.« Ich bedeutete ihm und seinen vier Kumpels, hereinzukommen, und die Plastikverpackung meiner neuen Couch raschelte.

»Nette Wohnung«, sagte einer der Jungs – ich glaube, er hieß Kyle. Er sah gut aus, war Single und hatte laut Caleb ein Auge auf mich geworfen. Mein Bruder versuchte schon seit Monaten, uns zu verkuppeln, und behauptete, er wäre tausendmal besser als Landon. Doch mein Bruder wusste nichts von meinem Liebeskummer wegen Niyol, der viel schlimmer war als der wegen Landon.

Und doch *war* Kyle einen zweiten Blick wert. Dunkle Haare, blaue Augen ... der Traum eines jeden Mädchens. Abgesehen von mir.

»Danke.« Ich lächelte trotzdem. »Und danke für deine Hilfe.«

»Klar. Kein Problem. Mach ich gern.« Er zwinkerte mir zu – locker, neckisch, süß. Ich flehte mein Herz an, einen Hüpfer zu vollführen, wie sonst, wenn jemand mit mir flirtete. Aber nichts geschah. Wahrscheinlich hatte Landon mein Herz betäubt, nur damit Niyol es mir endgültig herausreißen konnte.

Trotzdem lud ich die Jungs ein, noch eine Weile zu bleiben, und bot ihnen Bier und Pizza an. Sie waren nett. Und überraschend respektvoll. Nur leider langweilten sie mich zu Tode.

Und doch tauschte ich gedankenlos Handynummern mit Kyle, der am Türrahmen lehnte, als alle bis auf Caleb schon gegangen waren.

»Ein paar von uns ziehen heute Abend noch um die Häuser. Willst du mitkommen?«

Ich wartete einen Moment und warf Caleb einen Blick zu, der eine Nachricht schrieb, wahrscheinlich seiner Verlobten. Am liebsten hätte ich Nein gesagt. Ich war nicht im Geringsten interessiert. Aber die Erinnerungen an die Fahrt, Niyols dunkle Augen, den Strand, das Wasser und das Flugzeug ... Das alles machte mich nur traurig.

»Klar.« Ich lächelte und strich mir eine Haarsträhne hinter das Ohr. »Sehr gern.«

Er lächelte breit, seine Augen funkelten und sein Anblick machte mich so traurig, dass ich unwillkürlich den Atem anhielt. Gott, Niyol ... ich würde ihn umbringen. Er hatte mich mehr verletzt als Landon.

Ich schloss hinter den beiden die Tür, starrte auf die leeren Pizzakartons und Bierflaschen und mir wurde etwas klar. Das war jetzt mein Leben, so wie ich es hätte leben sollen. Mich in einen netten Kerl verlieben, der mich nicht Prinzessin nannte. Der mich nicht neckte. Der mich nicht in sein gefährliches Versteck lockte, damit er sein Leben leben konnte. Ich war Lehrerin, verdammt. Keine ... wie hatte Niyol sie noch genannt? *Old Lady?* Nein, vielen Dank. Nicht mit mir. Auf keinen Fall.

Aber warum tat das Atmen schon wieder so weh?

»Wir gehen heute Abend tanzen. Ich will nicht nur rumsitzen und mich langweilen.« Ich sah meine beste Freundin an, die mit einem Glas Moscato in der Hand am anderen Ende der Couch saß.

»Wir? Ausgehen?« Sie zog die Nase kraus.

»Ja. Wir gehen in einen Club.«

»Wir waren seit fast zwei Jahren nicht mehr in einem Club, Summer.«

Ich legte die Füße auf den Couchtisch. »Schon klar. Aber ich habe es *satt*, nur herumzusitzen und zuzusehen, wie das Leben an mir vorbeizieht, verstehst du?«

Ein Moment verging, dann schaute sie mich zugleich traurig und anklagend an. »Daran ist *er* schuld, oder?«

Ich erstarrte, weil ich keine gute Antwort parat hatte. Sie hatte recht. Aber wenn ich es zugab, würde ich mich auch nicht besser fühlen.

»Streite es nicht ab. Der blöde Niyol und sein blöder Motorrad-Scheiß. Gott, ich kann immer noch nicht glauben, dass es dich erwischt hat. Ich liebe ihn, ehrlich, aber indem er dich verletzt hat, hat er eine Grenze überschritten.«

Das sagte sie so kalt, dass ich zusammenzuckte. Zum ersten Mal, seit wir den Flughafen verlassen hatten, sprach sie freiwillig über ihn. Das tat weh. Sehr sogar. Nicht nur, weil ich ihn vermisste, sondern auch, weil sie es offenbar dämlich fand, dass ich mich in ihn verliebt hatte – auch wenn man meistens nichts dafürkonnte, in wen man sich verliebte. Gleichzeitig wollte ich nicht der Grund für böses Blut zwischen ihr und ihrem Stiefbruder sein. Er war ihre Familie und würde es immer bleiben, selbst wenn sie nicht blutsverwandt waren.

»Du darfst ihn nicht hassen.« Ich stupste sie mit dem Zeh an.

Sie seufzte und schaute zum Fenster, das die Straßen von Rockford überblickte. »Ich hätte dich nie mit ihm fahren lassen dürfen. Wenn ich gefahren wäre, wäre das nicht passiert.«

»Ist schon gut. Ehrlich. Mir geht es okay.«

»Es ist besser so, glaub mir.« Sie lächelte mich traurig an. »Er wäre sowieso ein richtig beschissener Freund gewesen.«

»Ja.« Nur leider würde ich nie die Chance bekommen, das herauszufinden.

»Ich habe gesehen, wie es für meine Mutter war, mit seinem Dad zusammen zu sein. Er ist mitten in der Nacht oder bei wichtigen Familienfeiern abgehauen, um sich um Clubangelegenheiten zu kümmern. Dann saß sie da und hat geweint.« Sie blickte auf ihre Hände hinab und schüttelte den Kopf. »Mom kam sich immer so eingesperrt vor. Als hätte er etwas gegen sie in der Hand, damit sie bei ihm blieb. Sie war unglücklich mit ihm, wollte aber nicht gehen, weil sie Niyol nicht im Stich lassen wollte.« Sie verzog das Gesicht und erklärte bitter: »Ich habe nie verstanden, warum sie gegenüber dem Kerl und dem blöden Club so loyal war, aber ich bin froh, dass wir ihn endlich los sind.«

»Das ist so oder so egal«, log ich mit zusammengebissenen Zähnen. »Das zwischen Niyol und mir war nur eine Affäre. Vorübergehend. Ich bin über ihn und Landon hinweg. Und genau deshalb will ich heute Abend tanzen gehen. Ein paar von Calebs Hockeyfreunden sind auch da.«

»Ach ja? Auch ein gewisser heißer Typ mit blauen Augen, der schon seit Monaten hinter dir her ist?« Ihre Augen leuchteten und ein Teil *meiner* Emily kehrte zurück.

Ich hatte sie vermisst – das hier. Unsere Freundschaft.

Ich lächelte und sah zu Boden, in der Hoffnung, schüchtern und nicht bedrückt zu wirken. Es war schwer, Interesse an einem Mann vorzutäuschen, wo ich doch so sicher war, dass ich nie über einen anderen hinwegkommen würde. Wann würde ich es je lernen?

»Ja. Kyle ist süß. Vielleicht sollte ich ihm endlich eine Chance geben.« Obwohl ich mir gerade erst ein weiteres fruchtloses Männerverbot auferlegt hatte.

»Okay. Dann machen wir das.« Sie rutschte näher und tätschelte mir das Knie. »Dann starten wir mal die Operation heißer Hockeyspieler.«

Im Club war es brechend voll. Menschen säumten die Tanzfläche. Ich stand an der Bar, nippte an meinem Cuba Libre und beobachtete desinteressiert die Menge, während Caleb neben mir über seine Statistiken bei einem Spiel am Anfang des Jahres sprach. Entweder waren meine Clubbing-Tage vorbei oder meine schlechte Laune konnte nicht durch laute Beats, Tequila-Shots und heiße Hockeyspieler geheilt werden. Emily stand mit hängenden Schultern auf meiner anderen Seite. »Das ist doch scheiße.«

Ich nippte an meinem Drink, zuckte mit den Schultern und beugte mich näher zu ihr. »Wir sind uralt.«

»Wir sind in den besten Jahren«, widersprach sie.

Ich musterte sie, dann mich und dann fingen wir beide an zu lachen. Wir waren zwei alte Seelen, auf dem Papier erst vierundzwanzig, gefühlt aber viel älter. Wir hätten auch den Rest unseres Lebens in einem Café verbringen und Kaffee trinken können.

Doch es war meine Idee gewesen. Und ich brauchte die Ablenkung. Also tanzten wir ein bisschen. Ich flirtete gelegentlich mit Kyle, aber der Funke sprang nicht über. Emily schrieb die meiste Zeit mit Sam, lächelte verliebt und machte mich total eifersüchtig. So etwas wünschte ich mir auch. Keine Bars, keine Clubs, nichts, das sich so anstrengend anfühlte.

»Willst du tanzen?«, fragte Kyle nach anderthalb Stunden. Er legte mir die Hand zwischen die Schulterblätter, aber wieder geschah nichts. Kein Funke. Kein Schauer. Einfach. Gar. Nichts.

Ich seufzte und wandte den Blick ab. Wollte ich tanzen, wenn ich ihm damit unweigerlich die falschen Signale sendete? Nein. Am liebsten wäre ich nach Hause gegangen, hätte mich auf meiner Couch zusammengerollt, Ben & Jerry's-Eis gegessen und über eine romantische Komödie im Fernsehen geweint. Aber damit würde ich auch nicht über meinen Liebeskummer hinwegkommen. Nicht im Geringsten. Und deshalb entschied ich mich anders.

»Klar.« Ich lächelte und führte Kyle zuerst zur Bar. »Aber lass uns erst noch ein paar Shots trinken. Ich brauche flüssigen Mut.« Er lächelte und tat wie geheißen. Und als es Zeit war zu tanzen, tanzten wir. Sein Körper an meinem, seine Hände blieben oberhalb meines Pos. Respektvoll. Ein Gentleman. Perfekt.

Doch egal, wie viel Alkohol ich in mich hineinschüttete, ich fühlte nichts anderes als Traurigkeit und Sehnsucht und tiefes Bedauern, dass es das jetzt gewesen sein sollte.

Im Taxi hielt Kyle meine Hand und sprach mit mir über Eishockey, seinen Terminkalender, das Leben unterwegs und die NHL. Wir beide liebten Kinder. Wir wollten beide in einem Vorort bleiben, anstatt in die Chicagoer Innenstadt zu ziehen. Wir lasen gern, auch wenn er Thriller bevorzugte und ich Liebesromane mochte. Auf dem Papier passten Kyle und ich perfekt zusammen. Doch Papier verrottete irgendwann, und das würde mit uns auch geschehen.

»Danke, dass du mich zu dir eingeladen hast.« Seine Hand blieb genau in der Mitte meines Rückens; obwohl wir so viel getrunken hatten, verhielt er sich immer noch wie der perfekte Gentleman. Gott, ich hätte alles dafür gegeben, etwas für ihn zu empfinden. *Irgendetwas.*

»Gern geschehen.«

Mein Rausch sorgte immerhin dafür, dass ich meine Umgebung nicht wahrnahm, als ich über den Flur zu meiner Wohnungstür ging. Ich schloss auf, drehte aber nicht den Knauf. Wenn ich bis spät in die Nacht trank, konnte ich meistens nicht schlafen. Zumindest nicht tief. Sicher, ich würde sofort einschlafen, aber wahrscheinlich würde ich nach ein oder zwei Stunden mit Kopfschmerzen und einem unruhigen Magen aufwachen.

Vielleicht sollte ich gar nicht erst ins Bett gehen. Ich konnte aufbleiben und Eis essen. Eis half immer, oder?

Ja. Absolut. Mein einziger Lebensinhalt war nun, meine Sorgen in einem Becher Vanilleeis zu ertränken und so lange romantische Komödien zu gucken, bis ich ohnmächtig wurde.

Aber mit einem Mann vor meiner Tür, an dem ich absolut kein Interesse hatte, war das kaum möglich.

Oder doch.

»Hör mal, Summer …« Kyle berührte mich am Ellenbogen und als ich herumwirbelte, umspielte ein trauriges Lächeln seine Lippen. »Ich komme nicht mit rein.« Er zog die Hand weg und vergrub beide Hände in den Hosentaschen. »Du bist eine tolle Frau. Und ich mag dich sehr. Aber … du bist mit deinen Gedanken bei jemand anderen.«

Ich zuckte zusammen und blinzelte zu ihm auf. »Wie bitte?«

»Tut mir leid. Lass es mich anders ausdrücken.« Er räusperte sich. »Wer auch immer der Mann deines Herzens ist, er hat verdammt Glück gehabt.«

Sofort schossen mir die Tränen in die Augen, ich stellte mich auf die Zehenspitzen und schlang ihm die Arme um den Hals. »Und du wirst eines Tages eine Frau sehr glücklich machen.«

Er lachte leise und strich mir mit der Hand über den Nacken. »Sprechen wir bald?«

»Ja. Bald.« Doch wir wussten beide, dass es nicht stimmte.

In dieser Nacht schlief ich unruhig, bis die Sonne durch das einsame Fenster meines einsamen Wohnzimmers fiel. Ich blinzelte verschlafen durch die Scheibe und beobachtete, wie die Bäume im Hof sich im Wind bogen.

Mit pochenden Schläfen beugte ich mich vor und griff nach meinem Smartphone. Keine neuen Anrufe. Keine Nachrichten, nur die einsame Zeitanzeige von zwanzig nach neun Uhr blinkte mir entgegen. Ich seufzte und legte mir das Handy auf die Brust, bereit, den Tag zu verschlafen. Bis es an der Tür klopfte.

Stöhnend setzte ich mich langsam auf und warf die Decke zu Boden. Kurz darauf klopfte es wieder. Lauter. Drängender.

»Ich komme ja schon.«

Mit geschürzten Lippen spähte ich durch den Spion und dort stand jemand, mit dem ich überhaupt nicht gerechnet hatte.

SECHSUNDDREISSIG

NIYOL

Ich hätte nicht herkommen sollen. Es war früh, und sie schlief wahrscheinlich noch. Aber ich hielt es nicht länger ohne sie aus.

Ein paar Brüder, die immer noch unentschlossen in Bezug auf meine Rückkehr gewesen waren, hatten bei der Versammlung dagegen gestimmt. Sie meinten, ich müsse für meine Untreue büßen. Am Ende waren die meisten damit einverstanden, mich wieder aufzunehmen, sie hatten sich für eine Seite entschieden, lange bevor Pops eingesperrt worden war. Aber die neuen Prospects, die die abgewanderten Abtrünnigen ersetzten, waren nicht so vertrauensvoll gewesen.

Letztendlich jedoch, eine Abstimmung später, war ich wieder dabei. Für immer. Sie empfingen mich bloß nicht mit offenen Armen.

Flick hatte recht gehabt, als er meinte, ich müsse meine Untreue wieder gutmachen. Allerdings hatte ich nicht damit gerechnet, dass ich dafür mein Leben mit Summer wochenlang auf Eis legen musste.

Ich musste das Vertrauen meiner Brüder zurückgewinnen und deshalb ohne Vorwarnung die Verbindungen zur Außenwelt abbrechen. Verbindungen, die Lisa, Emily und, was am schlimmsten war, Summer miteinschlossen. Es war brutal. Es war beschissen. Es war die absolut schlimmste Hölle. Aber letztendlich hatte es sich gelohnt, denn als sie mir meine Kutte wiedergaben und ein neues Bike, war ich zum ersten Mal in meinem Leben stolz darauf. Ich war wieder bei meiner Familie. Zu Hause. Jetzt fehlte nur noch Summer an meiner Seite. Doch mittlerweile hatte ich das Gefühl, beides haben zu können. Vorausgesetzt, sie wollte mich noch.

In den vergangenen drei Wochen war mein Leben richtig beschissen gewesen. Zum Glück wurde ich nicht körperlich bestraft, aber ich wurde mental auf die Probe gestellt. Durfte an keiner Versammlung teilnehmen, musste die Drecksarbeit eines Prospects erledigen, im beschissensten Schlafzimmer übernachten und durfte keine Verantwortung im Club übernehmen. Ich wurde so scheiße behandelt, wie ich mich benommen hatte. Noch schlimmer als ein Prospect.

Archer und Slade hatten jedoch recht gehabt. Seit Flick President war, hatte sich alles zum Besseren gewendet. Der Drogenhandel mit schlechtem Stoff war größtenteils zum Erliegen gekommen. Die Dealer hatten gewechselt und waren meistens streng überwacht worden. Im Hinblick auf Geschäftspartner war der Club wählerischer geworden. Jeder, dem das nicht passte, wurde aufgefordert, zu gehen. Flick hörte sich sogar meine Pläne für den Club an, stimmte mir zu, meinte aber, er bräuchte bei der Umsetzung meine Hilfe. Zuerst mussten wir allerdings mit den Clubs ins Reine kommen, die noch auf Pops Seite waren.

Flick und Archer, als vorübergehender Vice President, und Slade, der neue Road Captain, überlegten bereits, wie wir das anstellen könnten. Um die Loyalität der anderen zu erkaufen, brauchten wir eine Menge Geld. Es war scheiße, dass es so gekommen war. Und es war *meine* Schuld. Aber am Ende würde es sich lohnen – auch wenn ich nicht unbedingt damit einverstanden war, wie der Club das nötige Geld auftreiben wollte.

Die Mitglieder wollten Pops Drogengeld anzapfen, die Hunderttausende, die er beiseitegeschafft hatte. Er würde durchdrehen, wenn er herausfand, was der Club mit seinem Geld gemacht hatte, falls er jemals aus dem Knast kam. Aber wenn das Geld schon verwendet werden *musste*, dann wenigstens für etwas Sinnvolles: Frieden.

Ich atmete tief durch und klopfte an die Tür, die hoffentlich Summers war. Lisa hatte mir den Namen des Gebäudekomplexes genannt, aber ich konnte mich nicht genau an die Wohnungsnummer erinnern. Und Emily? Tja, sie redete nicht mehr mit mir – war immer noch sauer, dass ich Summer in meine Welt holen wollte. Ich hatte versucht, ihr und Lisa mein Handeln zu erklären – warum ich drei Wochen lang untergetaucht war. Aber Emily sagte, ich solle mich verpissen und hatte mich stehen lassen. Lisa hingegen meinte, sie könnte es verstehen, wahrscheinlich weil sie mit den Gepflogenheiten des Clubs vertrauter war als Emily. Trotzdem war es ätzend, dass Emily wütend auf mich war.

Ich schob die Hände in die Hosentaschen und trat mit der Stiefelspitze auf den Boden. Eine Minute verging, eine weitere und dann flog die Tür auf.

Und da stand sie.

»Niyol?«

Weil ich mich so zu ihr hingezogen fühlte, griff ich nach ihrer Hand und wollte sie umarmen. »Hey, Prinzessin.«

Tränen stiegen ihr in die Augen und sie schlug sich die Hand, die ich ergriffen hatte, vor den Mund. Zerzauste Haare, gerötete Wangen, enge Leggings, ein schulterfreies T-Shirt, ohne BH ... Sie sah müde aus, aber unglaublich sexy. Das Bild von ihr in meiner Erinnerung wurde ihrer Schönheit nicht gerecht. Ich schluckte so hart, dass ich es bis in den Schritt spürte.

»Wo warst du?«, fragte sie und wurde blass, während sie sich die Arme rieb. »Es ist drei Wochen her!«

Sie trat rechts neben mich und verschwendete keine Zeit mit weiteren Fragen. Ich hatte nichts anderes erwartet. Wie hatte ich glauben können, dass sie mich immer noch wollte, nachdem ich sie so im Stich gelassen hatte? Aber ich war hier, um mich zu entschuldigen. Das war ein Anfang.

»Du sagtest, du würdest anrufen, aber das hast du nicht. Du sagtest, du willst mit mir zusammen sein, hast dich aber kein bisschen darum bemüht«, fuhr sie fort.

Ich trat näher und umfasste ihr Kinn. Sie erstarrte, schubste mich aber nicht weg.

»Es tut mir so verdammt leid. Ich ... Es waren bloß Clubangelegenheiten.«

Da ich nichts mehr hinzufügte, schob sie meine Hand weg, und Wut loderte in ihren hellblauen Augen.

»So hätte also eine Beziehung mit dir ausgesehen?«

Bei ›hätte‹ zuckte ich zusammen und trat einen kleinen Schritt zurück. Ich konnte sie nicht anlügen, schließlich kannte ich die Wahrheit selbst nicht. Ich hatte noch nie eine richtige Beziehung geführt. Hatte keinen blassen Schimmer, wie so etwas funktionierte. Aber alle sollten wissen, dass sie zu mir gehörte, auch der Club – ich wollte es ihnen ein für alle Mal mit meinen Worten sagen. Sie war meine Old Lady, ob sie den Begriff mochte oder nicht. In meiner Welt war das der erste Schritt zur Ewigkeit.

Ich räusperte mich. »Nicht die ganze Zeit. Ich musste mich um ziemlich viel Scheiß kümmern.«

»Und du konntest nicht zum Telefon greifen und mich anrufen?« Ihre Stimme klang schrill, die Lippen waren zu einer dünnen Linie zusammengepresst. »Mein Gott, Niyol. Du hast keine Ahnung, was ich deinetwegen durchgemacht habe.«

Ich bereute sehr, dass ich nicht versucht hatte, mich davonzuschleichen. Eine Nachricht durch Slade und Archer zu übermitteln. Aber wenn ich dabei erwischt worden wäre, wäre ich für immer erledigt gewesen. Meine Kehle brannte, als ich fortfuhr.

»Ich konnte nicht. Ich bin wieder im Club und ...« Ich kniff die Augen zusammen. »Ich durfte keinen Kontakt zur Außenwelt haben. *Zu niemandem.* Sonst hätten sie mich nicht wieder aufgenommen. Ich musste meine Loyalität beweisen. Heute ist mein erster Tag in Freiheit und ich bin sofort zu dir gekommen.«

»Du bist ein erwachsener Mann, Niyol. Du solltest dir nicht vorschreiben lassen, was du zu tun oder zu lassen hast.«

»Im Club ist das anders, Sum. Wir sind eine Bruderschaft. Eine Familie. Wir machen keine halben Sachen und wir hauen auch nicht ab. Nicht so wie ich. Dass sie mir noch eine Chance geben, ist ...«

»Du musst es mir nicht erklären. Ich habe es kapiert, okay?« Sie seufzte, hob die Hände und ihre Wut ließ etwas nach. »Aber ich weiß einfach nicht, ob ich ein Teil davon sein kann.«

Ich zuckte zusammen. »Sag das nicht. Bitte.« In der Angst, es könnte vorbei sein, ignorierte ich ihr Bedürfnis nach Abstand, trat einen Schritt vor und vergrub mein Gesicht an ihrem Hals. »Summer, ich brauche dich. Du bist jetzt mein Leben.«

Wenn sie mich nicht zurücknahm und das akzeptierte, würde ich den Verstand verlieren. Mein *Leben.*

Sie erwiderte meine Umarmung nicht. Stattdessen klang sie mechanisch. Sogar verärgert. »Ich spiele nicht länger die zweite Geige. Auf keinen Fall.«

Mir stiegen die Tränen in die Augen. Scheiße, ich hatte seit Jahren nicht mehr geweint. Aber die Vorstellung, diese Frau zu verlieren, machte mich fertig.

»Du bist der Grund, warum ich zurückgekommen bin und mich dem allen gestellt habe. Du hast mich glauben lassen, ich könnte alles erreichen.«

Sie schüttelte den Kopf, die Hände immer noch an den Seiten. »Dann hättest du vielleicht nicht zurückkommen sollen.«

»Sag sowas nicht.«

»Ich verstehe das.« Schließlich hob sie eine Hand und legte sie auf mein Herz. Sie beugte sich zurück und ihr Blick war so leer, dass ich alles dafür getan hätte, ihn zu füllen.

Scheiße nein. Sie hatte ihre Entscheidung schon getroffen.

»Du versuchst, deinen Weg zu finden, Niyol. Das ist okay für mich. Zum Teufel, jetzt wo ich wieder zu Hause bin, versuche ich dasselbe. Aber ich glaube nicht, dass wir füreinander bestimmt sind.«

»Nein«, flehte ich und lehnte meine Stirn an ihre. Mein Herz fühlte sich an wie in einem Schraubstock und *hämmerte.* »Tu das nicht. Bitte. Ich brauche dich.«

Schließlich erlaubte sie mir, ihr Gesicht zu berühren, und als ich es mit den Händen umfasste, hoffte ich, dass sie meine Seele sah, wie sehr sie schmerzte, wenn sie nicht in meiner Nähe war. Ich öffnete mich ihr, nur ihr, das musste sie wissen – sehen. Und auch spüren.

Ihre Augen wurden feucht und füllten sich mit demselben Schmerz, der mich innerlich zerriss. Sie so zu sehen, dass sie fühlte, was ich fühlte. Ich wusste, was das bedeutete – daran hatte ich keinen Zweifel.

Ich verliebte mich in sie.

Aber war es zu spät?

SIEBENUNDDREISSIG

SUMMER

Danach ließ ich Niyol nicht mehr groß zu Wort kommen. Aber zu meinem Bedauern bat ich ihn trotzdem herein. Anstatt gleich zur Sache zu kommen, schickte ich ihn wie ein Kleinkind auf das Sofa und sagte ihm, ich müsse duschen.

Vielleicht hätte ich ihn gar nicht hereinbitten sollen. Aber der Teil von mir, der sich in ihn verliebt hatte und den wahren Niyol kannte, konnte ihn nicht einfach wegschicken.

Wenn wir wirklich dieses Gespräch führen wollten, musste ich wach werden. Außerdem roch ich nach billigem Schnaps und dem Parfum von gestern Abend, und diese Mischung half nicht unbedingt gegen meinen Kater.

In der Dusche stellte ich das Wasser brühend heiß. Während ich unter dem Wasserstrahl stand, zwang ich mich zu entspannen, versuchte zu atmen und mich auf die schwachsinnigen Ausreden vorzubereiten, die Niyol mir auftischen würde. Was für eine Zukunft würden wir haben, wenn ich ihm verzieh, ihn akzeptierte? Ich wusste nichts über seine Welt und sein Leben im Club. Und wenn es bedeutete, dass er wieder wochenlang ohne mein Wissen verschwand, wollte ich das auch gar nicht.

Ich wusste nur, dass seine Welt illegal und verdorben war. Was hieß es für mich, wenn ich mich darauf einließ? Müsste ich auf all die Clubpartys gehen und zusehen, wie ihn andere Frauen anmachten? Würde ich jede Nacht wach liegen und mir Sorgen machen, ob er nach Hause kam oder auf der Straße starb? Ein solches Leben wollte ich nicht führen.

Und doch erschien mir eines ohne Niyol unmöglich. Deshalb hatte ich ihn nicht sofort wieder fortgeschickt. *Doofes Herz.*

Mitten in meinen verwirrenden Überlegungen knarrte die Badezimmertür. Ich seufzte und schüttelte den Kopf, denn natürlich war er es – er hatte einfach keine Geduld.

Den Blick stur nach vorn gerichtet ließ ich das Wasser weiter an mir hinunterlaufen, während ich auf ihn wartete. Er war nicht höflich genug, um draußen zu bleiben und ehrlich gesagt, machte mich sein ruppiges Verhalten sogar an. Es war eine Schande, dass all die wütenden Fragen in meinem Kopf meine Niyol-verrückte Libido nicht bändigen konnten.

Der Duschvorhang wurde beiseitegeschoben und die Ringe schabten über die Stange. Eine Hand legte sich auf meine Taille, warm, fest, männlich.

»Bitte. Hör mich an.« Vollkommen angezogen drückte er sich an meinen Rücken.

Ich seufzte und ließ die Schultern sinken. »Dann rede.«

»Ich habe nur dich und den Club. Ich will mich nicht entscheiden müssen, aber du weißt, wohin ich gehen würde.«

Ich errötete. Die Demütigung traf mich hart und mir lief ein Schauer über den Rücken. Ich war *so* dämlich.

»Ich erwarte nicht, dass du dich für mich entscheidest, falls du das meinst.«

Er trat näher, schmiegte von hinten die Hüften an meine. Langsam hob er mein Kinn und zwang mich, ihn über die Schulter hinweg anzusehen. »Das denkst du also?«

»Was soll ich denn sonst denken?«

Niyol strich mir eine Haarsträhne hinter das Ohr, dann liebkoste er meine Schulter mit seinen rauen Fingerspitzen. Wortlos streckte er die Hand aus und schaltete das Wasser ab. Bis auf meine klappernden Zähne regte ich mich nicht.

»Komm. Wärmen wir dich auf.« Niyol zog den Vorhang ganz zurück, verließ die Dusche und Wasser tropfte aus seiner Jeans auf den Boden und hinterließ eine Pfütze auf den Kacheln. Er schnappte sich ein Handtuch und achtete nicht auf seine Kleidung. Ohne zu zögern, hob er mich hoch, drückte mich an sich und trug mich in mein Zimmer.

Das Schlimmste daran? Ich ließ es zu.

Wir waren beide klatschnass und hinterließen eine nasse Spur auf dem Teppich. Auf dem Weg über den Flur schnappte er sich ein weiteres Handtuch und breitete es wie eine Decke über mir aus. In meinem Zimmer legte er mich auf das Bett und trocknete mich ab. Wieder ließ ich es zu und beobachtete ihn mit bebendem Atem und erinnerte mich an unsere gemeinsamen Nächte auf der Reise.

Seine Haare fielen ihm wie ein Vorhang über die Augen, nass von der Dusche. Jeder Tropfen, der über seine Lippen lief, war eine Verführung an sich. Ein Teil von mir wusste, dass ich das alles nicht hätte erlauben dürften. Ich war mir nicht mehr sicher, ob wir füreinander bestimmt waren – im Grunde genommen hatte er mir gesagt, dass er sich schon entschieden hatte. Für den Club, gegen mich. Und doch konnte ich ihm nicht widerstehen, jemandem, der mir gerade gesagt hatte, dass ich für ihn nie an erster Stelle stehen würde.

Er zog sich die nassen Sachen aus, ließ aber seine feuchte Boxershorts an. Eng aneinandergeschmiegt und zitternd lagen wir unter der Bettdecke. Ohne zu überlegen, legte ich den Kopf auf seine Brust, eine natürliche Reaktion auf seine Nähe. Ich legte den Arm auf seinen Bauch, und im Gegenzug küsste er mich auf die Stirn.

Wieder so neben ihm zu liegen fühlte sich fantastisch an,

auch wenn es vielleicht unser Abschied war. Wahrscheinlich stieß ich ihn deshalb nicht weg. Sein beruhigender Herzschlag klang wie ein Schlaflied in meinen Ohren und fast wäre ich eingenickt. Aber ich wollte wach bleiben, denn es gab noch so viel zu sagen.

»Bist du glücklich, Ny?«

Finger tanzten durch meine Haare. »Mit dir, so wie jetzt? Wie könnte ich nicht glücklich sein?«

»Nicht mit mir.« Ich seufzte. »Ich meine, dass du wieder zum Club gehörst.«

»Da habe ich schon immer hingehört, Summer. Und jetzt, wo Pops nicht mehr da ist, kann ich aufatmen. Im Club leben, wie ich es immer wollte.«

»Das ist gut.« Ich hielt inne und freute mich aufrichtig für ihn. »Es ist nur … Das hier gerade verwirrt mich total. Ich werde eine Weile brauchen, bis ich das alles verarbeitet habe. Dass du ein Teil meines Lebens bist *und* im Club.«

»Das ist kein Nein.« Seine Worte waren geflüstert, als müsste er sich Gewissheit verschaffen.

Ich schüttelte den Kopf und spürte sein Lächeln an meiner Stirn, als er erneut seine Lippen darauf drückte. »Nein. Das ist es wohl nicht.«

»Ich kann warten, Summer. Egal wie lange du für deine Entscheidung brauchst.«

Ich schloss die Augen und ließ die Worte mit meinen tiefen Atemzügen los. »Du kannst warten, aber …« Ich schluckte schwer. »Was ist, wenn ich das gar nicht will?«

»Wie meinst du das?«

»Ich weiß nicht, ob ich ein Leben führen will, in dem ich nie weiß, ob du zu mir zurückkommst oder nicht. Keine Ahnung, ob ich mir eine so unkonventionelle Beziehung vorstellen kann.«

Das konnte ich nicht. Und ich wusste nicht, warum ich es nicht deutlicher sagte. Mein ganzes Leben lang hatte ich von einem Haus mit einem großen Grundstück geträumt, auf dem meine Kinder frei herumtollen konnten. Ein Haus, wie es meine Großeltern hatten. Dort könnten wir den Vierten Juli und andere Festtage feiern. Vielleicht ein paar Ziegen oder sogar ein Pferd kaufen. Ich wollte die Mom sein, die meine nicht hatte sein können, und einen Dad an meiner Seite haben. Tagsüber würde ich als Lehrerin arbeiten und abends nach Hause kommen und das Leben führen, von dem ich immer geträumt hatte.

Mich an Niyol zu binden hieß, all das aufzugeben.

»Wer sagt, dass wir keine traditionelle Beziehung haben können?«, fragte er und hob mein Kinn, damit ich es an seins lehnen und ihm in die Augen blicken konnte. »Nur weil ich ein Red Dragon bin, heißt das nicht, dass ich dir nicht alles geben kann, was du dir wünschst.« Er runzelte die Stirn, als wäre ihm gerade ein Gedanke durch den Kopf geschossen. Einer seiner Mundwinkel hob sich und er sagte etwas, das ich überhaupt nicht erwartet hatte. »Zieh mit mir zusammen.«

Ruckartig zog ich den Kopf zurück. »Mit dir zusammenziehen?«

Er machte Witze. Das konnte nicht sein Ernst sein.

»Ja, ich wohne zwar im Hauptquartier, aber wir könnten uns für eine Weile etwas mieten. Auf halber Strecke zwischen dem Gelände und deiner Arbeit. Wenn wir genug gespart haben, können wir uns ein Haus auf dem Gelände bauen.«

Ein Haus auf dem *Gelände eines Motorradclubs?*

»Ich ...« Seine Augen waren groß und musterten mein Gesicht. Er meinte es ernst, aber mir kam es vor, als wäre ich in einem Paralleluniversum gelandet.

»Es muss nicht heute oder morgen sein, aber bald«, fuhr er fort. »Dann sind wir zusammen. Können schauen, wie es weitergeht.«

Ich runzelte die Stirn. »Du willst, dass ich bei dir einziehe?«

»Ist hier irgendwo ein Papagei?« Er grinste und streichelte meine Wange. »Ja, Summer. Das will ich. Unbedingt.«

Ich kaute auf meiner Unterlippe, zweifelte aber nicht an seiner Ernsthaftigkeit. Ich legte den Kopf auf seine Brust und schaute zu meinem kleinen Schreibtisch auf der anderen Seite des Zimmers. Darauf stapelten sich Unterrichtspläne und neue Cheerleading-Choreografien. Mein geplantes Leben. Meine Karriere. Fast alles, was ich wollte, befand sich in diesem Papierstapel, fertig und geordnet. Ich mochte meine Wohnung. Die Lage war ideal. Und alles war so schön einfach. Meine eigene Welt, in die ich nach Hause kommen und in der ich ganz ich selbst sein konnte. Morgens meinen Kaffee trinken und abends Arbeiten korrigieren. Nur Niyol fehlte.

»Sag ja.« Er streichelte mich zwischen den Schulterblättern und gurrte fast. »Komm und werde ein Teil meiner Welt.«

»Aber was ist mit *meiner* Welt? Dem, was ich will?«

Er runzelte die Stirn. »Das schließt sich doch nicht aus. Wie gesagt. Ich bringe dich mit dem Bike zur Arbeit. Und hole dich jeden Abend wieder ab.«

»Aber ich *mag* meine Wohnung. Und nächste Woche bekomme ich ein neues Auto, dann kann ich wieder selbst fahren. Ich will ein Farmhaus, Niyol.« Beim Gedanken daran schüttelte ich den Kopf.

Er lachte leise. »Ein Farmhaus also?«

Ich zuckte zusammen, mir gefiel nicht, dass er darüber scherzte. »Ja, genau. So eins wie meine Großeltern. Irgendwann möchte ich so leben.«

Er schwieg und auch seine Finger hielten inne. »Irgendwann ja, aber was ist mit jetzt? Willst du nicht bei mir einziehen?«

»Niyol ... erst vor wenigen Minuten habe ich dir gesagt, dass ich mir nicht mal sicher bin, ob wir zusammen sein sollten, und jetzt redest du vom Zusammenziehen und solchen Veränderungen. Ich will nur ...«

»Aber wenn ich bei dir eingezogen wäre, wäre es okay gewesen.« Er klang verärgert. »Du hast mich im Flugzeug gefragt, weißt du noch? Ob ich bei dir einziehen will, sobald wir zurückkommen.«

Genau genommen *hatte* ich ihn gefragt. Aber da hatte er noch nicht gewusst, wo er hinsollte. Noch kein Haus, in dem er wohnen konnte. Noch keinen Motorradclub, in dem er Mitglied war. Und damals hatte ich noch nicht gewusst, was das für unsere Beziehung bedeutete.

Es war besser, die Karten auf den Tisch zu legen, als sich zurückzuhalten, und deshalb sagte ich: »Deine Welt macht mir Angst.«

Er zog mich näher an sich. »Bei mir bist du immer sicher.« Als ich nur mit den Schultern zuckte, küsste er mich noch einmal auf den Kopf. »Denkst du wenigstens darüber nach?«

Seine Frage verunsicherte mich noch mehr, aber davon wollte ich mich nicht beherrschen lassen. Ich wollte nicht in etwas einwilligen, von dem ich nicht überzeugt war. Und ganz sicher würde ich mich von ihm nicht unter Zugzwang setzen lassen. Wir kannten einander kaum, was war so falsch daran, zu warten, anstatt so schnell in die Welt des anderen einzutauchen? Ich hätte ihm im Flieger gar nicht anbieten sollen, bei mir einzuziehen. Es war zu früh. Zu viel für uns beide. Die drei Wochen, die wir getrennt waren, hatten das klar gemacht. Wir mussten es langsamer angehen lassen. Uns verabreden. Uns besser kennenlernen.

Doch wollte ich das überhaupt? Ich war mir sicher, dass ich mich in Niyol verliebte, aber sollte ich deshalb meine Chance auf das Glück für seine opfern?

Vielleicht bedeutete Liebe genau das. Die eigenen Wünsche hintenanzustellen und Kompromisse einzugehen. Ich machte das schon so lange, dass es mir zur Gewohnheit geworden war.

Vor lauter Stress musste ich gähnen, die Erschöpfung

forderte ihren Tribut. Und auch wenn in meinem Kopf verwirrende Gedanken kreisten, schlief ich an ihn geschmiegt ein. Das Leben war kompliziert, es war stressig und voller Wahlmöglichkeiten und Entscheidungen.

Im Gegensatz zu einem Nickerchen. Und das brauchte ich jetzt.

ACHTUNDDREISSIG

NIYOL

Wäre ich tatsächlich ein guter Mensch gewesen, hätte ich mich niemals aus Summers Bett geschlichen, nachdem sie in meinen Armen eingeschlafen war. Ich hätte ihr erklären sollen, warum ich gehen musste, dass ich einen Anruf aus dem Club erhalten hatte. Jemand war nach meinem Aufbruch in das Gelände eingebrochen. Hatte den Stacheldraht am Zaun durchgeschnitten, sich hineingeschlichen und einige unserer Waffen und Munition aus dem Trailer gestohlen, in dem wir sie aufbewahrten. Wir vermuteten, dass es auch diesmal Abtrünnige waren. Aber waren es dieselben? Und was zur Hölle wollten sie mit Kugeln und ein paar Glocks?

Auf dem Video hatten wir nur einen Typen aus dem Auto steigen sehen. Schwarz gekleidet, ohne Kutte, aber mit Skimaske. Ein dürrer Typ, der sich offenbar unauffällig bewegen konnte. Hatte ihn jemand beauftragt? Wahrscheinlich. Als Slade ein Team zu der Ecke des Geländes schickte, wo er sich aufgehalten hatte, war er bereits verschwunden.

Fairerweise hinterließ ich Summer eine Nachricht, dass ich sie heute Abend anrufen würde. Ich würde es wiedergutmachen, wenn es sein musste für den Rest meines Lebens. Doch es würde nun eine Weile so aussehen, wenn auch nicht für ewig. Laufen, laufen, laufen. Stopp. Los. Stopp. Los. Immer und immer wieder. Und wenn ihr das nicht gefiel und sie deshalb nicht mit mir zusammen sein wollte? Was sollte ich dann tun? Sie war mir so wichtig, dass ich es wahrscheinlich akzeptieren würde.

Ich hatte es ernst gemeint, als ich meinte, dass sie einer der Hauptgründe war, warum ich den Mut gefunden hatte, zum Club zurückzukommen. Ohne sie wäre ich nichts wert. Aber ich wollte auch nicht, dass sie unglücklich war, weil sie bei mir blieb.

Später am Abend bekamen Slade, Archer und ich unsere erste und einzige Spur. Ein paar Typen fuhren mit einem alten Chevy auf der Interstate nach Iowa. Sie hatten es gerade noch bis zur Grenze zwischen Illinois und Iowa geschafft, bevor der Wagen am Straßenrand verreckte. Als wir die Schrottkarre fanden, war die Tür unverschlossen und die Waffen lagen zusammen mit der Munition auf dem Rücksitz. Wir fanden nicht heraus, was sie vorhatten, waren aber erleichtert, dass wir kein Blut vergießen mussten, um sie zurückzubekommen.

Zusammen mit ein paar Prospects übernachteten wir drei in einem heruntergekommenen Motel mit einer provisorischen Bar in der Lobby. Es war nicht schlimmer als die Unterkünfte, in denen Summer und ich gewohnt hatten, es war aber auch nicht schön.

Ich hatte Summer vor etwa einer halben Stunde geschrieben und mich schon wieder entschuldigt. Hatte ihr gesagt, dass ich sie morgen zu einer Verabredung abholen würde, weil mir klar war, dass sie genau das brauchte. Ich musste versuchen, unsere Welten eine Weile voneinander zu trennen, bis die Zeit reif war, sie zu verbinden. Besonders, da sie sich noch so unsicher war.

Als ich mit Archer und Slade in der Bar saß, kam ich mir vor wie in alten Zeiten. Wir tranken und feierten die Welt, in der wir bald leben würden. Ohne Pops, der unser Leben durcheinanderbrachte, eine verdammt großartige Welt.

»Erzähl mir von deiner Freundin.« Slade lehnte sich zurück, die lockigen Haare hingen ihm über die Augen und er führte eine Flasche Budweiser an die Lippen. Meistens war er ruhig und tödlich, immer in höchster Alarmbereitschaft.

»Was willst du wissen?«, fragte ich.

»Wie ist sie so?«

Als hätte der Himmel all seine Perfektion in diese eine Person gesteckt, die wie für mich gemacht war.

»Du hast sie doch gesehen. Sie ist perfekt.« Mehr sagte ich nicht, denn ich wollte nicht den Eindruck erwecken, als stünde ich unter ihrem Pantoffel.

»Und sie akzeptiert das?« Er breitete die Arme aus. »Unsere Welt. Deine Welt?«

Ich zuckte die Achseln, knibbelte das Etikett von meiner Bierflasche und war genervt, dass ich darauf keine Antwort hatte. »Ich hoffe es.«

Sie hatte gesagt, dass sie Angst davor hatte, und ich konnte es ihr nicht verübeln. Summer war mit einem Arzt als Vater und zwei großen Brüdern aufgewachsen. Vermutlich hatte es ihr an nichts gemangelt und sie hatte sich um nichts kümmern müssen. Im Gegensatz dazu war es sicher schwer, sich an meinen Lebensstil zu gewöhnen.

»Sie ist ganz schön temperamentvoll.« Archer grinste und nahm einen Schluck Bier. »Dachte, sie würde mir den Arsch aufreißen, als sie dich in dem Zimmer in Colorado verstecken wollte.« Er lachte und deutete mit dem Finger auf mich. Slade grinste und ich konnte nicht anders, als es ihm gleichzutun. »Ich habe echt Respekt vor einer Frau, die ihren Mann beschützt.«

Ich erinnerte mich daran, wie ich in jener Nacht im Flur gelauscht und auf ihre Rückkehr gewartet hatte. Ich war stinksauer gewesen, dass sie abgehauen war, allerdings hatte es mir auch gezeigt, dass sie mit allem umgehen konnte. Und deshalb hoffte ich, dass sie mich und den Club akzeptieren würde.

»Sie ist ziemlich cool.« Ich stellte meine Flasche geräuschvoll auf den Tisch, da ich gerade keine Lust auf Alkohol hatte. Viel lieber hätte ich sie angerufen, wäre zu ihr nach Hause gefahren, und hätte vor allem wieder mit ihr geschlafen.

»Schön für euch. Sie wäre bestimmt eine tolle Old Lady.« Mit einem süffisanten Grinsen lehnte Archer sich zurück.

Ich grinste und rieb mir mit der Hand über den Mund. »Noch würde ich sie nicht so nennen. Wahrscheinlich würde sie mir eine knallen.«

»Und du willst sie wirklich?« Slade beugte sich mit verengten Augen vor. Als Cousins hatten wir die gleichen dunklen Augen, die gleiche dunkle Hautfarbe. Doch im Gegensatz zu mir war die Welt für ihn ein schwarzes Loch, das einen jederzeit verschlingen konnte. Manchmal ging es mir ähnlich, aber es war nie so krass wie bei ihm.

»Sie scheint eine Menge Arbeit zu machen«, fügte Slade hinzu.

»Tut sie nicht.«

»Aber du wolltest so unbedingt quer durchs Land fahren und Maya finden.« Slade machte unbeeindruckt weiter und verteidigte Maya.

»Maya ist meine Vergangenheit. Summer ist meine Zukunft.«

»Klingt lächerlich.« Archer lachte und legte mir die Hand auf die Schulter. »Aber wenn du sie wirklich willst, stehe ich hinter dir. Solange du nicht wieder abhaust.« Er wurde ernst. »Der Club braucht dich.«

»Ich laufe nicht weg.«

»Schwöre es«, verlangte Slade.

Ich stützte die Ellenbogen auf den Tisch. »Auf mein Leben.«

Langsam lehnten sich meine beiden Freunde zurück und

sahen mich voller Respekt an. Sie wussten, dass ich diesen Schwur nicht leichtfertig abgelegt hatte.

»Dann ist ja gut.« Grinsend hob Slade sein Bier. »Ein Toast auf die Frau, die für immer bleibt.«

Ich schüttelte den Kopf, hob aber trotzdem die Flasche.

Danach ließ die Anspannung nach. Wir sprachen über die Zukunft des Clubs und unsere Pläne. Insgesamt war es ein verdammt guter Abend.

Bis mein Handy summte und Emilys Name auf dem Display aufleuchtete.

NEUNUNDDREISSIG

SUMMER

Die Straße war stockdunkel, und das Trommeln des Regens auf den Scheiben hallte im Fahrerhaus meines Mietwagens wider. So wie bereits vermutet, hatte die Versicherung bestätigt, dass mein Rover einen Totalschaden hatte. Jetzt wartete ich also auf das Geld der Versicherung, um mir etwas Neues zu kaufen. Hoffentlich schon nächste Woche.

Während ich Lisas Haus ansteuerte, überkam mich die Enttäuschung darüber, dass Niyol mich im Stich gelassen hatte. Irgendwann, nachdem ich in Niyols Armen eingeschlafen war, war er gegangen. Und als ich aufgewacht war, lag neben mir auf dem Kissen ein Abschiedsbrief. Er war so ein Blödmann, behauptete das eine und tat etwas anderes.

Andererseits hätte ich nicht mit etwas anderem rechnen sollen. In den drei Wochen der Trennung hatte er viel durchgemacht, aber in dem Moment, als er frei war, war er sofort zu mir gekommen. Aus diesem Grund wollte ich ihm einen Vertrauensvorschuss geben, auch wenn ich das alles noch nicht verstand. So lange er mich einbezog, mit mir sprach, anstatt mich im Dunkeln zu lassen, konnte die Regeln des Clubs vielleicht akzeptieren. Es würde seine Zeit brauchen, aber ich hatte sowieso keine andere Wahl.

Zehn Minuten später bog ich in Lisas Einfahrt, bereit, sie mit Fragen zu löchern. Emily hatte mir nur wenig über das Leben ihrer Mutter mit Niyols Vater erzählt, und so wie es sich anhörte, war es nicht gut gelaufen. Es wurde also Zeit, dass ich mich direkt an die Quelle wandte und herausfand, worauf ich mich bei den Red Dragons einließ.

Lisa öffnete die Tür in Jeans und einem langen, schwarzen Tanktop, und ich hätte mich nicht gewundert, wenn sie so über den Laufsteg gelaufen wäre.

»Summer? Was machst du denn hier?« Ihre grünen Augen weiteten sich, als sie bemerkte, wie durcheinander ich war.

»Würdest du mir glauben, wenn ich sagte, ich war gerade in der Gegend?«

Mit einem traurigen Lächeln bat sie mich herein. »Leider nein.«

Nass bis auf die Knochen, in Hoodie und Shorts, trat ich ein, sah mich um und fragte: »Ist er hier?« Es war reine Spekulation und außerdem die perfekte Ausrede.

»Niyol?«, fragte sie.

Ich nickte.

»Nein, tut mir leid, Süße, leider nicht.«

Sie führte mich in die Küche. Ohne Rücksicht darauf, dass ich ihren schönen Fußboden volltropfte, schnappte sie sich eine Decke von der Couch und legte sie mir um, als ich mich an den Küchentisch setzte.

»Was ist denn los, Summer?«

Ich wollte nicht um den heißen Brei herumreden und erzählte ihr alles. »Er möchte, dass ich bei ihm einziehe, aber ich bin mir nicht sicher.«

Lisa kochte eine Kanne Kaffee und stellte eine Tasse vor mir auf den Tisch. Sie tippte sich mit dem Finger an die Lippen und setzte sich neben mich. »Dann ist es ernster, als ich dachte.«

»Was soll das heißen?« Ich runzelte die Stirn.

»*Das soll heißen*, Niyol ist in dich verliebt.«

»Äh, nein. Wir haben uns gerade erst kennengelernt.« Ich errötete, doch mein Herz schlug unwillkürlich schneller.

»Haben Emily oder Niyol dir je erzählt, wie ich Charles kennengelernt habe?« Sie faltete die Hände auf der Tischplatte.

»Niyols Vater?«, fragte ich.

»Ja.«

»Er hat es erwähnt.«

Sie fuhr sich mit der Hand über den Hals. Etwas blitzte in ihren Augen auf und sie wandte den Blick ab, aber bevor ich es analysieren konnte, war es verschwunden.

»Niyol war nie der größte Fan seines Vaters.«

»Aus gutem Grund.« Mir missfiel, wie nonchalant sie das sagte. Charles Lattimore war ein fieser Arsch, doch das schien sie nicht so zu sehen.

»Es tut mir leid. Du hast ihn gern. Und ich auch. Sehr sogar.« Sie griff nach meiner Hand und drückte sie, ihre grünen Augen wurden sanft. »Und es macht mich fertig, was sein Vater ihm angetan hat. Aber Ny ...« Sie seufzte. »Er hat sich so gut entwickelt. Ein guter, starker Mann, der nichts mit seinem Vater gemein hat. Seit ich ihn zum ersten Mal gesehen habe, wusste ich, dass er anders ist.«

Ich nickte und stimmte ihr zu. Niyol hatte seine Ecken und Kanten, aber er war ein guter Mensch. Liebevoll, beschützend und loyal. Alles, was ich mir von einem Mann wünschte. Deshalb war das ja so verwirrend. Ich dachte, ich würde mich in Niyol verlieben, *den Typen, mit dem ich quer durch das Land gefahren war*. Doch Niyol, *das Mitglied der Red Dragons*, kannte ich gar nicht.

»Charles war ein schlechter Mensch.« Sie tippte sich rhythmisch gegen die Lippen. »Aber als ich ihn kennengelernt habe, hat er mir den Kopf verdreht und mir Stabilität versprochen, und die hatte ich seit meiner Kindheit nie erfahren.« Sie lachte leise, aber es klang eher bitter als nach Humor. »Ich hatte niemanden. Keine Mutter, keinen Vater, nur einen Bruder, dem ich ziemlich egal war, und einen weiteren, der fünfzehn Jahre älter war.«

Das hatte ich nicht gewusst. Und sie tat mir wahnsinnig leid. Aber so wenig ich auch über Charles Lattimore wusste, seinen Namen und den Begriff *den Kopf verdrehen* würde ich nie in demselben Satz erwähnen. Aber jeder wie er wollte.

»Charles hat mich bezirzt. Mir dieses *wunderbare* Leben versprochen.« Sie lächelte wehmütig. Ich rutschte auf meinem Stuhl herum. Mir war es unangenehm, dass sie so nostalgisch von einem Mann dachte, der Niyol so verletzt hatte.

»Eine lange Zeit war er sehr gut zu Emily und mir. Hat uns das Haus gekauft. Mein Geschäft finanziert.« Sie lächelte sanft, den Blick in die Ferne gerichtet. »Emily war nicht glücklich darüber, mitten in ihrem zweiten Jahr auf der Highschool umzuziehen, aber sie hat es überlebt. Zwei Jahre später ging sie aufs College und traf dich, die Antwort auf ihre Gebete.« Sie zwinkerte mir zu.

Wir hatten im selben Wohnheim gewohnt und uns im selben Freundeskreis bewegt. Auch wenn wir nicht viel gemeinsam hatten, konnten wir uns immer gegenseitig zum Lachen bringen. Das hatte ausgereicht, um unsere wundervolle Freundschaft zu begründen, die vier Jahre im College und darüber hinaus andauerte. Wir hätten nie erwartet, dass wir nur eine Stunde voneinander entfernt aufgewachsen waren.

»Emily hätte auch damals schon alles für dich getan«, sagte ich.

Lisa starrte durch das dunkle Küchenfenster. »Und ich würde alles für sie tun.«

Eine Mutter, die ihr Kind liebte: Auch wenn ich das nie

erlebt hatte, wusste ich es zu schätzen. Ich konnte nur hoffen, dass meine Mutter mich genauso geliebt hätte.

»Ich wollte Emily nicht belasten, aber wir standen damals kurz davor, unsere Wohnung zu verlieren. Ich hatte meinen Job verloren und wir lebten von meinen spärlichen Ersparnissen. Zu ihrem Geburtstag hatte ich sie an dem Wochenende nach Chicago mitgenommen und wollte ihr sagen, dass wir am nächsten Tag bei meinem Bruder einziehen würden. Bevor ich ihr das Herz brach, sollte sie noch einmal glücklich sein.« Ihre Mundwinkel verzogen sich nach unten und sie betrachtete die Tischplatte. »Dann kam Charles in unser Leben, als wären meine Gebete erhört worden.« Sie zuckte mit den Schultern. »Als er versprach, für Emily und mich zu sorgen, fiel es mir leicht, so zu tun, als würde er mir etwas bedeuten.«

Ich holte scharf Luft, ich war so schockiert, dass ich nichts sagen konnte. Emily glaubte, dass ihre Mutter nach Rockford gezogen war, weil sie sich in Charles verliebt hatte. Wahrscheinlich hatte sie keine Ahnung, dass das nicht stimmte.

»Wie auch immer.« Sie winkte ab und wischte sich über die feuchten Augen. »Ich traf eine Entscheidung, und auch wenn es nicht immer einfach war, bekam meine Tochter damit die verdiente zweite Chance auf ein gutes Leben.«

»Hast du ihr je die Wahrheit gesagt? Dass du ihn nicht geliebt hast?«

Sie schüttelte den Kopf. »Das werde ich auch nicht. Aber dir erzähle ich es, weil du es verstehst.«

»Was verstehe ich?«, fragte ich.

»Dass man manchmal glaubt, als hätte meine keine andere Wahl, als eine einzige Entscheidung zu treffen, um das richtige Leben zu finden.«

Bei ihren Worten machte etwas bei mir Klick und ich setzte mich aufrechter hin. »Deshalb hat Niyol sich für den Club entschieden.«

Sie nippte an ihrem Kaffee, sah mir aber nicht in die Augen, als sie sagte: »Ja. Wie bei Niyol. Obwohl er immer beteuern würde, dass die Jungs im Club seine Brüder sind.«

Auf einmal ergab das alles einen Sinn. Er glaubte, er habe keine andere Wahl, als zum Club zurückzugehen, keinen anderen Platz in der Welt. Und jetzt versuchte er, das Geschehene wiedergutzumachen. Der zu sein, der sein Vater nicht sein konnte. Ich seufzte und nahm einen großen Schluck von meinem Kaffee, während ich über meine Entscheidung nachdachte.

Letztendlich war es sonnenklar: Ich würde zu ihm gehen. Seinen Club besuchen. Versuchen, Teil seiner Welt zu werden, *für* ihn. Wenn wir tatsächlich füreinander bestimmt waren, würde sich alles fügen. Ich würde noch nicht bei ihm einziehen, aber wir könnten später noch einmal darüber sprechen. Frisch gewagt ist halb gewonnen.

»W-warst du schon mal dort?«

»Wo?«, fragte sie.

»Auf dem Gelände der Red Dragons.«

»Schon sehr oft. Von hier braucht man mit dem Auto etwa zwanzig Minuten.«

Ich leckte mir über die Lippen. »Wie ist es dort?«

»Anders. Aber nicht so schlimm, wie man annehmen würde. Die Jungs sind allerdings alle ein bisschen derb. Zumindest waren sie das früher. Flick hingegen ...« Sie wandte den Blick ab und räusperte sich. »Er ist ein guter Mensch.«

Ich runzelte die Stirn und fragte mich, was das zu bedeuten hatte. Ich würde mich bald damit befassen, aber im Moment konzentrierte ich mich auf das Wesentliche, verfolgte meinen Plan.

»Hast du vielleicht die Adresse parat?« Ich hielt den Atem an und betete, dass sie mich verstand. Als ein Lächeln ihre vollen Lippen umspielte, war mir klar, dass ich die richtige Frage gestellt hatte.

»Tatsächlich habe ich mehr als das.« Sie stand auf,

schnappte sich meinen Kaffee und goss den Rest über der Spüle in einen Thermobecher. Als sie sich umdrehte und ihn mir gab, sagte sie: »Wie wäre es mit einer kleinen Fahrt, nur wir zwei?«

»Wie geht's Emily, seitdem sie von der Kreuzfahrt zurück ist?« Ich lehnte mich zurück und schaute aus dem Fenster von Lisas Auto. Der Regen hatte nicht nachgelassen. Im Gegenteil, er schien sogar noch schlimmer zu werden. In der Ferne zuckten Blitze über den Nachthimmel. Ich bekam eine Gänsehaut und nachdem ich den letzten Schluck Kaffee getrunken hatte, rieb ich die Hände aneinander. Mein Bauch war warm und gut gefüllt, aber meine Nerven lagen blank.

»Ihr geht es super, aber sie macht sich Sorgen um dich.« Lisa lächelte traurig und stellte das Radio leiser.

Emily und ich mussten mal wieder einen Tag miteinander verbringen, an dem wir nicht tranken oder sie mir beim Möbelzusammenbauen half. Ich vermisste sie – uns. Vor allem die Einfachheit und Leichtigkeit unserer Freundschaft. Bei dem Gedanken zog ich mein Handy aus der Handtasche und schickte ihr schnell eine Nachricht:

Bald mal Mittagessen?

Klar, antwortete sie innerhalb von Sekunden.

Und weil ich fand, dass sie es wissen sollte, selbst wenn sie es am Ende nicht akzeptieren würde, schrieb ich:

Deine Mom nimmt mich mit zu Niyol auf das Gelände. Ich möchte seine Welt kennenlernen. Bitte sei mir nicht böse.

Die kleinen Blasen auf dem Display zeigten, dass sie tippte. Aber dann verschwanden sie und es kam keine Antwort mehr. Ich runzelte die Stirn und stellte das Smartphone in den

Becherhalter. Ich wollte gar nicht wissen, warum sie mich ignorierte. Ich hatte schon genug um die Ohren. Also schob ich die
Gedanken beiseite, entschlossen, es später zu klären, wenn ich
wieder einen klaren Kopf hatte.

»Emily war sehr verärgert darüber, dass du und Niyol
zusammengekommen seid. Sie hat Angst, dass du verletzt wirst,
weil sie weiß, was dieser Lebensstil mit sich bringt.«

»Ich weiß.« Aber letztendlich war es meine Entscheidung,
nicht ihre. Das würde ich ihr auch irgendwann sagen, aber
nicht jetzt, nicht in einer Nachricht.

»Sie hat aber viel zu tun«, fuhr Lisa fort. »Wir sind morgen
zum Mittagessen verabredet. Sie haben die Hochzeit auf Ende
Oktober vorverlegt.«

Das war mir neu ... und ich fühlte mich scheiße. Warum
hatte sie mir gestern Abend nichts davon gesagt?

»Das wusste ich nicht.«

»Mach dir keine Sorgen.« Sie beugte sich zu mir und
drückte ihre Hand auf meine. »Sie ist gerade ein bisschen
schusselig. Aber sie wird dich in den nächsten Monaten brauchen. Trauzeuginnenpflichten und so.« Ich runzelte die Stirn.
»Du bist die Hochzeitsplanerin, Lisa. Sie braucht mich nicht.«

»Oh doch. *Du* bist ihre beste Freundin.«

Ich lehnte mich zurück, schloss die Augen und wünschte
mir, ich könnte all die aufgestaute Energie loswerden. Ich
freute mich sogar darauf, Niyol bald in seinem Element zu
sehen. Und gleichzeitig war ich nervös, seine Welt kennenzulernen. Und zu allem Überfluss machte mir Emilys Distanziert-
heit Sorgen.

Lisa zufolge hatten wir noch etwa zehn Minuten, bis wir
beim Gelände ankommen würden, als beschloss ich, mich zu
entspannen. Nach ein paar Minuten wurden meine Lider
schwer und der Schlaf streckte seine Klauen nach mir aus.
Doch gerade, als ich fast eingeschlafen wäre, schrie Lisa auf
und etwas donnerte an die hintere Stoßstange.

»Was war das?«, fragte ich, setzte mich ruckartig auf und stemmte die Hände gegen die Mittelkonsole und die Tür.

Ihre Augen huschten zum Rückspiegel. Als ich mich zur Heckscheibe umdrehte, wurde ich von hellen Scheinwerfern geblendet.

»I-ich weiß nicht ...« Bevor sie den Satz beenden konnte, erklang ein weiteres Knirschen und der Wagen schob uns noch weiter vorwärts. Lisa schrie auf, wich nach links aus und versuchte, nicht in den Graben zu fahren.

Ein weiterer Aufprall, das Auto knallte wieder gegen unsere Stoßstange. Durch die Wucht schlug ich mit dem Gesicht gegen die Scheibe. Lisa kreischte und knallte mit der Stirn auf das Lenkrad.

Das Auto geriet ins Schleudern und drehte und drehte sich ...

»Oh, Gott.« Die Hände an der Tür und der Konsole abgestützt wurde mir schwindelig.

Metall kreischte, knackte, brach, das Auto überschlug sich.

Einmal.

Zweimal.

Dreimal ...

Und dann versank ich in Dunkelheit.

VIERZIG

NIYOL

»Wo ist sie?« Drei Stunden nach Emilys Anruf stürmte ich zur Tür des Hauptquartiers hinein. Mein Puls raste, ich war bis auf die Haut durchnässt und so voller Wut, dass sie mir aus jeder Pore drang.

Unsere Brüder teilten den Raum, eine Hälfte auf einer Seite, die andere auf der anderen. Wir gingen durch die Menge und auf Flick zu, der an einem Tisch im hinteren Teil der Bar saß. Als er uns sah, stand er auf, drückte seine Zigarette aus und kam hinter dem Tisch hervor.

Einige der Brüder waren über die Tische gebeugt, eine Gruppe lehnte an der Bar und wieder andere standen wie gelähmt herum und warteten auf Anweisungen.

»Das letzte Zimmer rechts«, sagte Flick mit finsterem Blick und deutete in Richtung der Schlafräume. Slade und Archer standen hinter mir und folgten mir den Flur hinunter. Als ich das Zimmer betrat, hörte ich Emily schluchzen. Sie saß auf dem schmalen Bett an der Wand, ihre braunen Augen waren gerötet.

»Das ist alles deine Schuld!« Meine Stiefschwester stand auf, schwang die Fäuste und stürmte auf mich zu. »Moms Auto hat einen Totalschaden, sie waren beide nicht mehr drin und das alles wegen dir und dem beschissenen Club.«

»Ruhig, Hübsche.« Flick schlüpfte zwischen uns, seine grauen Haare waren im Nacken zu einem Pferdeschwanz gebunden. »Derartige Anschuldigungen gegen meine Brüder lasse ich nicht durchgehen.«

»Woher weißt du überhaupt, dass Summer bei ihr war?« Ich trat neben Flick. »Hast du Beweise?«

Emily holte aus und schlug wieder nach mir, aber Archer packte ihre Arme und drehte sie ihr auf den Rücken.

»Beruhige dich mal, du Knallfrosch. Das ist jetzt wichtiger als du.«

Er flüsterte ihr etwas ins Ohr und sie ließ die Schultern hängen. Dann sank sie an ihn und schluchzte noch lauter. Ich stand da, die Hände in den Haaren, unruhig und mit einem mulmigen Gefühl im Bauch. Emily war nur ein paar Mal im Club gewesen, aber sie kannte einige der Brüder. Pops, Flick, Archer und Slade. Doch nun, allein und ohne ihre Mutter, wirkte sie verdammt verloren, und ich war schuld daran.

Als Arch sie etwas beruhigt hatte, trat er zurück, legte ihr aber schützend die Hand auf den Rücken, als sie anfing zu reden.

»Summer hat mir geschrieben, dass sie und Mom herkommen wollten, u-und ich wollte nicht, dass sie sich hier allein umsieht, also bin ich ins Auto gestiegen, um sie hier zu treffen.« Sie hielt sich eine Hand vor den Mund, ihre Knie zitterten.

Archer zog sie näher und flüsterte ihr etwas ins Ohr. Sie nickte einmal, holte Luft und sprach weiter.

»A-auf dem Weg habe ich die F-feuerwehr, die Polizei ...« Ihr Kopf zuckte vor und zurück und voller Angst wanderte ihr Blick von mir zu Flick. »Als ich zum Auto rennen wollte, sagte der Beamte, dass niemand drin sei.« Sie hielt inne, um Luft zu holen. »Ich dachte, sie wären vielleicht ins Krankenhaus gebracht worden, aber als ich nachfragte, meinten sie, dass bei ihrer Ankunft niemand mehr im Auto gewesen sei.« Sie bedeckte die Augen mit einer Hand. »Ihnen ist irgendetwas zugestoßen.«

»Scheiße, scheiße, scheiße!« Ich ging auf und ab und fuhr mir mit der Hand über den Mund. Ich hatte einiges davon am Telefon erfahren, aber nicht alles. Waren noch mehr Abtrünnige hinter uns her? Arbeiteten sie für Pops? Mein Gott, ich würde sie alle umbringen!

Ich blickte zur Decke und wurde immer unruhiger. Doch ich konnte nur an Summers schlafendes, friedliches wunderschönes Gesicht heute Morgen denken, bevor ich sie verlassen hatte.

Gott, wäre ich doch geblieben.

»Was sollen wir tun, Boss?« Archer schaute zu Flick und drängte Emily, sich wieder auf das Bett zu setzen.

Flick stellte sich neben mich und öffnete den Mund, doch jemand sagte: »Das war ein Ablenkungsmanöver.«

Ich blinzelte und drehte mich zur Tür. Dort stand mein Cousin, ruhig, taxierend, tödlich.

»Was?«, fragte Flick und verschränkte die Arme.

»Die gestohlenen Waffen, die Munition. Der Scheiß-*Chevy*. Das war nur ein Ablenkungsmanöver, damit wir heute die Stadt verlassen.«

»Verdammter Mistkerl«, zischte Archer. »Klingt logisch.«

Verzweifelt schaute ich zum Rest meiner Brüder und richtete den Blick wieder auf Flick, der das Kinn vor Verbitterung, Wut oder vielleicht auch Ärger auf die Brust drückte. Da wurde mir die Wahrheit klar – sonnenklar. Mein Rücken versteifte sich und mein Herz klopfte wie verrückt in meiner Brust.

Scheiße. Das konnte nicht sein …

»Soll das ein Witz sein?« Ich blickte meinen Brüdern in die Gesichter. Ich betete nicht, aber das hätte ich gern getan, wenn ich dann aufgewacht wäre und herausgefunden hätte, dass das alles nur ein Albtraum war. Doch niemand sagte etwas. Und je mehr ich in Rage geriet, desto dunkler wurden die Gesichter der anderen. Sie dachten alle dasselbe.

Pops war wieder draußen.

Ich stellte mich vor Flick, der unserem Bruder Bull bedeutete, ihm sein Handy zu geben.

»Sag es mir Flick! Sag mir, dass Pops noch im Scheißknast sitzt!« Ich trat ganz nah an ihn heran und suchte in seinem Gesicht nach der gefürchteten Antwort. Er sagte nichts, nahm nur sein Handy entgegen und wählte.

Ich grub die Nägel in meine Handfläche, ich wollte, dass es blutete. Wollte den Schmerz spüren. Denn allein bei der Vorstellung, dass Pops sich an Summer vergriff, wollte ich sterben.

»Dann setz jemanden darauf an, verdammt!«, brüllte Flick denjenigen am anderen Ende der Leitung an, als er sich umdrehte, war sein Gesicht unter dem grauen Bart rot. »Finde heraus, ob er noch einsitzt. Wenn nicht, finde heraus, wo er verdammt noch mal ist.«

»Fuuuuuuuuuck.« Ich wandte mich nach links und trat einen Tisch um. Glas zersplitterte auf dem Boden und Emily schluchzte noch heftiger.

»Slade stellt ein Team zusammen.« Archer drückte mir die Schulter, plötzlich war er bei mir. Er wollte mich beruhigen, aber es funktionierte nicht.

Mit schwerem Atem und rasendem Herzen schaffte ich es trotzdem irgendwie, zu nicken. Eine Sekunde verging, zwei Sekunden, dann drei. Dann wurde ich aktiv.

Ich musste die beiden zurückholen.

Ich musste Summer zurückholen.

»Folgt mir.«

Slade nickte, er wusste, was zu tun war. Aus diesem Grund hatte er auch die Position als Road Captain. Ein ruhiger, dunkler Kerl, der vor nichts zurückschreckte, um zu bekommen, was er wollte. Mit tödlicher Miene deutete er auf ein paar andere Brüder im Raum.

Flick drehte sich um und sagte zu Archer: »Du bleibst bei ihr.« Er zeigte auf Emily, die nun an der Wand stand, die Augen immer noch feucht, aber ihr Gesicht war völlig leer. Sie wirkte wie weggetreten. Scheiße. Wenn sie mich vorher nicht gehasst hatte, dann tat sie es spätestens jetzt.

»Alles klar.« Archer ging zu meiner Stiefschwester wie jemand, der sich einem verwundeten Tier näher.

Slade und ich eilten aus der Seitentür und steuerten auf den Versammlungsraum zu.

»Was brauchst du?«, fragte ich Slade beim Hineingehen.

»Waffen, Munition, eine Spur.«

»Wir sind dran.« Flick kam nach und hielt mit uns Schritt. Der Mann mochte auf die fünfundsechzig zugehen, aber er war immer noch knallhart und ein verdammt guter President.

»Ist er draußen?« Ich erstarrte, die Hände in den Haaren und starrte den Mann an, der für mich mehr wie ein Vater war, als Pops es je gewesen war.

Es war mein Bauchgefühl, aber wir wussten alle, dass mein alter Herr ein gerissener Wichser war, der sich aus dem Gefängnis herausreden konnte. Oder jemanden fand, der es für ihn tat. Und wenn es jemanden gab, der mich genug hasste, um Summer und meine Stiefmutter zu entführen, dann er.

»Weiß ich noch nicht«, sagte Flick, öffnete die Tür und sah mich voller Mitgefühl an.

Ich nickte, er sollte wissen, dass ich mich jetzt zusammen-riss. Ich war ausgeflippt, und es hatte mir nichts genützt – Summer und Lisa bekam ich auf diese Weise nicht zurück.

Im Hauptraum der Church waren schon fünfzehn Brüder versammelt, die packten und sich auf den Aufbruch vorbereite-ten. Flick schaltete weitere Lampen an und zog damit alle Augen auf sich.

»Emily wird hierbleiben müssen«, erklärte ich, bevor er etwas sagen konnte. »Draußen ist es jetzt zu gefährlich für sie. Jemand muss auf sie aufpassen.«

»Du kannst mich hier nicht festhalten!« Ich drehte mich um und meine Stiefschwester sah mich mit großen Augen von der Eingangstür aus an. »Ich habe *Sam*. Ich muss zu ihm zurück. Ich muss nach meiner Mom suchen. Ich ...«

»Nur so lange, bis wir uns etwas einfallen lassen, Em.« Ich biss die Zähne zusammen.

Die Hand auf den Schritt gepresst kam Archer hinter ihr hereingestolpert.

»Sie hat mir in die Eier getreten.« Sein Akzent war deutlich hörbar und er schüttelte den Kopf, sein Gesicht war blass, das verschwitzte blonde Haar fiel ihm über ein Auge. Wenn ich nicht diese irre Mordlust verspürt hätte, dann hätte ich gelacht.

»Was ist mit Sam? Was, wenn er auch in Gefahr ist?«, fragte Emily und ignorierte alle bis auf mich.

»Ich schicke eine Gruppe raus, die auf ihn aufpasst«, antwortete Flick und rieb sich über den Mund.

Ich fügte hinzu: »Sag ihm, dass du Urlaub brauchst oder so. Du musst hierbleiben. Du kannst das Gelände im Moment nicht gefahrlos verlassen.«

Sie warf mir einen kalten Blick zu. »Ich *war* gerade im Urlaub, schon vergessen? Mit *Sam*. Meinem *Verlobten*. Mit dem ich *zusammenlebe*.«

Ich zitterte vor Wut und ich kniff mir in den Nasenrücken. Ich wollte geduldig sein, aber wie sollte das gehen, wenn Summer und Lisa verschwunden waren? Möglicherweise in Gefahr schwebten?

»Gut. Wir bringen dich nach Hause.« Flick atmete aus und kam mir zu Hilfe. »Ich schicke ein Team raus, das euer Haus beobachtet.«

»Ich brauche niemanden, der mein Haus *beobachtet*.« Sie stellte sich vor Flick und stieß ihm den Finger in die Brust. Ein paar Brüder lachten leise, doch Flick wirkte, als würde er gleich ausrasten.

»Und wie du sie brauchst, *Mädchen*«, knurrte er und ließ den Blick über ihr Gesicht wandern. Ich packte sie am Oberarm und zog sie weg.

»Das ist alles deine Schuld.« Sie schubste mich mit beiden Händen. »Dieser Club, dein bescheuerter Vater!«, brüllte sie, dann senkte sie die Stimme und sagte nur für mich hörbar: »Du hättest auf die Warnung hören und dich fernhalten sollen.«

Ich erstarrte. »Was hast du gesagt?«

»Du hast mich schon verstanden.« Sie verzog die Oberlippe. Und mit einem Mal wurde mir alles klar. Emily hatte mir den Brief in den Knast geschickt. *Ihretwegen* hätte ich mir fast mein Leben versaut.

Ich ließ es auf mich wirken, legte das Kinn auf die Brust und raunte: »Hau ab, verdammte Scheiße.«

Ein Schlag. Ihre Hand. Meine Wange. »Ich hasse dich«, zischte sie.

Mir gefror das Blut in den Adern. »*Gut.*«

Ich wandte mich ab und überspielte, was gerade geschehen war, schaute Flick an und fragte: »Geht es jetzt endlich los, oder was?«

EINUNDVIERZIG

SUMMER

Ich zitterte am ganzen Körper und der spärlich beleuchtete Raum mit den holzgetäfelten Wänden ließ meine Fantasie Amok laufen. Mir tat alles weh, die Kopfschmerzen waren so schlimm, dass ich lieber gestorben wäre, als sie noch eine Sekunde länger ertragen zu müssen.

Für Gott weiß wie lange hatte ich immer wieder das Bewusstsein verloren. Und weil ich so viel geweint und so viel Blut verloren hatte, war ich völlig ausgetrocknet. Zum ersten Mal seit Tagen, Stunden, Minuten, war ich wach und einigermaßen bei Bewusstsein und war mir ziemlich sicher, dass ich eine Gehirnerschütterung hatte.

Während meiner Bewusstlosigkeit musste irgendjemand meine Kopfwunde versorgt haben. Das Blut lief mir nicht länger in die Augen, aber die Wunde war mit einem schmutzigen weißen Verband bedeckt, der mir unordentlich schräg um den Kopf gewickelt worden war. Ich trug jedoch immer noch dieselben Sachen, und sie stanken nach getrocknetem Regen, Blut und meinem Schweiß.

Auf der anderen Seite des schummerigen Zimmers lag Lisa auf einer nackten Matratze auf dem Rücken und schlief. Ihr

Arm war in einem seltsamen Winkel zur Seite verdreht und wahrscheinlich gebrochen, ihr Hals und ihr Gesicht waren mit winzigen Schnitten von den Glasscherben und getrocknetem Blut bedeckt. Sie hatte die angebotene Behandlung abgelehnt – ich erinnerte mich vage daran, dass sie *Fass mich nicht an!* geschrien hatte, bevor ich das Bewusstsein verloren hatte.

Nachdem unser Wagen sich überschlagen hatte, waren wir innerhalb weniger Minuten herausgezogen und in ein anderes Auto verfrachtet worden. Lisa war die ganze Zeit wach, wohingegen ich orientierungslos war und mich weder auf Gesichter noch die Umgebung konzentrieren konnte. Irgendwann war ich zu mir gekommen und hatte festgestellt, dass wir vor einer alten, verlassenen Hütte im Wald angehalten hatten, dann fielen mir die Augen wieder zu.

Warum war ich nicht tot? Der Gedanke verfolgte mich, seit man mich aus dem Auto gezogen hatte.

Die Fenster der alten Hütte waren vernagelt, die Türen von außen verriegelt. Ich hatte keine Ahnung, ob es Tag oder Nacht war, und ein Teil von mir wollte gar nicht wissen, wie lange wir schon hier waren. Wenn ich herausfände, dass nur Stunden vergangen waren, würde ich wahrscheinlich wieder anfangen zu weinen. Wären es hingegen Tage, würde ich sicher aufgegeben.

Trotz meiner Angst und Verwirrung hatte ich schließlich genug Kraft gesammelt, um aufzustehen. Doch kaum hatte ich aufrecht gestanden, hatten meine Beine nachgegeben und mir war schwindelig geworden. Deshalb saß ich nun neben der Tür auf dem Boden, die Knie an die Brust gepresst, den Kopf an die Wand gelehnt. Ich konnte kaum sitzen, ohne das Gefühl zu haben, ohnmächtig zu werden oder mich übergeben zu müssen. Dennoch knurrte mir der Magen, ein Beweis dafür, dass meine letzte Mahlzeit schon eine Weile her war. Es mussten also mehr als nur ein paar Stunden vergangen sein.

Ich öffnete den Mund, um noch einmal zu versuchen, Lisa

aufzuwecken, aber meine Kehle brannte so schrecklich, als hätte ich Rasierklingen verschluckt. Ich griff mir an den Hals, als würde das helfen. Ich war dehydriert und brauchte dringend Wasser.

Wir mussten irgendwie hier raus. Und zwar bald. Am besten, bevor derjenige, der uns hierhergebracht hatte, zurückkam.

Das Gesicht meines Vaters schoss mir durch den Kopf. Seit dem Abend, an dem ich meine neuen Möbel bekommen hatte, hatte ich nicht mehr mit ihm gesprochen. Er machte sich bestimmt wahnsinnige Sorgen und suchte nach mir.

Als ich mich auf dem Boden abstützte, zitterten mir die Hände und meine Augen wurden wieder heiß, aber keine Tränen kamen. Mit einem gewaltigen schmerzenden Atemzug stemmte ich mich hoch und schaffte es, »Lisa?« zu krächzen.

Mit pochenden Gliedern humpelte ich näher an das Bett heran, mir drehte sich der Kopf, Knie und Beine brannten. Ich musste sie irgendwie wecken, ich musste nur das Bett erreichen. Dann würde ich nach etwas suchen, mit dem man die Fenster einschlagen konnte, auch wenn das sicher schwierig würde. Nach einem weiteren Schritt war ich an ihrer Seite, aber Stimmen von draußen ließen mich erstarren.

»Sie waren beide bewusstlos. Ich habe vor ein paar Minuten nach ihnen gesehen«, sagte eine leise, männliche Stimme.

»Ich muss sie so weit wie möglich von hier wegschaffen.«

Die unbekannten Stimmen verursachten mir einen Kloß im Hals, der mich zu ersticken drohte. Die Tür wurde aufgeschlossen und ich sprang gerade noch rechtzeitig auf und drehte mich weg, um die Schatten zweier Männer zu erkennen. Helles Sonnenlicht fiel hinter ihnen herein, und ich hielt mir eine Hand vor die Augen. Die Tür schloss sich mit einem Klicken und Schritte hallten über den Sperrholzboden.

Schnell atmend ließ ich den Arm sinken und blinzelte zu

den Gesichtern hoch, die von einer einsamen Laterne erleuchtet wurden.

Bei ihrem Anblick keuchte ich auf, konnte vor Schock aber nicht schreien. Einer der Männer sah Niyol so ähnlich, dass ich zweimal blinzeln musste, um mich zu vergewissern, dass ich nicht halluzinierte.

Das konnte nicht ...

»Du solltest besser nicht herumlaufen«, knurrte der Mann, der Niyol so ähnlich sah.

»Nein«, keuchte ich. »Kommen Sie mir nicht zu nahe.«

»Ganz ruhig. So behandelt man doch nicht seinen zukünftigen Schwiegervater.« Er lachte träge und vor Angst zog sich mir der Magen zusammen.

Charles Lattimore war auf freiem Fuß.

Jemand packte von hinten meine Hand und drückte sie. Lisa war wach. Ich drehte mich nicht zu ihr um, sondern behielt den abscheulichen Kriminellen im Blick.

»Warum ...« Ich holte noch einmal Luft. »Tun Sie das?«

Er legte den Kopf schräg, ließ eine Hand zu seiner Hüfte gleiten und fingerte an der Waffe in seinem Holster herum, während er mich musterte. Eine Tätowierung verlief über seine Wange, Zahlen, die mir nichts sagten.

»Weil mein Sohn für das bezahlen muss, was er mir angetan hat.« Er zuckte die Achseln, und lehnte sich mit übereinandergelegten Knöcheln an die Tür. »Mit dem Tod hätte ich es ihm zu leicht gemacht.«

Bei der Vorstellung, was dieser Mann wohl mit mir vorhatte, erschauerte ich. Aber da ich es nicht ertragen hätte, wenn er Niyol etwas antat, war ich tief im Inneren froh darüber, dass ich stattdessen hier war.

»Außerdem ist er mein Blut.« Charles zuckte die Achseln. »Kann mein eigenes Blut nicht umbringen. In meiner Welt ist das ein ungeschriebenes Gesetz.«

Vom Bett ertönte ein Wimmern und lenkte mich ab.

Instinktiv und voller Angst drehte ich mich zu Lisa um. Den Arm an die Brust gezogen, versuchte sie, sich aufzusetzen. Ich ignorierte Charles und seinen Freund, setzte mich vorsichtig neben sie auf das Bett und achtete darauf, dass sich die Matratze dadurch nicht unnötig bewegte.

»Lass sie gehen«, flüsterte sie ihrem Ex-Mann zu und sah mich mit glasigen grünen Augen an. »Das ist nicht ihre Welt.«

»Nein.« Ich drückte ihre gesunde Hand. »Hör auf, Lisa. Ich lasse dich nicht allein.«

»Das ist alles meine Schuld.« Ihre herzzerreißenden Schluchzer hallten im kargen Zimmer wider.

»Stimmt.« Charles lachte. »Aber da ich euch schon mal beide hier habe, *meine liebe Frau*, wie könnte ich Niyol besser in den Wahnsinn treiben, als mir das zu nehmen, was er gern für sich hätte?« Niyols Vater richtete den Blick auf mich und zwinkerte mir zu.

Ich hoffte, dass er irgendwo noch einen Funken Anstand besaß und flehte: »Bitte. Tun Sie das nicht.«

Er schnaubte. »Tut mir leid, Mädchen, aber du entkommst mir nicht.« Er verzog die Oberlippe. »Das hättest du dir überlegen sollen, bevor du Gefallen am Schwanz meines Sohnes gefunden hast.«

Eine Bewegung hinter ihm erregte meine Aufmerksamkeit und ich erkannte einen jungen Mann, in dessen Gesicht Angst und Misstrauen aufblitzten. Ich erinnerte mich an das, was er vor der Tür gesagt hatte und versuchte, es zu unserem Vorteil zu nutzen.

»Bitte, helfen Sie uns.«

»Rede nicht mit ihm«, knurrte Charles, packte mich am Kinn und grub seine dreckigen Nägel so tief in meine Haut, dass es sicher blutete. Meine Schultern bebten und schnell übertrug sich die Bewegung auf meinen gesamten Körper.

Meine Hoffnung schwand und ich schloss die Augen. »Bitte, tun Sie das nicht.«

»Na los.« Er packte mich am Hals und drückte zu. Seine dunklen Augen waren hasserfüllt – sie glühten so sehr, dass ich befürchtete, sie könnten explodieren. »Bitte mich, dich nicht zu töten. Dann macht es noch viel mehr Spaß.« Mit einem Grunzen drückte er mich aufs Bett zurück, sodass ich auf Lisas Beinen landete.

Ich krallte mich an seinen Handgelenken fest, durch den Sauerstoffmangel sah ich nur noch verschwommen.

»Es ist nicht deine Schuld, dass du in seine Welt hineingezogen wurdest«, knurrte er, ohne den Griff zu lockern. »Wir Lattimores sind charmant und bekommen immer, was wir wollen. Schade nur, dass einer von ihnen nicht mal den Topf wert ist, in den er pisst.«

Plötzlich schrie Lisa und sprang Charles vom Bett aus an. Der andere Typ fing sie ab und schleuderte sie zu Boden. Ich schloss die Augen, je fester Charles zudrückte, desto schwächer wurde meine Gegenwehr.

Bevor mich wieder die Dunkelheit überfallen konnte, drückte Niyols Vater ein letztes Mal zu und ließ dann zum Glück von mir ab. Ich rang nach Luft, presste eine Hand auf meinen Hals und drehte mich hustend zur Seite.

»Mach, was er sagt.« Lisa kroch neben mir auf das Bett und drückte sich an mich.

»Mach sie bereit, Junge«, knurrte Charles leise von der anderen Seite des Zimmers. »Wir verschwenden Zeit.«

»Er will Niyol wehtun«, flüsterte Lisa mir ins Ohr. »Und um ihn und Emily zu schützen, müssen wir mit ihm gehen. Aber ich lasse nicht zu, dass er dir noch einmal wehtut.« Ich schlug die Augen auf und sah sie an, ihr Gesicht war noch blasser geworden. »Ich hätte es nie wo weit kommen lassen dürfen. Das ist alles meine Schuld.«

Ich blinzelte verwirrt, mein Hals tat so weh, dass ich nicht sprechen konnte. Das erwähnte sie nun schon zum zweiten Mal. Was meinte sie damit?

»Zieht das an.« Etwas landete zwischen uns auf dem Bett. Neue Kleidung und Augenbinden. Ich hatte keine Ahnung, wie ich das anziehen sollte, wo mir allein das Atmen solche Schmerzen bereitete. »Ihr habt fünf Minuten.« Der Junge polterte durch das Zimmer, dann schlug eine Tür zu.

Ich schnappte nach Luft und bekam Panik. O Gott, war es das jetzt? Wirklich?

»Schhh, Summer, ich lasse nicht zu, dass sie dir noch einmal wehtun. Versprochen.« Lisa half mir beim Ausziehen, sie klang viel zu gefasst. Aber ihre Worte ergaben keinen Sinn; wirkten wie das Gebrabbel einer Verrückten. »Ich habe als Teenager so viele dumme, falsche Entscheidungen getroffen.« Sie half mir, die Arme in ein Kleid zu stecken und warf meine alten Sachen auf den Boden. »Hätte ich mich damals anders entschieden, wären wir jetzt nicht hier.«

»Wie ... meinst du das?«, brachte ich hervor.

»Ich kenne Charles Lattimore seit meinem sechzehnten Lebensjahr.« Sie blickte auf ihre zitternde Hand in ihrem Schoß.

Ich schaute sie verwirrt an und lag immer noch fast bewegungslos neben ihr auf der Matratze.

»Damals wurde ich von Charles schwanger. Wenig später habe ich ihn geheiratet. Ich lebte fast zwei Jahre lang als Old Lady bei den Red Dragons, bevor ich wieder schwanger wurde ... mit Emily. Nach ihrer Geburt nahm ich sie und ging.«

Langsam setzte ich mich auf, eine Hand immer noch auf den Hals gepresst. Ich war verletzt, brutal behandelt worden, der Schmerz war der schlimmste, den ich je erlebt hatte. Doch irgendwie gelang es mir, die Gedanken, die wie wild in meinem Kopf herumwirbelten, zu sortieren. All die Lügen, die Lisa Emily erzählt hatte, dass sie Charles erst später kennengelernt hatte, dass Emily das Ergebnis eines One-Night-Stands war ... Nichts davon entsprach der Wahrheit.

Lisa stützte das Gesicht in die Hand, ihr verletzter Arm hing schlaff herunter. »Ich bin so eine Idiotin.«

Langsam fügten sich die Puzzleteile zusammen. Emily war fast drei Jahre jünger als Niyol. Zwei Jahre nach der Geburt ihres ersten Kindes war Lisa *erneut* schwanger geworden. Emily war *nicht* ihr erstes Kind.

O Gott ...

Lisa blickte mich tränenüberströmt an und sagte etwas, das mir beinahe den letzten Atem raubte. »Charles ist Emilys Vater, Summer. Und Niyol ...« Sie holte Luft. »Niyol ist mein Sohn.«

ZWEIUNDVIERZIG

NIYOL

Wir brauchten keine Stunde, um die Wahrheit herauszufinden. Ein paar Anrufe bei einigen Leuten im Gefängnis, die Flick kannten und für die er die Drecksarbeit erledigt hatte, gaben uns die gefürchtete Antwort.

Pops war wieder draußen.

Ausgebrochen.

Mit Hilfe einiger Wärter, die er bestochen hatte, setzte er seinen Racheplan in die Tat um. Ich weiß nicht, wie er es angestellt hatte und es war mir auch ziemlich egal. Ich wollte nur wissen, wo Summer und Lisa waren – und ob es ihnen gut ging.

Wir saßen seit einer Stunde in der Church, ich ging auf und ab, während die anderen Brüder für meinen Geschmack zu ruhig waren. Ich schaute zu Flick, mein ganzer Körper glühte vor Zorn.

»Ich habe die Schnauze voll vom Rumsitzen. Wir müssten sie draußen suchen.«

»Ich versuch's, Hawk.« Flick wirkte nicht so, als würde er es versuchen. Er wirkte eher gelangweilt, zumindest für alle anderen. Aber ich sah sein Auge zucken, spürte, wie der Boden zitterte, wenn er mit dem Knie wippte. Er war bereit, das Blut meines alten Herrn zu vergießen, vielleicht sogar mehr als ich.

Ich hatte keine Ahnung, was sie in den letzten beiden Jahren so entzweit hatte – an mir konnte es ja nicht liegen – aber irgendetwas musste vorgefallen sein, etwas Schlimmes. Etwas, das ich bald herausfinden würde, falls ich dann noch am Leben war.

Bevor ich ein weiteres Loch in die Wand schlagen konnte, klingelte Flicks Handy.

In Sekundenschnelle war ich an seiner Seite und griff danach, doch eine Hand packte mich von hinten am T-Shirt und zog mich zurück.

»Das ist nicht dein Job«, knurrte Archer mir ins Ohr.

Ich bebte vor Zorn. »Lass mich los, verdammt.«

Er zerrte mich zurück, drückte mich an eine Wand und baute sich vor mir auf. »Lass ihn seinen Job machen, Hawk.«

»Das da draußen ist meine Frau, verdammt«, fauchte ich und schubste ihn. Er rührte sich nicht, er war zu stark. Archer war immer dünn gewesen, aber in den letzten zwei Jahren hatte er sich verändert.

»Ja, das verstehe ich. Wir alle. Warum glaubst du, sind wir hier?«

Ich rieb mir über das Gesicht. »Ich kann nicht …« Mir schnürte sich die Kehle zusammen und vor meinen Augen verschwamm alles. Ich würde nicht heulen, verdammt. Ich weinte *nicht*. Nie.

Er legte die Stirn an meine, krallte seine Finger vorn in mein T-Shirt und seine Knöchel gruben sich in meinen Hals. Eine Warnung. Ein Trost.

»Krieg dich wieder ein«, Archer schüttelte mich. »Du willst sie zurück, dann sei ein Dragon, verdammt. Kein Loser.«

Ich nickte und schluckte schwer. Er hatte recht. Wenn ich mit meinem Herzen dachte, würde ich das nie durchstehen.

»Wir haben eine Spur.« Flick schlug auf den Tisch und stand auf. »Junger Kerl. Sagte, er heißt Dee.«

»Wer zum Teufel ist Dee?«, fragte jemand.

Archer löste sich von mir und trat neben Flick. Er schaute auf den Zettel in Flicks Hand, nahm ihn entgegen und gab ihn Slade, der wie eine Fliege an der Wand gewesen war, abwartend. Ruhig.

»Gefängniswärter. Sagte, er sei bei Pops«, bellte Flick. »Gib mir die Daten von dem Wichser. Wir brauchen den richtigen Namen, einen Ausweis.«

Die Brüder fingen an zu recherchieren. Handys am Ohr, bis jemand etwas Neues hatte.

»War bei der Armee«, Slade antwortete als erster, er saß jetzt hinter einem Computer an Tisch. Genial wie er war, hatte er sich kurzerhand in das System des Gefängnisses gehackt. »Heißt Andre Lopez, ehemaliger Marinesoldat aus Südkalifornien.«

»Gut.« Flick nickte und schaute zu einem anderen Kerl rüber, einem neuen Prospect, der während meiner Zeit im Knast zum Club gekommen war. Ich hatte ihn erst einmal getroffen. Auf seinem Namenspatch stand Chop. »Standort?«

»Sieht aus wie eine Hütte außerhalb von Springfield, Illinois.«

»Dann los.« Ich ballte die Hände zu Fäusten. »Jetzt.« Dann ging ich zur Tür.

»Wo zum Teufel willst du hin?«, knurrte Flick hinter mir.

Ich erstarrte. »Sie holen natürlich.«

»Auf keinen Fall. Nicht, wenn er dabei ist«, sagte Slade und packte mich am Arm.

Ich sah ihn mit verengten Augen an, dann Flick. »Ihr könnt mich nicht aufhalten.«

»Ich denke doch.« Flick verschränkte die Arme. »Dort hinzugehen, wäre für dich Selbstmord, es könnte eine Falle sein.«

Mit zusammengebissenen Zähnen knurrte ich: »Ich. Gehe. Verdammt.«

»Lass ihn«, sagte Archer, der neben mir auftauchte. Wenn ich gekonnt hätte, hätte ich ihn umarmt. »Das würde jeder von uns für seine Old Lady tun.«

»Schön.« Flick stand auf und schüttelte den Kopf. »Es ist dein verdammter Kopf.«

Ich nickte. Slade knurrte. Und Archer ... er klopfte mir auf den Rücken und flüsterte: »Du schuldest mir was, Arschgesicht.«

Gegen sechs erreichten wir den Stadtrand von St. Louis, die Sonne war schon fast untergegangen. »Um sieben gehen wir rein. Bone und seine Jungs sind unterwegs.« Flick kratzte sich am Kinn, eine nicht angezündete Zigarette hing in seinem Mundwinkel. Mit dem im Nacken gebundenen Kopftuch saß er links neben mir auf seinem Bike und beobachtete die Umgebung.

Wie ich inzwischen erfahren hatte, war Bone sein alter Marinekumpel aus einem anderen Club etwa eine Stunde von St. Louis entfernt. Wir waren in einer großen Gruppe unterwegs, mindestens vierzig Brüder waren mitgekommen, aber Flick wollte vorbereitet sein, falls uns irgendwelche Überraschungen erwarteten. Diese Art von Kooperation hatte ich im Club noch nie erlebt. Alles änderte sich, Archer und Slade hatten recht gehabt. Als hätte Pops' Gefängnisaufenthalt in den letzten Monaten dem Club einen Neustart ermöglicht.

Zum ersten Mal in all den Jahren als RD spürte ich eine *echte* Bruderschaft in der Gruppe.

Wir warteten darauf, dass Slade von der Mc-Donalds-Toilette zurückkam. Zu meiner Rechten las Archer in einem alten Magazin. Er wirkte so verdammt ruhig, fast schon gelangweilt. Doch ich wusste es besser. Er war genauso heiß und bereit für den Kampf wie ich.

Ich stieß den Rauch aus, warf meine Zigarette auf den Boden und zertrat sie mit der Stiefelspitze.

»Bist du bereit?«, fragte Slade, als er durch die Tür trat und den Bordstein herunterstieg. Der Knopf seiner Jeans war noch offen, der Reißverschluss unten. Eine Mutter rannte mit ihrer Tochter um ihn herum zu ihrem Auto und beäugte seine Tattoos, als könnte er sie mit einem einzigen Blick verfluchen.

»Scheiße, ja«, knurrte ich.

»Tu mir bitte einen Gefallen.« Slade legte mir die Hand auf die Schulter.

»Was?«

»Bewahre da gleich einen kühlen Kopf.«

Einen kühlen Kopf bewahren? Schon klar. Ich würde erst wieder einen kühlen Kopf bekommen, wenn ich Summer in meinen Armen hielt und Pops ordentlich verprügelt worden war und sich hoffentlich nicht mehr rührte.

Vierzig Minuten später bog unser Kontakt auf den Parkplatz. Er war etwa so alt wie Flick, hatte aber eine Glatze. Seine Augen wirkten gemein und waren rot unterlaufen. Als er seinen Blick auf mich richtete, wusste ich sofort, dass er mich nicht respektierte.

Sein Motorrad wummerte, er stellte den Motor kein einziges Mal ab. Er schaute zu Flick, dann zu den anderen Brüdern, die mitgekommen waren.

»Sind das alle?«, fragte er.

Flick nickte. »Wir halten es gern einfach.«

Der Typ schob sich eine Sonnenbrille über die rotgeränderten Augen und nickte. Dann fuhr er unvermittelt Richtung Straße.

»Bone, nehme ich an?«, fragte ich und musterte die Rückseite seiner Kutte. In der Mitte saß ein Teufel mir Reißzähnen und spitzen Ohren.

»Hab gesagt, er ist ein alter Kumpel. Nicht, dass er ein guter Kerl ist.« Flick fuhr vor mir los und zwang mich, hart zu beschleunigen. Wir folgten ihm gemeinsam und hatten ihn bald eingeholt. Wir rasten durch Nebenstraßen, einige verlassene Wege, ich suchte nach Orientierungspunkten, Sachen, die ich mir einprägen konnte, falls etwas schieflief.

Nach einer gefühlten Ewigkeit hielten wir an einer kleinen Nebenstraße, nur ein paar Kilometer von einer Landstraße entfernt, und stiegen von unseren Bikes.

»Den restlichen Weg gehen wir zu Fuß«, verkündete Slade, als die Motoren aus waren.

Leise, damit wir niemandem unser Kommen verrieten.

»Slade, Arch, Hawk.« Flick nickte jedem von uns zu. »Ihr folgt mir. Bone und die anderen Jungs passen auf uns auf. Wir rufen Verstärkung, falls es nötig ist.« Er deutete mit dem Kinn auf seinen kahlköpfigen Kumpel und unsere Brüder. »Wenn wir alle reingehen, könnte es schnell eng werden.«

Niemand widersprach Flicks Logik. Und wenn es stimmte, was der Spitzel gesagt hatte, und sie nur zu viert waren, würden wir nicht lange brauchen.

Mit gesicherten und geladenen Waffen liefen wir den Pfad entlang, einer hinter dem anderen wie eine tödliche Schlange. Die Bäume hingen wie ein Baldachin über unseren Köpfen und der Gestank von totem Tier stieg mir in die Nase. Schweiß lief mir über die Schläfen, die Wangen, über den Rücken, aber das war mir egal. Ich war zu sehr in meine Gedanken versunken.

Die gesamte Situation, die Umgebung, sie erinnerten mich an die Nacht, als Summer und ich gecampt hatten. Bei der Erinnerung bekam ich einen Kloß im Hals und verdrängte sie schnell wieder, um einen klaren Kopf zu behalten.

Fazit: Ich wollte sie zurück. Und zwar *sofort*.

Ein paar Minuten vergingen, dann fünf, dann zehn. Ungeduldig wurde ich schneller, schob Äste weg und schlug nach

Käfern auf meinem Gesicht. Niemand stellte mich infrage, sie hielten einfach mit einem ehemaligen Verräter Schritt.

»Irgendetwas stimmt hier nicht.« Slade meldete sich zuerst zu Wort.

»Keine Sorge, wir schaffen das, Jungs«, versicherte Flick, doch sein Blick huschte trotz seines Kommentars nach links und rechts.

Vor uns schlug eine Tür zu. Mit der Hand auf der Waffe erstarrte ich und linste durch den Wald nach vorn. Ein verrostetes silbernes Auto mit Nummernschildern aus Wisconsin stand vor einem verfallenen Haus.

»Wie gehen wir vor?«, fragte Archer.

Bevor jemand antworten konnte, erklang eine Frauenstimme. »Bitte, zwingen Sie mich nicht, zu gehen. Bitte ...«

Ich war wie gelähmt. »Das ist Summer«, knurrte ich. Die Tür flog auf und heraus kam: mein beschissener Vater.

Nein. Nein, nein, nein, nein. Fuck.

Den Arm um Summers Schultern gelegt und in einer Polizeiuniform führte er sie die Treppe hinunter und packte sie bei den Haaren. Ich wollte losrennen, doch Flick hielt mich an der Schulter zurück und legte einen Finger an die Lippen. Summer stolperte, fiel auf die Knie und schrie auf.

Rasende Wut brodelte in meinem Magen, ich stieß ihn zurück und zog meine Glock.

Jahre des Schmerzes.

Jahre im Gefängnis.

Höllische Jahre, die *er* mir gestohlen hatte. Nie wieder. *Nie* wieder.

Ich konzentrierte mich wieder auf Summer und beobachtete, wie Pops sie an den Haaren zog und auf den Rücksitz seines Wagens warf.

»Verdammt, worauf warten wir?«, zischte ich.

Eine weitere Stimme war zu hören. Ich schaute wieder zur Haustür und Lisa stolperte die Treppe der Hütte hinunter und ebenfalls ins Auto. Hinter ihr stand ein jüngerer Typ. Unser Informant? Wahrscheinlich.

»Jetzt!«, rief Flick, und rannte mit gezogener Waffe los. Er schoss auf den Vorderreifen, dann auf die vordere Stoßstange.

Jemand nahm sich die Windschutzscheibe vor, aber bevor sie die Heckscheibe erwischen konnten, rief ich: »Nicht die Fenster!« Sie hätten Lisa oder Summer treffen können.

Flick versteckte sich hinter einem Baum, Archer auch. Die anderen Brüder schwärmten aus und verschwanden zwischen den Bäumen. Von überall her ertönten Schüsse, ein paar von Pops' Seite und fast wäre ich am Kopf getroffen worden. Ich fiel zu Boden und verbarg mich hinter einem umgestürzten Baum. Archer ließ sich neben mich fallen und murmelte: »Heilige Scheiße.«

»Waffen fallenlassen«, brüllte Slade, der mit dem Rücken zu einem Baum in der Nähe von Flick stand.

Als ich wieder aufblickte, lief mir Schweiß über das Auge. Sie hatten aufgehört, zu schießen, aber jetzt hörte und sah ich sie auch nicht mehr. Das war zu einfach.

»Scheiße, wo sind sie?«, brüllte ich.

Wut.

Tod.

Mord.

Ich war zum Äußersten bereit. Es spielte keine Rolle, ob der Kerl mein eigen Fleisch und Blut war. Er hatte mein Leben in der Hand und ich würde alles tun, um es zu beschützen.

»Schön, dich wiederzusehen, mein Sohn.« Irgendwo vorn lachte Pops. »Ich habe mich schon gefragt, ob du wohl auftauchst.«

Ich erstarrte und warf Archer einen Blick zu. Er schüttelte den Kopf und bedeutete mir damit stumm, den Köder nicht zu schlucken. Kurz darauf kam Pops hinter dem Auto hervor und zog Summer mit sich.

»Lass sie gehen. Du hast es doch auf mich abgesehen.« Ich

nahm die Sache selbst in die Hand, steckte die Waffe hinten in die Hose, mein Instinkt führte mich mit erhobenen Händen hinter dem Baum hervor und näher zur Hütte.

»Alter, was soll das?«, zischte Archer und wollte aufstehen. Ich schüttelte den Kopf – das war meine Sache, nicht seine.

»Ach, sieh dich an.« Pops lachte leise. »Total gestresst wegen einer Muschi.«

Summer schrie auf, als er ihr die Waffe an die Schläfe drückte. Tränen liefen ihr über die blassen Wangen und Blut über die Schläfe und bei diesem Anblick brach alles in mir zusammen. Es tropfte von ihrem Kinn und verteilte sich auf ihrer Kleidung. Sie schwankte, beide Knie gebeugt. Entsetzen stand ihr ins Gesicht geschrieben und von meinem Standort aus konnte ich ihr tonloses Flehen sowohl spüren als auch sehen.

Diesen Blick würde ich mein Leben lang nicht vergessen.

»Runter verdammt«, flüsterte Archer, legte mir die Hand auf die Wade und zerrte an meiner Hose. Aber das hielt mich nicht auf.

»Du hast mein Leben zerstört.« Mein Vater schüttelte den Kopf. »Das ist dir doch klar, oder? Deshalb erledigen wir das jetzt auf RD-Art.«

»Wie das?«, knurrte ich. Trat einen Schritt näher, dann noch einen, bis ich drei Meter vor meinem alten Herrn stand. Noch nie hatte ich jemanden so sehr gehasst wie ihn.

Er zuckte mit den Schultern. »Auge um Auge.«

»Du hast es auf mich abgesehen, nicht auf sie.« Ich ignorierte Flick und Archer und trat noch einen Schritt vor. Slade war verschwunden, vielleicht holte er Hilfe. Aber darauf kam es nicht an. Mein Vater wollte sich an mir rächen, nur an mir.

Ich konnte von meinem Standort aus seine blutunterlaufenen Augen sehen. Und seine gelben Zähne. Die perfekt gestochenen Zahlen auf seiner Wange. Ein Knast-Tattoo. Es war neu.

»Niyol, bitte nicht«, wimmerte Summer und wehrte sich

gegen den Griff meines Vaters. Das machte ihn nur noch wütender und er schleuderte sie zu Boden.

»Ich bringe dich um.« Ich sprach ganz ruhig. Tödlich. Und doch zitterte ich am ganzen Körper. Meine Hände, meine Beine, meine Schultern. »Ich schiebe dir meine Pistole in den Mund und drücke den verdammten Abzug, hörst du?«

Pops lachte, den Kopf nach hinten gelegt, die Augen gen Himmel gerichtet. »Das sind gute und würdige Pläne, Junge.« Sein Lächeln verschwand. Seine Lippen wurden dünn. Stoisch. *Böse.* Voller Mordgier. Seine Hände würden gleich den Tod bringen. »Pläne, die du nie verwirklichen wirst.«

Mit einem Klicken entsicherte er die Waffe.

Wie ein Stier, der rot sah, stürmte ich mit gesenktem Kopf auf ihn zu. Seine Waffe ging los, auf mich gerichtet. Schmerz flammte in meiner rechten Schulter auf. Doch verglichen mit dem, was ich mit ihm anstellen würde, war das gar nichts.

Ich schlug ihm die Waffe aus der Hand und riss ihn zu Boden. Ich nahm die Pistole und drückte ihm den Lauf mitten auf die Stirn, mit der anderen Hand packte ich seinen Hals und setzte mich auf seinen Bauch. Etwas Nasses lief mir über den Unterarm, auf sein Kinn, wahrscheinlich Blut. Ich war angeschossen worden, aber ich spürte nur noch den Hass auf ihn.

Anstatt um sein Leben zu betteln, lachte er. Er lachte. Sein Gesicht war rot, er schnappte nach Luft. »Du hast ... nicht die Eier ... um mich umzubringen.«

Ich öffnete den Mund, um ihm zu sagen, wie falsch er lag, doch eine andere Stimme mischte sich ein.

»Er vielleicht nicht, aber ich schon.«

Ich riss den Kopf hoch und sah das verprügelte, blutverschmierte Gesicht meiner Stiefmutter über mir.

»Lisa. Zurück, verdammt. Ich mach das schon.« Ich blinzelte, mir wurde schwindelig ... alles drehte sich.

»Lass mich los!« Summers Stimme traf mich wie ein Messer, schmerzhaft, lindernd ... Weil ich sie unbedingt beschützen wollte, verstärkte ich den Griff um den Hals meines Vaters. Seine Augen fielen zu, aber er war nicht tot. Trotzdem konnte ich es nicht riskieren, ihn loszulassen.

»Ist schon gut, Summer. Bleib zurück«, brachte ich heraus und schaute zu Slade, der sie festhielt.

Meine Stiefmutter fiel vor mir auf die Knie. »Geh zu Summer.« Lisa deutete mit dem Kinn über meine Schulter. »Du brauchst sie jetzt.«

Ich zuckte mit dem Kopf, rutschte von meinem Vater herunter und landete neben ihm auf den Knien. Mir drehte sich der Kopf, ihre Worte ergaben keinen Sinn.

»Es tut mir leid, Niyol.« Sie begann zu weinen, Tränen liefen ihr über die Wangen als sie zwischen mir und Pops hin und her blickte. Ich blinzelte, versuchte, in ihrem Gesicht zu lesen, kniff die Augen zusammen. »Es tut mir so, so leid«, wiederholte sie.

Bevor ich sie fragen konnte, was ihr leidtat, lag ich flach auf dem Rücken, ein wunderschönes bekanntes Gesicht über mir.

»Niyol.« Zitternd legte sich Summer auf meine Brust. »Du bist okay. Alles wird wieder gut.«

Wir ahnten nicht, dass es nie wieder gut werden würde.

DREIUNDVIERZIG

SUMMER

Zwei Tage waren vergangen, und abgesehen von »Er lebt.«
hatte ich nichts über Niyols Zustand erfahren. Von den über
vierzig Clubmitgliedern, die zu meiner und Lisas Rettung nach
Springfield gekommen waren, waren alle bis auf drei nach
Rockford zurückgekehrt: Niyol, Flick und Slade.

Wie sehr ich auch flehte, ich durfte nicht bei ihm bleiben.
Offenbar hatten sie nur eine begrenzte Anzahl an inoffiziellen
Behandlungsorten. Deshalb musste ich gehen, nachdem ich in
einem schäbigen Gebäude, dem Hauptquartier eines anderen
Clubs, kurz von einem bärtigen Arzt untersucht worden war.
Ich hatte zwar eine Gehirnerschütterung und war dehydriert,
aber meine Verletzungen waren nicht annähernd so schlimm
wie Niyols und Lisas.

Ich frage nicht, warum ich nicht ins örtliche Krankenhaus
gebracht wurde, denn ehrlich gesagt, kannte ich den Grund. In
Bezug auf die Polizei und Krankenhäuser gingen die Clubmitglieder kein Risiko ein.

Während Niyol noch operiert wurde, um die Kugel aus
seiner Schulter zu entfernen, wurde ich drei Stunden später in
einem fremden Auto zurück zum Gelände der Red Dragons

gefahren, ohne zu wissen, ob Niyol die Operation überstanden hatte. Archer sagte, ich wäre zu meiner eigenen Sicherheit so schnell zurückgebracht worden, aber das verstand ich nicht. Niyols Vater war wieder in Polizeigewahrsam, ebenso wie sein kleiner Lakai – soweit ich wusste – und, na ja, ... wer hätte mich sonst noch bedrohen sollen? Oder kidnappen oder was Charles mir und Lisa hätte antun wollen.

Lisa, die im Hauptquartier bleiben durfte. Mit ihrem *Sohn*.

Ein Sohn, der genau genommen gar nicht wusste, dass er eine Mutter hatte.

Und jetzt war ich allein, allein mit meinem verängstigten, einsamen Herzen ... oh, und ein paar Bikern, die ich auf seltsame Weise zu mögen begann – einschließlich Archer. Breitschultrige Typen, unterschiedlich groß mit unterschiedlichen Hautfarben und Sprachen, Nationalitäten. Es war ein Schmelztiegel von der besten Sorte. Einschüchternd oder nicht, ich konnte verstehen, warum Niyol so gern hier war. Er war genau wie sie.

Sobald ich mich in einem der Schlafzimmer auf dem Gelände eingerichtet hatte, rief ich Emily an, um ihr mitzuteilen, dass ich wieder da war, aber dass ihre Mom noch bei Niyol war. Ich fragte sie, ob sie mir Gesellschaft leisten könnte, bis sie in die Stadt zurückgebracht wurden. Ihre Antwort war logisch, auch wenn sie wehtat:

Ich hab dich lieb, aber ich kann nicht in den Club zurückkommen.

Ein Teil von mir hätte ihr gern gesagt, dass sie für immer Teil des Clubs sein würde, auch wenn es nur durch Blut wäre. Aber es war nicht meine Aufgabe, ihr die Wahrheit über ihren Vater zu sagen. Das musste ihre Mutter tun.

Ich konnte nicht nachvollziehen, dass Lisa Niyol mit nur zwei Jahren zurückgelassen hatte. Und erst recht nicht, dass sie

Emily die Wahrheit vorenthalten hatte. Sie hatte sicher ihre Gründe, aber solange ich sie nicht kannte, konnte ich weder sie noch Lisa verstehen. Und ich wusste auch nicht, was ich davon halten sollte, dass sie jetzt bei Niyol blieb. Als ich Flick erzählt hatte, was Lisa mir gegenüber zugegeben hatte, bevor wir in das Auto gesteckt worden waren und während Niyol noch operiert wurde, hatte er mir erklärt, dass er es bereits wusste. Mir gefiel nicht, dass auch er es Ny verheimlicht hatte, aber er meinte, er habe seine Gründe. Und seltsamerweise beschloss ich, seine Antwort zu akzeptieren.

Die Tatsache, dass ich fast durch die Hand eines entflohenen Verbrechers gestorben wäre, war wohl Beweis genug, dass es auf der Welt schlimmere Menschen gab als diese Gruppe Biker.

Ich ging in der Bar auf und ab. Seit meiner Ankunft ließ ich mich zum ersten Mal dort blicken. In den letzten zwei Tagen hatte ich viel geschlafen und mich von meinen Verletzungen erholt. Aber ich war einsam und vermisste Niyol so sehr, dass ich für Gesellschaft so ziemlich alles getan hätte.

Das Haupthaus auf dem Gelände – das sie offenbar *Clubhaus* nannten –, war nicht so voll, wie ich erwartet hatte. Hier lungerten keine spärlich bekleideten Frauen herum, und es gab auch keine rauschenden Partys mit in Strömen fließendem Alkohol. Stattdessen hielten sich nur ein paar Mitglieder im Club auf. Ansonsten war es still. Schmerzhaft still.

»Hör auf, auf und abzulaufen, Kampfzwerg. Sonst kriege ich noch Komplexe.«

Archer starrte mich vom Ende der Bar an. Seinen Spitznamen hasste ich mehr als Niyols *Prinzessin*.

Er saß auf einem Barhocker, die langen muskulösen Arme auf der alten hölzernen Theke ausgestreckt. Sein Grübchenlächeln war selbstgefällig und eine Strähne seiner gewellten blonden Haare hing ihm über sein glattrasiertes Babygesicht.

»Wie soll das *gehen*?« Ich warf den Kopf zurück und lachte.

»Du bist so ziemlich der Inbegriff von Bad Ass, während ich das einsame Mädchen bin, das vielleicht, vielleicht aber auch nicht, hierhingehört. Ich bin die mit den Komplexen.«

»Aye, vielleicht gehen dir deshalb alle aus dem Weg.« Er atmete aus, lehnte sich zurück und zwinkerte mir zu. Sein irischer Akzent wurde mit Alkohol deutlicher. Und der Kerl trank ziemlich viel.

Ich errötete und ließ mich neben ihm auf einen Hocker plumpsen. Als ich mich umsah, fielen mir die seltsamen Blicke auf. Einige voller Abscheu, einige desinteressiert und bei einigen wurde mir regelrecht unheimlich.

Ich beschloss, dass ich meine Fragen am besten endlich stellen sollte, beugte mich vor und spiegelte Archers Haltung.

»Ich brauche Antworten, bitte.«

»Nein.«

Ich stöhnte, entschlossen, nicht aufzugeben. »Heilen Niyols Verletzungen gut? Weiß er schon von Lisa? Und wo ist Charles? Ist er wieder in Polizeigewahrsam?« Ich rieb mir die Oberarme, bei dem Gedanken an diesen Mann durchfuhr mich ein kleiner Schauer.

Ich war nicht immun gegen das, was ich durchgemacht hatte; eines Tages würde ich sicher zusammenbrechen. Und von allen Bildern hätte mich das von Niyol, der Charles ohne einen Funken von Mitgefühl im Blick das Leben aus dem Leib würgte, am meisten erschüttern müssen. Doch nach allem, was geschehen war, berührte es mich kaum. Ich war wie betäubt, vielleicht unter Schock und wünschte mir nichts sehnlicher als ein Gefühl der Normalität.

»Mach dir keine Sorgen.« Archer lehnte sich wieder über die Theke und versuchte, sich ein Bier zu zapfen. Es gelang ihm natürlich nicht – dass er seit dem Aufstehen getrunken hatte, machte es nicht einfacher. »Es ist am besten, wenn du nichts weißt. Glaub mir.«

Mit finsterem Blick – und einem todsicheren Plan – stand

ich auf, ging hinter die Bar, griff nach seinem Glas und zapfte ihm ein Bier. Ich knallte das Glas vor ihm auf die Theke und sagte: »Sag. Mir. Was. Du. Weißt.«

Er grinste noch breiter, diesmal zeichneten sich zwei Grübchen auf seinen blassen Wangen ab. Er sah unglaublich gut aus und erinnerte mich mehr an Tarzan als an einen Biker. Aber er war so ... so *faul*. Es machte mich wahnsinnig, dabei kannte ich ihn kaum.

»Nein.« Er zwinkerte mir zu.

Ich raufte mir die Haare, dann griff ich unter die Theke. »Nein?«

Er nickte und beobachtete mich, doch als ich etwas hervorholte, das er gestern Abend in den Armen gehalten hatte, als er im Wohntrakt nach mir gesehen hatte, verblasste sein Grinsen.

»Na gut. Wie wär's dann damit?« Ich öffnete mehrere Schnapsflaschen, eine nach der anderen, und als ich den Schnaps langsam in den Abfluss kippte, zog ich die Blicke weiterer Biker auf mich. Zuerst lachte Archer leise, vielleicht glaubte er, ich wäre nicht mutig genug, um es durchzuziehen. Aber nachdem ich eine halbe Flasche bereits ausgekippt hatte, wurde sein herablassendes Lachen dunkel.

»Nicht den Whiskey, Kampfzwerg. Den habe ich mir von zu Hause schicken lassen. Der ist scheißteuer.«

Ich zog die Augenbrauen hoch. »Das Zeug?« Ich schnupperte daran und zeigte auf die Flasche. Auf dem Etikett stand *Redbreast*. Ich zuckte mit den Schultern und goss schneller.

Bevor ich sie vollends leeren konnte, war er aufgestanden und um die Bar herumgekommen, sein Hocker fiel mit einem lauten Krachen zu Boden.

Ich drückte die halb leere Flasche an die Brust und humpelte schnell auf die andere Seite um die Bar herum. Scheiße. Was machte ich hier eigentlich? Zugegeben, mein Hirn war ziemlich matschig und mir fiel nichts Besseres ein, um von irgendjemandem eine richtige Antwort zu bekommen, aber ich gehörte nicht zum Club, war von niemandem akzeptiert worden außer Niyol. Doch seltsamerweise wünschte ich es mir.

Ich versteckte mich hinter einem Tisch voller riesiger Typen, von denen die meisten wirkten, als könnten sie Wassermelonen mit einer Hand zerquetschen, und alle stellten sich vor mich, die Arme verschränkt und das Kinn hochgereckt.

Für mich.

Ich vollführte einen kleinen Tanz und grinste siegesgewiss. *Tja, dann.*

Archer stützte sich auf den Knien ab und schnappte nach Luft. Oder versuchte er, sich aufrecht zu halten? Er fluchte und ich zuckte zusammen, denn mir tat auch Tage nach dem Unfall noch alles weh. Trotz der Schmerzen wollte ich nicht aufgeben, bis ich die Antworten bekam, die ich verdiente.

»Antwortest du mir jetzt vielleicht?«, fragte ich schwer atmend, die Hände in die Hüften gestemmt.

Eins der Clubmitglieder vor mir schaute über die Schulter und nickte mir vielsagend zu. Beinahe respektvoll. Er war einer der Ruhigen im Club, wie ich herausgefunden hatte. Chop. Ich mochte ihn jetzt schon.

Zum ersten Mal seit einer Woche löste sich die Anspannung in meinem Brustkorb. Vielleicht passte ich doch hier hin.

»Du solltest ihr sagen, was wir wissen, Arch«, sagte Chop. Sein Arm war dicker als meine Oberschenkel.

»Stell zuerst das Baby hin«, lallte Archer, der mich unverwandt anstarrte und auf die Flasche in meiner Hand zeigte. Jeder Humor war aus seinem Gesicht verschwunden. Vor mir stand der böse Archer. Ich hätte wissen müssen, dass diese Version früher oder später auftauchen würde.

»Sag es mir. Bitte. Ich ...« Meine Unterlippe zitterte, als mich das Adrenalin durchflutete. »... habe solche Angst.«

»Beruhige dich, Kampfzwerg«, sagte er seufzend und hielt die Flasche liebevoll fest, als ich sie ihm übergab. »Hawk geht's gut.«

Erleichtert ließ ich die Schultern hängen und folgte ihm zu einem Tisch.

»Aber es ist was mit Lisa«, fuhr er fort.

Mir wurden die Knie weich und ich stützte mich an einer Stuhllehne ab. »Geht es ihr gut?«

Er setzte sich und legte sich die Flasche in den Schoß. »Sie ist abgehauen. Gegangen. Charles ... Sie hat sich nachts mit ihm abgesetzt. Niemand weiß, wo sie ...«

»*Was?* Wie kann das sein?«

Archer hob die Hände und öffnete den Mund, um zu antworten, doch da flog die Eingangstür des Clubhauses auf, und ein Windstoß knallte sie gegen die Wand.

»Sie sind zurück«, sagte Chop durch zusammengepresste Lippen.

Mein Gesicht wurde heiß, die Augen brannten voller nicht vergossener Tränen, als ich mich Archer zuwandte. Er ignorierte mich, stand auf und ging nach draußen.

Ich stieß mich vom Tisch ab und humpelte ihm hinterher, auch wenn mein geschwächter Körper gegen die Bewegung protestierte. Direkt vor dem Eingang blieb ich stehen und beobachtete, wie eine Gruppe von Bikes heranrollte. Erleichterung machte sich in mir breit, doch je näher sie kamen, desto klarer wurde mir, dass keiner der Fahrer Niyol war. Obwohl logisch war, dass er wohl kaum Motorrad fahren konnte, nachdem er erneut angeschossen worden war. Doch sein Gesicht nicht zu sehen, versetzte mir einen Stich der Enttäuschung.

»Wo ist er?« Ich suchte die Straße ab.

Archer stand neben mir und sagte: »Im Auto.«

Da sah ich einen alten Buick durchs Tor fahren. Endlich, zum ersten Mal seit Tagen konnte ich richtig aufatmen.

Ich wusste nur wenig über die Männer hier, aber die Solidarität, die sie dem Konvoi von Bikern und dem Auto vor dem Clubhaus erwiesen, zeigte, wie sehr sie sich alle miteinander verbunden fühlten. In diesen Männern steckte viel mehr, als ich gedacht hatte.

Als sie die Motorräder abstellten und absprangen, machte niemand Anstalten, die Autotüren zu öffnen. Stattdessen kamen Flick und Slade direkt auf Archer und mich zu, zwei Männer mit einer Armee im Rücken.

»Wie geht es ihm?«, fragte Archer den Mann mit dem langen grauen Bart – Flick. Ich erkannte ihn sofort.

Er hielt kurz inne und musterte mich, dann antwortete er: »So gut, wie es einem gehen kann, wenn man innerhalb eines Monats zweimal angeschossen wurde.«

Ich ignorierte die beiden und drängte mich durch die übrigen Männer. Chop war da und bemerkte mich vor allen anderen. Er nickte anerkennend, dann breitete er die Arme aus und verschaffte mir Platz. Ich lächelte und konnte gerade noch *Danke* mit den Lippen formen, bevor sich die hintere Tür öffnete.

Ich hielt den Atem an, schaute und wartete und wartete.

Zuerst stiegen zwei junge Typen aus, beide kaum älter als sechzehn, gefolgt von ...

»Summer.«

Als mein Blick auf ihn fiel, füllten sich meine Augen mit Tränen. »Niyol!«

Ich humpelte vorwärts und krachte gegen Nys Brust, als er gerade ausstieg. Er lebte. Er war hier. Er war in Sicherheit. *Wir beide waren in Sicherheit.*

Er atmete scharf ein, als ich ihn fest umarmte. Ich sprang zurück und ließ die Arme sinken, vor Angst zitterte meine Unterlippe.

»Tut mir leid. Habe ich dir wehgetan?«

»Ich bin hart im Nehmen.« Er bemühte sich um ein Lächeln und legte mir die Hand an die Wange. Ich schmiegte mich an ihn und hatte das Gefühl, endlich zu Hause angekommen zu sein. Doch als ich ihm in die Augen sah, lag darin ein Schmerz, der vorher noch nicht da gewesen war. Ein Schmerz, der stärker war als körperlicher Schmerz.

»Geht es dir gut?« Ich versuchte, sanft zu sein, und meine Stimme zitterte, als ich mich ihm wieder näherte. Diesmal nahm ich seine Hand, führte sie an meinen Mund und küsste seine Handinnenfläche.

Er schloss die Augen. »Mir geht's gut. Mach dir keine Sorgen.«

»Ich habe dich vermisst.«

Er öffnete die Augen, sein Mund öffnete und schloss sich. Etwas lag ihm auf der Zunge, doch hinter uns räusperte sich jemand und erinnerte uns daran, dass wir nicht allein waren. Niyol beugte sich vor, küsste mein Ohr und flüsterte: »Wir reden heute Abend.«

»Church. Jetzt!«, bellte Flick über die Männer hinweg. Ich schluckte und sah mich um, dieser Welt so fremd wie, na ja, eine Cheerleader-Trainerin einem Motorradclub.

Niyol drückte meine Finger einmal, um meine Aufmerksamkeit zu erregen. »Ich komme in einer Stunde auf dein Zimmer.«

VIERUNDVIERZIG

NIYOL

»Für uns ist sie gestorben.«

Nachdem wir uns an den Tisch gesetzt hatten, ergriff Flick zuerst das Wort. Seine Augen waren so schwarz wie die Nacht, angsteinflößend. Ich hatte in meinem Leben schon einige wütende Männer gesehen, aber noch nie einen wie ihn. Er sah aus, als wäre es sein persönlicher Rachefeldzug, obwohl es hauptsächlich um mich ging.

Er erzählte den anderen die Geschichte. Wie Lisa den Club verraten und mit Charles zusammengearbeitet hatte, sodass er entkommen konnte. Er erklärte ihnen auch, dass sie meine Mom war – etwas, das ich immer noch nicht ganz begreifen konnte. Ein paar Blicke huschten in meine Richtung. Ein oder zwei voller Mitleid, ein paar mehr voller Abscheu. Doch ich ignorierte sie, ich war viel zu durcheinander, um etwas zu sagen.

Ich lehnte mich zurück, bedeckte das Gesicht und wünschte mir, wir müssten die Abstimmung nicht durchführen. Wenn Lisa nicht so dumm gewesen und einfach gegangen wäre, müssten wir die Entscheidung gar nicht treffen. Ich weiß nicht, was ihr durch den Kopf ging, aber ich kannte sie gut genug, um zu wissen, dass sie einen triftigen Grund gehabt haben musste. Und ich vermutete, dass es etwas mit Emily zu tun hatte.

Als ich fast drei Jahre alt gewesen war, hatte mich Lisa bei Pops gelassen, nur damit Emily – meine Schwester – nicht im Club aufwachsen musste. Immer und immer wieder hatte sie nach meiner Operation am Krankenbett beteuert, dass sie mich unbedingt hatte mitnehmen wollen und sich sehr darum bemüht hatte. Aber bei ihrem ersten Fluchtversuch hatte Pops sie gefunden, verprügelt und vergewaltigt. Dann hatte er gedroht, sie umzubringen, falls sie je wieder versuchen sollte, zu fliehen. Voller Angst hatte Lisa einen Schulfreund, einen Ex-Freund oder so, angerufen, und als Pops am nächsten Abend auf einem Run war, hatte der Freund sie abgeholt; er hatte vor den Toren des Geländes gewartet.

Nachdem sie sich Emily geschnappt hatte, war sie zurückgekommen, um nach mir zu sehen, doch ich war nicht da. Offenbar hatte mein Scheißvater mich in der Nacht irgendwo versteckt. Dann begann Emily in ihren Armen zu weinen, und sie wusste, dass es zu spät war. Dass sie nie mit uns beiden von dort verschwinden könnte. Also ging sie mit meiner Schwester und ließ mich zurück.

Als Pops herausfand, dass sie abgehauen war, rastete er total aus. Fand ihren Freund, tötete ihn und setzte einen Killer auf Lisa an. Sie hatte wahnsinniges Glück und entkam.

Aber dann ging alles den Bach hinunter und das Leben spielte ihr übel mit. Ihr ging das Geld aus, sie verlor ihren Job, wurde aus ihrer Wohnung geworfen, und dann kehrten ihr auch noch ihre Brüder den Rücken. Sie glaubte, Pops sei schuld daran, war sich aber nicht sicher.

Und dann standen Pops und ich in jener Nacht vor ihr. Karma, so hatte Lisa es genannt. Wenn ich jetzt daran zurückdenke, hatte Pops wahrscheinlich die ganze Zeit gewusst, wo sie war. Deshalb hatte er mich mitgenommen. Nicht, um mein

Patch-in mit einer Prostituierten zu feiern, sondern um Lisa unter die Nase zu reiben, dass er mich zu genauso einem Mann gemacht hatte, wie er einer war. Zumindest glaubte er das.

Pops warf einen Blick durch das Autofenster auf Emily und Lisa wusste, dass sie diesmal endgültig feststeckte. Das einzig Gute war, dass Pops Emily nicht wollte. Er wollte nur, dass Lisa ihm jederzeit zur Verfügung stand.

Also traf sie an diesem Abend eine Vereinbarung mit Pops. Wenn Lisa tat, was er verlangte, würde er nichts verraten und für sie und Emily sorgen.

Der Rest war Geschichte, könnte man sagen.

Ich wusste nicht, warum Lisa mir nie die Wahrheit gesagt hatte. All die Jahre in Rockford hatte sie geschwiegen. Vielleicht hatte sie Angst vor dem, was Pops ihr und Emily antun könnte. Wie dem auch sei, ich stellte es nicht infrage. Wahrscheinlich war es besser, nicht alle Antworten zu kennen. Ich hatte ihr gesagt, dass ich lange brauchen würde, um ihr zu verzeihen.

Doch dann verschwand sie und nahm Pops mit. Jetzt wusste niemand mehr, wo sie waren. Verschwunden in dieser verdammten Nacht. Und sie nahmen ein paar Prospects mit. Falls man sie fand, drohte Lisa nach der heutigen Abstimmung dieselbe Strafe wie Pops: der Tod.

Egal, wer sie war.

»Alle, die dafür sind, Lisa zum Feind zu erklären, antworten mit Ja«, fuhr Flick fort und musterte die Brüder mit geschürzter Oberlippe.

Stimmen wurden abgegeben, die meisten, ohne zu zögern, bis schließlich Archer an der Reihe war, der mich die ganze Zeit angesehen hatte.

»Archer«, bellte Flick. »Abstimmen. *Jetzt.*«

Er schluckte und sein Adamsapfel bewegte sich auf und ab. Mit einem Ja verhängte er nicht nur das Todesurteil über Lisa, sondern zerstörte gleichzeitig Emilys Leben.

»Aye.« Er senkte den Blick und schüttelte den Kopf. Seine Zustimmung war wie ein Messerstich in den Rücken.

Wir waren beste Freunde, aber mit seinem *Aye* hatte er mich zum ersten Mal verraten.

Letztendlich stimmten nur Slade und ich mit Nein. Unsere Gründe waren offensichtlich. Lisa war nicht mehr nur meine Stiefmutter, sondern mein Fleisch und Blut. Und damit war sie Slades Tante. Auch seine Familie.

»Dann ist es beschlossen. Lisa ist so gut wie tot.«

Ich konnte mir das nicht länger anhören, stand leise auf und verließ den Raum.

Niemand folgte mir. Was mich nicht überraschte.

Mit gesenktem Kopf ging ich durch das fast leere Clubhaus zu den Schlafzimmern und konzentrierte mich auf einen Gedanken: *Geh zu Summer.* Doch vor ihrer Tür angekommen, konnte ich nicht sofort eintreten. Stattdessen legte ich den Kopf an das Holz und betete wie ein Wahnsinniger, dass mich drinnen eine Frau erwartete, die mich nicht wegstieß.

Ich konnte nicht noch mehr Schmerz ertragen. Nicht heute. Nie wieder. Ich öffnete die Tür und bei ihrem Anblick holte ich tief Luft. Summer lag schlafend auf dem Bauch, nur mit einem weißen T-Shirt und einem Slip bekleidet, die Decke bedeckte nur ihren Po. Ihr T-Shirt war hochgerutscht und zeigte ihre blasse Haut. Ich kam näher, bis ich neben ihr stand und meine Knie die Matratze berührten und wünschte, ich könnte die Zeit anhalten. Mit ihr für immer hierbleiben.

Summer schlief unruhig, sie verzog das Gesicht und flüsterte: »Nein, nein, nein, aufhören, bitte.«

Ich streckte die Hand aus und strich ihr über die Wange. Bei meiner Berührung zuckte sie zurück und erwachte blinzelnd. Die blauen Flecken in ihrem Gesicht machten mich fertig, ich wollte gegen die Wand schlagen.

»Niyol?«, fragte sie und setzte sich langsam auf.

Ich nickte und konnte nichts sagen, aus Angst, ich würde

zusammenbrechen. Und bei ihrem Anblick wollte ich nichts lieber als das. Hasste sie mich, weil ich sie in meine kaputte Welt hineingezogen hatte? Sie war sich so unsicher gewesen, bevor das alles geschehen war, und jetzt hatte ich dieses mulmige Gefühl im Bauch, dass sie sicher nicht mehr Teil meines Lebens sein wollte. Und weil ich so empfand, weil ich mich so sehr in sie verliebt hatte, würde ich sie nicht bitten, zu bleiben. Nicht mehr. Sie verdiente etwas Besseres als meine Welt. Als mich.

»Hey, du.« Sie streckte die Hand aus und berührte mein Kinn mit den Fingern und strich über meine Kieferpartie. »Ich bin hier. Keine Angst.«

Ich schluckte schwer und fragte mich, woher sie wusste ... und empfand gleichzeitig mehr für sie, als ich es je für möglich gehalten hätte. Maya war flüchtig, eine Vorstellung, die ich über die Jahre entwickelt hatte. Summer hingegen, sie war *ewig*. Eine Ewigkeit, nach der ich mich so sehr sehnte, dass ich sie praktisch schmecken konnte.

»Ich wollte aufbleiben.« Sie biss sich auf die Unterlippe.

Ich zeichnete ihren Wangenknochen nach, die Seite ihrer Nase, jede Kurve, jeden Zentimeter ... um sie mir einzuprägen, falls es das gewesen sein sollte.

»Tut mir leid. Es hat länger gedauert, als wir dachten.«

»Schon gut. Diesmal wusste ich ja, dass du zurückkommst.«

Mein Magen krampfte sich zusammen und fast wäre ich mein Mittagessen wieder losgeworden. *Diesmal*. In der Hütte hatte sie nicht daran geglaubt, dass ich sie finden würde. Sie hatte gedacht, ich hätte aufgegeben.

»Es tut mir leid«, hauchte ich, fiel auf die Knie und legte den Kopf an ihren. Ich schlang die Arme um ihre Waden und legte meinen Kopf in ihren Schoß. »Das alles tut mir so verdammt leid.«

Sie umfasste mein Gesicht mit den Händen und drängte

mich dazu, sie anzusehen. »Entschuldige dich nicht«, flüsterte sie. »Sei einfach bei mir. Mehr will ich gar nicht.«

Ich nickte und stand langsam auf, auch wenn mir alles wehtat. Sie klopfte neben sich auf das Bett und ich setzte mich, ohne zu wissen, was ich mit meinen Händen anstellen sollte – auch wenn ich wusste, wo ich sie am liebsten gelassen hätte.

Doch Summer ergriff die Initiative. Ihre Finger, so kalt an meinem Bauch, knöpften meine Jeans auf und streiften sie mir bis zu den Knöcheln hinunter. Sie beugte sich zu mir und drückte mir einen Kuss auf die Unterseite meines Schwanzes und ich stöhnte unwillkürlich auf. Mit der Zunge spielte sie an meinem Piercing, neckte, berührte, erforschte. Bevor ich sie anflehen konnte, in ihr sein zu dürfen, griff sie unter ihr Kopfkissen und holte ein Kondom darunter hervor, riss es auf und zog es mir über.

Sie hatte es gewollt. Und *geplant*.

Erleichterung und Verlangen überfluteten mich, als sie sich auszog und sich vorsichtig auf meinen Schoß setzte. »An die Wand, Niyol«, drängte sie mich mit einem leichten Klaps auf meine Schultern. Ich tat wie geheißen und stöhnte die ganze Zeit vor Schmerzen, aber sie hielt mich nicht auf. Fragte nicht, ob es wehtat. Versuchte nicht einmal, von mir herunterzurutschen. Dafür war ich ihr dankbar. Denn der Schmerz erinnerte mich daran, dass nun das Vergnügen folgte.

Als ich endlich in Position war, fuhr sie mir mit den Handflächen über die Brust bis in den Nacken. Und bevor ich ihren Namen flüstern konnte, ließ sie sich mit einem langen leisen Seufzen auf mich sinken.

»Summer, Baby ...« Sie bewegte sich und bei ihrer süßen Folter fiel mein Kopf zur Seite. Meine Brust tat weh, und die Wand drückte schmerzhaft gegen meine Schulter, aber ich brauchte kein anderes Schmerzmittel als ihren schönen Körper.

Unablässig bewegte sie sich weiter, hob und senkte langsam die Hüften auf meinem harten Schwanz. Mit halbgeschlossenen Lidern beobachtete sie jede meiner Bewegungen von unter ihren Haaren hervor. Sie brauchte es genauso sehr wie ich. Pinke geöffnete Lippen strichen leicht über meine, ein stummes Eingeständnis, das mir alles verriet, was ich wissen musste.

Summer würde mich nicht gehenlassen.

Ihre Finger verließen nie mein Gesicht oder meine Haare und sie spielte auf meinem Körper, als gehöre ihr jeder Zentimeter. Was ja auch stimmte.

Jeder Zentimeter.

Für immer.

Die Finger weit gespreizt, umschloss ich ihre Brüste, und mein Schwanz schmerzte vor Begehren, als sie mich ganz in sich aufnahm. Ich war schon so kurz davor.

Sie beugte sich vor und ihre Zungenspitze wanderte meinen Hals auf und ab, wechselte sich mit ihren Lippen ab, die OKküssten, saugten, neckten. Schweiß sammelte sich an meinen Schläfen, aber ich wischte ihn nicht weg. Ich musste diesen Augenblick auf jede nur erdenkliche Art auskosten.

Ich wollte nichts mehr, als sie wieder zu schmecken, und so umfasste ich ihren Kopf und brachte ihren Mund auf die gleiche Höhe mit meinem.

»Küss mich«, bat ich. Und wie sie mich küsste.

Minuten später kam ich mit einem tiefen Knurren, rief ihren Namen und konnte mich gerade noch zurückhalten, als sie mir mit einem Aufschrei folgte. Es hätte mir peinlich sein müssen, dass ich so schnell gekommen war, aber der Schmerz, der mich durchfuhr, war fast schon explosiv. Ich hatte Glück, dass ich überhaupt so lange durchgehalten hatte.

»Habe ich dir wehgetan?«, fragte sie und löste sich von mir. Ich streckte den Arm aus, schnappte mir das Kondom und schob es in die Verpackung zurück.

Ich beugte mich gerade weit genug vor, um sie auf die Stirn

zu küssen, und warf schwer atmend das Folienpaket in den Mülleimer neben dem Bett.

»Nein. Du hast mir genau das gegeben, was ich gebraucht habe.«

Lächelnd küsste sie mich auf die Wange, dann stand sie auf und griff nach dem Saum meines T-Shirts. Langsam schob sie es mir über den Kopf und war dabei ganz vorsichtig mit meiner Verletzung. Sie betrachtete meinen Verband, fuhr mir mit den Händen über die Arme, die Schultern und ich bekam eine Gänsehaut. Behutsam zog sie die weiße Gaze zurück und als sie das Einschussloch sah, stockte ihr der Atem.

»O Gott, Niyol.«

»Das wird schon wieder.«

Sanft und auf ihre Summer-Art streichelte sie die Stelle um die Naht.

»Jetzt sind beide Seiten fast gleich.« Ich lachte leise, aber meine Gedanken waren alles andere als lustig. Ich wollte ihr so viel sagen. Und es brachte mich völlig durcheinander, dass ich nicht wusste, wie ich es ihr sagen sollte.

Stattdessen ließ ich mich von ihr berühren und genoss selbstsüchtig ihre Fürsorge. Dann senkte ich das Kinn und betete, dass sie zuerst sprach.

»Weißt du, wohin sie gegangen sind?«, war ihre erste Frage. »Charles und ...«

Ich kniff die Augen zusammen, ich wusste, wen sie meinte. Diesmal grub sich der Schmerz in meine Brust. »Nein.«

Ich zog mich vollständig aus, stieg neben ihr ins Bett und wünschte, ich könnte sie näher an mich heranziehen, doch meine Verletzung hinderte mich daran. Also legte ich mich auf die unverletzte Seite, um sie anzusehen, drehte eine ihrer Haarsträhnen zwischen den Fingern, wobei ich mit dem Handrücken die Stelle über ihrem Herzen streifte.

»Sie ist meine Mutter, Summer. Meine Mutter, verdammt. Und sie hat mich verlassen. Zweimal.«

»Ich weiß.« Sie hielt inne. »Sie hat es mir in der Hütte gesagt. Mir fehlen die Worte, es tut mir so unendlich leid, Niyol.«

»Es muss dir nicht leidtun. Schließlich habe ich dich in diesen ganzen Scheiß erst hineingezogen. Du hattest schon Angst und dann ...« Fuck. Ich konnte es nicht einmal laut aussprechen.

Summer nahm meine Hand und hielt sie zwischen ihren beiden Händen unter ihrem Kinn. »Die Zukunft ist nie sicher, egal, mit wem du zusammen bist, was du machst oder was auf dich zukommt. Du hättest sterben können, zweimal ...?« Sie schüttelte langsam den Kopf. »Ich wollte dich damals nicht verlieren und ich will dich auch jetzt nicht verlieren.«

»Selbst wenn es nicht ideal ist?«

Sie zog die Nase kraus, was ich so liebte. »Das Wort ideal definiere ich gerade neu.«

Ich lachte leise, aber mir war klar, dass wir erst ganz am Anfang standen. Und ob es ihr bewusst war oder nicht, Pops würde sich jetzt erst recht an mir rächen wollen.

Ich erschauerte. Summer zog die Decke hoch und legte sie mir über die Schulter, wahrscheinlich glaubte sie, mir sei kalt.

»Erzählst du mir, was passiert ist, nachdem ich weg war?«

Ich nickte und begann mit dem Augenblick, als ich nach der Operation aufgewacht war und Lisa sich über mein Bett gebeugt hatte. Ich erzählte ihr alles, wiederholte es noch einmal laut.

Mir das alles von der Seele zu reden half zumindest ein wenig. Ich war verwirrt und besorgt, sauer und frustriert. Das einzig Gute in diesem Moment war die Frau in meinem Bett, die mir zuhörte, als wäre ich das Wichtigste auf der Welt. Wie hatte ich so lange ohne Summer überleben können? Aber jetzt, mit ihr, wusste ich nicht, was ich je ohne sie tun sollte.

»Meine Mom hat so lange nur in meiner Vorstellung existiert. Als ich herausgefunden habe, dass sie die ganze Zeit da war ... Scheiße, ich weiß nicht.« Ich rieb mir über das Gesicht und mir war gar nicht bewusst, dass meine Hände zitterten, bis Summer sie nahm und festhielt.

Minuten vergingen. Ich glaubte, sie sei vielleicht eingeschlafen. Doch dann überraschte sie mich.

»Warst du schon einmal verliebt?« Sie musterte mich, die Unterlippe zwischen den Zähnen.

Ich schluckte nervös. Das hatte mich noch nie jemand gefragt. Und ehrlich gesagt, war ich noch nie verliebt gewesen. Zumindest nicht vor ihr. Und deshalb sagte ich: »Ja.«

»Maya?« Sie biss sich auf die Unterlippe.

Ich schüttelte den Kopf. »Nein, Prinzessin. Nicht Maya.«

Ihre Augen weiteten sich ein wenig, als ich mich zu ihr beugte und sie auf die Lippen küsste. Sie zitterte und ihre Finger streiften meinen Bauch. Summer legte ein Bein über meinen Oberschenkel, rückte noch näher und küsste meine Brust. Summer wusste genau, wen ich liebte.

»Macht dir das Angst?«

»Was soll mir Angst machen?«

»Die Vorstellung, dass jemand wie ich dich liebt?«

Sie zögerte nicht. »Nichts an dir hat mir je Angst gemacht. Du tust immer so, als wärst du ein knallharter Typ, aber ganz tief drinnen bist du ein Teddybär.«

»Du weißt aber, wie man einem Mann das Gefühl gibt, ein Mann zu sein.«

Ein Kichern entschlüpfte ihren Lippen. Genauso hatte sie gekichert, als wir uns im Diner kennengelernt hatten. Und ich war mir verdammt sicher, dass es nur für mich bestimmt war.

»Hör mal, Summer.« Ich lehnte mich zurück und drückte meine Stirn an ihre und atmete ihren Duft ein. »In meinem Leben wird nichts je normal sein. Statt eines weißen Lattenzauns und eines Minivans wirst du Stacheldraht und ein Motorrad bekommen. Wenn du also nicht Teil meiner Welt sein willst, biete ich dir einen Ausweg. Genau jetzt.«

Als sie nicht sofort einwilligte, holte ich tief Luft.

»Ich würde gehen, wenn ich nicht hier sein wollte.«

Hoffnung keimte in mir auf. »Aber es wird noch schlimmer. Wenn du mit mir zusammen bist, wird sich dein gesamtes Leben verändern.«

Und zu diesem Zeitpunkt war nicht abzusehen, was geschehen würde. Mit dem Club, mit meinem Vater ... Selbst wenn sie mich nicht wollte, würde sie für immer eine Zielscheibe auf der Stirn tragen. Bei den Old Ladys der RDs zählten Trennungen für Pops nicht.

Als könnte sie meine Gedanken lesen, drehte Summer mich langsam auf den Rücken, krabbelte auf meinen Schoß und legte den Kopf auf meine gesunde Schulter. Sie drückte sich nicht fest an mich, aber ich konnte sie trotzdem tief in mir spüren. Das würde für immer so bleiben.

»Ich gehe nirgendwohin. Das stehen wir jetzt gemeinsam durch.«

Ich entspannte mich, ihre Worte waren beruhigend; Musik in meinen Ohren, die ich nie für selbstverständlich halten würde. »Okay.« Ich gab ihr einen Kuss auf den Kopf und streichelte ihre Wirbelsäule.

So lagen wir eine ganze Weile beieinander. Ich konzentrierte mich auf ihren Atem an meinem Hals, die Wärme, wie ihre Finger Kreise auf meine Brust zeichneten. Beim Einatmen bewegten wir uns synchron, mir fielen die Augen zu, ich ließ die Gedanken schweifen und gab mich meinen Gefühlen hin.

Liebe.

Ich küsste sie noch einmal auf die Stirn und sie setzte sich auf. Sie blieb auf meinem Schoß sitzen, die Beine links und rechts neben mir. Ihre Finger berührten die Decke auf meinen Beinen und ich konnte förmlich sehen, wie sich die Rädchen in ihrem Kopf drehten, feine Linien bildeten sich zwischen ihren Augen und sie runzelte die Stirn.

»Du musst zuerst etwas wissen. Bevor wir das offiziell machen und so.«

Ungeachtet all der Probleme in meinem Leben grinste ich. Mir gefiel dieses Wort irgendwie: offiziell. »Was denn?«

»Ich bin wahrscheinlich *nicht* für dein Leben geschaffen.«

Meine Welt stand still. Scheiße, scheiße, *scheiße*. Es war doch alles zu schön, um wahr zu sein. Aber ich konnte nachvollziehen, worauf sie hinauswollte.

»Ich verstehe.« Ich drehte den Kopf nach links und blickte aus dem Fenster.

Summer dirigierte mein Kinn mit den Fingern zurück, ihre Augen blitzten frustriert. »Lass mich ausreden.«

»Dann schieß los.«

»Gut. Wahrscheinlich bin ich nicht für dieses Leben geschaffen, ehrlich. Aber ich werde trotzdem versuchen, es zu akzeptieren. Versprochen. Du sollst nur wissen, dass ich etwas Zeit brauchen werde, um mich daran zu gewöhnen. Vor allem, nachdem so viel passiert ist.« Sie holte Luft. »Ich werde jetzt noch nicht mit dir hier leben, aber vielleicht bleibe ich an den Wochenenden bei dir oder ab und zu mal eine Nacht unter der Woche. Wir könnten ein ganz normales Paar sein. Und wenn ich mich an das ... *Bikerleben* gewöhnt habe, reden wir weiter.«

»Du willst mich *daten*, Prinzessin?«

Ein schüchternes Lächeln umspielte ihre schönen Lippen. »Warum sollten wir uns nicht verabreden? Du und ich hatten ja wohl kaum eine normale Kennenlernphase, gar kein Umwerben.«

Ich legte den Kopf zurück und lachte. »Du hast gerade Umwerben im selben Satz wie du und ich gesagt.«

Sie zog mir an den Haaren, nicht doll. »Und *du* bist ein Blödmann.«

Das war ich. Aber in meinem Bauch hüpfte etwas, es flatterte und sprang wie Schmetterlinge und Frösche zusammen. Ja, ich war ein verdammt glücklicher Blödmann. Summer wollte mich *daten*. Mich kennenlernen. Mit *mir zusammen sein*.

»Du willst also meine Freundin sein? So richtig mit mir gehen?« Ich zwinkerte ihr zu, insgeheim liebte ich diese Vorstellung.

Sie verdrehte die Augen. »Eigentlich dachte ich, das hätten wir schon geklärt.« Wenn es im Zimmer nicht so dunkel gewesen wäre, hätte ich gewettet, dass sie errötete.

»Dann *ist* das also geklärt.«

»Genau«, schnaufte sie. »Dann ist ja gut. Ich bin froh, dass das ... *geklärt* ist.«

Ich schob die Decke weg und zog Summer hoch, bis mein Schwanz über ihre Pussy strich. Sie keuchte auf und ich war sofort wieder bereit für sie.

Das war sie – die Antwort auf meine Gebete. Summer war die einzige Familie, die ich je wieder brauchen würde. Solange ich zu ihr gehören durfte.

»Du weißt, dass du zu mir gehörst, seit ich dich zum ersten Mal in dem blauen Kellnerinnen-Outfit gesehen habe.«

»Ehrlich?« Sie zog die Nase kraus. »Damals dachte ich, du hasst mich.«

Ich schüttelte grinsend den Kopf und schob ihr eine Haarsträhne hinter das Ohr. »Hab dich nie gehasst. War nur verwirrt wegen der Gefühle, die du in mir ausgelöst hast.«

»Ich wäre fast drauf reingefallen.« Ihre Finger strichen über meinen Bauch und wanderten zwischen meinen Hüftknochen hin und her.

Unter ihrer Berührung war ich so ehrlich wie noch nie. »Wie könnte ich die Einzige hassen, die ich liebe?«

Ihre Lider wurden schwer und ein Lächeln breitete sich auf ihren Lippen aus. »Du liebst mich also?«

»Mehr als alles andere.« Ich zögerte nicht mehr. Dazu gab es keinen Grund, denn ich meinte es ernst. Ich liebte Summer.

Und auch wenn wir uns noch nicht so lange kannten, wusste ich, dass sie die Richtige war. Sie war *die Eine.*

»Niyol Lattimore.« Sie senkte den Kopf und küsste mich auf die Lippen. »Deine Schmeicheleien machen mich fertig.«

Ich grinste und packte ihren nackten Hintern. »Außerdem war ich wegen dir an dem Abend steinhart. Musste mir zu Hause einen runterholen, nur um es danach gleich noch einmal zu machen.«

»Du weißt, wie man einen besonderen Moment zerstört.« Sie kniff mir in die Seite, nicht zu hart, gerade fest genug, dass mein Schwanz zuckte.

»Komm her.« Ich küsste sie noch einmal und fuhr ihr durch die langen Haare. Ich kostete sie langsam und zeigte ihr ohne Worte, dass sie zu mir gehörte und ich zu ihr, ganz egal, was auch geschah, für immer.

EPILOG

SUMMER

Drei Monate später

Niyol hatte mir versprochen, mich nach der Arbeit zum Essen und ins Kino auszuführen. Es sollte eine unserer seltenen Verabredungen werden; unter der Woche waren sie unsere einzige Quelle der Normalität. Doch in meiner Mittagspause hatte er angerufen und gesagt, dass er später kommen würde. Offenbar musste er sich zuerst um eine *Clubangelegenheit* kümmern. Da ich mich an die ständig wechselnden Zeitpläne gewöhnt hatte, stellte ich das nicht infrage. So sah wohl das Leben einer Old Lady bei den Red Dragons aus.

Mein Bedürfnis nach Routine, auch außerhalb von Schule und Training, brachte mich jedoch ganz schön ins Schwitzen. Aber Niyol half mir dabei, auch das Chaos schätzen zu lernen, wo wir unseren Launen und der Spontanität folgten. Unsere Beziehung war alles andere als perfekt. Meine Brüder zum Beispiel *hassten* ihn, während mein Vater sich mit ihm *arrangierte*.

Aber in der Liebe hat man nicht unbedingt eine Wahl. Und

ich war eindeutig bis über beide Ohren in Niyol Lattimore verliebt.

Mit diesem Gedanken und einem albernen Grinsen stieg ich die Stufen der Rockford Middle School hinunter.

»Hey, Mute.« Ich winkte dem Clubmitglied, das mir in den letzten Monaten wie ein Bodyguard gefolgt war. Niyol bestand darauf, dass ich in seiner Abwesenheit ständig jemanden in meiner Nähe hatte, und erklärte mir, Mute sei der beste Mann für den Job. Meistens machte er sich unsichtbar, außer bei Gelegenheiten wie heute, wenn ich als Letzte das Gebäude verließ. Ich war absichtlich nicht mit meinem neuen Rover gefahren, weil Ny mich abholen wollte.

Mute nickte mir zu; trotz der Gewitterwolken, die sich im Westen zusammenbrauten, hatte er eine schwarze Brille vor den Augen. Er war groß, muskulös und bis zum Hals auf jedem sichtbaren Zentimeter Haut tätowiert. Er war höflich, sprach aber nicht viel – daher kam wohl sein Name Mute. Niyol erklärte, er und sein Bruder Talker seien neue Prospects, weshalb sie sich gegenüber allen im Club gut benahmen, was wohl auch bedeutete, nicht zu freundlich zu den Frauen zu sein. Trotzdem war ich fest entschlossen, ihn irgendwie kennenzulernen, auch wenn ich aus ihm nur gelegentlich ein Nicken oder Lächeln herausbekam.

Weil ich glaubte, noch etwas Zeit zu haben, bevor Niyol eintraf, setzte ich mich auf den Bordstein und wollte ein Buch hervorholen, doch da ertönte das Donnern einer Harley vom Parkplatz. Wie ein verliebter Teenager sprang ich auf, um ihm bis zur Mitte des Parkplatzes entgegenzulaufen.

Gott, war er sexy.

»Du bist früh dran!«, rief ich über das Dröhnen des Motors hinweg.

Er begrüßte mich mit dem schiefen Lächeln, das ich so liebte, und reichte mir meinen Helm. »Wollte meine Prinzessin nicht warten lassen.«

Ich verdrehte die Augen, als er meine Hand nahm und mich an sich zog. Wie immer sog ich den Duft seines Aftershaves und das Leder seiner Kutte ein. Das Einzige, was eindeutig fehlte, war der Geruch von Menthol und Rauch. Er hatte vor sechs Wochen aufgehört.

Ich nannte es einen Meilenstein, er einen Akt wahrer Liebe.

Bei dem Gedanken zog ich mich zurück, um ihn zu küssen, und fuhr ihm durch die Haare. Es war die Art von Kuss, die sagte: *Ich liebe dich.* Die Art von Kuss, die sagte: *Ich habe dich vermisst.* Das war mein Lieblingskuss.

Völlig atemlos legte ich die Stirn an seine. »Ist auf dem Ding noch Platz für mich?«

Er klopfte hinter sich auf den Sitz. »Du bist die Einzige, die je wieder auf diesem Motorrad sitzen wird.«

Ich lachte leise, stieg hinter ihm auf und winkte Mute, der gerade vom Parkplatz fuhr. Wie ich es mir angewöhnt hatte, setzte ich mir den Helm auf und Ny drehte sich um und schloss die Schnalle unter meinem Kinn.

»Fertig?« Er grinste mich an.

Ich hatte Schmetterlinge im Bauch. Ich nickte und schlang ihm die Arme um die Taille. Kurz darauf fuhren wir die Straße hinunter, schlängelten uns durch den Verkehr, bis wir auf den Highway kamen. Ich fragte nicht, wohin wir fuhren, schloss nur die Augen und genoss den Augenblick. Der Nervenkitzel, mit meinem Freund zu fahren, ihn zwischen meinen Beinen zu spüren, während unter mir der Motor des Bikes vibrierte, versetzte mir einen Adrenalinstoß, auf den ich nie wieder verzichten wollte.

Und zu diesem Zeitpunkt fasste das unsere Beziehung ziemlich gut zusammen.

Meine langweilige Version von Normalität und Ordnung balancierte er durch seine Verwegenheit aus. Wir waren Gegensätze, auf die bestmögliche Art. Ich war vielleicht nicht

seine erste Frau, aber ich wusste, dass ich seine Letzte sein
würde. Und das machte mich glücklicher, als ich es je zuvor
gewesen war.

Vierzig Minuten später, als meine Beine schwach und mein
Rücken schon taub waren, fuhr Niyol eine Schotterstraße
entlang, die direkt auf das Gelände der Red Dragons führte.
Von unserem Standort aus konnte ich die hohen Zäune sehen.

»Was machen wir hier?«, fragte ich und sah mich um.

»Komm mit.« Er parkte kurz vor dem mit einem Vorhängeschloss gesicherten Eingang, der auf beiden Seiten von Bäumen
gesäumt wurde. Ein Schauer des Unbehagens durchfuhr mich,
denn nichts schien mehr sicher im Leben. Niyol sagte, er würde
nicht zulassen, dass mir etwas zustieß, aber selbst die stärkste
und härteste Männergruppe konnte mich nicht unbedingt vor
Charles Lattimore beschützen. Trotzdem beschloss ich, nicht so
zu denken, und lebte für diese Momente mit Niyol, da alles
ruhig war.

Nachdem er das Vorhängeschloss geöffnet hatte, gingen wir
Hand in Hand einen Schotterweg entlang.

»Ich habe in letzter Zeit viel über uns nachgedacht«, sagte
er und sein Blick huschte zwischen mir und der Straße vor uns
hin und her. Er wirkte nervös, und das kam ziemlich selten vor.

Niyol und ich dachten ständig über unsere Beziehung nach,
also war mir seine Aussage nicht völlig neu – im Gegensatz zu
seinem Verhalten. Normalerweise war ich diejenige, die über
die Zukunft sprach, während er dasaß, gelegentlich mit meinen
Haaren spielte und mich verträumt und liebevoll anschaute.
Noch nie hatte mich jemand so vergöttert.

»Und, zu welchem Ergebnis bist du gekommen?« Ich
betrachtete die Pflanzen und Ranken am Wegesrand und war
fasziniert vom Efeu und den Blumen, die ähnlich aussahen wie
Rosen. Es war ein ruhiger, verwunschener Weg, der mich ein
wenig an unser Campingabenteuer in Colorado erinnerte. Ich
dachte an die Nacht auf dem Rücksitz meines Range Rovers,

unsere Finger am Fenster, seine Lippen auf meinen und lächelte.

»Das Ergebnis lautet, dass ich dich wahnsinnig vermisse.«

Ich drückte seine Hand und lächelte ihn traurig an. »Ich dich auch.«

Uns blieb nur wenig Zeit füreinander. Normalerweise einmal in der Woche und an den Wochenenden. Es hätte natürlich schlimmer sein können, doch es war uns einfach nicht genug. Aber ich hatte meinen Job und das Training und Niyol leitete die neue Motorradwerkstatt auf dem Gelände und so blieb uns keine Wahl.

Nachdenklich zog Niyol die dunklen Augenbrauen über den noch dunkleren Augen zusammen. Letzten Monat hatte er sich die Haare an den Seiten kürzer geschnitten, doch vorne und in der Mitte waren sie immer noch lang. Ein bisschen wie ein Irokesenschnitt. Ich fand es irre sexy.

»Ich möchte, dass du bei mir einziehst.«

Ich blieb ruckartig stehen. »Was?«

Er rieb sich den Hinterkopf und sah mich nervös unter den Haaren hervor an. »Ich brauche dich in meiner Nähe, Summer. Die ganze Zeit. Ich habe zwar gesagt, dass ich warten würde, aber ich kann nicht mehr. Ich denke Tag und Nacht an dich. Und es macht mich wahnsinnig, dass ich nicht zu dir nach Hause kommen kann.« Er schüttelte den Kopf. »Außerdem geht es mir tierisch auf die Nerven, dass Mute dich öfter sieht als ich.«

Überraschenderweise dachte ich zuerst an Emily.

Sie würde durchdrehen, wenn ich mit Niyol zusammenzog – aber schließlich war es mein Leben. Und es ging sie nichts an. Aber nachdem sie herausgefunden hatte, wer ihr Vater war, dass ihre Mom angeblich mit ihm »durchgebrannt« war, war sie völlig ausgerastet. Hatte ihre Verlobung mit Sam gelöst, ihr Haus verkauft und war in die Wohnung neben mir gezogen. Sie war immer bei mir. Übernachtete ständig bei mir. Und weinte die ganze Zeit. Ich hatte Mitleid mit ihr, weil sie so viel verloren hatte. Die Vorstellung, sie alleinzulassen, machte mich fertig.

»Ich weiß nicht, was ich sagen soll.« Ich war völlig durcheinander. Vielleicht, weil unsere Beziehung noch so frisch war.

»Komm einfach mit.«

Meine Neugier war trotzdem geweckt und so folgte ich ihm und legte automatisch meine Hand wieder in seine. Wir gingen die gekieste Straße hinunter und abgesehen von gelegentlichem Vogelgezwitscher und herabfallenden Blättern waren nur unsere Schritte zu hören. Je weiter wir gingen, desto stiller wurde es. Nicht einmal mehr der Verkehr vom Highway Richtung Süden war zu hören. Trotz der Bombe, die er hatte platzen lassen, ergriff mich eine friedliche Stimmung und ich legte den Kopf in den Nacken und sog die Abendluft ein. Sie war kühl, aber total angenehm und erinnerte mich an die Farm meiner Großeltern in Iowa.

»Da sind wir.«

Ich blinzelte und blickte nach vorn, dann mit gerunzelter Stirn zu Niyol. »Was ist das?«

Vor uns auf dem Boden lag ein Holzgestell, darin zwei Liegestühle und zwei Dosen Bier. Romantischer wurde Niyol wohl nicht. Dennoch grinste ich, weil mir sein provisorisches Picknick gefiel. »Hast du das vorbereitet?«

Ohne auf ihn zu warten, steuerte ich darauf zu. Aber dann entdeckte ich Baupläne auf einem der Stühle und ich blieb abrupt stehen.

»Niyol?« Meine Stimme brach und ich zeigte auf die Baupläne und drehte mich um. »Was ist das?«

Mit den Händen in den Hosentaschen blieb er außerhalb des Holzrahmens stehen. Dann zuckte er mit einer Schulter und kam zu mir. »Die Baupläne für das Haus, das ich dir bauen werde.«

Ich schluckte schwer und blinzelte verwirrt.

»Ich war so spät dran, weil ich sicher gehen wollte, dass die

Jungs schon mal anfangen. Ich wollte dich überraschen.« Er errötete, was äußerst selten vorkam. Ruhig trat er ein paar Schritte näher und blieb vor mir stehen. Langsam strich er mir mit einem Finger über die Wange. »Weißt du, wie sehr ich dich liebe?«

Ich nickte wie betäubt.

»Wir sind Gegensätze, Summer, aber der Roadtrip vor fast vier Monaten und das, was seitdem zwischen uns geschehen ist, haben dazu geführt, dass ich der sein will, den du brauchst. Und an jedem einzelnen Tag gebe ich mir mehr Mühe, auch wenn ich nie spießig sein werde.«

Tränen stiegen mir in die Augen und ich zog ihn am Zipfel seines T-Shirts an mich. Heute war es grau, eine Abwechslung zu dem üblichen Schwarz. »Wenn ich es spießig wollte, wäre ich nicht mit dir zusammen.«

»Aber ich möchte auf gewisse Weise spießig sein. Für dich.«

»Ja?« Ich legte den Kopf in den Nacken und schaute ihm in die Augen.

»Das hier?« Er deutete auf den Boden, die Kanthölzer, die uns umgaben. »Das baue ich für dich und mich.« Er zeigte mit dem Daumen auf einen kleineren Bereich hinten links auf dem Grundstück. »Hab Emily ihr eigenes Plätzchen eingerichtet, damit sie auch in deiner Nähe sein kann.«

Bei seiner Fürsorglichkeit stiegen mir die Tränen in die Augen. Er war so viel mehr Mann als jeder andere, den ich kennengelernt hatte.

Plötzlich schüchtern grub er seine Stiefelspitze in den Dreck. »Wir können auf diesem Stück Land wohnen, zusammen sein. Vielleicht, irgendwann, wenn du bereit bist, darüber nachdenken, noch *andere* konventionelle Sachen zu machen.«

Heiraten. Kinder. Er musste es nicht aussprechen, damit ich wusste, was er meinte. Das konnte ich mir mit ihm gut vorstellen. Und mir wurde ganz warm ums Herz.

»Du willst wirklich mit mir zusammenziehen.«

»Ja, Prinzessin. Unbedingt.« Er grinste, als hätte er nicht gerade die Bombe des Jahrhunderts platzen lassen.

Aber konnte ich mich darauf einlassen? Die Fahrt von hier zur Arbeit und zurück würde jeden Tag zwei Stunden dauern. Das könnte anstrengend werden, von der Menge an Benzin ganz zu schweigen.

Andererseits lief mein Mietvertrag in drei Monaten aus. Und bei einem Umzug auf das Gelände wäre ich näher bei meinem Vater, auch wenn er wahrscheinlich nicht damit einverstanden wäre, dass ich mit Niyol zusammenzog.

So viel sprach dafür und so viel dagegen. Doch ich hatte gelernt, dass das Leben nicht für Ordnung und Perfektion gemacht war. Chaos regierte die Welt und bisher auch Niyols und meine Beziehung. Je länger ich darüber nachdachte und je länger ich in die hoffnungsvollen Augen des Mannes blickte, von dem ich nie gedacht hätte, dass er einmal zu mir gehören würde, desto klarer wurde mir, wie recht er hatte. Und ehrlich gesagt hatte ich es verdammt satt, nicht mit ihm zusammenzuwohnen.

Ich liebte ihn, er liebte mich und getrennt waren wir unglücklich, aber zusammen waren wir echt.

»Okay.« Ich atmete hörbar aus und konnte kaum glauben, dass ich zustimmte.

»Ja?«

Ich nickte.

»Fuck, das macht mich glücklich.« Er packte mich an der Taille und wirbelte mich im Kreis herum, wir lachten und umarmten uns fest, aber nicht fest genug.

Ich musste wahnsinnig sein. Wirklich irre wahnsinnig. Aber einen Kuss später erkannte ich, dass Wahnsinn manchmal die einzige Wahrheit war. Und Ordnung, Perfektion und das Richtige zu tun ... das wurde doch total überbewertet.

MEHR VON BOOKOUTURE
DEUTSCHLAND

Für mehr Infos rund um Bookouture Deutschland und unsere
Bücher melde dich für unseren Newsletter an:

deutschland.bookouture.com/subscribe/

Oder folge uns auf Social Media:

 facebook.com/bookouturedeutschland

 twitter.com/bookouturede

 instagram.com/bookouturedeutschland

EIN BRIEF VON HEATHER

Zuerst möchte ich mich herzlich dafür bedanken, dass du *Wild Ride* gelesen hast. Wenn es dir gefallen hat, hinterlasse doch bitte eine Rezension. Neuen Autor:innen wie mir hilft das sehr. Und wenn du über meine zukünftigen Veröffentlichungen auf dem Laufenden bleiben möchtest, kannst du dich gern unter dem folgenden Link anmelden. Deine E-Mail-Adresse wird nicht weitergegeben, und du kannst dich jederzeit wieder abmelden.

deutschland.bookouture.com/subscribe/

Ich hoffe, du hast *Wild Ride* genauso gern gelesen, wie ich es geschrieben habe! Es gehört zu den schwierigsten Büchern, die ich bisher geschrieben habe, es hat mir aber auch am meisten Spaß gemacht. Ja, ich weiß, es ist nicht die typische MC-Romance, die viele von euch zu lesen gewohnt sind, aber ich bin auch nicht gerade ein typisches Mädchen. Jedenfalls hatte ich die Geschichte von Niyol und Summer schon seit Jahren im Kopf und ich bin so wahnsinnig glücklich, dass Bookouture es mir ermöglicht hat, das Abenteuer dieses wilden Paares mit euch zu teilen.

Ich freue mich immer sehr, von meinen Leser:innen zu hören – ihr könnt euch auf meiner Facebook-Seite, über Twitter, Goodreads oder auf meiner Website bei mir melden.

Danke, Heather

BLEIB IN KONTAKT MIT HEATHER VAN FLEET

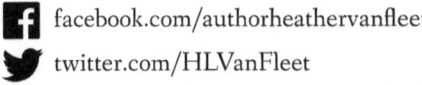

facebook.com/authorheathervanfleet

twitter.com/HLVanFleet

DANKSAGUNG

Ich habe anderthalb Millionen Menschen zu danken, aber ich werde mich so kurz wie möglich halten.

Chris: Du bist ein Rockstar-Ehemann. Danke, dass du es verstehst, wenn ich fünf Abende in der Woche Pizza bestelle, weil ich meinen Text fertigstellen oder eine Deadline einhalten muss. DU bist mein Happy End.

Meine Mädchen: Es gibt nicht genug Worte, um zu beschreiben, wie wunderbar ihr drei seid. Ich liebe euch mehr als alles andere auf dieser Welt. Danke, dass ihr mich zu einer Mutter gemacht habt. Vor allem dafür, dass ihr an mich glaubt.

Jess: Du bist mein Fels. Meine beste Freundin. Danke, dass du einer der wenigen Menschen bist, die wirklich verstehen, wie das Leben für mich ist.

Michelle: Ohne dich hätte *Wild Ride* nie das Licht der Welt erblickt! Für deine Anmerkungen und Ratschläge werde ich dir für immer dankbar sein.

Katrina und Jen: Ihr habt das Buch gelesen, als es am schlimmsten war. Gott, es ist so wertvoll, kritische Erstleser:innen zu haben, die verstehen, dass die ersten Entwürfe krude sind. Ich liebe euch beide so, so sehr.

An meine Hot and Heavy Ladies: Ich verspreche, meine Abwesenheit in der Gruppe mit mehr Thom-Evans-Bildern wettzumachen.

Und schließlich an die Fans, die mich unterstützen und für die ich da sein darf. Ihr seid der Grund, warum ich hier bin, jeden Tag an meinem Küchentisch sitze und meine Worte schreibe. Danke, dass ihr euch unter den fünfzig Millionen anderen Autor:innen da draußen an mich erinnert.